《震苑晚晴》系列文化丛书·第五辑

应力之光

中国地震局地壳应力研究所
中国地震局离退休干部办公室　编

地震出版社

图书在版编目（CIP）数据

应力之光 / 中国地震局地壳应力研究所，中国地震局离退休干部
办公室编 . —北京：地震出版社，2017.7
（《震苑晚晴》系列文化丛书；第五辑）
ISBN 978-7-5028-3966-6

Ⅰ.①应… Ⅱ.①中… ②中… Ⅲ.①回忆录—中国—当代 Ⅳ.① I251

中国版本图书馆 CIP 数据核字（2017）第 053956 号

地震版　XM3979

应力之光

中国地震局地壳应力研究所
中国地震局离退休干部办公室　编

责任编辑：刘　丽
责任校对：孔景宽

出版发行：**地 震 出 版 社**
　　　　　北京市海淀区民族大学南路 9 号　　　　邮编：100081
　　　　　发行部：68423031　68467993　　　　传真：88421706
　　　　　门市部：68467991　　　　　　　　　传真：68467991
　　　　　总编室：68462709　68423029　　　　传真：68455221
　　　　　http://www.dzpress.com.cn

经销：全国各地新华书店
印刷：北京地大彩印有限公司

版（印）次：2017 年 7 月第一版　2017 年 7 月第一次印刷
开本：787×1092　1/16
字数：323 千字
印张：17.5
印数：00001 ~ 11000
书号：ISBN 978-7-5028-3966-6/I（4636）
定价：88.00 元

序

　　为推进防震减灾文化建设，大力弘扬地震行业精神，追索防震减灾事业发展足迹，传承宝贵的精神财富，按照中国地震局党组关于推进防震减灾文化建设的部署，以及老年文化先行的要求，中国地震局离退休干部办公室组织安排地震系统老同志创作了《震苑晚晴》系列文化丛书，地壳应力研究所组织20余名本所老同志参与了创编工作，并自成一辑，定名《应力之光》。

　　《震苑晚晴》续辑《应力之光》由中国地震局地壳应力研究所和中国地震局离退休干部办公室合作完成，专辑名称经创编人员征名、审议确定，含义有二，一是既有地壳应力研究所名称中的"应力"二字，又有利用地应力手段进行地震科学研究之意，意指本书为地壳应力研究所的专辑，记载着地壳所人向防震减灾事业的光明前景奋发前行的心路历程；二是地质部地震地质大队（地壳应力研究所前身）是邢台地震后在李四光教授的直接推动下组建的，李四光教授是中国地质力学的创立者，中国现代地球科学和地质工作的主要领导人和奠基人之一，是新中国成立后第一批杰出的科学家和为新中国发展做出卓越贡献的元勋，专辑名称取其名中的"光"字，以表地壳应力研究所全体人员对先生的敬仰之情，以及以李四光教授为先贤指引不断奋斗的决心。

　　本专辑共收录19篇地壳应力研究所退休老领导、老专家的文章，主要以回忆录形式记录了他们亲身经历的、真实的防震减灾重要工作、重大事件以及有鲜明特色的工作、生活、感悟等内容，其中第一任所长王树华，原党委书记张卫东等老领导回顾了地壳所地震队伍的组建、事业的起步、地震科研管理工作以及在李四光教授的指导下开展工作等重要历史事件；欧阳祖熙、勾波、苏恺之、黄锡定等老一辈研究员们回顾了地壳应力研究所有突出代表性的地震前兆仪器研发过程以及在地震前兆观测方法研究方面取得的突破和成果；李方全、丁建民、祁英男等老专家详述了在地应力测量领域潜心工作、开拓创新的工作经历；刘光勋、江娃利、谢新生、王焕贞等老专家用生动的语言描绘了野外地质工作中的所见、所思、所想。还有王勇研究员对地震台站建设及地震预报工作的回顾，老专家马廷著对地震事业 30 年的感悟，老专家徐春荣对地震研究中计算机技术应用工作的回顾，老党支部书记刘丽娟对组织地壳应力研究所退休老同志开展政治、生活情况的记述等。

本辑还收录了王树华参加新疆地震预报试验场的地震预报研究、卞兆银亲历唐山大地震现场工作、王瑛参加北京地震地质会战等老同志亲历我国防震减灾事业上重大事件的第一手资料，很多老同志的文章中还不约而同地提及了包括李四光教授在内的老领导、老专家对地壳所工作的关怀指导等珍贵内容。这些老地震人的工作推动着我国防震减灾事业的发展，至今对后人影响深远。

地壳应力研究所作为中国第一支国家级的地震专业工作队伍，50 年来，经历了建所初期工作的艰难，经受了地震工作艰苦环境的考验，经历了社会主义经济体制变革的检验，经受了深化科技体制改革的磨炼，始终不断学习、不断提高、不断实践探索、不断发展壮大。50 年来带领几辈地震人投入到祖国波澜壮阔的防震减灾事业中，见证了我国防震减灾事业从无到有的峥嵘岁月和取得的辉煌业绩。此次有幸收集到这些珍贵的文字集辑出版，撷取地壳应力研究所在地震科技领域开创、发展和跨越历程中的闪光片段，是防震减灾科研战线探索前进的生动写照，也是激励后人不断前行的动力。

中国地震局地壳应力研究所
中国地震局离退休干部办公室
2017 年 1 月

前言

应力之光　谱写新篇

　　中国地震局地壳应力研究所是中国地震局直属研究所，成立于1966年。初建时名称为地质部地震地质大队，是邢台地震后在周恩来总理的亲切关怀和李四光教授的直接推动下组建的，是中国第一支国家级的地震专业工作队伍。1971年划归国家地震局（现为中国地震局），1986年改建为国家地震局地壳应力研究所。1998年更名为中国地震局地壳应力研究所，目前已被纳入科技部非营利性公益科研院所系列。现设有10个研究室和中国地震局地壳动力学重点实验室等5个实验室。地壳应力研究所是我国地壳动力学研究的重要基地，是以地壳动力学、地震前兆观测理论与技术、应力应变测量理论与技术、地震预测方法、地震应急救援关键技术、工程地震与结构抗震隔震、卫星与空间信息技术等基础研究和应用研究为主要任务的综合性、多学科的社会公益性研究所。

　　50年来，地壳应力研究所从初期在传统地质学的基础上进行业务研究实践，到现在以应力应变为核心研究断层破裂过程和地震发生机理的理论与方法的形成、完善及其广泛应用；从最初简易的压磁应力观测仪、跨断层位移测量仪到如今的高精度的地倾斜、地温、地电、应力应变及深井综合观测；从《中国主要构造体系与震中分布图》的编制到"中国大陆地壳应力环境基础数据库"的建立、《中国现代构造应力场图》的完成；从大型油田油水井破损、煤矿瓦斯突出、矿山巷道变形、水库诱发地震到成功测得2008年5月12日汶川8.0级强震前后应力状态的变化；从"第五届国际岩石应力研讨会"的成功举办到由美国、德国、加拿大、日本等多国科学家参与、挂靠于地壳应力研究所的国际岩石力学学会"地壳应力与地震"国际专业委员会的正式成立，推动了地壳应力与地震活动的相关性、地震成因与演化破裂过程等相关研究的国际合作，标志着研究所在地壳动力学研究及其相关领域步入世界前沿，走向国际。

大江东去，岁月流金。地壳应力研究所的 50 年，是防震减灾事业发展历史的真实缩影，是一部矢志不渝、艰辛探索的奋斗史，是一部披肝沥胆、战天斗地的创业史，是一部励精图治、开拓进取的发展史。这是一代又一代地震人挑战自然、浴血奋战的 50 年；是艰苦创业、无私奉献的 50 年；是与时俱进、奋发图强的 50 年；是自强不息、锐意进取的 50 年。地壳应力研究所在 50 年中不断发展壮大，承担了大量地震现场科学考察和国家重点科研任务，形成了自己的学科特色，取得了丰硕的科研成果，尤其在地壳动力学研究与工程应力测量方面在国内外地学界享有盛誉，地壳应力应变场理论及测量技术、地震综合观测技术处于全国领先水平，在科技成果的转化应用方面发挥强大技术优势，为国民经济建设提供服务，为国家防震减灾事业做出了贡献。

50 年的奋斗，倾注了地壳应力研究所老一辈地震工作者的赤诚心血和辛勤汗水，形成了务实创新、坚守奉献的可贵品质；50 年的发展，造就了攻坚克难、百折不挠的优良传统；50 年的求索，坚持了锐意进取、严谨求实的工作作风。多少艰难困苦，多少曲折坎坷，都已成为历史，留下的是闪光的足迹。让我们随着老同志们的文字，穿越时空的隧道，去体验那些激情燃烧的峥嵘岁月。让我们走进地壳应力研究所，去重温那些镌刻在记忆深处的感动和辉煌。

中国地震局地壳应力研究所党委书记、副所长

2017 年 1 月

目　录

地震征程二三事

王树华

1966 年河北邢台地震之后，形势突变，预报地震成了压倒一切的任务。为此，我被委派协助李四光部长组建地质系统地震地质队伍，开展地震预报工作，从此脱离地质矿产资源的技术管理及政策研究，改为从事完全陌生的地震工作，这一变就是 23 年之久，我这大半生是同地震打交道了。期间，先后经历过地震队伍的组建，12 次地震的现场考察，新疆地震预报试验场的地震预报研究，机关地震业务管理及公益性地震研究所的组织领导工作等。抚今追昔，一些事情的经过至今仍历历在目，感触至深，现采撷几例。

通海地震考察

1970 年 1 月 5 日凌晨，云南通海 7.8 级大震发生之后，中央地震工作领导小组办公室（以下简称中央地办）派出工作组前往震区，由刘英勇同志带队，我主动请缨前去震区，军代表指定我是刘英勇的助手，刘英勇不在时由我代理。我们一行 17 人 5 日下午即乘机奔赴震区，先到达昆明，和昆明军区及革命委员会接洽，6 日下午到达极震区通海后，看到城区一片瓦砾，人员伤势严重。当时昆明军区副司令员鲁瑞林坐阵灾区，我们向其做了汇报，说明我们的任务是监视震情，做好大震后的震情预报工作，深得他的赞许与支持，立即在通海及其附近地区开展工作。先后来震区的地震科技人员有近百人，他们来自昆明地球所、北京地球所、哈尔滨工力所、武汉测地所、北京地质所、地震地质大队、西安测量队、北京地震队等单位。投入的手段有测震、地电、地磁、水化，以及宏观调查、地震地质、大地形变测量和动物观测等。这次通海大震现场考察，在中央地办的统一领导下，真正实现了地震工作的大联合，工作统一部署，人员统一调度，资料统一集中分析，震情统一上报。为了便于工作，临时成立了云南地震队，由昆明军区派出两名军代表负责政治思想工作。因为是临时组织，人员来自四面八方，所以就避免了派性的干扰。刘英勇经常回北京，绝大部分时间不在灾区，所以大震现场考察工作的重任就落在我的肩上。当时的工作很艰苦，房屋大部分倒塌了，没倒的也不能住，就住在单薄的帐篷中。冬天的云南，夜间还是很冷的，只好深卧在稻草堆中取暖，当时我的任务是部署检查工作，组织震情研究，每天将震情预报研究上报中央地办及昆明军区作战部。我们在这样艰苦的环境中工作了两个月，3月8日宣布云南地震队撤销，工作人员撤离震区返回原单位，我又组织有关人员起草了"云南通海地震考察报告"，报告分四个部分：

毛泽东思想的光辉胜利；

把地震战线的阶级斗争进行到底；

地震是有前兆的，可以预报的，可以预防的；

地震工作要以预防为主。

报告长达两万字，前两段是"文化大革命"背景下必须写的，后两段才谈到真正的实质问题，历史就是这样。4月26日，这个报告在云南地震工作会议上公开发表。这次云南通海地震考察前后历时近4个月，我是中央地办自始至终的唯一参加者。

通海大地震现场考察的情况是：

地震破坏力极大。据宏观调查发现，自建水经通海到峨山长达60千米，宽20米，地震裂缝密集成带，有的裂缝长达数千米，最宽的60厘米，深约50厘米，水平错位2.2米，沿裂缝带有喷砂冒水现象。典型的有建水的俞家河坎，我们考察时发现，原来位于一个小河两旁有棵怀抱粗的大树，大震后小河被拦腰斩断，一边岿然不动，一边平移20余米，而树却仍然直立，在平移的另一旁却将俞家河坎村掩埋了。有一幸存的小孩告诉我们他们村全被埋了，幸存者不多。当时他恰好在倒塌房屋内的架子空间，没有被掩埋，幸免于难。

地震预报的艺术。地震预报是当今尚未解决的科学难题，目前人们还不能准确地预报地震，特别是短临预报。但在"文化大革命"非常时期，革命压倒一切，革命需要你在灾区震前做出预报，你不能违抗，就是硬着头皮报。所以就产生了预报艺术，每句话都是"活"的，多解的，达到不会构成漏报的责任。这是当时的政治形势下一种不科学的畸形做法，作为震区工作主要负责人的我，对其中的滋味感受最深，酸甜苦辣咸五味俱全。为了监视震情，及时做出预报意见，我们经常召开震情会商会，然后将会商的预报意见单独用专线上报中央地办及昆明军区作战部。而预报意见的产生是遵循少数服从多数的原则，如多数手段有异常就上报，因为当时谁都不知道是哪种手段确切反映了地震活动，所以只能少数服从多数。幸好来震区一个月的时间，没有出现多大的漏报与错报的失误，但我的心始终是吊着的。1970年春节前，为了让灾区人民过个安心年，昆明军区领导提出，春节期间群众可否回屋子里过年？我们地震工作者体会到这是领导对灾区群众的关切，应当拿出个意见。为此，我们整整组织开了一天震情会商会，最终提出的预报意见是："除夕前后24小时内，震区内无破坏性地震发生。"我据此上报了有关单位，心中刚刚稍微放松了一些。但就在春节前最后一个晚上，我刚将预报意见报出去，就接到晋宁鸡场的预报："晋宁鸡场的鸡有三分之一'炸窝'啦！在通海大震前有此类似异常，恐有大震发生。"在这关键时候来了这么一下，预报意见已经报出，再召集开会已经来不及了，此预报信息上不上报，颇费周折。若不报，真的发生了地震就有漏报之罪，尤其是过春节时候吃罪不起。若报，仅凭鸡这一异常甚感依据不足。最后还是报了，不是因为相信这次预报是科学的，说心里话，是怕担漏报的罪名。哪知歪打正着，除夕的午饭前我们在稻田里开会，只觉得天摇地动，电线杆大幅摇摆，人们惊慌跑出户外。幸好这次地震是发生在玉溪西的5.7级余震，离通海震区较远，未造成重大破坏与伤亡，这事就这样过去了。如果不是这样，若是在极震区发生了造成破坏的地震，我们又没有上报鸡场预报的意见，恰好遇上地震预报"革命者"，扣你漏报之罪名是免不了的。

地震就是命令。从事地震工作时间长的人们会形成一种意识，只要发生大震，地震的需要就是命令，就要绝对服从。如果个人强调困难，拒绝服从，就视为临阵脱逃，被人瞧不起。当然在震区没有完成任务就匆匆离去，也是不允许的。这次通海大震震区现场就发生了两次类似的事件。

一是西安某单位曾参与震区大地形变测量工作，他们在春节前数日完成了野外实地测量任务，但没有交出实测结果就匆匆收队，也未经请示就乘车回到西安过年去了，这件事在当时被认为是擅自离开震区，是不允许的。通过有关单位做工作，劝其有关人员返回震区，并对其擅自行动提出了批评，还要求他们在震区接受灾区人民的再教育，直到提出实测报告，说明这次大震造成大地形变的变异后，才准许返回原单位。

二是北京某单位有一位同志急于回家过年。当时震区任务紧迫，如无特殊原因是不会批准回家过年的，所以他就捏造了一封假电报，说母亲病危，家中来电催其回家。谁也不会想到这事其中有诈，就批准他回家去了。我们同时通知中央地办的同志，春节期间派人到他家慰问一下，尽力帮助解决实际困难。哪知这一去探望就将"西洋镜"拆穿，这位同志的母亲根本没有病，他是为了回家过年才"谎报军情"，欺骗组织，受到了必要的处罚。

地震预报试验场

提起新疆地震预报试验场，那是 40 年前的旧事，我是从始至终参与试验场工作的人，虽说至今已过去多年，却仍然记忆犹新。那是 1971 年 3 月 15 日早上，突然接到中央地办通知，让我带领地震科研人员赶赴新疆乌什震区查清震情，做好震区预测预防。同时根据专家建议，为了全面了解掌握地震发生发展的规律，提前做出大震的预测预报。中央地办还拟在新疆多震区建立地震预报试验场，总结经验，探索规律，进一步提高地震预报水平。

于是，我奉命会同地球所的专家乘机赶赴新疆，先到乌鲁木齐会同新疆地震大队的科研人员，一起转赴震区。到达乌什后，首先是震情监视，汇总测震、地磁、地电等监测情况，逐日开展震情分析，提出震情趋势分析意见。经过近 40 余天震情的反复监测，地震活动日趋平缓。专家认为两次强震已将能量释放大部分，近期不会发生更强的地震，乌什极震区人民生活可恢复正常。我们震区的考察监测工作告一段落后，即转入地震预报试验场选址工作。我们由乌什震区出发，沿南天山柯坪断裂带南行，考察过当今地震活动频繁的巴楚，又考察了历史上发生过 8 级大震

1971 年新疆乌什燕子山，此处当年大震频发，
研究队设综合台于此进行观测研究

的阿图什，还去过南疆重镇喀什，最后考察了南天山与昆仑山交会处，以及当时地质构造活动剧烈、大震频繁发生的乌恰，选择工作初步告一段落。据史料统计，南疆地区自1765年到1971年共记录了4级（含4级）以上地震667次，6级（含6级）以上地震达64次，8级以上大地震4次之多。据有关人士分析指出，南疆地区目前处于地震活动期，按天体运算结果表明，预测南疆地区1972—1973年将有7级大震发生，抓大震是千载难逢的好机会。通过月余的选址调查，我们初步认为选南疆地区，以柯坪断裂带为中心的区域作为地震预报试验场是适宜的，理由是：

（1）历史上是多震区，预测近期有大震发生。

（2）南疆地区是地震工作的空白区，便于更科学合理布设台网。

（3）该地区人烟稀少，人为干扰少，便于监测异常。

通过近月余的现场考察，回京后我们将情况做了汇报，经中央地办研究，决定成立新疆地震预报研究队，并指定我与梅世蓉、张中华、张裕臣等负责筹建，动员地震系统各单位自愿参加，原则是围绕地震预报的总目标，自选课题，自配人员，自备设备，研究成果共享。为了有利于工作开展，我们决定凡在试验场工作的人员一律按当地有关规定执行，同工同酬，所需经费由中央地办统一解决。还明确参与人员在疆工作每满一年，可享有规定的探亲假。

正式组队从7月份开始，局系统有多家专业单位报名参加，人员也陆续出发赶赴新疆。截至1971年9月底，有10家单位报名，参加人数达150人左右。

研究队组队工作进展顺利，这是一支集地震预报科研精英于一体的队伍，于1971年国庆前齐聚乌鲁木齐。工作期间，我们深知在新疆工作应获得当地政府的支持，首先是由新疆地震队派出一名负责同志担任研究队的党委书记，加强同地方政府的联系。我们到达乌鲁木齐后，在向自治区科委及政府汇报组建新疆地震预报队的目的与意义后，深得自治区政府的赞许，为我们在南疆工作开了绿灯，对之后开展预报研究工作十分有利。

1971年国庆节过后，大队人马浩浩荡荡开赴南疆重镇喀什，开始了为在南疆抓大震摆兵布阵，短期内在塔里木沙漠周围，特别是南天山柯坪断裂带建立了多个地震及前兆观测站（台），观测研究的内容有前兆（包括地电、地磁、地倾斜、水化等，下同）和有关研究项目。

1971年底研究队刚刚落脚喀什，工作尚未开展，1972年1月16日在位于试验区之内的柯坪南发生了6.2级地震，自然在震前提不出预报意见。但通过这次地震的检验，感到原先的台网布局存在问题，首先是偏重震情而忽视现实可能。想是在乌恰历史大震多发区布局，但此处位于大山深处，交通、通讯、生活均不便，无法开展观测研究。其次是试验场战线拉得过长，自塔里木大沙漠的北端绕沙漠大半圈，到和田距离达 1500 千米。为了集中力量打歼灭战，地震预报试验场需要缩短战线，将工作重心移到现今地震活跃区的阿克苏，试验区两端的库尔勒、库车、喀什、杜瓦、和田等台归新疆队分管。

原国家地震局新疆预报研究队队长王树华（中）
重访乌鲁木齐基准台（右为新疆局张宏益副局长）

由于工作重心的转移，研究队队部随之迁至阿克苏，观测中心也移到近两年连续发生大震的乌什，经过近半年的搬迁布局，几乎集中了研究队的全部手段，包括测震、地应力、形变、地磁、地电、水化，还有动物专门观察等，于 5 月份全面开展了观测研究工作。为了抓住 1973 年 7 级大震，环绕塔里木盆地半壁的 13 个台站夜以继日开展各种方法的观测，每天上千的数据绘制成图，遇有异常立即会商，进行异常与震情的判断。这是集地震预报手段之大成，在实现地震多发区开展攻坚性的预报研究。

为了抓大震，研究队的同志们奋战了一年多，1973 年夏大震没有来，研究队在阿克苏做过阶段性总结，对 4 级（含 4 级）以上地震预报的成效分析还是不错的，曾成功预报了 10 次，占 25 %；部分成功预报 15 次，占 35 %；漏报 2 次，占 4 %；错报 1 次，占 2 %；虚报 14 次，占 34 %。上述统计数字表明了地震科技人员一年来艰辛监测的工作成效，同时进一步表明到多震区去熟悉了解和掌握地震活动规律，进而提高预报水平，这是一条可行的途径。

研究队的科研人员在新疆多震区坚持观测研究，一方面监视震情，一方面等待 7 级大震的到来。然而，1973 年 7 级大震"失约"了，人们对天体运行的规律运用到预报地球上某处将要发生大震，这简直是匪夷所思。这时传出要撤出新疆的讯息，这大大动摇了军心，影响预报工作的正常进行。为此，国家地震局（原中央地办）决定在做好研究成果总结、监测工作妥善交代后，在 1975 年 8 月逐渐结束新疆地震预报实验工作。历史是无情的，天意在捉弄人，在撤队已成定局的情况下，1974年8月11日在乌恰南大山深处的一次7.3级大震姗姗来迟，次日还发生一次6.4级强余震。这次大震或许是验证了运用天体运行结果预报地球上某处将发生大震，算是有了一个可喜的结局。但研究队所设定的观测点远离震中，没有明显反应，故而漏报。抓大震，反而漏报大震，值得深思的问题是，因为观测技术的能力所限，还是其他客观原因，值得深入思考。但是在多震地区建立地震预报试验场，加速人们了解和认识地震发生发展的规律，进而实现大震前做出确切的短临预报，这应当说是一个重大的创举，值得重视，应当继续下去。

1975年8月的一天，在完成了新疆地震预报试验场的全部移交工作之后，我最后一人带着遗憾离开了新疆，离开了试验场。当时，我的脑海中老是萦绕着"如果"两字，如果不是"文化大革命"动乱时期，人心浮动，不安心边塞工作；如果我们的前兆台站更靠近震中区；如果我们的观测技术更精密，且能自动记录及传输，及时做出分析判断，7级大地震不至于漏报，就将为地震短临预报创造奇迹。但历史没有这样演绎，5年的辛勤探索付诸东流，徒呼奈何！

改革与发展中的探索

1983年3月30日上午，根据国家地震局的安排，我随安启元局长来到地震地质大队。在干部会上安局长代表局党组宣布我为地震地质大队大队长的任命，领导班子成员另有党委书记宫士湘，副大队长郭志涛、韩子文、刘光勋，任期均为3年。据回忆，我这一任命早在几年前就有所酝酿，袁维丹副局长曾数度征询过我的意见，让我去大队任职，因为当时的诸多因素我一再婉拒。说真心话，地震地质大队从组建到成长壮大，都同我密切关联，我从心中希望大队能好起来，但怕这山芋烫手，搞不好遭人耻笑，心中存有疑虑。然而，作为共产党员以服从组织为天职，自此让我又走上了新的征途，穷其余生于地震科研管理工作。

作为独立的科研单位，有其独特发生成长的历史，例如地震地质大队（后更名为地壳应力研究所），在近50年的历程中，有独特的成长经历。

1962年3月19日广东河源地区发生一次6.1级地震，震中烈度为Ⅷ度，房屋破坏数千间。多年少震的广东地区，此次大震引起有关部门的关注，当时认为这次地震是由于新丰江水库蓄水而引发的水库地震。为了弄清楚地震发生的原因，做好防震抗震工作，地质部在广东河源地区组建了新丰江地震地质队，在技术上接受地质部地质力学研究所的指导，遵循了李四光的地质力学学术观点，采用地质与物探手段，全面开展地震地质工作，调查研究河源震区的构造活动性，还建立了地应力观测站，用电感应力法进行水平应力的观测，这是全国第一次运用地应力方法观测预报地震，也是地质部系统开展地震预报的开端。

1966年3月8日河北隆尧发生6.8级地震，3月21日又在河北宁晋发生7.2级地震，均造成巨大破坏与伤亡。由于地震形势的需要，3月29日地质部成立了地震地质领导小组，由地质科学家李四光部长亲自挂帅，全面地组建地质部系统地震地质队伍，准备开展全国地震地质工作。4月13日，部党组决定成立地震地质大队，下辖华北、西南、西北、中南四个区队，大队部设在河北省三河灵山，总人数达1200人，当即在全国范围内开展了地震地质、地震监测预报工作。当时的地震地质大队和所属的华北队，其主要任务是在京津地区开展地震地质调查，了解本地区的构造活动性，与地质力学研究所合作开展本区的地应力与断层位移测量，观测分析研究京津地区震情活动，适时地提出地震预报意见。初时工作还是顺利的，开展了不少工作，但五六月份"文化大革命"开始了，要"横扫一切牛鬼蛇神"，这一下全乱了套，工作停顿了，领导班子瘫痪了，无政府主义盛行，派性斗争激烈，无法正常开展工作。为了地震工作的紧急需要，1967年5月地震地质大队实行了军管，工作逐步恢复了正常。

1969年地震工作实现大联合，地震地质大队的领导重心由地质部逐步向中央地办过渡，1970年5月地震地质大队完全脱离地质部建制，归属中央地办（即后来的

1982年原国家地震局新疆地震预报研究队队长王树华
（左一，后任地壳应力研究所所长）与新疆局同志在北疆呼图壁选形变台台址

国家地震局）。嗣后根据全国地震工作会议的精神，在全国多震地区组建地震队伍，原来的地震地质大队完全被肢解，原来的华北队承袭了地震地质大队的名称，归国家地震局直接领导，其他三个区队分别划归所在省局领导。就此，地震地质大队开始在缓慢中向科研方向转型，建立了自己的研究所，吸收了一些科技力量，独立自主地开展地应力与断层位移方法的观测与研究，并同时进行地震监测预报探索。

自 1970 年开始，由于工作的原因，我不再过问地震地质大队的事。阔别了 13 年，这次重返大队，发现大队已向科研所迈进了一大步，但是要变成堂堂正正的研究所，我过去从未想过。所以上任之初第一反应就是，对这项崭新的从未做过的事，要一切从头来，需要"摸着石头过河"，但摸的结果是发现了许多问题。

首先是生存问题。地震地质大队能否在北京长期存在下去，取决于两个问题：一是地皮，二是户口，要解决这两个问题，是当时在北京最难办的事。这些问题虽不是重大科研问题的突破，然而问题的解决对大队的发展关系极大。之后，经过多届领导班子的努力，上级组织的支持，这些问题最终都得到比较好的解决，为科学研究工作的持续发展奠定了基础。

其次是发展问题。地震地质大队是经过长期野外实践锻炼的队伍，具有优良的作风和实干精神，也具有工作的实力与手段，在地质、勘探、工程地质、水文地质、钻探工程等方面都具有相当的优势，但缺乏"坐而论道"的专家学者，缺乏必要的实验条件，所以缺乏知名度，有分量的学术论文少，说白了就是工作做得不错，但拿不出高水平的文章，由此常常被人家瞧不起。进而在国家下达的地震科研任务方面经常处于全国平均水平以下，以 1984 年为例，地震地质大队全年的科研经费仅相当于某研究所的三分之一。所以在我上任之初，就发现许多科研人员申请不到项目，常年没有事干，造成人力资源的极大浪费。对于领导干部来说，这是一个严肃的问题。出路何在？靠吃"黄粮"，实践证明当时是行不通的。只能发挥自己之长，补自己之短，纵的走不通就走横的，而且在这方面我们已有成功的事例。例如，曾为二滩电站、金川矿区的建设做出过贡献，受到好评，并取得了一定的社会效益和经济效益。所以在保证完成国家地震科研任务的前提下，为国家经济建设服务的横向技术开发上，大有用武之地，仅 1984 年创经济效益就达 15 万元。因此我们确定不能在"一棵树上吊死"，既要更好地完成国家下达的科研任务，为监测预报地震服务做好纵的方面工作，又要积极进行技术开发，为国家经济建设服务做好横的方面工作。我们的方针是"开发促进科研，科研指导开发"，两者互为依存，相辅相成。通过 5 年不断的完善、充实、改革，我所在技术开发方面有了巨大发展。

1987 年为国家经济建设服务的项目多达 39 项，创造经济效益多达 196 万元，超过国家下达的科研经费（当年科研经费 151 万元）。横向开发创造的经济效益大大地改善了科研工作条件，保证了当年计划的完成，有力地改善了职工生活，为继续扩大技术开发创造了条件，为更好地开门自主办所走出了一条新的路子。

最后是彻底转型问题，将队变成所。随着时间的推移，地震科研形势的发展，原来地震地质大队的名称、组织形式、工作方法等，早已不适应新形势的需要，急切需要脱胎换骨的彻底转型，将野外地质队变成堂堂正正的研究所。

关于改所的问题，早在 1981 年国家地震局就提出"可逐步过渡到以研究为主"，同时指出其主要任务是"研究地应力的分布变化和现今构造运动及其与地震的关系，进行地震预报"。按照国家地震局的指示精神，方向更明确了，经过几年的努力，培养了一批能胜任研究任务的科技力量，增加了必要的实验条件与技术装备，使某些领域和观测技术在国内具有一定的优势，所以队改所可谓水到渠成，是历史发展的必然趋势。1986 年 2 月，国家地震局批准将地震地质大队正式改为地壳应力研究所，并确定其主要任务是："研究构造运动和应力场及其随时间变化的过程与地震孕育发生的关系，包括构造活动，构造应力，以及相应的测量技术与实验和理论研究。着重应用于地震预报和工程地震中的问题，为国家经济建设服务。"这一任务的确定，为今后建设新型研究所指明了方向。

地震地质大队建立后，我是大队最后一任队长，又是改所后首任所长，建设新型研究所的重任，落在我们新一任领导的肩上。为了适应新形势的需要，建所之初着重在以下几个方面抓出了成效：

第一，所领导班子有所加强。改所之后，国家地震局曾着力加强研究所的新领导班子。除我与郭志涛同志之外，新聘任刚从伦敦帝国理工学院进修回来的赵国光和具有丰富计划管理经验的徐明治为副所长，新的班子更体现了专业化领导。我们还实行了党委领导下的所长负责制，新的所长们有职有权，这有利于管理与领导，是富有活力的领导集体。

第二，疏通中间环节，逐步走向专业化。改所之后，大部分中层领导仍是行政人员，他们资格老，对革命有贡献，有的长期患病不能坚持正常的工作。为了增强中间环节的活力，我们结合实际，采取让一些同志提前离退休，一切待遇不变，这样他们也乐得其所。如此空下来的位置让年轻、有能力、有专业知识的人充任，从而实现中层领导人员专业化。

第三，调整管理机构，增强管理机能。改所之后，按照所的实际情况，将原来的一室（办公室）三处（科研处、计划财务处、物资基建处）一科（保卫科），改为一室（办公室）五处（科研处、计划财务处、物资基建处、人事教育处、保卫处）一组（审计组）。新的机构加强了人事教育工作，为研究所加强人员培训教育，以适应改所后新的形势需要。所以，新的机构更加合理，职责更加明确，其领导干部更加年轻化、专业化。

第四，调整研究机构，推动学科发展。为了研究机构的设置有利于学科的发展，更好地完成科研任务，在广泛研究的基础上，撤销原预报室，所遗工作归科研处负责，其余共设 9 个研究室和 2 个为科研服务的室，使机构的设置更突出研究的重点以及今后的努力方向。

第五，坚持开门办所，发展横向开发，扩大所的自主权。我们贯彻科技体制改革精神，突破过去那种不自主和封闭状态，面向社会，面向经济建设，充分利用我所的科技优势和科技成果，积极为水电、煤炭、石油、工程地震、建筑等方面的经济建设服务，用技术开发创造的效益，武装所的科技实力，提高所的科研水平，减轻对国家的依赖性，逐步走向高水平、有实力、充分自主的地震科学研究机构。

事过追思，地壳应力研究所已走过近 50 年的发展历程，而我主政仅仅 5 年的时间，也只是匆匆的过客。但是，5 年的科研管理实践，研究所出现红红火火、朝气蓬勃的局面，积累了不少的实践经验。例如，如何将野外队变成研究所？如何在无立足之地的北京建成响当当的研究所？如何冲出一条自主开发的新路子？如何办好公益性研究所，等等。经验是干出来的，愈干经验愈丰富，为此，《科技日报》刊载了《开发促进科研，科研指导开发——地壳应力研究所开发科研实现同步增长，为社会公益型科研单位放开搞活提供了宝贵经验》的专文。

王树华 简历

王树华，男，汉族，山东潍坊人，1927 年 6 月生。曾任中央地震工作领导小组成员、地震地质大队大队长、国家地震局地壳应力研究所首任所长，教授级高级工程师。长期从事地质与地震预报工作，邢台地震后协助李四光部长在地质系统组建地震工作队伍，组织和参加大震考察、震区现场地震预报研究以及地震科研管理工作。曾参与国家"三五"计划矿产资源部分的制定，编辑出版内部刊物《地质矿产消息》多期；获国家地震局颁发的地震工作 30 年荣誉证书，先后撰写《以改革为动力促进地震科研的发展》等论文。1991 年退休。

关怀与缅怀

张卫东

地壳应力研究所的职工，特别是 20 世纪 60 ~ 70 年代在单位工作过的老职工，每每提及李四光这个名字，都十分熟悉，倍感亲切。这是因为，李四光在地震地质大队的建立和初期的发展中所倾注的大量心血，对地震地质和地震预报所做出很多开创性的工作，都不时浮现在脑海里，铭刻在心中。

我在调入地震地质大队之初和李四光有幸相遇，目睹李四光对地震工作的关怀，聆听李四光视察工作时的教诲，以及多年以来的所思所悟，将之整理成此文。在李四光先生逝世 45 周年之际，奉上缅怀敬仰之情。

一

20 世纪 60 年代，经过有关部门的层层筛选，我被选送到河南省委开办的培训班学习机要译电业务。所谓机要译电，也就是在约定的人之间，将有关机密事项的内容使用特别编定的秘密电码（密电码）处理后，通过电台发出，同时将收到的密电码解密后翻译成原文。从我记事的时候说起，只是在电影中看到过解放前地下工作者保护和使用密码与敌人斗争的情节，曾有一种神秘感。当真得接触到这项业务后，也会感到其机密等级确实很高，因而我们在入校后，学校就对学生强化保密教育，制定有许多十分严格的保密制度，有些事使我至今记忆犹新，举上二例重温一下当年的校园生活："私信公开"，就是学生与亲朋好友来往的所有私人信件，首先要经老师审阅后才能寄发或交本人阅读；"二人通行制"，就是学生因特殊问题需请假外出，必须有二人以上同行方可允许，并且必须在约定的时间内返回。如此种种，对增强我们的保密意识大有好处。毕业后，同学们分别分配到省委、各地市、省直等单位工作，我被分配到河南省地质局工作。

1967 年 4 月的一天，省地质局政治部机要科的赵科长通知我说："地质部新成立的地震地质大队急需一名机要人员，经过组织研究决定调你去。那里的工作因为很快就要开展起来，希望你尽快前往报到。"在"哪里需要就到哪里去"的年代里，我没有顾得上回老家探望父母，很快地准备好行装，从郑州市乘火车北上转乘长途公交汽车，赶到了位于河北省三河县大口的地震地质大队报到。大队政工组负责人事工作的宁文权同志热情地接待了我，明确分配我到设在地质力学研究所内的地质部地震办公室电台工作，并交待了具体的工作任务和工作要求。

地质力学研究所位于北京西郊法华寺，沿中央民族学院南侧一条不太宽的小路步行约200米左右靠左边的一所院内，当年院周边多为农民耕种的土地，还有少量的民房，没有嘈杂，环境宁静。现如今，这里已是高楼林立，道路纵横，车稠人密，现代化城市的繁华在这里也充分展现出来了，昔日在脑海中的印象已经全然失去。我们的工作地点就在院内一栋坐北朝南的楼房里。地质部地震办公室就设在此楼内。院内南侧还隔有一个独立的小院，有部队的警卫人员全天职守，这就是著名的科学家李四光的居住地。

我们的小团队由三个人组成，在我到达工作岗位之前，周宝林、陈彦良二人已先期到达并且开展了工作。我们的具体工作分工是，我和周宝林负责机要译电，陈彦良负责电台的报务。因为周宝林比我们年长几岁，我们都称他为大周。大周还告诉我说，这里工作任务不是很多，根据国家要保护密码的绝对安全，必须要有两人守护的规定，是调我来的原因之一。由于我以前在河南省地质局就是从事机要译电工作的，所以熟悉专用的密码后很快就进入了工作角色。我们的工作任务是每天及时处理设在河北省隆尧县尧山地应力观测站发来的电文，内容多为台站每天观测记录的地应力变化数据，地震办公室绘制成地应力变化图表后，及时提供李四光和有关专家用于分析震情的变化。除此之外，对于领导的指示、工作计划以及台站工作等重要一些的问题，也通过机要通讯联系。对于一般事务性、没有保密内容的工作事宜，则是通过电台以明码通讯的方式联系处理，从而保证了工作内容准确、快捷、安全的传递。

在地震办公室工作期间，我曾听到许多关于李四光热爱祖国、潜心科学研究、关心地震工作和研究地震预报的事情，在我的心中激起了敬佩之情。例如那个时候就听到的：1966年邢台地区发生的强烈地震给人民的生命财产造成了极大的损失，4月27日周总理在中南海听取地质部部长李四光、石油部石油科学研究院副院长翁文波关于邢台地震有关情况的汇报后说："今天请你们来就是希望你们搞地震预报，这是我交给你们的任务。"李四光不负总理的嘱托，进一步组织和开展地震工作的研究探索。在他筹划下，尧山建立了我国第一个地应力观测站。井下安装了压磁应力计，根据记录到的地应力变化数值分析，监视震情的发展，进行预报地震的探索。在此后的监测中发现，邢台地区 3 月 21 日发生的 7.2 级强震以及 4 级以上的余震，地应力观测到的数据曲线都有不同程度的反映。特别是 3 月下旬根据地应力曲线的变化和其他网点报告的异常信息，在老震区还第一次成功地发布了发生 6 级强余震的预报意见。

那个时候，我和陈彦良都还没有成家，特别是在夏秋季节的晚饭以后，我们时常结伴沿着院外的小路，或到当时还没有修建围墙也不收门票的紫竹院公园散步。有一天晚饭后，我们刚刚走出大楼门口，看到不远处有几个人，陈彦良悄声地对我说："那是李四光和他的老伴儿，他们也是经常散步。"我举目望去，这位老者衣着朴素，岁月的年轮已经刻上了满头的白发，但精神状况还不错，步履缓慢稳健。之后我听地震办公室的同志说，时年李四光已经 78 岁了。

我们到了李四光的面前分别问候："李部长好！"这是我第一次面对共和国部长级的大人物，在问候时还有些拘谨。

"好，好。"李四光看了我们后说。

"身体还好吧！""年岁大了，也还可以。"

这时，陈彦良用手指着我介绍说："小张刚从河南地质局调来，在电台上搞译电工作。"此后，李四光问了我老家在什么地方，到这里工作、生活习惯不习惯。我都一一做了回答。在说到电台工作时，李四光还说："尧山传来的地应力数据我经常看到，你们的工作很及时认真。"

之后，我们无意间也会在院内、小路上和公园的河堤旁，看到李四光和他老伴儿在散步的身影，身后随从一名身着军服的警卫人员，手里提着一个小马扎，这是为李部长临时需要休息时提供方便的。每次会面，我们怕过多干扰李四光的休息，总是问候一下，说几句话就离开了。有时，我们也会简要汇报一下工作情况，或问一些有关地震的情况，李四光都是扼要给我们讲解。只因我们当时涉足地震工作部门不久，对地震研究工作知之甚少，对李部长谈到的问题只是聆听教诲而已。

时间总是那样不留情面地匆匆走过。1968 年秋，地质部根据中央的指示精神，决定撤销基层部门的机要译电工作，我们三人分别回到了原来的工作单位另行分配工作。在地震办公室工作一年多的时间里，我们虽然每次接触到李四光的时间都是那么短暂，但给我留下的记忆是深刻、难忘的，李四光那慈祥的面容，平易近人的态度，科学研究的成就，一直深深地印在我的脑海里。

二

1970 年 7 月，耄耋之年的李四光要来地震地质大队视察工作的消息不胫而走，人们相互传递，人人皆知，昔日宁静的大队部增添了几分喜庆。无论是领导干部还是普通职工，都发自肺腑地怀着崇敬、企盼的心情，期望能早日见到为地震地质大队的建立和发展倾注心血的李四光部长的风采，盼望我国著名的科学家李四光的到来能够为地震地质大队今后深入开展地震科学研究进一步解惑释疑，再添活力。

地震地质大队三河驻地全貌

地震地质大队驻地位于河北省三河市东北约 6 千米的灵山乡南侧大口，地理位置是三面环山，西面与平原相连，1966 年 9 月由朱林青、母小亨选定该址并组织动工兴建，征地总面积为 124.76 亩。1972 年以前为地震地质大队队部和所属华北地震地质队的所在地。驻地所建房屋基本上是砖混结构墙体、石棉瓦屋顶，当年入冬前部分房屋已竣工并投入使用。这类房屋的特点是夏热冬凉，但抗震性能强，1976 年唐山发生的毁灭性地震波及该地，驻地房屋晃动明显，但无一受损。截至 1969 年，驻地所建办公用房、生活用房和各种配套设施虽说简陋，但还是基本上保证了正常工作和职工家属的生活需要。

从地震地质大队到北京城区有两条道路可以选择，一是经三河县城沿京唐（唐山）公路到达北京市区。或许是由于当年修建公路的投入不足，路面地基处理不实，适逢炎热夏季柏油路老是翻浆，导致常年路面高低不平，特别是在李旗庄—燕郊之间尤为突出。每次进京，全程 75 千米左右的路程，汽车一般需要开 2 个小时左右。

所以，有的同志戏言："去一趟北京，在路上心都快被颠出来了。"二是经平谷县、顺义县到北京市区，路程有些绕远。问题是从大队部至平谷约 10 余千米左右的路段，路面较窄，用小石子铺的公路因缺少维护，路面也是坑坑洼洼，汽车只能缓慢行进。所以，对李四光身体状况略有了解的职工，真还为他的行程劳顿而担心。

对于李四光部长视察工作，地震地质大队革命委员会和军管组的领导同志都非常重视，赵奎华、朱林青、王国亮等领导同志亲自研究确定了视察的准备工作方案。

视察工作计划设定后，事前在电话中已和李部长交换过意见，主要是：

（1）向李部长汇报地震地质大队近期工作情况；

（2）参观实验室指导工作；

（3）大会和职工见面，作报告。

对于视察接待的准备工作，之前专门召开了中层干部会议进行安排布置。明确保卫部门组织有关人员对驻地周边和院内重点部位进行安全排查，并安排人员职守。办事组负责服务和会务工作，地研组安排视察实验室等部门的准备工作，政工组负责宣传工作，后勤组负责医疗防护和食品卫生保障工作。同时考虑李四光年岁已高，明确革命委员会委员李振华和吴刚二同志负责全程接待和服务工作等。对于上述安排要求各个部门都要落实到人。时年，我是从事宣传工作的，政工组的领导安排我做好李部长在职工大会上讲话的记录，为了保证讲话记录的准确性和完整性，同时安排陈云通、孙泽孚也分别记录，会后由我们三人核对成文，印发各部门、台站，进一步组织职工学习和贯彻落实。

1970 年 7 月 23 日，天公作美，晴空万里，虽说已进入夏季，天气炎热，但这山坳之地却空气清新。这天上午，许多职工早早地就来到院里的操场，希望能早一些盼到、看到和迎接李四光部长的到来。

9 时 40 分左右，一辆红旗牌轿车徐徐地开进了大院，停在办公区前排房屋的路旁，随车来的警卫人员下车打开后排座的车门，李四光略显缓慢地下了汽车。在附近自发出来欢迎的一些职工，许多人还是第一次看到心目中崇敬的、慈祥的、已是满头白发的老者——李四光部长，心中思绪万千，不自觉地鼓掌表示热烈欢迎。李四光面带微笑地扫视一下在场的人群，举起右手也频频向大家招手。我细细端详这次见到的李四光，和两年前在地质部地震办公室工作期间见到的他，从外观上回忆比较没有太大的变化。然而，虽说他步履稳健，但行动又显迟缓；虽说他精神尚佳，但在额头上又留下了岁月的痕迹。我和大家怀着同样的心情，发自肺腑祈祷，祝愿李四光部长多多保重，身体健康！

对于李四光到来的一举一动,许多人观察得都很仔细,当时还出现这样一个笑话。一位青年职工看到李四光从汽车的后排车门下车后,随发感触地对周围来欢迎的群众说:"李部长是不是坐错位置了,他应该坐在前排的司机旁边。"此话立即引发大家一阵笑声,有的人还说他"太土"。其实,在那个经济不够发达的年代里,许多职工和外界接触不多,平时看到单位的小车也就是帆布篷顶的吉普车,大队领导外出开会办事都是坐在前排的司机旁,时间长了就形成了一种概念,似乎前排司机旁边的座位就是领导坐的位置。至于乘坐红旗等品牌的小轿车,其1号座位在司机的右后边,2号座位在司机的正后边,3号座位在司机旁边的礼仪安排,就更是无从了解,因而所发感言也就不足为奇了。

李四光在会议室稍稍休息,革命委员会主任赵奎华代表领导班子首先向李部长汇报了工作,主要内容是:大队近期组织群众开展大讨论,对深入进行地震预报工作提出了50项建议的情况;组织广大职工学习毛泽东思想,开展思想政治教育的情况,以及党的组织建设和机构设置等情况。机关地研组负责人尚波重点汇报了大队贯彻地震工作会议的情况,汇报了京津、山西地区开展地震地质调查的进展及取得的认识,京津晋的布台和建站情况,汇报了即将投入观测的电感法悬空元件的性能、干扰因素和灵敏度存在的问题及加强研究等问题。在汇报工作的过程中,李四

李四光(左三)视察地震地质大队三河驻地

光频频点头，对有关问题进一步询问，对大队前期工作已取得的成绩表示肯定。

职工食堂几位掌勺的大师傅，基本上都是因工作安排半路出家的，没有经过专门餐饮业的培训。为迎接李部长的到来，他们经过精心策划，准备的午餐主要是炒肉、炖菜和青菜之类，要以现在的标准来衡量，也就是一般的家常便饭，再普通不过了。汇报结束后，工作人员请李部长到食堂用午餐，李四光说："我带饭来了。"在李部长的执意之下，随同来的警卫人员将一个饭盒拿到会议室，饭盒里装的是几块面包和一些小吃，这就是李部长外出时的午餐。以后听有的知情人说，晚年的李四光生活很简单，饮食上不沾荤腥。午餐后，负责接待工作的李振华考虑李四光年事已高、路途的颠簸和上午参会的劳累，怕他身体受不了，就指着会议室临时安排的木制床铺说：

"李部长，您躺床上休息一会儿吧！"

"没事，过去在野外工作，累了就在大石头上躺一躺是常事。现在条件好了，回去时在车上也可以休息一会儿！"李四光一边回答，一边继续翻阅为他准备的有关文件资料。

李四光（左二）在观察岩石试验标本

下午2时左右，李四光在朱林青和军代表王国亮等领导的陪同下，先后到该厂的实验室、车间看望职工，检查工作。在实验室视察时，科研人员向李四光分别汇报了地震地质大队设计、加工的电感法、钢弦法两种地震测量系统的仪器、探头和下井装置情况。在时任该厂副厂长张培耀汇报电感、钢弦两种地震测量系统野外试测资料时，李四光饶有兴趣地详细询问野外测试的过程和情况后说："地震是由于地球表层产生剧烈的形变而引起的震动，产生这种形变的巨大力量不可能突然出现，必然有个加强积累的过程。我们的探测手段如能正确反映这股力量加强的过程，那就等于正确地反映地震将要发生的前兆。"

在车间检查工作结束前，李四光提议："今天和大家照个相吧，我愿意和工人师傅合个影！"在车间的一角，职工们很快站在李四光的身旁，高高兴兴留下了这难忘的、美好的、永恒的一瞬。

报告会安排在大礼堂举行，这个唯一能容纳200人左右的公共场所，往日里除

了职工大会在这里举行外，还兼顾职工餐厅、文化娱乐活动等多种功能。每次召开职工大会时，前面总是摆放几排长条凳子，大多数职工都是自带椅凳参加会议。如若参加会议的人数较多，礼堂就挤得满满实实的了。这天，广播召开职工大会的通知以后，大家都提前来到礼堂就座，等待聆听李四光的教诲。

李四光（前排右四）和实验室职工合影

下午 3 时左右，当李四光沉稳地走上主席台时，全场爆发出长时间的热烈掌声。李四光首先向全体职工问好，紧接着回顾了近期在全球范围内毁灭性地震愈加频繁的趋势，回顾了邢台地震和通海—蛾山地震的情况，分析了某些地质构造带上地应力集聚引发地震的许多物理变化后，他强调指出，地震地质工作是地震工作落到实处的一个必不可少的步骤，在寻找可能发生地震的危险地带，特别是危险地区的工作中，它应该起先行作用。在茫茫大地上，如果我们对可能发生地震的地带或地区完全无所察觉，我们的"以预防为主"的工作和措施将从何着手？

报告中，李四光根据地震地质工作的要求和特点，结合当前的任务重点阐述了科技工作者十分关心的以下两个问题：

一是在报告"哪里有活动构造带，它是怎样活动的"问题时，他从 4 个方面进行了阐述：①要查明活动构造带的所在，追索它伸展的方向和范围；②测定活动构造带活动的程度和频度；③鉴定活动构造带的性质；④尽可能找出和一个活动构造带有密切联系的其他构造带。

二是在报告"构造活动带是怎样引发地震的"问题时，他指出：震源有时在活动构造带中流窜，位置不定，也有时偏向于大致固定在活动构造带上的某一点或某几点，这种现象不是偶然的，不能没有客观存在的规律。不掌握这条规律，光讲活动构造带，对我们的地震预测工作的要求起不了多大的作用。紧接着，他还列举了活动断裂带引起地震的 5 种值得注意的情况并进行了论证。最后，李四光满怀深情地鼓励大家，我们对地震地质工作现阶段即使仅仅迈出第一步，也得要有个方向、有个办法、有个步骤，希望大家不要束缚自己的手脚，继续进行探索研究，讨论、补充和修改。

一个多小时的报告，与会职工对聆听李四光演讲的关注程度可以说是全神贯注，生怕漏掉自己所关心的讲话内容，整个会场时而变得鸦雀无声，时而出现似火山爆发般的热烈气氛。李四光淡定而富有激情的报告，由浅入深，言辞有力，论述有据，条理清晰，既回答了职工十分关心的问题，又是对几年以来开展地震地质工作的小结，给与会者以极大的鼓舞和信心。会场传出阵阵热烈的掌声，包含着的是广大职工发自内心对这位老者无限的崇敬，是对他关心地震工作的赞颂，是对工作中或多或少存在疑问的释惑，是对今后进一步开展地震科学研究添加的动力。所以，这次会议对绝大多数职工来说，应该是参加的最打动人心的一次会议，是时常引起回忆的、也是值得珍藏在心目中的历史瞬间。

李四光到地震地质大队视察工作仅仅是短暂的一天时间，虽说至今已经过去40余年了，但他慈祥的容颜，平易近人的亲和力，严谨认真的科学态度，对地震工作的殷切期望，使全体职工倍受鼓舞，在人们的心灵中留下了永久的、难以磨灭的印记。

三

世上万物，都有一个产生和发展的过程。地震地质大队的诞生和初期的健康发展也不例外。

1974年，我在地震地质大队西三旗办公室工作期间，当时中国科学院下发了关于加强档案资料整理归档的通知要求，我主动请缨利用闲暇时间清理地震地质大队建立以来的文件资料，分类归档。经领导同意后，我曾到中国科学院档案室学习请教，参加国家档案馆举办的讲座，了解档案管理的有关规定和归档的要求，便开始对大队近20年以来所形成的大量的、散乱的文件资料进行收集和清理。在接触这些文件资料内容的过程中，以及以后网络信息的阅读，使我越发感受到，李四光在策划和推动地震地质大队建立的问题上迅速果断，在他有生之年对地震地质大队的发展问题上精心培育呵护，指导践行着他提出的"在研究地质构造活动性的基础上观测地应力的变化"的主张，为预测和预报地震指明了方向。

遴选以下两例说明：

其一，组建工作队伍。

新中国建立之后的十余年间，在我国没有发生破坏性的大地震，或者说是上苍对新成立的共和国百废待兴的恩赐，地震处于平静期，许多地方许许多多的小震虽然常常光顾"骚扰",但表现得都很"温柔",没有掀起大的波浪,也没有带来严重的损失。1966 年 3 月 8 日凌晨,突如其来的河北省邢台地区强烈地震,在中国的大地上划破了多年的宁静,就在地震发生的当天下午 6 时,周恩来总理就在国务院会议厅接见了有关地震工作人员,听取邢台地震情况和地震工作情况的汇报后,周总理指示说:"地震队伍要扩大,提出规划来。人员不够,可考虑科大、北大学生转系。""凡需增加人力、物力的,可以调动。"总理的指示,说明国家对地震所造成严重灾害认识的重视,表明中央政府竭尽全力保护人民生命财产安全的决心,也标志着我国地震工作队伍的壮大和地震科学研究工作自此进入了一个全新的时期。

周总理指示后,时任地质部部长的李四光就本着为减少地震对人民的危害,避免国家财产受到重大损失,保证国家建设地区安全的需要,开始筹划建立一个地震工作研究机构。说来也够神奇的,就在总理指示仅仅月余,地质部一个宏伟的蓝图——组建统领全国地质系统地震工作机构的方案就出台了,如此重大的决策方案,从讨论、起草、论证、上报、批准,即便是在转变工作作风、提高工作效率的当今,过这些关口或许也不是月余能够解决的。从 4 月 25 日起,地质部就连续印发几个特急文件,决定成立地震地质大队,确定地震地质大队的方向任务是:运用地质力学的观点调查研究活动构造体系,为国家建设提供安全基地;在活动构造带中选择适当地点建立地应力、断层位移等项观测,探索地震预报的方法和途径。

明确地震地质工作的主要内容是:①查清活动构造地带的范围和它们之间的联系,这项工作的目的,是为了确定当前发生地震地区的界限,并推断地震有无向那个方向扩展的可能。②在处于活动状态的构造地带中,选择适当的地点,建立地应力和断层位移的观测站。这项工作的目的,是为了观测地震发生以前地应力的变化和断层或裂隙两旁的微量位移,并探索它们变化的规律,从而进行对强烈地震或一群较小地震的预报。同时,广泛搜集群众关于地震预兆的经验,并加以核实和分析。文件中还对地震地质大队的暂设地点、组织机构、领导体制、人员编制等都做出明确规定。

上述文件的形成过程我没有进一步考证,但是明确表明,从设定的方向任务、工作内容等的字里行间中,直接地显现了李四光部长研究地震工作的技术思路和今后工作的设想,以及实现工作任务的各项组织保障。

其二,精心指导工作。

地震地质大队应时代的需要面世后,人们听从召唤,满怀热情地从四面八方迅速地汇集在一起。然而,特别是绝大多数科技人员面对地震工作这样一门新的学科，在重新学习、拓展知识、深化认识、施展才能的过程中，必然会遇到这样或那样的问题，在思想上产生一些迷茫或纠结。在此期间，李四光总是把握住大家的脉搏，及时结合大家的想法，采取多种方式为地震地质大队健康顺利发展予以具体指导，精心呵护。据不完全统计，仅在1966—1970年间，李四光就十余次有计划、有安排地接见地震地质大队有关领导及科技人员，听取工作汇报，了解思想和工作情况，并有针对性地就我国地震发生的趋势、开展地震地质工作的意义、地震地质大队的方向和任务、地震地质工作的性质和特点、工作内容及步骤、地震预报的方法与途径等等，进行了具体的指导。以下节录几段谈话记录的要点，眼下专业技术人员要是阅读起来或会感到普通浅显，缺乏"新意"，但在当年对于统一大家的认识，提高大家的信心等方面曾发挥了重要的作用。现如今，作为回顾历史瞬间的记录，细细品味其中的不普通之处，仍然还会有几多滋味。

1. 1966年12月9日，李四光在接见地震地质大队中南、西北、西南各区队在京参加会议的人员时深切地指出，地震地质大队已经有一个架子，但光有架子还不行，党和国家要求我们去解决问题，这个问题就是地震地质问题。地震地质是个新的研究课题。在国外有各种地质，如水文地质等，但是还没有地震地质，这是我国首先提出的。大家来自五湖四海，来自不同的工作岗位，工作性质不同，工作经验不同，但对地震地质这个课题，我们大家要有个共同的认识，没有统一的认识，就很难搞好工作。

李四光在解释为什么要搞地震地质，强调了研究地震的目的之后说，我们要认识地震将在哪里发生，可能的震级多大，这是我们当前工作中的关键性问题。要研究地震的发生原因。根据过去的经验，结合世界各地的情况，有90%以上都是构造地震，就是由于构造变动使地壳发生断裂引起的。凡是抵抗不住地应力作用的地方，特别是对那些地应力现今最活跃或可能发生地震危险的地点、地带或地区，应该搞清楚。要从地质构造的角度对此调查清楚，其做法有两条道路：第一，用地质的方法，进行详细的地质构造的工作，了解哪些地区、地带或地点最危险，可能发生地震。第二，收集历史地震资料。

2. 1967年11月2日，李四光在和地震地质大队部分科技人员座谈时说，地质部是地下情况的侦察部，不是月球部，也不是太阳部。所以，我们地质部的任务就是要搞清地下构造与地震的关系。我们把这项工作叫"地震地质"。

"地震地质"这个名字成立不成立？我说能成立。地震如果与构造有关，我们就要去侦察它，不能放弃这个职责。这一点，要向群众说清楚。

地震之所以发生，我们看，主要矛盾是地应力的活动与组成地壳的岩石的抵抗能力之间的矛盾。这种形变，一般是弹性形变，只有一小部分力因发生塑性形变或结构变化而释放，而大部分会积蓄起来，地应力达到一定程度，岩石抵抗不住了，便发生破裂，释放能量产生震动，而造成地震。但是，这种力量不是突然来的，而是有一个过程的，有一个逐渐加强的过程。这个过程的长短，我们现在还不知道，但我们可以说，这个变化是在破裂之前，而不是在以后。

3. 1968年1月8日，李四光会见地震地质大队部分科技人员和群众代表座谈时，首先肯定了地震地质大队成立一年多来取得的成绩，阐述了地震和地质的关系及地应力逐渐积累引发地震的问题。在谈到邢台地震后毛主席、周总理对地震科学技术工作高度重视以后，他说，我们主要是搞地应力。邢台地震后要求很急，电感法测量应力，匆忙上马，预料到干扰因素很多。但是，起码说明地应力是存在的。地应力是否变化？地应力变化是否与地震有关？要通过地震来反复检验。这个方法不能去掉，其他方法也要搞。座谈会结束之前，李四光深切地希望大家，要树雄心，立大志，要走中国自己的道路，不要当爬行虫，失败了再干。在大方向没有问题的情况下，我们还是要坚持做下去。

4. 1968年1月12日，李四光会见了地震地质大队有关干部和仪器试验小组有关人员，在听取汇报后，就有关地应力测量仪器试制等问题进行了座谈，李四光指出，观测地应力变化是抓本质的问题，它的大方向是正确的。工作中可能有很多具体问题，但不能说这个方法就不行，关键在仪器和元件的性能及稳定性。他还指出，电感法测量工作是困难的，但前途是光明的。之后，李四光就地应力的存在和它与地震发生的关系进行了详细阐述。

5. 1968年12月28日，李四光在接见地震地质大队革命委员会主任赵奎华等负责人时说，地震大队我总想去看看，但由于某些原因给拖住了。

在这次接见中，李四光从邢台地震、1679年三河—平谷大震以及青海化隆近期发生的5.2级地震，谈到了开展地震工作的重要性，指出地质部搞地震是责无旁贷和义不容辞的。他还就地质部搞地震工作的内容、步骤和下一步的工作提出了意见，并强调指出，地质部搞地震预报工作，地震地质是首要的，主要搞构造，侦察地下强烈的、毁灭性的变化。我们不要跟着地震屁股后面跑，而要争取走在地震前面。这就是地质部地震地质工作的特点。

四

1971 年，从无线电波和报纸上传来讣告："中国共产党中央委员会委员、中国人民政治协商会议全国委员会副主席、中国科学院副院长、中华人民共和国国务院科教组组长李四光同志，因病医治无效，于一九七一年四月二十九日在北京逝世，终年八十二岁……。"噩耗传来，地震地质大队的职工无不沉浸在悲痛之中，许多人或许是对几个月前李四光来地震地质大队视察工作时的音容笑貌、科学求实精神记忆犹新，为这位历经风霜、鞠躬尽瘁、为祖国为人民奉献了一生的科学家永远地离开我们，心情更是难以言表。受环境和条件的限制，人们采用各种不同的方式，怀着十分崇敬的心情，来缅怀李四光这位我国卓越的科学家，心目中的导师、楷模。

有人曾这样说："有的人活着，他已经死了。有的人死了，他还活着。"李四光虽然离开我们已经很久，但他却始终活在我们的心中，历史也永远不可磨灭人们对他的怀念和爱戴。当今虽然他生前所关注的地震的准确预报还是扑朔迷离，仍然困扰着人类，但是，他的关于"大地构造体系等理论阐述，对我国地震的发生规律及地震预报工作也颇臻功效"，他提出的"地震发生的影响因素很多，我们要尽力找出最重要的因素""如果我们能够抓住地震发生前的变化，我们就可以预报地震的发生"等论述，至今仍激励地震工作者不断地去探索、登攀。

数十年以来，每每提及李四光，我的心目中总是留着深深的思念之情，凡是知道国家和单位举办与李四光有关的纪念活动，只要是遇到机会和可能，总是想方设法不失时机地去参与一下。同时也总是想留下一些有关李四光的纪念物品，以表对这位科学家永久的美好的追忆。

多年以来，虽然我工作地点多次搬迁，直至退休，以前工作上用的书籍资料已经清理了多次，但对于地震地质大队 1976 年 9 月印制的《李四光同志有关地震工作谈话选辑》这本只有 62 页、浅黄色封面的小册子，我至今一直保留着。因为在这份内部参考资料里，记录了李四光多次会见地震地质大队领导和有关人员的谈话内容，记录着李四光当年所开创的活动构造研究与地应力观测相结合的预报地震途径的部分史料。每每翻阅，历史的原貌历历在目。

1979 年，由北京电影制片厂发行的、孙道临主演的电影《李四光》公演后，我特地到市内的影剧院看了这部以平实手法拍摄的电影，领略了李四光科学探索道路和个人生活遭遇的传记故事，重温了李四光的优秀品格与科学成就，看到了一个刚正不阿、勤勤恳恳、勇于献身于科学事业的优秀知识分子的光辉形象，回味悠长。

邮票上李四光的光辉形象

1988 年 4 月 28 日，我国邮电部为展现新中国成立以来为国家做出辉煌业绩和伟大精神的科学家，发行了《中国现代科学家》（第一组）全套 4 枚的纪念邮票。这套邮票第一枚的图案就是"地质学家——李四光"的肖像，他神情微笑亲切。李四光在国家名片上的出现，将永载共和国的史册，流传千秋。邮票发行的当天，我就在邮局购买了一个四方联邮票和一枚首日发行的纪念封，作为永久的珍藏。

2008 年 12 月，中国地震局离退休干部办公室主办的《震苑晚晴》期刊创刊后，研究所离退休干部办公室的负责同志希望我给该刊写一篇文稿。我思前想后，考虑再三，确定还是以心目中的偶像李四光 1970 年视察地震地质大队为背景着手组稿。经和当年负责全程接待和服务的李振华共同回忆，最后以《永远的纪念——李四光关心地震工作》为题成稿，刊载于 2009 年《震苑晚晴》的第一期上，以此来表达我们的怀念之情。

2009 年七八月份，在中央宣传部、中央组织部、中央统战部、中央文献研究室等 11 个部门联合组织的"100 位为新中国成立作出突出贡献的英雄模范人物和 100 位新中国成立以来感动中国人物"评选活动中，我用报纸上印制的选票，为李四光投上了心目中所感动的中国人物的庄严一票。在这次评选活动中，李四光被授予"100 位新中国成立以来感动中国人物"。

我退休之后和同事相约，又专程来到位于北京市海淀区民族大学南路 11 号的"李四光纪念馆"拜谒，重新领略了李四光把一生奉献给伟大祖国、奉献给人民、奉献给科学的光辉历程和崇高形象。

"李四光纪念馆"是 1989 年在纪念李四光诞辰 100 周年时，在李四光故居基础上改建成的，由原国家主席李先念题写馆名。院内曲径通幽，有假山、喷泉、果木环衬，李四光的铜像高高地伫立于院子的东侧。纪念馆设在李四光 1962 年至 1971 年居住的一幢两层的小楼内，对外开放部分为三个展室。这三个展室内用大量珍贵的图片、实物、资料，真实地记录了李四光一生所走过的漫长而曲折的道路，对中国地质教育、地质科学和地质事业的发展等所做出的巨大贡献。目前，李四光纪念馆已经成为宣传和弘扬爱国主义精神、传播科学创新思想正能量的教育基地。

时之今日，李四光离开我们已经 45 年了，但与他老人家以往的偶遇接触依然仿佛就在昨天，他的音容笑貌至今令人记忆犹新，他那儒雅平和的风采和渊博学识令我钦慕。这次《震苑晚晴》系列文化丛书征稿活动结稿之前，我思绪万千，反复沉思：李四光的一生，不仅给我们留下了珍贵的科学遗产，而且给我们留下了宝贵的精神财富，就像浩瀚太空中的"李四光星"一样，熠熠生辉，为世人敬仰。对于李四光精神，虽然本人笔拙不能全面概括，更何况也没有资格做出权威性的评说，但作为一名普通的中国人、地震部门的一员，细细思考和品味，理出几个方面在新时期尤为值得自己学习和大力弘扬的感悟，这就已经足够了。

报效祖国。新中国即将建立之时，在祖国的召唤下，李四光摆脱敌对势力的百般阻挠和威胁，不辞劳苦，几经辗转，带着报效祖国的满腔热血，立即回到了这片自己深爱着的热土，施展平生抱负，把他的聪明才智奉献给祖国和人民。正如他所说的："有了共产党，中国就有了希望"，"我是炎黄的子孙，理所当然地要把所学到的知识，全部献给我亲爱的祖国。"从他的身上，我们看到了新中国爱国知识分子的典范，看到了中国共产党人的优秀代表。

创新探索。李四光曾坦言："一些陈旧的、不结合实际的东西，不管那些东西是洋框框，还是土框框，都要大力地把它们打破，大胆地创造新的方法、新的理论，来解决我们的问题。"李四光在科学创新的道路上，就是有这种强烈的钻研精神，敢于走别人没有走过的路，善于发现问题，思考问题，解决问题，在攻坚克难中，勇于创新，追求卓越，突破了一个又一个的科学难题。为我国甩掉"贫油"帽子，创立地质力学理论和中国"两弹"的研发等，都做出了重大贡献，这是他长期以来坚持走创新道路的结晶。在地震监测预报工作中，他提出了"地震是可以预报的，不过我们得做艰苦细致的工作，以探索发生地震的规律是什么"这个命题，并且为这个命题开始了深入细致的工作，艰苦的科学探索。据

李四光（右三）视察延庆张山营地应力台址

有关人员介绍，即便是在他逝世的前一天，还对身边的医生说探索地震预报的工作，心里装的仍是攀登地震科学的巅峰。

勤奋实践。"科学尊重事实，不能胡乱编造理由来附会一部学说。""科学是老老实实的东西，它要靠许许多多人民的劳动和智慧积累起来。"李四光是这样说的，也始终坚持把严谨的科学态度和深入实践紧紧地结合起来，注重取得重要的第一手资料，注重研究大家的劳动成果，既赢得了崇高的学术声望，又展示出高尚的人格风范。从邢台地震的现场考察，到野外的地质调查、地震台站的选址等等，人们常常可以见到李四光的足迹。有这样一则报道，1968年冬天的一个深夜，有关方面向国务院报告，当天清晨7时某地将发生7级地震，请国务院批准立即通知居民搬到室外去住。周总理问李四光的看法，李四光则是首先给当地的一些地应力观察站打电话了解情况，根据无异常变化的反映及自己的分析判断，对周总理说明不必发警报。后来的事实证明了李四光的判断是正确的。特别是在20世纪60年代以后，李四光因过度劳累身体越来越差，他还冒着动脉瘤破裂的危险，多次深入实地考察地震的预兆，以巨大的热情和精力投入到地震预测、预报以及地热的利用等工作中去。

简朴生活。晚年的李四光，对物质生活要求很简单。据李四光故居的工作人员介绍，他故居客厅是当年接待地质部负责人和召开小型会议的场所，所摆放的书柜、沙发、桌椅，都是再普通不过的家具了。他的衣着也很不讲究，甚至补丁摞补丁，即便说是在"新三年，旧三年，缝缝补补又三年"的年代里，能和普通老百姓一样，是难能可贵的。李四光去世后，工作人员想找几样遗物留下来，找来找去也没发现什么像样的值得保存的东西。李四光身兼多职，但除了必须出席的会议，他从不在类似晚会、纪念性活动这样的场合露面。他总觉得年岁越大，时间越紧，要尽可能地把有限的时间花在有用的地方。李四光作为我们国家的高级干部、知名的科学家，以身作则，严于律己，在崇德向善中做到学为人师，行为世范，为大家树立了一个浩然正气的优良作风。

此文在整理搁笔之时，耳边突然响起：2016年4月25日中国地震局地壳应力研究所已迎来建所50周年喜庆的日子。半个世纪以来，研究所留下几代人之闪耀足迹，风雨兼程，历经坎坷，求实探索，业绩辉煌，要是以人们的成长经历而言，已迈入生机勃勃的中年时期。今日，站在新的起跑线上，借国家推动科技发展的东风，进一步继承和发扬李四光精神，在地震科技工作中去创新，去攀登……这应该是最好最好的纪念！

张卫东 简历

张卫东，男，汉族，河南渑池人，1946 年 4 月生。1967 年 4 月调入国家地震局地壳应力研究所，曾任纪委书记、副所长、党委书记。长期从事党政管理工作，在有关刊物发表党政管理方面论文、报告 10 余篇，其他报刊发表作品 100 余篇。退休后参与《中国地震局地壳应力研究所志》《汶川特大地震抗震救灾志 · 地震灾害卷》等编纂工作。2006 年退休。

老前辈给我精神和力量

苏恺之

一、我跨入了李四光创办的地震地质之门

1972年4月,我拿着调令来到了"地震地质大队"(后更名为"地壳应力研究所")的大门口,才知道通往这个大门的路没有坡也没有台阶,大门也没有门槛。可为了进入这个大门,我曾苦苦地联系等待了3年啊!

我大学毕业后曾在兰州大学核物理专业任助教,夫妻分居。1969年"五一"节时偶然得知,河北的三河县有个"地震地质大队",是李四光为研究探索地震预报而专门创建的,且有意建在三河县城外的山沟里,以区别于"旧式的"研究所。而它特别吸引我的地方,除了有李四光的声誉外,就是这里在做实际工作,每周只有周六一天和两个晚间是政治学习,其余的日子都是搞技术业务。我觉得这比我在大学里天天学习文件搞斗批改运动强多了。于是我"孤军奋战",开始给这个单位的人事部门不断写信,把自己的履历,教学科研成果一一罗列,还写了我对地震预报的"建议设想"。几个月下来总算打动了从未谋面的人事负责人,他给我回了第一封信,很简洁地说,根据你说的业务情况,我们单位是需要的,但是今后要依靠双方的组织联系。这意思很明显,让我依靠我的学校来联系。随后,在我的苦苦央求下,学校总算为我发去了"商调函",之后就是耐心等待。可又是几个月下去,快到年底了还无音讯,我无奈,就去兰州市邮电局排队打起长途电话了,多次电话过去,人事负责人只好最后说了实话,现在有编制问题,你或者另行考虑,或者耐心等待组织的安排,即排队等候。

到了1970年寒假,我回到父母家,先见到了妈妈,说起工作调动正在卡壳,妈妈随即顺口告诉我,不久前的一个傍晚,她和我父亲去紫竹院散步,很意外地在湖的北岸(这里距离李四光创建的"地质力学研究所"很近)遇见了李四光。李四

光单独一人，后面跟随着一个勤务卫兵，手里提着一个马扎，以备李四光随时可以坐下休息。两人多年不见，寒暄了些时候，说到了黄昏时节，这一带的游人很稀少，在这里散步很舒心。李先生还提到，他近来开始对地震预报的事儿很上心。

我听了妈妈说的这个消息喜出望外，觉得真是抓到了"救命"的大号稻草。我以前就知道，我父亲早就认识李四光，那是 20 世纪 30 年代的旧事了，那时父亲踏入了考古行当，学者们很注意横向联系，所以很注意和人类学、地质学方面的学者联系，结交了裴文中和李四光、赵家骧等人，却没料到现在父亲还能和他近在咫尺，必是雪中之炭。我迫不及待地等父亲下班回家，立即说，这可太好了，你们下次再遇到李四光部长，务必跟他多聊上几句，介绍一下我正在地震地质大队的大门口排队等候调入呢。只要李部长去过问一句，我的事情过不了多久就定会成功，多好的美事啊！父亲听后笑了笑。我也就自感十分地放心了，何须再多啰唆。寒假快结束、我将离开北京时，再三叮嘱妈妈为我的大事留个心眼，常拉着父亲去紫竹院。

等到"五一"节，我又回父母家里，问妈妈怎么样了。妈妈只好告诉我实情："碰到，确实是碰到他了，还是两次呢。天气暖和了他常去散步，可你爸就是没说出口啊！"我听了很恼火，等父亲下班回来了我劈头就说，您怎么这样不把我的大事想着一点点呐。父亲说，你的事一直挂在我心里，可又觉得，还是你自己和单位联系吧！靠你自己来解决你自己的事情才好。

其实，我也隐隐地有过一点思想准备，我那时单纯地觉得这是来自父亲的"死爱面子"，我无奈又无语。但以后的许多事情以及我自己认识的成熟，对于老一辈知识分子的清高境界才有了新的认识。此后一个类似的小典故，就是裴文中先生关于他的儿子调动的谈话，他也和我父亲的心态一样，不包管孩子的事。以后父亲说"这是人格和信仰的力量"，我体会，这也是他们奉行的自尊自爱吧。

1971 年 4 月，李四光先生病逝。我 5 月初回到家里，对父亲有些埋怨地说，我现在的调动依旧没丝毫动静呢，而我再也见不到李四光先生了，多可惜啊！父亲沉默，没再说什么。

几个月后，国外对李四光的学术贡献有了许多评述。父亲把《参考消息》里有关的报道都剪裁了下来，贴在大张白纸上，递给了我，要我认真看，以得到些启示。又过了些时日，父亲问我读后的感想，最后特别点拨到：你注意了吗？有文章指出，早在他三十多岁的时候，他已经知道了，哪些对于他是重要的。我这才恍然大悟，李四光的成就来自早期的知识积累和思索，这大概也是那一代学者的普遍规律。也许父亲是说他自己，或者是在说我，我已 34 岁也该明确自己的方向目标了。

直到 1972 年 4 月上旬，经历了许多曲折，我终于拿到了人事调令，为了它我经历了 3 年时间。再以后还听说，与我同时期联系、希望进入这个单位的人却未能如愿，所以我还算是幸运的，该懂得感恩才对。后来我得知，这个大队之所以选择这个地方，次要的原因之一是，单位的驻地距离县城大于 5 千米，职工每住在这里一天，就可以得到 4 毛钱的野外补贴，这在当时可不是个小数啊！

在北京的广渠门外的马圈长途汽车站，乘坐去河北三河县的大客车，两个多小时后，再转乘去平谷的长途车走 7 千米多，在一个小路口下来，向东看去，200 米开外有个院子和平房。路是碎石子铺起来的笔直路。我在人事部门办理简单的报到手续时，负责人说，你的调令上写着报到的时间，距离今天还有十几天啊！你先回家吧，等你的行李包裹运来之后，下周日晚去西单东南角的停车场，坐上我们大队的解放大卡车（班车）来这里住下，再正式工作吧。我说我不必走了，现在就开始上班吧，于是让我暂时住进了单位自办的招待所。

我在招待所居住一周有个小故事。我和一个高个子的外单位人同住一个房间，他好像早我一天来，又和我同住了两天。他体瘦但很精神，也健谈，穿着劳动布制服，翻毛鹿皮登山鞋，却戴着眼镜。我和他每晚都交谈许多，也很投机。他把他刚刚写好的一篇文章也给了我一份，是手刻钢板上的油印材料，文章名为《利用土体的流变特性来测定土层内主应力的方位》。42 年过去，我依然记得这个题目和思路，这个思路现在看来依然不过时。这是我学习地震知识的启蒙老师第一人，就是他——石耀霖，工作单位是李四光创办的"地质力学研究所"。

现在石耀霖已是十多年的科学院院士、地壳动力学专家，这绝非偶然，早在 1972 年那个时代，他就能提出一个非凡的课题。据我所知，到了 20 世纪 80 年代末，国外才有人根据实地安装的三分量体积应变仪器各个分量元件漂移量的差异，求算出该地岩石内主应变的方位角。而迟至今天，我们许多分量应变观测资料的分析中，对于安装初期的漂移量存在差异的现象多为不予理睬。

正是由于我父亲那一辈人都很知晓和崇敬李四光教授，于是他们和我多次问到了李四光的许多事情，但毕竟我和他们在年龄、专业等方面差距很大，所以总谈不拢，我的回答总是很吃力。我自我安慰：我是半路过来的当然闹不清楚，但他们都觉得我的回答很不合格、不令他们满意。这种尴尬使得我此后、直到今天也还一再地思索着该怎样回答，却没有最理想的终结答案。

二、裴文中，永远值得国人尊重

前面提到了裴文中，他是众所周知的古人类学家，周口店中国猿人最早发现者，但他也是地质学者，当属地学圈的人吧?!所以在本文里写点他的事不算跑题。

我父亲和裴文中伯伯之间有很深的情谊。从 20 世纪 30 年代相识，经过抗战八年我家南迁昆明，两个人暂时失联，再到 1946 年后两人重逢且常有走动，算是几十年的交情了。裴伯伯是我家的常客，待人很随和，我们全家都很尊重这位爱国学者，他在日本占领北平时不向敌人妥协，不肯向日军说出有关北京人下落的任何信息，宁可被抓入牢狱受刑也决不低头，是位硬汉子。

父亲和裴伯伯虽是挚友，但关于他被日军抓入牢房受尽种种苦难的事，两人却从未说及，心照不宣。父亲得知，那个艰难时期没有工资的他，为了全家老小的生计，不得不去德胜门城门外东北角的"晓市"（那时原本称为"鬼市"——即大清早天色漆黑时交易，现在的雅称为"晓市"，又称为"小市"）摆地摊，买卖一些旧杂货艰难度日。日本无条件投降的消息传来时，他正在摆摊，高兴得立刻把摊子一收跑回了家。

父亲从昆明返回北平之后，很想看看这个"鬼市"，于是找到了一个很文雅的借口和他说，我还挺想到你摆地摊的那个地方，和你说的那几个家族败落的老旗人聊聊天，再买点儿他们手里的家传古玩旧货呢？于是 1946 年裴伯伯带着父亲起了个大早，到那里逛了好半天，父亲买了两份这个老旗人的物件，其中之一是一对清朝的官印（现为辽宁牛河梁遗址博物馆收藏）。事后我父亲告诉我，实际上他是想体会一下这位伟大学者当年的极度艰难处境。

1963 年夏，我的小妹妹怡之考上了北京地质学院地质专业，我父亲说："你对地质专业的认识太肤浅了，我对地质专业的特点也说得不准，还是趁着你踏入地质学院之前，去找裴伯伯给你些启发吧。"于是就带着她去裴伯伯家拜访。回来的路上，爸爸对怡之说："记住他说的——做地质工作必须喜欢地质这个行当。你还要领会他高瞻远瞩的境界，他眼睛里的地质学和人类学、考古学，和

清代官印，55 毫米 ×55 毫米 ×110 毫米，
它是裴文中先生和我父亲友谊的纪念

许多行业都有密不可分的关系呢！"

记得在此之前的 1963 年初，裴文中先生来家做客后，由我送裴先生出了宿舍大门，回到家里无意间顺口说了一句，裴伯伯可真得很幸运，一下子发现了个大宝贝。却万万没料到，我父亲的脸色立刻阴沉了下来，明显生气了，片刻之后才很严肃地说了一连串的话：

"那时，如果他到了现场不去主动学习专业知识，只满足于完成指派他的行政杂务，会有后来的成果？对那个挖掘现场，多少人都觉得没戏了、撤退回南京和北平了，才把这'不看好'的'鸡肋'交给了他。如果他也认为这场挖掘没希望，草草了事，也许此后再也没可能被发现。直到那关键的一天，在现场的人也都觉得天色已黑又很冷，早该收工了，只有他心里觉得还有可能，这才坚持再亲自试挖了那最后的一次。如果没有他的坚持，或许那个头盖骨永远不为人们所知道和看到。"

"注意，许多重要现场的发现都是被那些认为可能会有的人获得的。注意，你心里不认为那里有，那发现它的人就不会是你。"父亲把"可能会有"四个字说得很重，明显地有些激动且带有不悦。

"你很容易地以为，那些重大的发现，都像是碰巧给了某某人，是恩赐，是偶然。其实是某某人比别人更勤奋更主动更有准备，带有其必然性。你不了解这点，对于你的成长进步就是个大害，很危险，而且你这样讲对于人家也极不公平。"

"在自然科学的实验室里，你应该发现而没有发现，这也许只是时间的滞后，不久后别人发现了。但是在我们的野外发掘工作，你本该发现的你却没发现，这损失就大了，即文物的不可复制性与唯一性。所以，对于裴先生的贡献怎么评价都不过分。"他的这一番话，我一直铭记也常常回味，随着年龄增长才理解了许多。例如对于我们的前兆观测资料，地震记录资料的搜集整理工作也有类似的意义。

而在唐山大地震之后，前来访问我父亲的客人也会顺带地和我讨论些全社会都很关切的地震预报问题。其中也有裴伯伯。我没料到，他对我说的八宝山断裂带、第四纪沉积层在京区的分布等很是熟悉，我才醒悟到我在班门弄斧。但在谈到前兆仪器的布设时，外行的他却说了一个建议：既然你们的前兆观测那么重要，责任重大，为什么不做更严格的仪器可靠性、资料可靠性的现场实验，或者该逐步地在一个观测台站安装两套相同的仪器，开展这类的基础性研究呢？这次谈话让我懂得，有时"外行"的学者也能提出切中要害的问题，即旁观者清，这让我坚定了实现一个新方案的信心：将三分量应力仪改进为四分量，就能对数据可靠性做出"自诊断"。

1977 年夏的一个晚上，裴文中先生来我家做客，当然还是照惯例谈他俩关切的学术问题。我在他们谈话间隙也坐下来聊聊家常。当他得知我费了大劲总算是调动到地震系统工作时，笑着说："哈哈，真巧，我的儿子（裴申）也正在费着劲往你们系统调动呢？难度不小啊！"我本能地连忙说，我去地震局给通通气吧？我话音未落，裴文中先生很本能地连忙摆手笑着说，不必了不必了，话音虽然亲切自然，但我能明确地感觉到，他的态度和意识是很明确坚定的。联想到他的经历更能理解了他的内心，他轻轻摆手的姿态深深地刻印在了我的脑海里。

直到 1983 年，我为我的著作《地应力测量方法》出版事宜多次到地震出版社时，意外地碰到了裴申编辑，互相攀谈中他告诉我，他调到这里也完全是依靠自己，家里几个子女的事情都要自己去努力，裴文中伯伯对他的子女明确地说过："不寄希望于父母，自信心自然会增强的。"透过这些点滴琐事，让我逐渐体悟到这位爱国的伟大科学家高尚而宽阔的胸怀。

三、顾功叙，教我"用心一也"

我自感幸福。我的幼年和青年时代曾生活在两个知识分子扎堆的地方。众多的知名教授在我们儿童的眼中极其普通、平凡，但他们的点点滴滴滋润了我刚刚睁开眼睛观望着世界的心灵。这些学者中，就有我们地震系统熟悉的和蔼可亲的顾功叙先生。

1941 年，我四岁时随着妈妈奔波到了昆明，和早期来到昆明黑龙潭上班的父亲团聚了。黑龙潭，地处现今建起来的"昆明中心地震台"的南侧约一千米多。在黑龙潭—落索坡—龙头街一带，聚积了很多优秀知识分子，黑龙潭的湖边是他们常来的地方，顾功叙先生常来散步。顾功叙伯伯和我父亲同属当时的国立北平研究院。自此，顾伯伯是看着我成长的。顾伯伯家没有孩子，顾伯母很羡慕我家孩子多，没事情时也来探望忙做一团的妈妈，也就和我家很熟悉了。顾伯伯总是

黑龙潭的清水龙潭

显得很慈祥，对孩子们总是笑嘻嘻的。我长大后听说，在昆明的困难时期，顾伯伯幸好有些重力勘查的原始资料，做过分析研究。这样，他不但没有虚度这段重要的年华，还积蓄了学术能量，为他以后返回北平（北京）后施展才华创造了条件，为新中国的野外勘探事业奠定了基础。

到了1947年，从昆明迁回北平的十多位科学家住到了北平的西直门大街26号，我家也住在这里。一次，顾伯伯、顾伯母专程来我家探望，两家人重逢，情景动人。也让我又回忆并记住了他们。

西直门大街科学院第二宿舍

1972年，我调入地震系统了，父亲也得知顾伯伯在地球物理研究所，告诉我等有机会时可以去登门拜访这些老者，会有受益的。但我调入地震地质大队后一周，就被派往河北隆尧县的地震台做干扰实验了。1973年3月回到三河不久，国家地震局发下来了通知：我国第一个地震代表团将访问美国，让大家提建议和线索，包括访问单位、内容、人名等。

这时我和几位业务人员想到，在《参考消息》上曾有个豆腐块般的小报道，说华盛顿的卡内基研究所有位萨克斯博士，研制出了世界上灵敏度很高的应变仪器，但具体原理结构等都没有写，那时我们能得到的国外技术资料信息很少。为此，我写了一份尽可能详细的材料、问题，强烈建议代表团务必去华盛顿一趟，把对方技术摸清楚，以供我们研制。之后我才得知，我国地震代表团的领队之一就是顾功叙先生。大约在秋天时节，我到国家地震局听取出国代表团的汇报，有好几位代表成员分头做了介绍。会下，我特高兴能和顾伯伯重逢，他笑着说，真没料到你也来到地震系统了，又问我在做什么。我说我正在琢磨如何制作这种体积式仪器呢，那份请求去华盛顿调研的材料就是我写的呢。他说这太好了，这种仪器的物理、力学原理清楚，因而在我国必定有实际前途，你就好好研制吧。

不久后，我们单位业务处丁建民带领了几个人，其中也有我，专门就应力—应变仪器的研制方向问题去地球物理所向顾功叙先生求教。在空隙时刻，顾伯伯再次说道："你要认真地做事，下定决心做这一件事情吧！你还该去李善邦先生那里听听他的看法。他就是埋头去干一件事情，建立了中国第一个地震观测台——鹫峰地震台，没什么可多想的，这样才能取得好成果。你爸爸当年在昆明的八年里，不也是只做了一件事情吗，这叫作'用心一也'"。

我按照顾伯伯的提议，到中关村李善邦先生的住所求见，他对工艺很有经验，给我不少提示，例如氩弧焊接的接口形状的设计等，他还建议我去拜见秦馨菱老先生，学习秦老的博学多才，精通材料学和工艺学，一定会有所启迪。

1977年8月，全国第一届地应力观测技术会议，在国家地震局陈鑫连主持下于安徽芜湖召开，这是一次很重要的会议，意义深远。会议取得的共识是：①不排除研制地应变钻孔仪器，应变仪和应力仪有联系也有区别。②认识到了四分量仪器优于三分量仪器，可以做数据可靠性的自检，在元件夹角为45°时最为简捷方便，这是我国的创新。这次会议为其后十年里几种新型钻孔应变仪的诞生打下了理论基础。

1979年，我去大连参加"第一届中国地震学会成立大会"，赴会前，我妈妈特别叮嘱我，让我务必代她转达对顾伯母的问候，

第一个中国的体积仪器在温泉试验

因为我们听说顾伯母的身体一直不太好。顾伯伯回答说她的情况确实不太好，面带些愁色。我也不知该再说些什么安慰他。

1982年，体积应变仪器的研制进入关键的实地实验阶段。正好，我国通过联合国资助，准备由分析预报中心直接负责购买使用美国或日本生产的体积应变仪，具体业务人员是刘澜波（现在美国）和杨军（现在江苏省地震局），并邀请了美国的萨克斯博士于5月初前来洽谈。那时国家地震局由"京津唐办公室"指挥此事，负责人是张荣珍，按他的安排，先给我五天的时间，陪着他去旅游点观光并在闲谈中留意这个仪器的一些技术难题，到国家局做一次学术报告，再来我们单位参观。但那时地壳应力研究所的办公大楼刚立起了框架，所以是在温泉地震台的大房间里接待的他。当时大家对外事接待都没经验也很紧张，客人、我、翻译围坐在一张桌子前，而旁边还有一排椅子，坐着科研处、保卫处的五六个人旁听。当我把我国河北、山西群测群防点制作了土的土体积应变仪器示意图给他看时，我说："人类的智慧是相

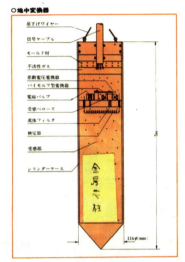

○地中変換器

吊下げワイヤー
信号ケーブル
モールド下柱
不活性ガス
差動変圧変換器
バイモルフ型変換器
電磁バルブ
受感ベローズ
流体フィルタ
検定器
受感部
シリンダーケース
金属芯柱
114φ[mm]

美日文献故意不把金属芯柱画上

同的。"接着，又把我们现在也开始制作长9米的仪器照片给他看，也把我们的设计图纸展示给他。在美国和日本最初的文献里，在画出体积画上应变仪的探头时，都有意地没有把内部的金属芯柱画上，而如果没有芯柱，整体的灵敏度会损失近一个数量级。但现在我画上了，这时，他马上从挎包里掏出相机拍摄，我还能略略感觉到他的神态有些变化。

当晚，按预定行程，我带他去前门饭店的前门剧场欣赏京剧。歇息时，我"顺便"跟他说，我很欢迎他来中国安装他的仪器，这不应当作为商业行为，而是作为学者的你更需要多考虑今后学术交流，这将是个好的起点。他微微点头说，我也这么考虑，况且你也能有信心地在近期开始在你们自己的国土上，布局你的体积应变仪器了。

两天后，他的访问步入了关键时刻，他和我方的谈判组（由国家地震局的官员与技术人员组成）谈判购买8套设备的总价格及相应的互相配合等细节。在价格上，双方很顺利地以每套2.94万美元成交。事后张荣珍说，我心里这块石头悬了一星期终于落了地。多亏我们自己研制了这个仪器，谈判有实力做后盾了，我曾担心，如果他报价每台五六万美元，我们的总体采购计划就很困难了（因为还要买别的进口设备）。那时期，我们的制作成本是一万六到一万八人民币的样子。

几年后的1989年，我意外地从日本生产体积应变仪的"明石制作所"厂家那里听来了这样的商业秘密："萨克斯来你们中国前，先是来我们这里的，我们双方谈定了，双方的报价都该是5万美元啊？没想到他怎么甩开了我们，自行降价而谈成了。"

距离顾功叙先生访问美国11年之后，我们的体积应变仪器研制终于取得关键性的进展，有三个实验台站取得了

1982年萨克斯拍下了我们的仪器

优秀的应变观测曲线，可以向国家地震局申请召开国家局级的鉴定会议了。1984 年秋，由监测处处长陈鑫连和顾功叙先生主持鉴定会议。顾先生饶有兴趣地参加了三整天的会，并有多次发言。他离开地壳应力研究所时最后再次嘱咐我说，我们的体积式仪器，一定要做出特色，要建成自己的技术系统，再运用推广，绝不要半途而废啊！这句话让我牢记在心，从没有忘记。这也是顾功叙先生唯一的一次来地壳应力研究所。没有料到的是，8 年后的 1992 年，顾先生也随顾伯母而去，我的父母听到这个噩耗很悲痛。

顾功叙参加并主持体积应变仪鉴定会

鉴定会成员合影（局部）
（前排左起：沈厚泽、骆鸣津、池顺良、
陈鑫连、张奕麟、顾功叙、王　仁）

1994 年，萨克斯博士主动邀请我去他的研究所做学术访问。当我向他展示我们用自己的仪器观测到的完美的数据、曲线时，我感到了一种特有的自豪。尤其是，当他听说我们的结构已经属于液压型而不是液位型，问我："难道你把液压传感器手动旋在隔板上就可以了吗？"我自豪地点头说："当然。"但是我思想很清楚，这不是我的荣耀，而是集体和单位的。算下来，前前后后几十年，总共不下 30 人在这个课题组参与了调研，测试实验，改进，现场安装，小手工作坊的装配生产、技术咨询等，我不会忘记。

10 年后的 2004 年，我们课题组的《钻孔应变观测新进展》一书出版，在编后语里，我特别说明：我们把这种仪器在国内推广应用，就是对老一辈学者顾功叙先生最好的怀念。

作者在萨克斯的办公室

四、耐受寂寞——抗战期间在昆明的知识分子们

现在我们常说到社会上的种种浮躁现象，难免让我联想起了抗战期间的知识分子们。在非凡时期的非凡事迹，对于中国科技史研究，对知识分子内心世界和相关政策的研究，都有不可或缺的作用。

1944 年在昆明唯一的合影（北平研究院）
（前排左七为院长严济慈、左八为钱临照，第二排左五为顾功叙、左八为苏秉琦）

像顾功叙先生那样，我在昆明见到过，后又在北平（北京）重逢的学者中，还有赵九章先生、物理学家钱临照先生和植物生理学家汤佩松先生，以及植物学界、历史学界的许多人。他们在昆明积蓄能量，新中国成立后大放光彩的实例蛮多。

到了 20 世纪 60 年代，王振铎先生来我家和我父亲聊天时说，春小麦不及冬小麦好吃。冬小麦要越冬，已经长好了的绿芽可能被冻坏，生长期限长，却坏事变成了好事情。

我父亲还说，在一些食品制作（例如酿酒，酿酱）或精密设备制作工艺（例如手工计算尺用的木料的老化处理）中，时间也是一个重要的积极因素：净化、孕育、沉淀和升华。他还说，人有时会有逆境，甚至苦难、饥寒交迫，不过也确实就是有这样的伟大者，反而能拿出了惊世骇俗的成绩作品，例如司马迁。而过于顺利和富足的环境也许反而会有负面作用。

20世纪50年代末，严济慈开始脱离了实验室担任领导了，这是应了郭沫若的再三请求。后来他在80年代说了一段很有名的话："一个科学家成为杂志、报纸上的新闻人物并不难，但要成为一个书本人物，至少是几十年，书本上都要提到他的研究成果，这就很不容易。对于这些对科学做出重大贡献的历史人物，愈浅显的教科书愈是提到他们的名字。"

父亲补充说："正是从这个意义上，我认为做学问的人不能满足于做新闻人物，而要扎扎实实做研究工作，对科学的发展做出成绩来，争取做一个书本人物。"

随着时间的推移，我对这句话也在加深理解。开始的认识是，不要太着重当前的一时一事和自己眼下的个人得失。

我现在的理解是，成功、被认可不在于你的名字或你的工作是否为领导、舆论所认可、所表彰，而是在于对社会、对学术发展是否做了实际有效的贡献，归根结底，要懂得如何做人——"自己认可了自己，才是最大的成功。"

五、张文佑说建所要靠几代人的努力和接力

20世纪70年代初，国家地震局成立，那时有重要业务会议时，地球物理所常由顾功叙、傅承义领队，地质所则常是张文佑、徐煜坚领队，后面紧跟着他们众多的弟子们，很有实力。而其他的单位，例如我们单位，就明显不如了。而傅承义、张文佑，都是很有个性的学者。例如1959年的反右运动中，身在北大任教授的傅承义看到学生们给他的大字报里，还有画他的一幅漫画，将他画得很凶，可他看了立即说，画得像，挺像，而不在意旁边的尖刻文字。我对傅先生的深刻印象是，在20世纪70年代末，我国将有第一个正式出国参加国际学术会代表团，我们的几位代表所准备好的学术报告需要在国家地震局做一次演习、审核，傅承义先生听了一位代表的发言后立即一针见血地说，你的这个报告像个豆腐账，论文就要论论你的心得、进展、发现，你却只是讲了过程而没有结果。

张肇良是地质所所长张文佑教授的小儿子，曾在70年代中后期在我单位工作过几年。那时，我所在的"方法队"（那时的"队"相当于现在的研究室）为了调研制作新探头的一些材料和工艺，我就和张肇良断断续续地从三河来北京市区出差几天，那时需要住在自己父母家里。我和张肇良也常在我父母家，或地安门他父母家里碰面，那时电话很少。我注意到，他的家是一个温馨的读书之家，读书气氛很浓。

闲谈中得知，张伯伯和张伯母都是唐山人，对唐山发生特大地震尤为关切和揪心。在一次闲谈中，张伯母（刘蕴真）突然发现，原来她和我父亲竟是40年前的校友。她比我父亲低两个年级，那时相互都认识。她还记得，我父亲平时话语不多，但说起抗战救国，就滔滔不绝了，所以对我父亲记忆很深，还深沉地说："那时东北沦陷了，同学们热血沸腾，同赴国难，同学之间的赤诚相待，你们很难想象啊！"

这样，我和两位老人的谈话也就亲近、轻松了。张伯伯是不善说笑、字正腔圆的唐山方言、掷地有声，头脑清晰冷静。我自然地会说起我们单位各个方面的情况，他也很认真地听取和询问，随后会自然地说些他的想法，事后我把这些话语的大概意思做过大体的归结：

"建个有益于社会的研究所，谈何容易，这可比培养个高材生难多了。"

"研究所，要靠继承、积累、创造、社会实践等几个环节，反复循环。没几代人的接替努力，是不能有像样的有水平的科技大集体群的。"

"像你爸爸现在工作的北京大学，美丽的大楼可以一年就建成，但是它美丽的又有高雅氛围的庭院，也许要好多年的精心栽培。北大校园建成好几十年了，今天看着还很现代呢。"

我把张所长的这些说法转告了我父亲，他也很赞同，还对最末一句补充说，三年栽树十年树人嘛。建设个像样的研究所是要有几十年的力气呢！

可在那个年代，我还不能很好理解。

张所长还说过（大意）："当然，你没有老者的指引，也许能自行创出一片新天地，但失败的几率很大，弯路也多，所以要警惕，你们单位该设法多向外单位的老者请教。"

他像是还有些感慨却欲言又止，但毕竟说了这些极其重要的话。几年后，我曾和父亲再次议论过这个话题，也一再地思考着，也就加深了这些记忆。我曾对父亲说："张伯伯说的话，真有点儿像是浓缩鱼肝油丸，一句一句地挺厉害的呢。"我又说："听说，他在学生面前是位挺严肃而厉害的教授，我相信这话，因为我在他的家里也算是领教过了。"

到了现今，我越发觉得我们现在各个研究所里，还是太缺乏这样的有学术高度又严厉培育后人的好导师了。

到了1986年春，国家地震局开始依次对每个单位做全面的综合评议，组织了阵容较大的考察团去各个单位按许多标准、指标做核对、评价。来到了我们这个"大队"后，他们曾有过好几天的关门讨论。我估计，核心问题是：国外没有这样的研究所名称，我们单位的学术带头人，过去的学术成果，如此等等。好在，最后的结论是：是时候了，是该将"大队"的名称更换为研究所了。

的确，以大队的名义对外联系开展各项工作，确有许多不便和尴尬之处。在70年代有过这样的笑话：我们职工出差外地办理住宿登记时，需要凭借单位介绍信，旅馆的职工看了它说，登记住宿必须拿人民公社以上的介绍信，你拿的是大队的信不合格。还有，有一封来信的信封竟是这么写的：河北省三河县灵山公社地质大队某某人收。

进入20世纪90年代，我们研究所的职工人员构成有了重要转变（以前工人比例大，高学历者比例小），科研项目和科技水平有了较明显的提高。一个例子是，能和国外开展一些有质量有水平的合作研究了，例如在水压致裂地应力测量方面，就和美国、日本有正式的实际合作。1992年，由所长赵国光带领李方全、张伯崇和我前往日本，和一个电力研究所签订了"水压致裂中裂缝发展规律、声发射规律研究"的合作协议，我认为这可作为地壳应力研究所进入一个新阶段的标志之一吧。

中日水压致裂研究合作协议签订
（左起：李方全、赵国光、苏恺之、张伯崇）

六、在贝勒府大院，赵九章教导我学好物理专业

从1947年起，在北京西直门大街26号，居住了十多位著名科学家。我国著名的科学家如徐旭生（他是我父亲的导师，他曾和瑞典人斯文·赫定合作，在我国第一个对外正式合作的西北科学考查团任中方团长，是位有传奇色彩的学者）。还有历史学家王静如、冯家升，昆虫学家朱弘复、刘崇乐，地球物理学家赵九章，植物学家林镕、唐进、王云章、汪发缵、汤佩松，生物学家侯学煜，心理学家曹日昌等，大门自1950年后挂上了"中国科学院第二宿舍"的大牌子。在20世纪50年代初的

几年里，院子内幽静，充满读书气氛，大家相敬如宾，每家都留下了许多美好记忆和故事。1953年后花园里又建起了两栋小楼房，增加了更多学者，陆续有中国科学院副院长张稼夫，地质学家谷德振、丁国瑜等人居住过。

这个院大致按两个中轴线分割成四五个相连的小院，我家住在进入大门穿过前庭院后的第一个小院（按建筑行话说，是垂花门。内有木制屏风，绕过这个屏风算是二进院），是当时贝勒府主人接待贵宾客人的地方，按贝勒府的老规矩，这个院子不能住人，而是专门准备着接待皇上的到来，父亲说实际上皇上从没来过。而我家这个小院子却常有邻居来造访，也算"沾一点灵气"。

谷德振先生家从20世纪50年代后期就住在我家背后的另一个大院子里，这里才是当年主人的居住地。我见到谷伯伯的机会很少（他的年岁比我父亲小，但在这个大院里，一律称伯伯），后来才知道他是搞地质的，而且主要是做工程地质的，经常在野外。而谷伯母则是我家的常客，也有几次带着她的大女儿来串门。他家的进出原本要通过我家院子西侧的专用通道的，但她常是进入我家的后门，再从我家的院子正门走出，和我妈妈自然熟悉了，谈了许多家务琐事。例如她告我妈妈，1985年国庆节，谷先生得到了一张去人民大会堂的"游园票"（那时，每年国庆在人大会堂都有北京市政府举办的晚会，给一些重要单位送发游园票），她家里互相推让许久，最后谷伯伯说，我亏欠你们太多，还是让大女儿去吧！我妈妈听了说，哈哈，你的家是爹爹心疼女儿，我家是儿子心疼爹，我的儿子恺之因为给高教部筹备高等院校科研成果展览，也得到了一张票，也是想让给他的爸妈去，但我们还是让他自己去了，恺之还很凑巧地在大会堂里头碰见了你的大女儿呢！

她还和我妈妈说到，谷伯伯的出差"和你们搞考古发掘的出差'就在一个地方挖下去'不同，他就是深山野林四处地跑啊！风餐露宿啊！""他每每回到家里，半夜会从梦中惊醒，立马回到他的书桌前翻看笔记或是图纸，把事情告一段落才再回到床上"。这些讲述让我懂得了什么是地质勘探之家。

另有一个丁国瑜的小插曲。他家在60年代中期迁来，住在大院的最后头，和住在最前头的我家原本不熟，可是他的儿子和我的儿子年岁相近，常一起玩也打过架，于是两家的大人倒是握手言欢熟悉起来了。我也注意到他家的几个小情节。其中的一个是，他家搬来之后，购买粮食的商店也要更换到这附近了。他骑着自行车拿着粮食口袋、粮食本、粮票，到东边约200米的粮食店，售货员看见本子上写有丁国瑜的赫赫大名，还以为他是北京市委里面的一个大领导呢（当时北京市委里有位同姓、名字发音一样的领导丁国钰，多数人知道这个名字），说，您怎么也住在这个大院啦，您怎么自己亲自来买啊，您的秘书呢？边说着边帮他把粮袋搬出了门口，再绑扎到自行车上。几次这样下来，丁先生觉得不可，就直接和粮食店的人说，我就是那个大宿舍院子里的普通一员啊！这才释然了。那个时期，在附近住的老住户，还有中小学校、银行、邮局，甚至书店，都知道这个"文化人"的大宿舍，院里的人爱读书、看报、写信，孩子的学习也可以。一次我去银行，银行的老职员对我说，你们院子里的文化人都有头有脑啊！钱财虽然不算很多，却也很会精打细算，"喜欢死期的不喜欢活期的"（那时把定期储蓄叫作死期），死期的钱一到期就会立即来办理续存，尽量避开利息低的活期。

我牢牢地记得并怀念赵九章先生。抗战期间，他在西南联大的简陋教学办公桌旁的土墙壁上，挂有一幅未装裱的写有"还我河山（岳飞语）"字样的水墨画，爸爸领着我在这个简陋的黄色画纸前观看了许久：江南水乡，穿着蓑衣的一个农民在稻田里赶着水牛，远处是茅草房和小山。而更让我记住的，是茅草小屋门前，一个也像我的孩子没有蓑衣或帽子，只得双手捂着头急忙往家里跑，家的重要性表现得很生动，寓意深刻，构图极好，深深刻印在我脑海里，让我长大后也常常回忆品味。他选择了（还是他自己画的）这幅画，足见他对国土的赤诚之心，和他对未来的向往和信心。他乐观、精神抖擞，有说笑，勤奋地收集和阅读了所能得到的多种学科的业务资料，这为他在抗日战争胜利后施展特有的才华（他一贯倡导多学科的协作，做了许多有远见的战略部署，为航天卫星，为气象预报，建立地球物理研究所等）奠定了扎实而广阔的业务基础。

新中国成立后，他家也曾搬来这个宿舍大院，住在我家小院的背后。我才把上面的童年记忆的他和现在的他联系到一起。1955年我考入南开大学物理系，接到通知书后，我父亲说："你该向赵伯伯请教，他可真的是上知天文、下知地理的人啊！有过之而无不及呢！前些天天气那么燥热（1955年北京高温达39℃），我出院子大门时恰好和他碰面，他说大概今晚上总该下点雨了。果不其然，真得下了雨，他的预报要比谚语'早看东南，晚看西北'强多了。"

我去他家后，他笑着对我说，你的情况我已听你爸爸说了，你爱动手做小实验，这很好，物理学就是以实验做主导的科学，特别需要观察。你上大学后务必发挥你爱动手的这个优势，把物理实验课做得出色些。

一年过去，我的实验课做得挺好，可从1956年秋季开始，我很为"四大力学"的大课苦恼，觉得全是理论太枯燥太烦人了，死死地摆弄那么多的公式，似乎脱离了实际。1957年初放寒假时，我再次去求教，他听了直笑，说，哈，你正在一个大门槛前啊！到大学学物理，就是要学会理性思考和抽象思维，你学会了，你就是物理系毕业的大学生而不是中学生了。这也犹如你把四个大梁安置好，你就能盖大楼而不是盖昆明时咱们居住的茅草屋了。所以你要反复嘱咐自己，让思想飞起来，而不要想着如何应对考试。几年后，我父亲才告诉我，在他和我谈话后他又向我父亲说，说实在话，现在的四大力学内容就是枯燥，让我考试我也挠头啊！可我除了向你家小苏喊加油，不能再多说什么了。建议你万万不要给孩子压力，考试能通过就可以了，眼下的考试分数和孩子未来对社会的贡献，没有对应关系。我父亲则向他说，我从不在意他们的分数。

的确，我听了他的教导，学习这四门课的心态变了，情绪变好，主动入戏了，各次考试都顺利通过了。我还没有看到有其他的人有如赵伯伯说的这般简洁而击中要害的话，或者说，他能对症下药，药到病除啊！所以，我很敬佩，也就很怀念他。

我说的对赵九章先生的怀念，也是源自他在 1968 年动荡中的不幸离世。此前我还隐隐地觉得，我还会再次前去请教一些工作上的问题呢。1966 年的大动荡一开始，这个宿舍大院里几乎所有的学者，都是革命的对象了，对"两弹一星"有巨大贡献的赵九章也不例外，大院里的老者之间不能往来问候了。周日的集体扫院子被监督劳动时也不能说什么。1968 年，他在中关村被关押，受尽磨难直至去世。我父母感叹他受的苦也太大了。我很悲痛，怎么这样可亲近的人就这样被毁灭了呢？

的确，有时，一个人对于社会的贡献和作用，是在他离开之后才会更加显露。赵九章就是最典型的例子。

七、王振铎——要把古代科技发明复活

王天木（振铎），河北保定人，1936 年秋任国立北平研究院史学研究会特邀编辑，和爸爸是老乡，谈话很投机，常和父亲去小吃店吃北平小吃，成了莫逆之交。1937 年 7 月受中央博物院筹备处委托研制古代科技模型，后又留聘于上海中央研究院工程研究所。

王伯伯 1939 年秋到重庆任国立中央博物院专门设计委员，1940 年获国立中央研究院人文科学奖杨铨（杏佛）奖金。在这期间，全心思地思考着司南、罗盘、指南针、地动仪、指南车、记里鼓车、水运仪象台的复原，成果明显。

王伯伯复原的众多古代发明里，最简单有趣的，就是咱们家过春节时买来的那个走马灯了，它的结构挺简单的吧，可是它曾一度失传、没人知道它的具体结构了，到了近代也曾有人按照古籍里的简单记载试着制作，却没能成功。为什么？制

作时用木头做转动风翅和转轴，太重了，也就是摩擦力太大了。是王伯伯用纸片、高粱秆、铁钉和一块小玻璃片制作出来了，立刻在全国流行普及开来了。重量轻、摩擦力小，你只要细看几眼就会制作了

新中国成立后，王伯伯受命前来北京，除了许多行政职务外，他主要是在历史博物馆继续做古代发明的复原工作，1959年国庆节时，博物馆开馆。大厅里陈列着几件重要的古代发明，如张衡的地动仪，还有司南、指南车、计里车等。我父亲带着我们全家去参观，都为王伯伯的成就而欢心。此前，邮政局在20世纪50年代还发行了一组"伟大的发明"纪念邮票。

经历了"文化大革命"的苦难，到了80年代末期，全社会对于这些复原工作有了更进一步的要求。复原不能再只存留在定性的阶段，而要朝着定量阶段前进，做出的复原样机能大体带有些实用性。于是问题凸显出来了：例如司南，为什么用天然磁铁制作的指北的勺子很迟钝，只有用人工强化了的磁石才能演示？而在古代，不可能有人工磁化技术啊！

又如，对地动仪，究竟能对多大的地震感受到？为什么屋子里的吊灯都大幅度摇晃了，它还不动作？傅承义先生是王伯伯在40年代在南京相识的老朋友，也亲自前来，请王伯伯赶紧想想，到底问题出在了哪里？

我还记得，到了80年代末吧，王伯伯对我父亲说他连睡觉都不踏实了。父亲告诉我说，王伯伯从南京北上，本是很想进入一个研究所、踏实做学问的。可他一直被各种各样的行政事务缠身。人的时间有限，可他总是找不到理想的解决出路。

我父亲对他说，我国的这些古代发明绝不是传说、绝不是摆设，必定有一定的实用性，你要坚定信念，只是我们目前还不知道当时的技术细节。

父亲向王伯伯讲述了他50年代在河南听来的一个实例："烽火狼烟"——将狼的粪便混合到烽火台的柴火里，点燃之后冒出的黑烟能竖直向上，不怎么怕风吹，这一诀窍到了民国时期才公开。这显示了民众的智慧，民间有能人啊！

到了2010年我得知，地球所的冯锐研究员仔细揣摩了古文后，认为王振铎复原的地动仪是使用了竖直的柱，所以迟钝，而张衡则可能是运用了悬吊的摆。摆，在那个时代已经掌握了。于是，冯锐做出了灵敏度能够实用的复原模型，并已在科技博物馆里展出。我曾想，老前辈们如果有知，定会倍感欣慰的吧？不料近年来有不少的质疑声，王振铎的子女们对这个新成果也没有喝彩。看来复原之路还有许多难关。

八、我的答卷很不合格

至今让我仍然挥之不去的，是老一辈学者过去对我的一些问话。当时我回答的不好，可到了现今我依旧回答不好，认识依旧迷茫，成了憾事，是我的软肋。现在我写的这一段可能也是本文中最不令人满意的一段。但我仍愿把它拿出来，抛砖引玉，请读者拿出好的答卷。

1976 年唐山大地震，王振铎伯伯等客人来到我父亲家时都很关切地问，要是李四光活着，他会预报出来吗？再有，你们在震后再回头看，按照李四光的思路和做法，能对这个地震有感觉，或是提出看法吗？我躲闪地说，这属地质问题、属中长期预测，制作仪器的我搞不清楚。他们接着再问，你不清楚，那么你们单位里，或者在更大圈子里，有几个能学透一些李四光的预报思路？他们现在有什么感想吗？我弱弱地回答，好像……，似乎……，可能是没有吧！

父亲和客人明显地不满意，王伯伯很善意地向我微笑着，那分明是在羞我啊！我能猜到他们一大串的心里话：你们既然说你们单位是李四光组建的，要按力学观点来做各项地学工作，可是实际上你们又没人掌握他的思想内涵，那你们的特色又在哪里？以及李四光在找石油，对地震危险区做了一定预测，难道没理论只是凭经验？甚至说，带有一定的碰运气？我深深感觉着王伯伯的微笑具备的杀伤力，于是我赶紧"逃跑"，干脆避而不谈了。我知道，所有的讨论都会是发散的，我只要回答一句，他们都会很自然地引发出 10 个新的问话，我就将更被动。事后我多次回想着这次犹如落汤鸡般的场面，却依然找不到合适的应对方案。

过了多年吧，为了突破这一话题在家里的尴尬，我另外开辟了个话题说给父亲：在我刚刚来地震地质大队时，大家正紧跟着瑞典的哈斯特开创的"应力解除法"开展地壳应力的绝对测量，哈斯特的实测结果很显眼：原来在地壳（地表千米之内），水平向的地应力数值竟然大于铅直方向的应力值（而以前的经典看法，水平应力只不过是各向均匀的侧向力，小于重力造成的铅直应力，这个结果当时在地学界引起震动。许多人觉得奇怪，怎么地壳还有应力，还能大于重力造成的压力）。可是到了 20 世纪 80 年代，国外的板块运动学说兴起了，甚至"地球动力学"的学科概念也提出了。地应力测量结果多了，国外也开始都承认地应力了。国内也不再争论这个了，可李四光的名字也淡漠了，我们社会的总姿态就是跟着国外文献跑啊！

父亲不语。我也明白我说的这些情况不能正面回答父亲心中的不解，我能估计出他有进一步的问题，例如，既然现在对地应力存在的认识一致了，那么国外、国内已承认了李四光的地质力学理论了，还是否认了？

80年代中期，我是研究员了，父亲又追问，李四光的书你阅读得怎样了？我只得说《地质力学概论》里面地质的内容多，和我的眼下工作没什么关联。

父亲又问，全国有多少学者是和李四光的学说相近的，或是他的学生？那个地质力学所现在怎么样？还说，他是周总理接见过的人呀，我曾亲自听他讲，他像是心里有几成的把握了的啊！我听了只能简单地回答说，地质力学所有孙殿卿、陈庆宣，地震系统有张文佑和咱们的邻居谷德振先生，像是也归这个门派吧？但我不熟悉。其实，直到现在我也不清楚，张文佑教授提出的断块构造学说，与李四光的地质力学说，是不同的，还是发展了？还是你中有我，我中有你？按照张文佑先生的长子张肇西院士的说法，他父亲的学说"与李四光的地质力学说、黄汲清的多旋回学说、陈国达的地洼学说并称中国地质学界地质构造学说的四大学派"。这个说法能得到公认吗？这样的问题很多，是否要再等待几代人之后才会有答案？

当然，上述对于李四光的讨论，全是限于学术范围。作为国人，都该非常尊敬他，在我国最苦难缺石油的紧急时刻，是他勇敢地不信邪，推翻了"贫油论"，最终找到了石油。李四光的塑像在西四的地质博物馆门口摆着，李四光的科学进步奖也在颁发（在写到本文的末尾，我又得知，地质力学所准备筹建李四光纪念室）。我的问题只是，对他的学术思想，我们继承和发挥了吗？我想到，现在很缺乏一本通俗的读物，简单明了地介绍地质力学究竟是什么，在各个领域里如何发挥作用的。

此外，1985年末，父亲突然说，他偶然地遇见了多年不见的翁文波先生，他是著名的石油地质和地球物理学家。父亲和他同年毕业参加工作，后来他也到了北平研究院和父亲一个单位，他也是顾功叙先生的好友。父亲得知，翁老自1966年邢台地震后就专注起地震预报问题了，特别是在唐山大地震之后。说他采用了综合信息方法，注意了事物发展的周期性，从事天灾预测已有上百个成功的例子。进而问我什么看法，我回答说那是非主流的做法，和我们多数人的物理预报不是一个路子。父亲似不喜欢我的这种"无所谓"的态度，说登山的路线可以不同，但人家有创意，也有进展，你怎么就知道按上级安排行事，而对地震系统外的相关进展、动态、思想，不给予关注呢？

我又想起了张文佑先生说的，科学研究，要靠积累、继承、创造、实践，反复循环。那么，在这循环中，李四光学说又是怎样的？我们又该怎么做呢？

我也想起，地质所的徐道一教授说给我的常识："我国的地学研究不要忘记我们国土的地质构造的特点，那就是我们有地球的第三极——珠峰。我们的珠穆朗玛峰每年抬高几百微米甚至1毫米，西中部广大地区每年因飞落的黄土，有10～100微米的层层沉积，黄河入海处每年在向东延展近1米……，我们必须用有自己特色的方法手段，来研究有着自己特色的对象。"那么，李四光的学术思想是否已经成为了历史的积淀，被压成很薄的一层了？我们的工作还有没有，还需要不需要特色了？

明年2016年，就是邢台地震50周年，也是李四光参与地震研究、创办地震地质大队50周年。我们该向社会、向公众、向后人交代些什么呢！

苏恺之 简历

苏恺之，男，汉族，北京人，1937年9月生。毕业于南开大学物理系毕业，留校任助教。1972年调入国家地震局地壳应力研究所工作，1985年起被聘为研究员。曾任地震学会理事，岩土工程与力学学会理事，地震观测技术委员会委员，地形变学科协调组成员。一直从事地应力、地应变，孔隙水压力观测方面仪器制作和推广。TJ－2型体积应变仪器已安装百套。著有《地应力测量方法》《地形变观测技术新进展》《长江三峡库区地应力与孔隙水压力研究》以及《创新能力与科技素养漫谈》《我的父亲苏秉琦——一个考古学家和他的时代》。1997年退休。

不懈努力 不断攀登

李方全

一、初到地质力学研究所

1962 年秋，我从四川大学物理系毕业，看到分配单位中地质部地质力学研究所有一个名额。正巧我刚看了一篇有关地质力学的文章，地质力学是李四光教授开创的一门新的边缘科学。应用力学原理研究一些地质问题，解释一些地质构造现象，我想或许我能在这一领域做出努力，取得一点成绩。于是我在分配志愿表上毅然填上了地质力学研究所。后来我如愿以偿，被分配到了地质力学研究所。

北京的 10 月，秋高气爽，蓝天白云。刚从阴雨绵绵的成都来到北京，心情格外爽朗。地质力学研究所位于北京西郊法华寺，原来是一个王爷的坟地，与紫竹院隔着一条小河，离中央民族学院不远。四周没有人家，非常空旷，显得十分幽静，宛如都市里的乡村。研究所很小，只有一幢三层的小楼，院子的另一半是李四光部长的家。研究所的人员也很少，研究人员加上行政人员，一共不过三十来人。

研究所虽然很小，但是研究条件很好。李四光教授亲自指导所里的研究工作，还给我们聘请了指导老师。我和王宗杰的指导老师就是中国科学院物理研究所的钱临照教授。所里分成两个小组，一个是地质组，一个是物理组。我被分配到物理组，组长是陈庆宣教授。所长孙殿卿教授和副所长吴磊伯教授也经常指导我们的工作。

到所后，孙殿卿所长和吴磊伯副所长向我们介绍了所里的情况及我们的工作方向，李四光教授还给我们讲如何选题，怎样做研究工作，使我们逐渐适应了研究所的工作和生活。当时正好所里开办第一期地质力学进修班，我也有机会和学员们一起学习，听讲座和学术报告，参加一些实习和讨论，对地质力学有了进一步的了解。

二、地壳应力测量和岩石力学实验

什么是地质力学呢？李四光常常风趣而通俗地说，地质力学就是脚踏两只船，一只脚踩在地质上，一只脚踏在力学上，地质力学就是要用力学的原理和方法来研究地质构造现象。因此，地壳应力测量，构造应力场研究和岩石力学实验是地质力学的重要研究内容之一。

1962年6月，广东河源新丰江水库建成后，连续发生了诱发地震，李四光对地震的发展趋势及大坝的安全十分关注，拟订了"广东新丰江水库诱发地震"的专题研究项目，并将目光集中到地壳应力测量的研究方面，想通过地壳应力测量和断层位移测量等方法来研究断层的运动和地震的活动性及探索地震预报的方法。

李四光认为，一般地震几乎都是构造地震，构造地震起源于构造运动，要有一定的力量推动地层才能发生构造运动。在岩石具有一定弹性的条件下，只有当这种力量（地应力）增强到超过岩石的强度极限时，岩石才会产生破坏而引起地震。根据上述理由，认为在一个构造上互相联系的地区中，选择适当地点，观测地应力加强的过程是探索地震预极的比较可靠的途径之一。

根据李四光教授的这些观点，我们从1962年起陆续开展了有关的岩石学实验，断层微量位移及地应力测量方法的研究。1964年我们在广东河源新丰江水库进行了原地应力测量及断层微量位移的现场观测，并在湖北大冶铁矿进行了原地应力测量，取得了一些初步成果。1965年，为了三线建设的需要，我们到四川攀枝花地区开展了断层位移及原地应力测量工作，以了解这一地区的工程稳定性及地震活动性。

三、地应力测量方法的研究

由于工程建设的需要，国外在20世纪30年代就开展了原地应力测量的研究。1932年美国在拉斯维加斯附近科罗拉多河上米德湖的胡佛大坝，成功地进行了地应力测量，并为该水电站的安全运行，提供了科学依据，取得了很好的成果。然而，在60年代以前，世界上应力测量的发展却很缓慢，测量方法不多，现场实测资料也较少。

为了开展地壳应力测量方法的研究，我们查阅了很多资料，也进行了一些实验研究。我们首先采用了电阻丝应变片进行试验，并设计了传感计。由于当时的电阻丝应变片质量还不够高，灵敏度较低，防潮要求严，漂移较大，测值不稳定，未找到好的解决办法。正在这时，中国科学院地质研究所的徐煜坚教授从科学院图书馆借来了瑞典的哈斯特（N.Hast）出版于1958年的一本书，《矿山中的岩石压力测量》

推荐给李四光部长。李四光将书交给了吴磊伯副所长，吴磊伯教授又将书交给了我们，并让王宗杰将重要部分节译出来以供参考。

我们看了哈斯特的文章后，觉得文章对测量原理、方法交代得比较清楚，而且有大量的实测资料。哈斯特设计和使用的压磁应力计有其独特的优点，于是我们决定采用压磁应力计进行地壳应力测量研究。

压磁应力计测量应力的原理是，利用一种铁镍合金（含镍 65% 的坡莫合金）的压磁效应来进行应力测量。由于对这种合金施加压力可导致合金磁性发生变化，因而通过测量合金磁性的改变也就可以测量压力的变化了。李四光教授通过钢铁研究院的苏院长，特地为我们冶炼了一小炉坡莫合金（含镍 65% 的铁镍合金）。于是我们就开始了压磁应力计的研制，通过近一年的试验和研究，压磁应力计雏形确定了下来。

1964 年初，我们分别在广东河源新丰江水库和湖北大冶铁矿用我们自己研制的压磁应力计，采用应力解除的方法进行了原地应力测量，取得了初步成果。1965 年为了三线建设的需要，我们到四川攀枝花开展了原地应力测量工作，以了解这一地区的工程稳定性及地震活动性。

1966 年 3 月 8 日邢台地震发生后，为了不失时机，我们立即在邢台隆尧尧山建立了地

压磁绝对应力测量系统

应力观测站，用我们研制的压磁应力计开展地应力变化的观测。观测由于地质构造运动所引起的地壳应力变化，以探索地震预报的规律。从几个月的试验观测结果可以看出，地应力测值的变化和地震发生的时间和震级，显示有一定程度的联系。尧山地应力观测站是李四光部长亲自建立起来的，他亲自指导了观测站的建立和观测，并亲自分析观测数据，亲自指导研究工作。观测站的工作也得到了周恩来总理的关心。各级领导对观测站的工作非常重视。除了李四光不顾年迈和多病还亲自到尧山站来考察工作外，国家科委的主任韩光，副主任于光远、武衡、范长江，中国

科学院的裴丽生、秦力生、杜润生、卫一清等都到过尧山地应力观测站。

当时的测量仪器，我们采用了实验室常用的 6035 型电感电桥（一种交流惠斯通电桥）测量压磁应力计电感的变化来监测地应力的变化。对于地应力绝对值的观测来说，由于测量时间短，测值比较大，测量精度基本满足要求。然而，对于地应力变化的相对值观测来说，问题就产生了。一是由于测量的电流不恒定，容易产生测量误差。另外，由于一般台站观测所使用的电源为农用电源，电压变化比较大，容易造成测量电压及电流的波动，有时甚至使仪器不能正常工作。因此设计和制造一种专用的应力测量仪器十分必要。当时李四光部长责成地质部地震办公室组织北京地质仪器厂、地质力学研究所和地震地质大队（地壳应力研究所前身）研制新的专用测量仪器。经过一年多的努力，新的测量仪器——"69 型压磁应力仪"研制出来了，很快通过了鉴定，在北京地质仪器厂批量投入了生产。

四、地应力测量方法的深化研究

经过一段时间的野外实际测量和研究实践，我们认为，地应力测量经过几年的工作，虽然取得了一定成绩，但是无论在基础理论、实验室实验、测量方法和仪器设备等各方面都有进一步深入研究的必要。于是从 1972—1974 年由地震地质大队及地质力学研究所的研究人员进行了合作研究。在三河的地震地质大队的大队部，组织大家集中力量首先学习有关的力学基础知识、地应力测量的基本理论，然后进行研究和讨论。查阅和翻译了大量有关资料，对于一些重要的概念问题进行了深入讨论。例如，什么是应力计，什么是应变计，以及它们各自的优缺点，我们过去研究工作中有什么问题，如何改进等。为后来地应力测量方法的改进，应力计的重新设计打下了坚实的理论基础，并开拓了设计思路。

在这期间，我们还对地应力测量进行了大量的实验研究，做了大量的岩石力学实验和岩石弹性参数的观测。研究了不同岩石材料对地应力测量结果的影响。对地应力测量仪器的标定方法进行了实验研究，提出了改进方法，设计了 CW250 型围压率定器。这种围压率定器大大提高了地应力测量的精度，且可在现场原地标定，大大提高了测量效率。该仪器获得了 1979 年国家发明三等奖。

我们首先对应力计所使用的磁性材料进行了深入的研究，改进了热处理的方法，对压磁应力计重新进行了设计。应力计的力学结构，井下加力方式，下井装置都有了很大的改进。我们还对温度及绝缘度对应力计测值的影响，应力解除方法的改进等都进行了详细地实验研究。在此基础上我们研究和设计出了全新的压磁应力计——YJ73 型压磁应力计。该压磁应力计获得了国家地震局科技进步二等奖。

我们还设计了大型岩石力学实验设备，进行了大型岩石力学实验，以模拟整个原地应力测量过程。这在当时还没有人做过类似实验。实验获得成功，取得了满意的结果。整个试验过程中，连续记录了各个测量元件的测值变化，与理论分析和野外原地测试结果完全一致，从观测结果也证明了我们测试系统的实际精度。

我们还对原地应力测量数据的处理进行了深入的研究。编制了平面应力测量及三维应力测量的最小二乘法数据处理的计算机程序。大大减轻了数据处理的难度和强度，提高了测量结果的精度和可信度，减少了误差。

为了实现测量的实时和自动记录，我们还和北京无线电技术研究所研制了 SYL–1 型数字式应力仪，实现了自动观测和记录。

通过这一时期对地应力测量方法集中力量的深化研究，从测量的应力计到加力系统，井下装置，从观测记录仪器到标定方法，从应力解除技术到测量结果的数据处理，形成了一套完整的测量系统，使我们的测试技术和研究水平大大地向前迈进了一步。我们研制的压磁绝对应力测量系统获得了 1978 年全国科学大会重大科研成果奖。

五、大地震区地应力测量及构造应力场研究

我们研制地应力测量系统的目的是进行原地应力测量，以开展构造应力场及现今构造运动的研究，所以从 1975 年开始，我们就将目标集中到了大地震区的原地应力测量和构造应力场的研究上来了，试图通过大地震区的原地应力测量，了解大地震区的现今构造应力特征，以为地震预测预报的研究提供可靠的基础资料和科学依据。

郯庐断裂带是中国东部一条重要的大型活动断裂带，历史上曾发生过 8 级大地震。因此 1976 年我们打算对郯庐断裂带的现今构造应力场进行研究。因为南下山东经过邢台，1966 年邢台大震已过去了 10 年，我们想先对邢台地区进行测量，看看 10 年来地应力场有什么变化，以便与 10 年前的资料进行对比研究。邢台尧山的地应力测量工作完成后，正准备按原计划南下山东，对郯庐带做应力测量。忽然接到地震地质大队来电，让我们回大队准备去唐山工作，因为唐山地区有明显的异常情况。我们回到三河正要去唐山，1976 年 5 月 29 日云南龙陵 7.3 级和 7.4 级地震发生了。于是我们先组织力量尽快赶赴云南，所有仪器设备先满足云南的工作需要。由于很多设备和器材需要重新准备和加工，因此直到 7 月 12 日我们才向唐山出发。

唐山地区那么大，我们应该将测点选在什么地方呢？1967年10月20日，李四光教授在国家科委地震办公室研究地下水观测的会议上指出："如若构造活动很强烈，挤压到最后可能来个大的地震，影响整个构造带。因此，我们的工作应向滦县、迁安东西向构造地区做些观测。如果这里也在活动的话，那就很难排除大地震发生。"根据这一意见，我们将测点选在了滦县城北榆山脚下靠近滦河边的园艺场。

1976年7月12日我们赶到了测点，第二天就开始钻进。我们钻机的机长是个经验丰富、技术熟练的老机长。可是，奇怪的事情发生了。钻进工作总是不能顺利进行，钻机调水平了，钻进一段时间后，发现钻孔打斜了。搬了几次位置，调整了多次钻机，仍然如此。一直到7月28日唐山7.8级大地震前钻孔都没准备好，因此未取得宝贵的大震前的地应力测量资料，非常遗憾。然而，唐山7.8级大地震后，一切都正常了，很快就取得了测量结果。这样的事情从来未发生过，当时还怪老机长操作不当。实际上在地震前这一带地面可能一直在缓慢发生变化，处于不稳定状态中，并非机长的技术问题。7月25日我接到队上通知，说国家地震局要接待一个日本地震代表团，要我赶回队部参加接待工作。当天傍晚，赵仕广和毛吉震还有四川省地震局来学习的邹定元发现测点附近的小树林里有很多青蛙，很好抓，一会儿就抓了一大桶。他们请我，说明天（26日）你就要走了，就算给你饯行吧。说来也怪，此后这里再也没见过多少青蛙了。滦县的测量工作完成后，我们立即到唐山市区的凤凰山，在地震震中区进行了地应力测量，取得了很好的成果。

大震区地应力状态的研究，对地震预报的研究有着重要的意义，特别是对大震区震前，地震过程中及震后应力状态变化的了解，将有助于我们认识地震孕育、发生及发展的整个力学过程。

从我们对海城、唐山、龙陵、邢台等大震区大震后的原地应力测量结果来看，大震后地震区附近的应力状态有以下特点：地震后震中区测得的应力值比其周围地区测得的应力值低、离震中较远处测得的最大剪应力值为震中区的2～3倍、震中区在地震后不久测得的最大主应力方向与区域构造应力场的方向有较大偏离。经过一段时间调整后，最大主应力方向又与区域构造应力的方向一致起来了。

六、水压致裂法深部应力测量的研究

我们研制的压磁应力计地应力测量系统，虽然有测量精度高、测值稳定可靠等优点，但它的最大缺点就是测量深度较浅。测量深度浅容易受到地形等因素的影响。

20世纪70年代初，美国海姆森（B.C.Haimson）等发展了一种深部应力测量方法——水压致裂法，引起了我们的注意。这种方法的最大优点就是测量深度较深，而且不需要复杂的井下电子仪器，也不需要了解岩石的弹性参数，不需要像应力解除法那样套钻岩芯，因此可以利用已有的钻孔测量深部应力。

我们从 1974 年就开始关注这一测量方法。一方面查阅和积累资料，一方面进行调研和筹备。水压致裂原本是油田为增加油井产量而采取的一种增产措施。由于油井压裂参数与地壳应力场存在密切的关系，海姆森（B.C.Haimson)等对其加以研究和改进，将其成功地发展成为一种测量地壳深部应力的新方法，目前最深已测到 9 千米。

地震地质大队领导对于这项工作也非常重视。郭志涛同志多次带领我们去油田调研和订购有关仪器和设备。在大港油田的帮助下，我们终于在 1980 年 10 月在河北易县进行了我国首次水压致裂深部应力测量实验。试验非常成功，取得了非常好的资料。为了进行方法对比研究，我们还在该钻孔内进行了压磁应力计应力解除法原地应力测量。两种方法在同一个钻孔中的测量结果一致性很好。我们这次测量试验的论文参加了 1981 年在美国召开的"第一次国际水压致裂应力测量专题讨论会"，受到了与会者的好评，收入了论文集发表。我们也是在世界上较早进行水压致裂深部应力测量的研究者之一。

接着我们相继在平谷、唐山、新沂等地开展了水压致裂法深部应力的观测，都取得了很好的结果。

由于采用油田的压裂设备相当笨重，价格昂贵且操作不便，我们又研制了轻便式水压致裂应力测量系统，这一测量系统大大方便了我们的深部原地应力测量工作，也大大降低了测量成本。这一轻便式水压致裂应力测量系统获得了国家地震局科技进步三等奖。

七、三峡坝址区水库诱发地震研究

长江三峡水电工程前期研究工作中，水库诱发地震是一个重要的研究课题。世界一些地区，水库建成蓄水后产生了诱发地震，危及大坝安全。三峡水库大坝建成蓄水后，是否会诱发大的水库诱发地震，是大家非常关心的问题，它牵涉着水库下游千百万人的生命和财产的安全，因此，国家科委和国家地震局给我们下达了"三峡水库坝址区水库诱发地震研究"的课题。

我们在三峡水库坝址区附近的茅坪，钻了一口 800 米深的钻孔，对钻孔的井温、岩石渗透率、孔隙压力、岩性参数、岩石裂隙分布，进行了详细测量。

原地应力状态是水库诱发地震研究的重要的决定性的参数。我们从浅部到深部进行了详细的水压致裂应力测量，以了解原地应力状态及其随深度的变化。通过应力测量，测得了主应力值的大小和方向以及它们相互间的关系。

根据该 800 米深钻孔的应力测量结果，结合岩石力学实验结果以及断层滑动准则，讨论了水库蓄水后断层的活动性。在坝址区附近，浅于 294 米的深度内，水库蓄水后有可能在某些产状有利的断裂或节理面上引起逆断层型的滑动，从而诱发微小的地震活动。在大约 294 ~ 708 米的深度段内，应力状态的总趋势有利于走向断层滑动，但是实测应力值表明，在水库蓄水后应力达不到临界值，故不会出现走滑型断层活动。在 450 ~ 550 米深度段内，由于存在一破碎带，应力变化较大，个别点的应力状态已进入蓄水后正断层滑动的临介区。在 708 米以下应力状态有利于正断层活动。从实测结果看，实际上 670 米以上，4 个测点的应力值已进入或接近水库蓄水后临界应力区，因此在方位合适的断裂或节理面上发生正断层型的活动是很可能的。如应力随深度的变化规律可按 800 米以上的资料往深部外推，则在 800 米以下，只要存在方位合适的破裂面，出现正断层型的运动是可能的，应予重视。

这些测量结果为三峡水库坝址区水库诱发地震的研究，提供了可靠的科学依据。

我们参加的课题"三峡水库诱发地震研究"获得了国家地震局科技进步一等奖。

八、区域构造应力场研究及工程应力测量

原地应力测量是研究地壳应力状态及构造应力场的重要手段。随着原地应力测量工作的广泛开展，地应力测量资料愈来愈多，为地壳应力状态、构造应力场及地球动力学的研究提供了丰富的基础资料。通过原地应力测量，了解地壳的应力状态及其空间分布和随时间的变化，对于解释地球内部发生的各种现象来说，也具有十分重要的意义。

1966 年以来，我们先后在华北、东北、华东、中南、西南、西北地区用应力解除法（套芯法）和水压致裂法进行了原地应力测量。随着原地应力测量工作的开展和地应力测量资料的积累，发现地应力值的大小和方向与地质构造存在着一定的关系，地应力的方向分布也是有一定规律的。

例如，华北地区应力分布就有比较明显的特征。以太行山为界，东西两个区域有较大的差别。太行山以东的华北平原及其周边山区的水平最大主压应力轴方向为近东西向，而太行山以西的山西地堑区的水平主压应力方向则发生了急剧的变化，表现为近南北方向。秦岭—大别山东西向构造带以南的华南地区，其主压应力方向

相当一致，为北西西至北西向。东北地区则以北东向为主。西南及西北地区则较为复杂。

对活动断裂带附近的应力状态我们也进行了一些研究。1979年，我们沿郯庐断裂带做了7个点的应力测量，结果发现，最大水平主应力和最小水平主应力以及最大剪应力均随着离断层的距离的增加而增加。与美国佐巴克（M.D.Zoback 等，1980）在圣安德烈斯断层的观测结果十分一致。

地应力值随着深度的增加而增加，但各地区应力随深度增加的速率是不同的，如中国西部的应力比中国东部高得多，这也反映各地区由于地质环境不同，应力状态也有较大的差别。

由于国家工程建设的需要，我们也为一些国家的重大和重点工程项目进行了地应力测量。如山西万家寨引黄入晋水利工程、二滩电站、四川宝兴硗碛电站、潘家口水库、西安安康铁路秦岭特长隧道选线工程、河南宝泉电站、金川镍矿巷道变形治理、秦山核电工程及821厂核废料地下埋藏处理等工程。我们为这些工程进行了地应力测量，为这些工程的设计、施工及安全营运提供了非常重要的基础资料，受到各工程单位的好评。

九、国际交流与国际合作

在我国改革开放的大好形势下，我们在地应力测量方面也陆续开展了一些国际交流，我们的地应力测量成果也受到了外国同行的赞誉。1977年日本地震访华团铃木次郎团长说："我们这次来到中国访问的最大收获，就是知道了你们的地应力测量工作，你们在这方面走到了我们的前面，我们在下一个地震预报五年计划中，也要将地应力测量和岩石力学实验纳入基础研究工作中去。"果然，在1978年开始的日本地震预报计划的基础研究项目中列入了地应力测量，而且至今地应力测量也一直是日本地震预报研究工作中的重要项目。1978年日本成立了以东京大学茂木清夫教授为首，包括东京大学、

考察日本神户地震震中区（淡路岛）

东北大学、日本防灾研究所、日本地质调查所、日本气象研究所、日本资源与环境研究所等单位组成的东日本地壳应力调查组，和以京都大学田中丰教授为首，包括京都大学、神户大学、山口大学、名古屋大学、大阪大学等单位组成的西日本地壳应力调查班，对日本进行系统的地壳应力测量研究工作。日本京都大学田中丰教授还主动来信要求和我们建立密切的联系。1984 年底，我有幸参加了在日本东京召开的第一次中日地震预报讨论会，并在会上介绍了我们的地应力测量研究工作。1985年初，我还受到日本科学技术厅的邀请到日本国立防灾研究所进行了 3 个月的短期研究工作。在此期间，还受到田中丰教授的邀请到京都大学访问了 7 天。

德国鲁尔大学鲁梅尔教授在我所讲学

1981 年春，西德鲁尔大学地球物理系教授鲁梅尔受国家地震局邀请访问我国，局里安排我所接待。在我所访问期间，我们向他展示了我们的应力测量仪器设备和取得的资料。他对我们取得的资料很赞许，认为取得这些资料及能够进行水压致裂应力测量很不容易。鲁梅尔教授也是水压致裂应力测量的早期开发者之一。20世纪 70 年代初他和美国的海姆森同在美国明尼苏达大学费尔赫斯特教授手下工作和学习，一起进行研究，开发了水压致裂应力测量这一地应力测量的新方法，回德国后他又研制了一套轻便式的水压致裂应力测量系统。1981 年 10 月，我受到西德马克斯普朗克学会的邀请到西德鲁尔大学地球物理系鲁梅尔教授处短期工作 3 个月，从而对他的轻便式水压致裂应力测量系统有了较详细的了解，这对我们后来水压致裂应力测量系统的改进帮助很大。

根据中美政府间的科技合作协定，1983—1987 年，我们与美国地质调查局佐巴克博士和美国威斯康星大学海姆森教授合作进行了"滇西实验场水压致裂深部应力测量及构造应力场研究"。在云南下关、永平、剑川、丽江进行了 3 个 500 米深钻孔和 1 个 800 米深钻孔的水压致裂应力测量及钻孔电视测井，取得了很好的成果。通过合作研究，使我们对滇西实验场的构造应力场有了一个较全面的认识，同时还进行了人员交流，在测量设备上也得到了改善。

在开展三峡坝址区水库诱发地震研究项目时，我们受国家科委和国家地震局的委托，除了进行水压致裂应力测量和超声钻孔电视观测外，还进行了孔隙水压、井温及井径观测，并与日本电力中央研究所的金川忠先生进行了深部 AE 法（声发射法）应力测量对比观测。为三峡水库坝址区附近的水库诱发地震研究取得了十分宝贵的基础资料。

由于三峡的成功合作，日本中央电力研究所提出进一步合作的研究计划。1993—1997 年，我们在房山花岗岩体中进行了详细

中美合作"滇西地震预报实验场水压致裂深部应力测量及构造应力场"现场实验研究

的水压致裂应力测量合作研究，并进行了大流量的水压致裂实验，以观测水压致裂裂缝的产生及其扩展机制。这一研究工作得到了中日双方的高度重视。日方还在报刊上做了有关的报道。这项研究中的一些成果还在一些大型国际学术会议上发表并出版了专著。

我们还参加了一些国外重要工程的应力测量。如泰国水电局的那不达空抽水蓄能工程、泰国—老挝电力公司的老挝万象南俄水电工程以及新加坡国防部的蒙代工程，这些应力测量成果都受到委托单位以及有关工程顾问公司专家的认可和好评。新加坡南洋理工大学的教授们参观了我们的水压致裂应力测量后说，应力测量记录曲线非常标准，像教科书上的一样。

中日合作研究房山实验现场

中日科学家讨论合作成果

在泰国山洞中进行水压致裂原地应力测量

我们通过走出去、请进来，通过邀请国内外同行及专家、学者来所交流以及参加国内外学术会议使我们的研究成果得以让人们广泛了解，在国内外刊物上发表了不少论文，使我们的工作得到认可并在国内外产生了较大的影响。

十、结束语

多年来我们在地应力测量研究方面做了大量工作，取得了一定的成绩。近年来，随着改革开放和国家经济建设的发展，地壳应力测量除了在构造应力场研究、地球动力学研究以及地震预报研究等地学研究领域有着广阔的发展前景外，在采矿、核废料处理，水利水电工程，铁路及公路等交通工程以及地下工程等工程建设方面也有着广泛的应用前景。地应力测量工作越来越受到各方面的重视。在这种情况下，应该更加加强地应力测量的研究工作，以促进地应力测量工作的发展，使其在地球科学研究及工程建设中发挥更大的作用。

我们还应该进一步加强国内外学术交流工作，注意国际上地应力测量方面的新技术及新动向，我所主持过四届全国地应力专业学术会议和一届国际岩石应力研讨会。在2010年第五届国际岩石应力研讨会之后，国际岩石力学学会批准成立了国际岩石力学学会地壳应力与地震专业委员会，地壳应力研究所是该专业委员会的挂靠单位。希望我所继续勇担责任，加强国内外学术研究交流，对发展我国及世界的地应力事业起到更大的推动作用。

李方全 简历

李方全，男，汉族，四川宣汉人，1938年12月生，研究员。1962年四川大学物理系毕业后到地质部地质力学研究所工作，1975年到地壳应力研究所，一直从事地壳应力测量及构造应力场研究工作。在中外学术刊物上发表《华北地区地应力测量》《我国现今应力状态及有关问题》等论文90余篇，著有《三峡坝区水库诱发地震研究》等5部。1999年退休。

感悟地震三十年

（回忆1966—1995）

马廷著

引 子

　　1956年是祖国第一个五年计划开局之年，我从学校毕业，参加了我国的石油普查工作。从南京到济南、保定，转战华东和华北的山地和平原，我们唱着《勘探队之歌》和《我为祖国献石油》的豪迈歌曲，在华北发现了油田之际，1966年邢台地震发生了，由此结束了我的石油普查工作。从此投入了30年的地震工作，虽然也做过一些地震调查、地震预报、野外地震地质以及各种编图工作，足迹遍布大半个中国，回想起来那只是一点皮毛，对地震事业来说，可说是苍白无力。以下忆述一些琐事，聊表夕阳人此生虔诚之心。

初识地震

　　1966年我从济南地质部一普综合研究队调往长春石油局综合研究队，在从长春派往江汉地区开展野外调查时，途经老家丰润，正值3月8日邢台地震发生，但我并未在意，未料到在江汉工作时，却接到了调往地震大队的调令。1966年国庆前夕，我和几位同事从长春到河北正定刚刚组建的地震地质大队（后更名为地壳应力研究所）报到，地质科长马荣坚为我们介绍了队上的基本情况，并发给了一本李四光部长所著的《地质力学概论》，并介绍说地质力学是本队的技术政策，这似乎与全国各省一样，都要有一支用地质力学武装起来的区测队。在石油部门虽然也深知李四光先生的"新华夏体系盆地"藏油理论，但并没有推行地质力学观点，这也埋下了多种地质学派观点与地质力学观点的交锋，这体现在我的许多报告和论文之中。最明显的是在海城地震的报告中，认为现在的区域应力场、主压应力方向为北东东—南西西向，这与新华夏系为北西西—南东东的主压应力方向，大唱反调，不被持地质力学观点的人们所接受，但却为震源机制解和地震断层所证实。

正在国庆放假期间，也是刚刚报到第四天的 10 月 2 日凌晨，我被马荣坚科长从睡梦中叫醒，说长春发生地震了，叫我和几个同志赶快前往北京与地质力学研究所的同志一起到震区调查。

调查小组由地质力学研究所邓乃恭、刘迅及地震地质大队乔永良、滕瑞增和我等人组成，与吉林省地质局和水文队的同志共同组成了地震调查小分队。地震发生在怀德范家屯附近，当时震级定为 5.5 级，震中烈度为Ⅶ度，造成了部分房屋倒塌、大烟囱扭动、管线折断，丘陵上与沟内破坏不尽相同。当时还有中科院地球物理所、地质所和工程力学所的人员在此调查。我们未进行全面的烈度调查，随后对震区东侧的依兰—伊通断裂带进行路线考察，了解地震发生的区域构造背景，最后编写了宏观考察报告。这次地震现场调查使我初步认识了地震。

完成调查任务后，正值"文化大革命"时期的"大串联"，我们从长春到正定，经沈阳、天津、北京多次换车中转，火车上可说是水泄不通，乘客十分拥挤。到达正定，没想到人去楼空，我们离开两个月，地震地质大队已迁往河北三河。无奈，调头回到北京，其他人都各有住所，我只身一人在西直门火车站下车，又是人如海、车如潮，搭上三轮车，恳求师傅送到珠市口，后转公交车到达马圈长途汽车站，赶上去三河的末班车，傍晚到达陌生的三河县，问及地震队，坐上二等车（自行车）到了位于大口的山沟沟。只见这里一派施工景象，板房林立，人们住板房，吃食堂，一个野外地震地质队就这样在荒无人烟的山沟沟，开始了基地建设。这里空气清新、安静，一住就是 10 年，为了工作，人们已经习惯了在野外困苦条件下生活。

记得 1966 年 12 月 26 日，《人民日报》关于《掀起工矿企业"文化大革命"新高潮》的社论一发表，队上也掀起了运动，几个野外地震地质队的职工纷纷回到三河基地，大队下属的西北、西南和中南地震地质队的部分人员也纷纷来大队串联，张贴大字报。就这样贴大字报、组建战斗队、揪斗当权派，轰轰烈烈的"文化大革命"在大队部就开始了，人们已不工作，天天"闹革命"，派性斗争也已显露。在地震工作紧迫的形势下，1967 年 4 月上级决定由北京军区 4697 部队对地震地质大队实行军管，才得以恢复正常工作。

1967 年 3 月 27 日河北省河间发生了 6.3 级地震，地震就是命令，这天下午，我和几位同志与地质力学研究所的同志，日夜兼程，直奔灾区。许多单位如地质所、地球所的科技人员，也都先后到达了灾区。经过初步的研究分工，我们到达天津西北武清河西务下五旗，这里农田出现大面积的裂缝和喷砂冒水现象，利用罗盘和步测做了详细的记录。由于它位于运河的西侧，地下水位较浅，形成了距离震中约160千米的独特的高烈度异常现象。

邢台和河间地震的发生，预示着华北地区地震活跃期的开始。邢台地震后，1966年4月10日在国务院会议上，李四光先生指出："深县、沧县、河间这些地方发生地震的可能性是不能忽视的。"1967年的河间地震、1969年的渤海地震、1975年的海城地震和1976年的唐山大地震，验证了这一判断，给后人留下了无限的遐想。

尝试地震预报

邢台地震的发生，中央十分重视，周恩来总理到灾区视察慰问，多次接见李四光部长和地震地质工作者。在中央的主持下，成立了中央地震工作领导小组，并于1967年成立了国家科委地震办公室，地点设在北京的西颐宾馆北馆，由国家科委、中科院地球物理所、地学部、地球所、地质所，地质部地震地质大队和地科院、水文队，石油部和国家测绘总局、武汉测地所抽调人员组成。其中办公室下设的分析预报组的成员有地球物理所的梅世蓉、马鸿庆、刘蒲雄、王民，地质所有马宗晋、汪成民、高维明、刘菊祥等，地震地质大队有我和杨承先、刘佃明、梅国政，水文队有崔德海、周作鑫、吴克恭、刘道基，石油部有张尚识、曹聿明，测绘总局有戚金成，武汉测地所有张郅珍，科大毕业生高旭等人组成。梅世蓉、马宗晋任组长，由我任副组长。

从1967年6月开始，分别开展了地震和地质调查、北京地区地下水观测网建设，以及地磁、测量、地应力和地震等资料的收集、分析和预报等工作。各种手段各尽职守，建立了每日会商制度。除开展京区工作外，还对全国部分地区进行了地震地质、地震和地裂缝的考察。

地震工作由此开始走向联合，各学科互相渗透，多兵种联合作战，展示了人类向地震灾害开战的新局面。在各地都在"闹革命"的形势下，我们坚守着岗位、坚持了监视预报日会商。但也受到了冲击，梅世蓉被地球所造反派揪回批斗，人身受到伤害，当时还通知我们去参加批斗会，其中的一些场景至今仍历历在目。马宗晋也被地质所揪回，发配到凤合营台站。两位组长离去，分析组的工作则由本人负责。直至1969年初，我们全部被召回地震地质大队。

在这期间，我们经过了隆尧、房山、密云、三河等地应力台站的建站，尝试了隆尧台站凹兜对地震的经验，地磁则以石油部门张铁铮的二倍法为主预测地震，地下水在京区布设了群测群防水位观测网，以图形和水位、水质变化来预报地震，地震则以围空、密集平静等方法。现在看来也许是极其简单，甚至是可笑的，但这也许是对事物反复认识，从感性到理性的必须阶段，也还是取得一些中小地震预测的成功经验。

两度进川

1970 年 1 月 5 日云南通海地震、2 月 4 日四川大邑地震的发生，把人们的视线引向了我国的大西南。正值在北京友谊宾馆召开全国地震工作会议之际，我被派去与中央地办分析组的崔德海和进入地办的科学院印刷厂工人老辛，与昆明地球所的柏自兴会合，组成了西南地区四川地震台站的检查小组，有幸今生首次乘飞机到达成都。在四川省革命委员会的支持下，派车一路前行，经雅安首站到达冕宁。地震台位于城西北的山区，我们步行在布满卵石的大河滩，大约 2 千米到达台站，工作人员住在村里，地震台是熏烟记录仪器，工作生活条件十分困难，所幸仪器尚能正常运转。途经泸沽，在西南地震地质队所在地住了一夜，住房十分简陋，竹片加泥巴墙，交通十分不便，可见野外地震队工作十分艰苦，就以当时简陋的地震地质大队驻地相比，也可说是天上人间啊！一路前行我们到达西昌地震台，那是一座独立的小院，周围的环境对台站工作无明显干扰，台上当时无人职守，地震仪器则在正常运转。当晚住在西昌地区招待所，清晨耳闻枪声，据说是当地派性之间正在进行武斗，于是我们迅速离开了此地，经会理到达新兴之城——金沙江畔渡口攀枝花铁矿区，地震台位于江北，叫作弄弄坪的地方，顾名思义，为大山大江所环绕，真是地无三尺平！然而，铁矿就偏偏出在这里，无数的厂房、居住的楼房却正在拔地而起，可见人们征服大自然的精神是多么的伟大！这里需要的一切，从建筑材料到生活所需的粮食、蔬菜和肉类等都要从外地运来。

至此，我们小组的行程已完成大半，沿米易一路北上，经石棉沿大渡河东侧，道路十分危

作者（右）在大渡河铁索桥留影

险，许多地段都是从岩壁上开出来的，不时看到注意飞石的警告牌，河岸是直上直下的陡壁，下边就是汹涌澎湃的大渡河。我以往从未走过这样的险路，心情紧张，难以言表，但一路飞驰，饱尝了大渡河谷地，特别是红军经过的安顺场的优美风景，以及贡嘎雪山的雄伟景观。

当晚到达泸定，它位于大渡河的东岸，见到了著名的大渡河铁索桥，登上了桥面，体验了一下它的惊险。桥是由9条碗口粗的铁索组成，脚下7条，两侧高出桥面各一条，桥中间排着约为1米宽的木板，和对面行人必须侧身而过。人在桥上走起来，左右摇摆，由于行人步伐不一，摆动更大，距桥面以下约十来米，就是湍急哗哗作响的大渡河水。我到达西岸后，惊出了一身冷汗。桥的西端就是悬崖峭壁，并矗立着红军抢渡大渡河的纪念碑，这引起我们深深回忆与思念，当年红军抢渡大渡河，具有多么大的勇气和牺牲精神啊！何况当时对面还有国民党兵封锁、射击，而桥上的木板早已被敌人撤去，为了革命、为了理想，许多战士都英勇牺牲在这里，我们怀着深深的缅怀和敬意之情离开了这里。从泸定向西傍晚抵达康定，遥望了跑马山，著名的《康定情歌》在心中默默回响。次日一早去观摩了地震台，它位于康定东的一条小溪边，设施不错，也在正常运转。至此，我们完成了此次地震台的检查，使人感到地震工作才刚刚起步，只记录地震还远远不够，尤其是不能适应国家和人民对我们的期待，任务的艰巨性、复杂性、艰苦性任重而道远。回程的路上，翻越了二郎山，在2800米的山顶，又一次遥望了雄伟的大雪山——贡嘎山，尔后的1994年为二郎山隧道做地震地质勘测，又一次登上了二郎山，目前隧道已经开通，人们再也不用走那条惊险、刺激、多事故的盘山路了，也不会经过那夺去四川水文队许多同行生命的"鬼招手"的危险地段了。所有这些都已深深地埋在了我的脑海里。

另一次受命入川，是与地质力学研究所张治洮去四川灌县建地应力台站，那里的地质条件不够理想，经过调查也只能在临近灌县都江堰一砂岩地层中确定了井位。为掌握更多的区域地质情况，我们沿岷江北上，一直到达汶川映秀镇，也就是2008年发生汶川大地震的震中区，这里也曾建立了地应力台站，但由于仪器未达到10^{-8}的精度要求，所测

在二郎山云海—别托营地
（左三为作者）

物理量不清楚，地震前早已停止了观测，甚是遗憾。试想，汶川 8.0 级如此特大的地震，精度再低（据说电感法地应力可达 10^{-6}）的仪器，也不可能"岿然不动"吧！

再度走进地震预报

1969 年在冀东唐滦地区进行了一年的地震地质调查，记忆犹新的是在滦河大桥东端发现了洞穴堆积，采集到的一些化石，经鉴定属山顶洞时期，我们并在滦河东岸桥边发现了大量的龙骨化石，显然不是自然死亡的堆积，有洞穴，紧邻滦河，这很有可能是古人类栖息的有利场所。这一判断，只能由后人来进一步发现验证了。

1970 年赴山西太原晋祠。正在编制山西构造体系与地震活动图之际，又受命调入分析组。那时地震地质大队的分析组，设在北京百万庄的地质科学院内，我接替了蔡火片的组长职务，人员有袁雷雄、过加元、葛丽明、易志刚等，24 小时轮流值班，主要负责北京地区（包括隆尧）密云、房山、三河、西拨子等地应力台站的观测数据的电话收集、绘图和综合分析，提出预报意见，并参加国家地震局的会商。

利用地应力测量预报地震，是李四光先生所倡导，从理论上而言是可行的，经地质力学研究所引进瑞典哈斯特地应力测量方法，利用铁镍合金磁芯元件，在受力作用下，产生压磁效应变为电感量，来测量地应力的变化。但由于元件材料的稳定问题，以及受水温、气温等因素的影响，又做对比试验，不受力的悬空元件也有变化，一度难以全面认识解决。还由于一些门户之见，电感法地应力这种方法，不被人们看好，虽然也预报过一些地震，但曲线凹兜对应地震也未有更深入的进展，但当时各种方法也都处于探索阶段，电感法地应力还不失为前兆手段之一。

1975 年海城地震，我和李健春受命前往沈阳，调查总结锦州、沈阳和大连地应力台站的地应力前兆现象，编写了海城 7.3 级地震地应力场的前兆变化报告，提出了海城地震前最大主应力方向有向震中偏移的现象，异常有象限分布的特征，后经黄宗贤、王恩福、刘长义、李健春等，在北京大学物理实验室做了有机玻璃板材二维 P 波初动的实验，也证实了异常存在着象限分布特征。

电感法地应力测量，在它的黄金时代，全国有百余个台站，国家投入了大量的人力、财力和物力，也做过一些地震的预报、预测，但距准确预报时间、地点、震级三个参数，还有很大距离，人们对这种方法能否预报地震历来争议很大，但毕竟留下了历史的足迹。钻孔电感法地应力测量，在预报地震中，已翻过了历史的一页，但也为开展其他研究地应力、应变的方法，提供了有益的经验和教训，留给人们的是深深的反思。

1966 年邢台地震，给人们造成的生命和财产损失，使人痛心疾首，特别是与之相关的地学工作者，更急切地要搞出地震预报。从 1966—1976 年，华北和西南地区大地震频频发生，也恰逢"文化大革命"的十年，革命热情往往超出当时的科学水平，诸如"不搞出地震预报死不瞑目"，"我们这一代一定要搞出地震预报"等。不切实际的预报大地震，特别是海城地震做了一定程度的预报，则认为似乎距地震预报过关已经不远了，总结海城地震预报的经验，似乎是可以举一反三了。凡此种种，这也许是认识事物，从自由王国到必然王国必然的过程。而地震预报难度之大，是可想而知的，尽管我们一直在努力，不同程度地预报过多次地震，但距报准时间、地点、震级三个参数，还有很大距离。退休逾 20 年，研究和预报水平不甚了解，但近年的几次大地震，也还未能做出准确的预报。如 2008 年的四川汶川 8.0 级特大地震，它夺去了近 9 万人的生命，2010 年青海玉树 7.1 级地震，以及 2013 年四川芦山 7.0 级地震，虽然在震前曾经有人有过不同程度的预测，但又不十分确切，最终很难形成政府部门的决策。诚然，震后的调查、总结都是十分必要的，其应用价值未来自有公论，但海城、唐山地震则是前车之鉴了。当然，地震预报，这个世界公认的难题，许多国家也都在探索之中，也未曾对某些特大地震做出预测和预报，如 2004 年印尼 9 级特大地震、2011 年日本大地震、2014 年智利 8.3 级大地震，等等。

三里河板房的日日夜夜

1976 年 7 月 28 日唐山 7.8 级地震，几乎将唐山市区夷为平地，夺去了 24 万多人的生命。我的家在唐山北丰润县，地震中正房、厢房几乎全部倒塌，所幸的是母亲和家人均安然无恙。30 日我回到家中，只见残垣断壁，母亲并未责问，但街坊知道我是搞地震的，问道，事先怎么不打个招呼？我羞愧难当，无言以对。用从队上带回的一卷油毛毡，给母亲搭了个防震棚，就匆匆回到北京。之后高词等同志去调查，拍摄了照片送给我，至今还保留着。

回京后，又受命暂调国家地震局分析预报中心工作，工作地点是在三里河河边临时搭建的板房里。每天白天直至午夜忙于工作，吃过夜宵，裹件大衣，躺在大厅的椅子上和衣而睡，直至天明，连续多久已记不太清了，这似乎是默默地赎罪吧！

本来唐山地震已使京城非常紧张，偏偏在京东南永乐店附近又发生了有感地震，又惊动了京城，连续多日是陪同军代表、科学院领导视察台站。随后我又与刘蒲雄等同行，代表国家地震局参加天津地区的震情会商会，在会上宣讲了预报中心的意见，认为在唐山西南有可能发生 6 级以上的强余震，当时天津同志认为预报震级大了点，会引起天津地区的不安。但在1976年11月15日，在宁河真的发生了6.9级地震，不言而喻，这是一次成功的预报，但时间和地点尚欠准确。

唐山地震引起了北京市领导和中央的高度重视，随时会叫去汇报工作。一天午夜，领导通知我去人民大会堂汇报，我们到达台湾厅，纪登奎、陈永贵、吴桂贤陆续来到大厅，吴德到的比较晚，记得是马宗晋做了全面汇报，当时领导还问了西拨子的地应力异常（当时出现一个负异常称为大水桶），我们只能回答还在密切监视着。

1976年对我国来说，是极不寻常的一年，老一辈革命家周恩来和朱德先后逝世，7月28日唐山大地震夺去了24万多人的生命，毛主席又在9月9日逝世。群星陨落，全国人民处于极大地悲痛之中，人们渴望着瞻仰主席遗容。一天，国家地震局约有几十个人到达人民大会堂，我有幸加入了这一行列，按照工作人员指定的路线进入庄严肃穆的灵堂，主席安卧在鲜花翠柏之中，身上覆盖着鲜红的中国共产党党旗，解放军战士持枪肃立在主席两侧，灵堂内哭泣声几乎掩盖了哀乐声。我们循着路线绕灵枢一周，瞪大眼睛目不转睛地望着老人家慈祥的面孔，泪流如雨但不能出声，他老人家革命几十年实在太累了，不能惊动，让他老人家好好睡吧！老人家永远活在我们心里，他的思想永放光芒，这一时刻至今仍历历在目，使我永生不能忘怀。

耄耋老人的感悟

我国1969年卫星上天，至今已有10位宇航员邀游太空，探月嫦娥已在广寒宫驻足行走。短短45年航天伟业辉煌，世人瞩目。而地震事业，从1966年至今也有48年，与上天比简直是天壤之别。入地真是难！难在哪里？似乎人人都明白，绝大多数破坏性地震都发生在地壳深处10～30千米，不足10千米的也较少，而我们几乎不可能探测到那里的岩石性质、应力状态、破裂强度，以及它以何种形式破裂（如剪切、逆冲、俯冲，等等）。源的信息传到地表，而各向异性的地壳，存在着许许多多的断层，以及许许多多的应力集中区，不同深度、不同强度的应力集中（可能的震源）区，无疑会产生互相干扰和叠加。地表观测到的和产生的一切地球物理信息和宏观现象，应是地壳运动的综合效应，一个时期可能存在着一个或多个应力集中（震源）区，它受着同一构造机制的控制。因而，也就有一次或几次地震连续发生的现象，也可能是一次地震的发生，从而触发了若干个已经处于临界状态的应力集中区（震源）而发生地震。1976年唐山7.8级地震就是一个很好的例子，在主震的东北约50千米的卢龙，当天发生了7.1级地震，而主震西南也约50千米的宁河 11 月 15 日发生了 6.9 级地震。虽然我们 1969 年在冀东唐滦地区做了地震地质调查，之后又在许多断层上布设了断层位移测量，可能是盲目的，守株待兔式的，事先也并不知道什么时候会有地震发生，遗憾的是，在地震前则因种种原因停测了。地表未见活动断层，深部也没确切的资料说明可能发生 7.8 级地震，而是否由于开滦五矿百余年的开采所触发呢？

另则，对于四川龙门山断裂带，以往有人做过调查研究，有许多论文。据《南方周末》专访，北川几次要迁址，原因是民间流传着北川有被"包饺子"的危险，问题是该地处两山之间。震前也有许多业内人士和专家，对北川进行过考察，但均未预见有如此大的地震发生。虽然在震前有过不同程度的预测，但并未形成政府部门的决策。然而汶川 8.0 级地震，北川真的被"包饺子"了，人们痛心之极。震后人们做了详细的调查研究，也发现了众多的可能发生地震的标志，但 2013 年芦山 7.0 级地震也还是未能做出三个参数的准确预报。芦山 7.0 级地震距汶川 8.0 级地震震中西南约 90 千米，可认为是汶川地震触发的结果。汶川地震向东北破裂达 300 千米，触发了一系列地震，最大的是 5 月 25 日的青川 6.4 级地震，再则 1970 年 2 月 24 日大邑也曾发生了 6.2 级地震。由此可见，龙门山断裂带聚积了大量能量，并有许许多多的应力集中区，从大邑地震到芦山地震仅 40 余年，就发生了 4 次以上大地震，龙门山断裂带未来还有多少能量、多少应力集中区，还在悄悄地蕴育着地震的发生，有待历史来诉说。而汶川地震震中为什么会落在映秀镇，与该地区的地下工程有无联系？它的卸载与水库加载，是否具有使地壳失稳的同等作用？值得有识之士去研究。

地震预报这个世界性难题，在我国确实已取得不小的成绩，但对时间、地点、震级三个参数的准确预测、预报，还很难达到人们和政府的要求，更难形成政府部门发布预报的决策。达到这个目标，道路还十分遥远，还需经过几代，乃至更长时间的研究探索，因为地震的形成是以地质纪年来计算的，也绝非简单的重复。

我们的预测预报，在很大程度上还不能定量和定位，也就是说，有异常，朦朦胧胧认为可能有地震，三个参数的确定，大多是根据已有地震活动和地质构造可能的应力集中区来判定的，特别是地点的判定，而且一般区域都很大，很难预防。比如 1976 年松潘地震前做了预测，许多人逃离了家园，我的妹妹一家在江油长城钢厂工作，7 月逃到唐山，然而却在唐山遭到了大地震。妹夫在江油听一位老工程师说，美国之音报道唐山发生了大地震，他连夜赶来北京，同我一起从三河乘车回到丰润我们的老家，两家人的房屋均遭到破坏，无法居住，一家人奔命似地回到了江油。怎奈命运的驱使，回到江油不久，8月16日又遭受到了松潘7.2级地震，震中距江油约百千米，影响不大，这真使我这个搞地震的哥哥脸上蒙羞。

以预防为主的地震工作方针，是周恩来总理多次指示的。我们预测、预报地震只是一个方面，在当前预报水平不高的现状下，提高建筑物的抗震能力显得更为重要，更加实际，更能减少损失，特别是人们生命的损失。财产损失可以再创造，而人的生命可只有一次，这更符合以人为本的理念。

我国许多大地震造成人员重大伤亡，关键是建筑物的抗震能力太差，特别是农村，更是太低太差。唐山7.8级大地震，夺去了24万多人的生命，近百万人受伤，主要是170多座楼房倒塌所致。邢台地震的伤亡，凸显农村房屋抗震能力极差。汶川8.0级地震夺去了近9万人的生命。2014年8月3日云南鲁甸6.5级地震，由于农村房屋抗震能力差，也夺去了数百人的生命，山体垮塌等次生灾害也十分严重。而10月7日的云南景谷6.6级地震，由于房屋抗震能力强，却只有1人失去了生命。有些国家，如海地地震和土耳其的一些大地震，也同样是由于房屋倒毁伤亡惨重。然而有许多国家伤亡却很少，如智利1960年8.5级大地震，2014年4月8.3级大地震，以及美国西部的几次地震，人员伤亡都很少，也没听说他们事先有什么准确预报，显然是建筑物的抗震能力起到了决定性作用。

我国目前正在紧锣密鼓地实行城镇化，国家和人们应从防大震减大灾，以人为本的理念去规划去实施，加大投资力度，是十分必要的，是最好的预防，是百年千年大计。李克强总理在2014年政府工作报告中指出，着重解决现有"三个一亿"问题，促进约一亿农业转移人口落户城镇，改造约一亿人居住的城镇棚户区和城中村，引导约一亿人从中西部地区就近城镇化。我们期待着有更多的人住上好房子，期待着有更多的"三个一亿"的伟大工程的实施。安得防震抗震广厦千万间，亿万人们尽欢颜。

马廷著　简历

马廷著，男，汉族，河北丰润人，1935年3月生，高级工程师，中共党员。1956年参加工作。先后在地质部华东和华北石油普查大队、河北石油地质大队、第一普查勘探大队综合研究队、石油局综合研究队工作。1966年9月调入地震地质大队（现为中国地震局地壳应力研究所）工作，一直从事地震预报和活动断裂的研究，发表过有关中国大陆和海域活动断裂研究的论文10余篇。1995年退休。

四十余载坚守 锲而不舍攀登

——逐梦地壳应力应变观测与研究

欧阳祖熙

1966 年 5 月，我从四川大学无线电电子学系无线电物理专业毕业，已通过上海光机所硕士生笔试，是突发的邢台地震后国家组建地震科研队伍的部署，和"文化大革命"中延迟分配的机缘改变了我生命的轨迹。出于对探究未知事物物理本质的兴趣，我选择了同学们较少关注的地质部地震地质大队。就像时代潮流中的一粒沙子，翻滚着、跳跃着，冷不丁地蹦进了地震的迷宫。从此，我倾注一生的精力，以地壳应力应变状态及其动态变化为研究对象，力求通过钻孔应变测量的途径寻找其变化特征与地震过程的关系，尤其是地震发生的前兆异常特征。40 多年来，我们经历实验—失败—发现—突破的往复循环，全身心地从事着艰苦的、充满开拓性的工作。

也许是地球的神秘现象让我们由兴趣而热爱而专注，探索过程中所有的艰难与风险更让我们由敬畏而虔诚而执着。恰似头顶三尺高处，上苍用固体潮和地震波的双眼分分秒秒关注着我们工作的每一个细节，而我们的双眼则分分秒秒关注着观测曲线变化所表达的地球脉动。那些我们可以、力图，甚至完全不能破解的所有密码，无一不在提醒我们肩负的地震预报的责任。而注入了梦想的责任感会造就一种神圣，那是一种可以涵养出一个单纯的人的襟怀、一个真诚的科学工作者的操守的境界。

一、大师指引，梦想的种子

1968 年 8 月，我到位于河北省三河县的地质部地震地质大队（后更名为"地壳应力研究所"）报到时，艰苦的生活环境和简陋的科研条件超乎想象，但全队职工高昂的创业激情和自由的研究氛围，于当时停工"闹革命"的社会背景下给人意外的惊喜。

地震地质大队积极的气氛契合了我跃跃欲试的心境。接下来我被分配到刘机长的钻探队赴平谷进行生产实习，完全出乎意料，我的工作竟是到伙房帮厨、担水，这对急于大展拳脚的我像是迎头浇了一瓢凉水。是年 10 月，我们接上级通知赴河北怀来北京军区 65 军的部队农场劳动锻炼。在去农场的路上，途经长城登高远望，铅灰的天色应和着不知归期的愁绪，我勉力维护着对于未来渺茫的希望。

去军垦农场途经长城留影

到了 4627 部队，地震地质大队 10 多名应届毕业生都编入学生三连。收获的季节已过，满眼是塞外的萧索，来不及抱怨，军营生活填满了每天的分分秒秒。初冬的清晨我们顶着霜冻拉练行军，深夜迎着刺骨的寒风去火车站卸羊粪；隆冬时节趴在冰冷的大地上练习瞄准打靶；初春刚至，赤脚踩进满是冰碴的稻田垒田坎；穿着积满黄铁矿粉尘、冰凉的空心战士棉工作服上北山开矿；入夏洋河泛滥之际，满身泥水突击筑坝。算是品尝了此生未曾体验过的大苦。如果说这是磨炼，就算是上了走向社会的第一课。到 1969 年金秋，我们亲手栽种的水稻喜获丰收时，我写的歌词："洋河滩，金灿灿，红旗漫卷；银镰舞，歌声起，你追我赶……"是我连出演全师庆丰收晚会的合唱曲，我们合唱队演唱时颇有一番自豪。

因为军垦的春夏秋冬，生命中便有了工农兵的经历，它磨炼了我的耐心和将目标沉淀于心的定力。1970 年春天，我们结束了在军垦农场的劳动锻炼回队。远离县城孤零零的野外队里完全是一派忙忙碌碌的景象，那正是我憧憬的生活。我回到实验室，担任仪器组组长。1970—1973 年的三年中，我经常奔走在华北地区的多个台站，检修电感法、超声波等地震监测仪器，开展提高电感法探头性能的各种试验，还主持进行"71 型压磁应力仪"、4101、4103 等型压磁应力仪的研制，在扩大知识面的同时努力探寻深入研究的方向。

这期间我人生中的重大事件是有幸在李四光部长生命的最后岁月聆听了他对地震预报充满信心和科学思想的报告，他发展的地质力学理论和地应力测量思路令人茅塞顿开。按照地质力学理论，地壳应力状态是地壳最重要的特性之一，准确测定地壳应力状态及其变化是地球科学以及相关学科得以发展的重要基础，是探索多种地质灾害，尤其是地震的孕育形成机制和预测预报的科学依据。我有两次向李部长汇报集测量钻孔受力变形的电感法、超声波与振弦法于一体，由频率计实现数字化观测系统的研制工作时，得到了李部长的鼓励，他当时高兴地说："这是今后综合观测发展的方向。"那大概是我对地壳变形钻孔多分量数字化综合观测的最初尝试，我一生的科研方向和矢志不渝的奋斗目标由此确定。

作者（前排中）与参加第一次全国地应力大会的代表在一起（1976 年）

时至 21 世纪，美国科学家表达了同样的认识，在《地球透镜计划——板块边界观测（PBO）》项目白皮书中写道："钻孔应变仪是理想的揭示短期（从数秒到数月）地壳变形的连续观测仪器，可以在地震和火山爆发之时和之前的观测中扮演主要角色。"

如今 40 余载过去，李部长的鼓励言犹在耳，他指引我寻觅到梦想的种子，而我能告慰李部长在天之灵的，唯有我在其指引下的一生坚守和攀登。

二、科学调研，孕育梦想的土壤

为了尽快充实有关地震地质、板块构造、地球物理以及岩石力学等方面的专业知识，我如饥似渴地读书，并一直坚持阅读英文科技原著，为之后深入开展地壳应力应变测量新方法调研做好了准备。

1974 年初，一份关于萨克斯－埃弗逊（Sacks-Everson）体积式应变仪的日文简报从我国驻日使馆传来，该仪器具有很高的灵敏度，可以清晰记录地球固体潮汐变形，引起我的思考：美国新型钻孔体积应变仪虽然灵敏，但是它没有地应力作用的方向信息；我国的电感法有三个分量，可以根据测量值求解平面应力场，但灵敏度又太低。便决心自行研制高灵敏度的分量式钻孔应变仪。

从 1974 年年中开始，我和组内罗光禄、张存德等一起，对国内外传感器、高精度电子测量技术，以及现有的高精度地球物理观测工作进行了近一年的广泛调研，收集了当时可能得到的 2000 多篇中外文献。那时从三河县大队部到中关村科学院图书馆，需先坐两个多小时单位的卡车到北京西四，再换乘 331 路公交，赶到图书馆已过 10 点。冬天的风雪，转车的等候，抄录的辛劳，没赶上大队班车在北京站栖身过夜的窘迫，都是调研期间难忘的记忆。

检索收集的文献后发现，当时国内外除体积式钻孔应变仪、电感压磁应力仪外，没有其他更先进的钻孔型观测仪器，也缺乏可资借鉴的高精度应力－应变测量技术供参考，我的面前好似一片茫茫大海，该如何着手下一步的工作呢？

全面调研让我结缘英国亚伯丁大学琼斯教授（R.V.Jones，英国皇家学会会员），熟悉了他运用电容位移传感器技术研制的几种新型地球物理观测仪器。1975 年我在《电测与仪表》发表的综述文章《电容测微计——它的原理和应用》，就是对以电容式位移传感器作为实现井下微位移测量方向的确认。

无数次仰望星空，爱因斯坦和他的 $E = MC^2$ 总是最亮的星星。当复杂的宇宙现象能用简洁、直观的公式确切表达时，物理世界就向我们袒露了本质，我向往这种境界。经过调研，我初步拟订了将变压器比率臂与差动电容传感器组成测量电桥，组装入井下探头钢筒以实现钻孔微小径向位移测量的方案，同时推导出一组关键公式，证明在很大的动态范围内，测量获得的变压器比率值（N_1、N_2）与差动式电容传感器极板的相对位移（d_1、d_2）有线性关系，并针对钻孔型地壳应力－应变测量系统提出了井下探头钢筒－水泥耦合层－地壳岩石三层焊接耦合的物理模型，取得了一系列的测量数据分析及应力－应变场反演计算公式。

经过 10 年艰苦的实验、研制，"RZB-1 型电容式钻孔应变仪"于 1985 年通过国家地震局组织的验收鉴定，获得国际先进水平的成果。但这并不是我们调研的终极认识，也不是我心中梦想的最高目标。1987 年，我曾提出过研究钻孔综合观测系统的项目建议书，这正是 17 年前我向李部长汇报，以及 12 年前的科学调研为我展示的下一个目标。在《电容测微计——它的原理和应用》这篇文章最后一段我写下了："由于集成电路技术的发展，制作分布电容小的监测器已经容易办到，如果能将测量所需的前置部分以至全部电子线路装置在一块硅片上并紧靠传感器极板，测量的精度会得到显著的改善且使用起来也方便得多。"这段文字在对核心技术深入思考的同时，寄托着对技术进步的期盼。我当时明白我的学力还不够，但是，这个目标始终萦绕脑际。在苒光阴 30 年，可谓"众里寻他千百度"，2006 年，我终于与这种新技术不期而遇。真是"蓦然回首，那人却在，灯火阑珊处"！这把钥匙，如闪电般涌进我的耳目心灵，它对于我在 2004 年退休后主持的科技部项目"地壳变形深井宽频带综合观测系统"（RZB-3 型）的研制，以及 2009 年该项目通过科技部验收，获得"具有国际先进水平的创新性成果"，有严冬过后一声春雷的意义。

高水平的调研，是孕育梦想的土壤，它催生梦想的种子发芽，当我们每每谈及项目具有坚实的理论基础时，我们感念所有为我们开路的伟大前辈，他们是开启我们心智的启明星，是引领我们研究方向的北斗星。

三、艰苦创业，放飞梦想

把时针拨回 1975 年新方法起步的时候，那时我和李秉元、焦伟成一起，在野外队的条件下组建了最初的实验室。使命把我们推到地震研究全新的领域，这条路需要我们自己去开拓，每代人都必须肩负起时代赋予的责任。

如果将地壳中客观存在的地震波和固体潮作为对测量系统灵敏度的检验：以固体潮为 10^{-8} 应变量级计，我们测量系统的应变测量灵敏度应达到 10^{-10} 量级。我们研制的第一代"RZB-1 型电容式钻孔应变仪"这一指标为 1.5×10^{-10}。其含义相当于从武汉到北京 1000 千米的距离上，检测出 0.15 毫米的变化。如果将测量系统放到井下 100 毫米直径的钻孔中进行观测时，传感元件应能测量到相当于氢原子核直径十分之一的位移变化。关于系统应变监测的动态范围，计及大地震时地壳可能要经受 10^{-3} 量级的大变形，系统测量的动态范围必须覆盖 7 个数量级。还有工作环境的问题，作为长期连续观测地壳应变积累的仪器，探头需用水泥固结在一二百米深的井下，并要求稳定工作 10 年以上。上述这些全新的任务目标，它的高难度和高风险注定了系统研制过程充满艰辛，如若没有坚持创新的精神和克服一切困难的决心，以及多学科先进技术的支撑，这个梦想可能永远止步于图纸。

恰恰就是这支团队的新、老同事们：李秉元、焦伟成、贾维九、张宗润、高银秀、王继哲、师洁珊、孙君馥、刘平昌、王忠常，及一批年轻的大学生朱葵、雷兴利、杨选辉、胡益光等陆续来组，共同努力，不畏艰难，团队没有在任何一道难关面前退却。比如 20 世纪 70 年代末，高精度感应耦合比率臂我们只是在文献上见过，对于所用材料与制作工艺几乎一无所知，但是，通过不断的实验改进，

RZB-1 型钻孔应变仪研究团队
（第二排左三为作者）

最后当我们将独立研制的关键测量单元－感应耦合比率臂送交中国计量科学研究院标定时，其达到的精度等级几乎与国家标准相当。1985 年 RZB-1 型仪器验收会上，当时计量院电磁室负责检验的张功铭先生到会证实了这一指标。

用差动电容式微位移传感器设计四分量井下应变探头，是我们的一项创新。对于平面应力状态，由三个观测元件的测值解算出平面应力场的三个分量：主应力 σ_1、σ_2 和最大主应力方位 θ，设置四个观测元件可以计算出四组结果，有利于相互校验，或者取平均值减小误差。另外，根据弹性力学理论，圆孔内相互夹角成 45° 的四个应变传感器之线应变测值若分别为 ε_1、ε_2、ε_3、ε_4，则有 $\varepsilon_1 + \varepsilon_3 = \varepsilon_2 + \varepsilon_4$ 的恒等式，这一特性可对探头中各个传感器灵敏度系数的标定精度、对四个测量元件组装的调适度以及探头井下安装的质量提供最直接的检验。

经历无数次挫折和失败后，1981 年用石英砂固结的测量探头在温泉台站记录到固体潮、地震波和震时应变阶，这些观测结果说明 RZB 系统在设计思想和技术方法上是正确的。之前，有用石英砂耦合的仪器验收通过的先例，它最大的方便在于探头可以从钻孔中取出检修并重新安装。但石英砂作为散粒体，用于填充探头和钻孔岩石之间的间隙，其松散的结构和在较大变形下不可避免的颗粒相对位移不能保证探头与岩孔焊接式的耦合，因而不能提取确定的物理模型，不能准确实现地壳岩石应变的积累和真实的传递。我们的系统不能止步于此。

为了保证测量探头与岩石孔壁实现可靠的耦合，对四分量 RZB-1 型井下探头实施水泥固结，是项目组另一项创新。由此带来的现场测量模式有别于过去的空孔法测量。我和本组张宗润同志基于探头弹性钢筒、水泥层和钻孔岩体焊接连接的耦合方式，提取了该方法三层嵌套的物理模型。参考潘立宙先生在《与地应力测量有关的几个公式的推导和讨论》一文中提供的应力函数，我们率先推导出圆孔内三层嵌套复环模型平面应力状态的精确解，本物理模型和计算公式是我们观测方法最重要的测量理论和力学基础，其中由观测值的变化计算的附加应力场时序变化是本学科地震研究和预报实践的重要依据和突出特色，该项

1984 年在新疆乌什台安装 RZB-1 型钻孔应变仪

成果也成为 1985 年 "RZB-1 型电容式钻孔应变仪" 鉴定会上的亮点之一。据此编制的成套软件 BODECA1 和 BODECA2 集成到 "七五地震预报实用化攻关" 钻孔应力应变方法数据分析处理软件 "BSSS" 系统中，在西部台网的地震预报实践中得到推广应用。

为了迈上灌注水泥实施安装这个台阶，我们又经历了无数次失败。在友邻项目组体积式、振弦式、电容差应变仪都先后验收并获得较高评价时，我们还在进行野外试验。因为迟迟不能验收，项目要下马的消息不断传来，全组在极度不安中坚持着。直到 1984 年 9 月，我们在新疆乌什地震台安装成功第一个用水泥固结的探头，其后是四川姑咱、北京温泉和西拨子，以及北京香山台站的建成，并记录到高质量的地球固体潮汐及应变地震波信号，说明系统已经全面达到了设计目标。

在 RZB-1 型仪器鉴定会上作者向秦馨菱、陈庆宣院士介绍系统总体设计

1985 年 12 月，"RZB-1 型电容式钻孔应变仪" 通过了国家地震局验收鉴定。验收会第一阶段 25～27 日，进行测量系统技术指标的严格测试，接下来是 3 天验收会，约 30 名专家就项目的创新与成果的水平，展开了热烈的讨论和针锋相对的辩论。最后国家地震局陈鑫连司长总结，他对项目成果给予了很高的评价，并说，一个科学家在 10 年前能看到 10 年后的国际先进水平，应该算是真正的科学家。鉴定专家组一致认为，"RZB-1 型电容式钻孔应变仪" 具有灵敏度高，动态范围大，用水泥固结安装，稳定性好等五大特点，项目达到同类仪器的国际先进水平。

从 1975—1985 年整整 10 年，我从而立之年迈过 40 不惑，我们的团队开拓创新，放飞梦想，遵循居里夫人 "我们要把人生变成一个科学的梦，然后再把梦变成现实" 的路径，脚踏实地，迈上了征途中的新台阶，曾经的艰难和挫折因镌刻着我们沉重、坚定的足迹而庄严肃穆，一个团队因此成长。

四、接受失败，升华梦想

新疆乌什台和新疆局应变学科组以该台 "RZB-1 型钻孔应变仪" 观测资料为主

要依据，对 1987 年 1 月 24 日发生在乌什的 6.4 级强震做出了准确的中期、短期与临震预报，受到新疆局通报嘉奖，并荣获翌年国家地震局科技进步二等奖。"RZB-1 型"观测系统因此得到上下一致认可，国家地震局遂决定在多震的新疆、甘肃和四川建设中国西部钻孔应变仪试验台网。

大庆油田套损试验区地层变形研究项目论证会
（右二为大庆油田总工王德民，右三为作者）

此前，在美国和日本建设的钻孔应变台网均采用萨克斯－埃弗逊体积式钻孔应变仪，而中国西部试验台网采用四分量"RZB-1 型电容式钻孔应变仪"，这是中国，也是世界上第一个用于地震研究的高精度多分量钻孔应变实验台网，建设在我国多震的西部，寄托着大家对地震预报的殷切期望。

同期，大庆油田因为长期开发和注水采油，引起部分老油水井相继出现钻井套管变形和损坏，甚至发展到成片套损报废，油田的稳产高产形势严峻。此时，他们看到《光明日报》和《中国新闻》发布的"我国研制成功高精度电容式钻孔应变仪"的报道后，即与我们联系，并于 1986 年春夏，双方在互派代表团考察、研讨后一拍即合，签订了"油田成片套损机理和防护措施研究"（与大庆采油工艺研究所和采油二厂合作）；"油水井套管变形测量系统研制"（与大庆测井研究所合作）两个合同。在大庆油田几十平方千米范围开展地层稳定性观测研究，正是我们求之不得的中等尺度的地震预报研究试验场；而在近 1000 米深度开展多参数套管变形测量，基本上就是深井综合观测的前期预演，这些工作与我们在地震预测预报领域开展的研究不谋而合。

大庆油田和西部台网项目都在 1987 年全面启动，同期开展的还有国家地震局"七五地震预报实用化攻关"重大项目中"钻孔应变应力学科地震分析预报实用化攻关"二级课题的任务。我因在"RZB-1 型"项目验收后被国家地震局任命为钻孔应力应变学科带头人而领导该课题的工作，戚文忠、王刚军负责全国钻孔应变台站管理。

项目会聚地壳应力研究所欧阳祖熙、黄湘宁、李建春、张宗润、杨选辉、胡益光、葛丽明、舒桂林、韩玉娥等同志，以及江苏、甘肃、新疆、山东、河南等省区地震局的骨干力量蒋靖祥、张绍治、郑文卿、李志君、高原、杨志荣、赵淑萍、龚倩、朱航等协同攻关，学科内有 60 余人参与了该项工作。项目下设的三级课题以钻孔应变、应力为主题，有地震分析预报方法指南；数据处理系统（BSSS）研制；相对测量干扰识别及异常信息提取；全国钻孔应变、应力重点震例分析；观测资料的地震前兆特征、类型及预报指标的研究以及钻孔应变、应力方法地震监测能力的评价等共 6 大项。该项目动员力量之广泛，涉及本学科研究成果之深广堪称空前。而我们的项目组也因纵、横向两条战线齐头并进，全组情绪高涨，各项工作顺利开展，似乎新的更大的科研成果已近在眼前。

大庆套损项目系统工程设置了地面变形测量，水压致裂地应力测量，微震台网，油田浸水域研究，试验区地层稳定性数值模拟，深井地应力测量等 6 个二级课题，还有大庆油田牵头的采油二厂南八区的现场注水试验，以上计划除深井地应力监测外均如期完成。深井地应力测量项目井下探头含 24 通道测量传感器与电路单元（含套管变形、倾斜、深井压力、井下温度等），设置有包括微处理器的复杂的电子仓，井下探头外径为 103 毫米，长度约 4 米。当安装于近千米井深时，其密封性能受到严峻考验。1988—1989 年，我们经历数次失败，第 5 个探头下井后又很快出现渗漏，我趴在井口潜心思考问题究竟会出在哪儿？任起重机钓钩上的油、水滴落到头上和脖子上而不觉……此时油田以进度拖延为由向地震局告状，我知道，在取得最后成功之前，批评，指责，甚至告状都是在所难免的事，除了坚持到底，我们无暇顾及得失。

百忙之中，家人双双出差，只得将 1989 年秋进入高三的儿子送去住校。出发前，我们特地叮嘱他："好好把握自己的前途！"不久，在大庆收到他的来信，诉说在转变学习习惯，弥补与同学差距的过程中焦急、痛苦的心情。我紧急发去电报："我也经历连续失败，已是焦头烂额，但仍在咬牙坚持，直至取得最后成功。"据说这封电报在他们同学中广泛传阅，引起热议。

"RZB-1 型钻孔应变仪"项目组成员兵分两路建设西部台网，李秉元负责新疆和四川，贾维九负责甘肃的任务，高银秀、王忠常、刘平昌、王继哲等参加建站。除了现场情况远比想象困难和复杂外，我们自身最大的失误是建站初期未经试验改换了密封胶，这使我们付出了前期多个台站探头出现渗漏，导致建站失败的代价。那时的人们对于地震预报都有发自内心的热情，时间的拖延和经费负担让三个省区的同事们由希望而失望，先后都向地震局告状，项目组因此受到来自几方面的批评。

我们身处现场的同事，他们直面怨气的甲方，难堪无处不在，有时甚至会生出找不到地缝躲避的无奈。

这是我们事业中极其困难的时期，纵、横两个领域的工作均遭遇挫折，如何绝处逢生？多少个不眠之夜，我反复审视一个个问题，多方质疑采用的技术路线，当再次确信我们的系统原理和思路正确时，终于明白细节对于成败的重要意义。原来在现实和梦想之间失败和挫折竟是科研过程的必修课，要想到达彼岸，坚持，再坚持是唯一正确的选择。

到 1990 年下半年，油田两个千米深井综合地应力测量系统安装成功后已获得近一年的连续观测资料，并成功进行了试验区注水总体实验。此前综合各项研究成果，我们对大庆注水采油提出的科学建议和工艺措施，已在油田产生社会效益和经济效益，1990 年 8 月 24 日，油田在《大庆日报》发表《采油二厂与国家地震局地壳应力研究所合作——套管损坏速度得到控制》一文。文中写道："由于采取上述措施，不仅没再出现新的成片套损区，原有套损区也基本得到了控制，二厂全厂油水井套损井数逐年下降，从 1986 年的 113 口下降到 1989 年的 34 口，仅此每年就可少损失原油 20 万吨。"

上述成果的取得是基于油田和研究所通力合作和不懈坚持，在我领导的团队中张钧、崔效锋、师洁珊、张培耀等为大庆任务的完成做出了自己的贡献。

于 1990 年完成的"七五地震预报实用化攻关"中"钻孔应变应力学科分析预报实用化指南及软件系统"，通过国家地震局专家组验收，鉴定评语为："该项研究在时间较短的情况下，按统一要求完成了任务，进展显著，方法软件实用，所取得的成果接近同类工作国际先进水平。软件系统功能齐全，结构合理，有自己的特色，达到国际水平。"

与此同时，西部台网以全新制作的井下探头重建台站的任务也在 1991 年全面完成。

从 1987—1991 年，人生势不可当地奔向知天命之年，我们没有知天命的睿智，却无可逃避地要经受无数失败的历练、坚持或是退缩，我们必选其一。无所作为，在失败面前趴下，梦想会就此破灭，这绝不是我和我们团队的选择。我们用 5 年时间，承认失败，在一次次咀嚼失败苦果的同时，一次次深刻反思寻求彻悟，向着智慧的方向努力前进，终于取得新的突破，那是在一个更新的平台上实现的团队凝聚和梦想升华。

五、锲而不舍，坚持梦想

四川大学无线电电子学系分到地震地质大队的同学知道，1964年秋，我在全国高校四清运动试点中，从学校树立的培养对象一下跌落为白专典型，当走资本主义道路的当权派在接受严酷的批判时，全校6个与我一起落马的同学面对的是心理难于承受的背靠背批判。我被罚在学生六宿舍1～3层扫厕所，一两个月中没人跟我说一句话，威压之剧，致使化学系、生物系两位同学对自己的生命做了了断。身处同样的恐惧，同样的威压和苦痛，我不认同这种选择，唯一能做的是在扫厕所之余全天泡在图书馆学外语，在极度痛苦和迷惘中，在精神濒于崩溃之际支撑了我的唯有知识的力量，我坚信："不学无术在任何时候，于任何阶级都是无用的。"

直到毛主席批准发布了四清运动23条的中央文件，才纠正了运动的方向，结束了我的噩梦。大学的这段特殊经历，对我人生价值观和科研态度的影响可谓深重，我相信"实事求是是最有力量的"，无论过程多么残酷，都不能自己把自己打倒。在此后漫长的科研生涯中，我以这种态度做人、搞科研，我要求自己处处认真，以致有时较真；一生科研坚持创新，在科研活动中追求真实，表达真我，但有时也会显露出自律以外的自我。而同时在我所有的执着中无不隐含着证明自己的成分，这种愿望是如此的强烈，它注定了我今生的孤独。

孤独让我心无旁骛，专事研究；痛苦促我反思，让我奋起。有梦的人生是美好的，但追梦的路程却是用苦难铺就的。在RZB-1型仪器验收之前，我先后参加三种钻孔应变仪的鉴定会，置身喜庆之外，孤独而沉重。油田和西部台网的项目在其过程中双双遭遇挫折，在所有的反思中除了孤独与沉重，还有对相关各方的内疚，那才是一种真实的痛苦。西部台网建站初期失误的后果好像以我们重建台站弥补了，但事实远非如此。因为各种原因，台网没有进行验收，"RZB-1型电容式钻孔应变仪"台网在没有运行经费的情况下工作了十几年，至2005年最后几个台站退出观测，孤独也是它的宿命。这期间，有关RZB系列的研究工作没有继续，也没有再扩建台站。

最困难的时候，反倒是西部台网同人的坚持支撑了我们，三省区应变学科组和台站人员多年对RZB监测系统尽力呵护，认真分析观测资料，逐渐发现多次地震前仪器记录到重复出现的前兆异常特征，且异常量级与震级密切相关，从而丰富了"七五地震预报实用化攻关"钻孔应变学科对于地震前兆异常特征的认识。他们逐渐开展的预报实践鼓舞了自己，也支持着我们。以1993年2月3日新疆和静5.7级地震为例，依据库尔勒台的资料，新疆应变学科组和库尔勒台根据趋势异常（4个月），以及短期（82天）和临震（11天）异常，分别提出趋势、短期、临震预报意见。发震前三天（1993年1月30日）蒋靖祥向我做了紧急书面汇报，发震的当晚深夜，蒋靖祥来电话，我从梦中醒来，听到的第一句话竟是没头没脑的："震了！震了！"此刻，只有用百感交集才能形容我们的心情。

蒋靖祥（2002年）总结新疆RZB型钻孔应变仪台网的工作时指出："该手段在长达18年的观测历史中，经历了新疆6级以上强震及邻区7级以上强震共18次。在61%的地震前，钻孔应变记录到了异常变化。天山和塔里木地块周边的地震共16例，其中11例有异常，占69%。预报4例，占全部地震的25%。台站250千米内发生的地震7例，有预报意见的全部在这一范围，共4例，占57%。"他们认为，"RZB-1型钻孔应变仪观测以机理清楚、干扰小、映震效果好而成为新疆前兆观测的重要手段之一"。与此同时，四川和甘肃的同行均以持续的敬业精神让RZB-1型仪器在陇南及川滇交界地区数次地震的预报实践中有不俗的表现。正是我们共同的梦想支撑了我们的坚持和努力，"RZB-1型电容式钻孔应变仪"没有自生自灭，西部台网的同行们在地震科研和预报实践中表现出的探索精神和高度责任感，始终让我们满怀感激之情并心存敬意。

这一段时间是我人生中最孤寂的10年，从年富力强的中年到即将跨进花甲之年的门槛。岁月染白了两鬓，我将难言的苦涩化作执着的坚守，没有条件继续开展研究和实验，就启动思想实验室，其中所有的思考、构想和求索就为让孤独沉淀出智慧，让痛苦产生价值，那是一种可以把冷板凳坐热的功夫，因为那种涅槃般的快乐就在认真单纯的求索之中。就其原理、方法和研究成果，20世纪80年代"RZB-1型电容式钻孔应变仪"鉴定为同类仪器的国际先进水平，但任何先进都是相对的、受时代局限的。我检讨了从室内走到大面积建网过程中对一些重要环节和细节的疏忽，深知细节有时会成为决定成败的关键。

长期以来，人们习惯于把观测仪器看作测量系统的全部，但钻孔应变仪的测量系统必须将钻孔、耦合层以及周围岩体，甚至地质环境包括进来才是完整的，否则我们不能透彻理解这种测量过程复杂的内涵，不能解释观测质量的好与坏，对应地震的成与败。

钻孔测量因为采用水泥将井下测量探头与钻孔岩石进行固结耦合而没有保修的机会，这注定了方法本身的高风险、高难度，致使每一次安装，每一次建站都是一次新的严峻的挑战，这是我们从失败的切肤之痛中总结的教训，也是国内外同行的共识。美国人在PBO计划中写道："在世界范围内，只有2～3个研究小组，能提供符合大地测量标准的，满足 PBO 科学研究需要的应变仪。"可见，以地震预报研究为目的的仪器研制，如果不经受现场检验，一切都只是空谈。

坚持梦想，因为它是我们共同的希望，所以即使在沉寂中我仍然相信，历经 10 年的磨砺、积淀，假如还有机会，我定会以更新的思路、更先进的技术去追梦，研制出更高水平的观测系统。

六、坚持创新，捍卫梦想

20 世纪 70 年代，我和我的同行们曾用极大的耐心去说服人们相信地应力和钻孔应力应变测量，到 80 年代中，中国的同行们共同将我国在这一领域的水平推进到世界前沿，一度引领国际学术界，显示了原创和开拓创新的意义。1982 年 6 月，美国哥伦比亚大学罗杰·比尔翰

作者（右二）向萨克斯等美国专家介绍 RZB-1 型仪器设计原理

教授（R.Bilham）在剑桥大学布拉德实验室听我介绍了 RZB-1 型钻孔应变仪的设计原理，并看到在温泉台站的观测资料后，于 1982 年 9 月到北京找到国家地震局，要求与地震地质大队合作开展钻孔应变观测研究。之后，澳大利亚与美国合作，研制出与我们相似的观测系统。在 1987 年中日地震预报研讨会上，参会的日本代表石井纮教授对我报告的 RZB 型钻孔应变观测系统很感兴趣，索要资料。1988 年"中国—欧洲共同体地震预报学术研讨会"在北京召开，"RZB-1 型钻孔应变仪"被列为重要的合作项目，拟参加德国在土耳其 Anatonia 断层地震预报试验场的观测研究，后因故未成行。国外同行们在了解跟进后，即深入开展研究，取得了一系列新的进展。20 世纪 90 年代末，日本石井纮等人开始推进深井观测计划，几年后将钻孔多分量观测探头安装到了 1000 米深的井下。进入 21 世纪，美国实施 PBO 计划，拟在北美西部建设 200 个含测震、GPS、钻孔应变（采用澳大利亚的 M.Gladwin 分量式钻孔应变仪），深约 200 米的钻井综合观测台站，他们在研究深度和实施规模方面均有较大进展。

为了满足部分省局建设地震观测台站的要求，"RZB-2 型"的研制于 2002 年重启，地壳应力研究所任命张周术为组长，聘我为顾问。我交出了"RZB-1 型"的全部图纸和资料，甚至准备解剖一个单分向探头给他们做示范，以尽到扶持年轻科技工作者的责任。后来小张由于工作调动，研制中又遇到一些困难，小组的工作没有继续下去。到 2003 年，"RZB-2 型"的工作转由我主持开展。鉴于当时支持力度有限，不可能在核心技术上开展深入研究，仅将工作目标确定为针对"RZB-1 型"仪器存在的突出问题加以改进和完善，比如替换原来使用寿命较短的拨码开关及采用集成度更高的电路元件；将探头用密封胶进行密封的工艺改为采用"O"型密封圈等，这些措施使"RZB-2 型"在成为一个重要的过渡型号的同时，还成功建设了包括对汶川地震有较好前兆反应的重庆台网。

2004 年 4 月我年届 60，已到退休年龄，因主持三峡地质灾害监测预警任务仍在岗工作。是年 10 月，根据国际深井观测技术发展的动向，我再次提出申请开展"地壳变形深井宽频带综合观测系统"研制，项目申请由地壳应力研究所上报至中国地震局，再推荐到科技部，经评审通过，获批准立项（项目编号：2004DIB3J132，经费 95 万元）。该项研究得到国家支持，对于在该领域沉寂了 10 多年的我意义非比寻常。至此，从 1987 年我第一次提出用于地震研究的地壳变形井下综合观测系统的申请，以及同期在大庆油田启动的中等灵敏度深井综合观测系统研制和连续观测的成功实践已整整过去了 17 年。而离 1970 年向李部长汇报地壳应力钻井综合观测系统的设想竟已有 34 年之久。34 年梦想未变，进入 21 世纪，当它成为更多人的共识时，地震观测技术呈现出由平面观测台网向大规模立体监测网发展；由单一方法向宽频带综合观测发展；由地表观测向空间与深井发展；由陆地观测向海洋观测发展的趋势。对于地震科学研究，地震预测预报，震灾预防和紧急救援，深井综合观测系统所具有的前所未有的丰富的信息量，更高的测量精度，更小的环境干扰，更科学的比对观测和综合分析，以及相对更低的成本较之此前各项单一手段观测系统无疑更有效、更科学。

科技部深井项目立项之前，三峡工程已经上马，我的家乡重庆市万州区正好在三峡库区腹地，面临八九十米的长江水位升高和大规模的移民迁建工程，我预想到三峡库区河谷地带会有大量的滑坡、崩塌等地质灾害出现。从 1996 年开始就对这个问题进行了多方面的调查研究，并将有关成果向国务院三峡建设委员会副主任，时任重庆市主管三峡工程的副市长甘宇平做了汇报，并在市、区移民局支持下在万州区率先开展了有关研究工作。2001 年，国务院三建委办公室在重庆市武隆发生滑坡后，紧急交给我的任务"三峡万州库区 GPS 滑坡监测示范研究"启动，使项目组的工作别开生面。在三峡库区，我们率先完成多个第一：第一个重庆市万州区城市地理信息系统（2000 年）；第一个含 100 多个流动监测站的 GPS 滑坡监测网（2001 年）；第一个多手段滑坡变形无线遥测台网（2002 年）。这些成果已为地方政府提供过多方面的辅助决策支持。

2002 年 5 月科技部第一副部长李学勇曾专程到三峡工程万州库区听取我的汇报，并到滑坡监测现场考察。我和我们三峡库区地质灾害研究团队的张宗润、陈明金、魏学勇、师洁珊、张路、张永庆、韩文心、周昊、赵树贤及研究生杨旭东、苗家友、陈诚、李捷等不间断地在库区坚持工作，在滑坡监测与数据处理方面取得了多项创新性成果，先后三次获得了重庆市科技进步奖与

李学勇第一副部长（左二）到万州滑坡现场考察并听取汇报

自然科学奖。2003 年 6 月 25 ~ 27 日，中央电视台新闻频道滚动播出了多年来我们在三峡工程万州、巫山及奉节库区开展的工作与取得的成果。

纵观我的科研旅程，曾经光彩，又一度陷入困境，然后是默默的坚守。如今，我又幸运地站到纵向和横向项目齐头并进的新的平台之上，但生命已不会再给我时间去重复 10 多年前的过程，肩负重任，我必须小心谨慎，如履薄冰般走好每一步。

CCTV 新闻频道报道作者在三峡库区开展的地质灾害防治研究工作

科技部"地壳变形深井宽频带综合观测系统"项目 2005 年正式启动，系统设计包括设置有水平应变（四分量）、垂向应变（一分量）、倾斜（二分量）、应变地震波（三分量）与精密定向电子罗盘的深井综合测量探头；还有钻孔中井温、水位、气压等辅助观测单元；以及地面供电、数据收集与传输等部分，以期初步

实现在钻孔中进行三维地壳应力应变观测的目标。其中观测系统的某些环节，我们可以借鉴油田近千米深度实现综合观测的设计思路，可以采纳三峡项目对新技术开发的有关成果，但关于本系统的总体设计，必须突破的核心技术以及各子系统间性能的匹配是研制工作最大的难点，却没有任何现成的经验可以照搬。深思熟虑和反复实验后我制定了围绕系统总体设计、数字式电容位移传感器设计与应用，以及井下数据总线等 8 大关键技术展开攻关的研究计划。

研制过程周密而审慎，例如项目任务书包括建成两个试验井，井下探头安装深度在 200 ~ 300 米。我们在室内压力仓中对探头的密封试验做到了 7MPa，相当于700 米深的静水压环境；关于实现传感器观测数字化的难题，经历了多种方案的比对，曾花大力气进行研究的运用数字电位器的 DPB 测量电桥的试验，后因为信噪比偏低而最终放弃；再比如设置深井电子舱，将大量电子元件和装置放入其中的方案，因其不可靠，我犹豫再三，举棋不定，项目迟迟不能发起总攻。

当终于找到 30 年前我期望的技术平台及解决方案时，沉重的心境豁然开朗。虽然很多与此配套的工作，包括改变传感器结构、采用新的数据传输方式等项难度很大的工作要重新设计，甚至对本组人员的怀疑态度"指甲盖大小的电容极板能测到固体潮吗？"还需做耐心的说服工作，但我认定曙光在前，发起总攻的时间到了。

此后一年半，开题时设计的 8 大关键技术攻关均获突破，全组在分项完成的基础上顺利实现总体连调，直至系统性能室内测试完全成功。

为交出高质量的成果，在设计科技部项目时，我加入了两个试验站建设并取得半年观测资料的内容，业内人士都明白在深井中实施现场安装试验是最较真的任务。如我们在"RZB-1型"研制时坚持使用水泥灌注实现探头和钻孔的耦合，而不使用沙子填充使项目验收推迟了 2 年，此次要取得深井的实测资料再行验收，将是更艰巨的难题。我们自我加压列入建设实验站并开展实测的任务，表达了背水一战的决心和实现科技创新目标的信心，也坚持了我在科学研究中一贯不走捷径，决不取巧的态度。

由于室内研制工作细致充分，2008 年 9 月

项目组在漳州台安装深井综合观测系统
（右二为作者）

北京百善站（12 通道，215 米深井），12 月福建漳州台（18 通道，253 米深井）的综合观测系统样机都是一次安装成功，并获得了高质量的地壳变形综合观测数据。两地地震局都第一时间在其官网上发布中国首次安装成功深井多分量观测和深井综合观测系统信息。我们终于向国家交出了合格的答卷。

受国家科技部委托，中国地震局于 2009 年 12 月 25 日，在北京组织召开国家公益研究专项项目"深井地壳变形宽频带综合观测系统"验收会，中国地震局科技司李明副司长主持会议，石耀霖院士、马瑾院士及到会的评审专家经质疑和充分讨论后，一致同意：项目成果为"优等"，项目取得"创新性成果"，"填补了国内在该领域的空白，具有国际先进水平"。在宣读完鉴定意见后，项目组的成员个个高举双臂，欢呼着从座椅上跳起来，全组同事多年的埋头苦干喜获丰收。

从 2005 年初项目启动到 2009 年 12 月项目验收，又是整整的 5 年。这 5 年我们在熟知日本和美国观测系统构成、台网建设和观测数据质量的基础上，从一开始就目标明确地瞄准国际先进水平，正像验收意见中肯定的：项目组"在核心技术、系统集成、数据总线和井下安装等技术方面进行创新""与国际现行技术相比，项目在数字化电容式微位移测量核心技术、四分量钻孔应变测量技术、井下综合探头数据总线和深井安装技术等方面具有独特优势"。我们没有辜负国家和纳税人的信任，我们没有辜负验收专家组的评价。令人欣慰的是，RZB-3 型深井综合观测项目执行的全过程，我未顾及自己已退休的身份，完全以主人翁的姿态，领导解决项目攻关的难题，以舍我其谁的自信带领项目组开拓创新，以最大的勇气和决断将项目进行到底，履行了不搞伪科学，不交伪成果，决不走捷径的承诺。

这个成果在 2010 年 8 月第五届国际岩石地应力大会宣读后，德、法、美、日等国的科学家到我的实验室参观，对于如此复杂的深井观测系统，他们最不放心的是运行的可靠性。在了解了我们采用的技术后，德国专家斯蒂芬森教授（O.Stephensson）由衷地竖起了大拇指。美国专家海姆森教授

作者（左）向来访的国际著名专家介绍 RZB-3 型观测系统

（B.C.Himson）说，这是他看到的地壳变形最好的井下综合观测系统。

2011年维也纳欧洲地球科学年会上，美国PBO项目7名专家、日本的石井竑教授等悉数到会，我们的成果获得与会各国专家学者一致好评。他们惊奇于我能够坚持40余年的研究，开发出三代先进的RZB系列钻孔应变观测系统；更由衷地赞叹中国政府对地震科学研究一贯的重视和支持。我们受惠于时代和国家，以优异的成果回报祖国，在国际上为祖国赢得荣誉，这是我们坚守一生，追求梦想的最大动力。

七、传递火炬，传承梦想

40余载坚守，锲而不舍攀登，最不能忘怀的是创业的团队，我们一起经历了在黑暗中的摸索，在无数次失败和西部台网建设遭遇挫折之时选择了站起来向前进这一正确的出路，所以我们的团队才能以失败为基石构筑向上攀登的阶梯。40年，我们共同的理想和追求，铸就了这个团队的灵魂与气质，即坚持实事求是的学风和不断创新的科学精神，对待事业始终如一的热情以及面对挫折的坚忍不拔。

在此，我特别想向共过患难的项目组同人们致以问候。同样，我们不会忘记在"七五地震预报实用化攻关"中曾经密切合作过的60多位同事，以及"七五地震预报实用化攻关"的6项重要成果为学科发展和预报实践做出的贡献。蒋靖祥关于新疆12个震例的报告，无论是成功的预报还是带有遗憾的总结，其中的每一张预报卡片都已融入历史，每一份奖励都是对其工作的肯定。没有钻孔应变应力学科同人们的共同努力，没有西部台网的坚持和积极的预报实践，就不会有第三代"RZB-3型"深井综合观测系统项目的启动和成功。

回顾1984年我们在新疆乌什地震台安装RZB-1型钻孔应变仪，和距今30年来西部台网对多个震例的总结，RZB型钻孔应变仪在地震预报实践中最有价值的发现，是一些地震前重复出现的地壳变形前兆异常特征，深入挖掘这些现象的物理本质，会不会获得某种突破？这是我们的殷切期盼。但与此并存的还有许多困惑：在另一些台站，为什么我们未能观测到这样的规律？钻孔、岩体和地质构造环境等因素的影响有多大？包括探头安装，耦合状态，甚至我们尚不知道的某些其他因素，又会使观测数据产生何种畸变？ 2012年我在《国际地震动态》杂志上发表《美国BPO计划：钻孔应变观测台网遭遇挑战》就是基于这种困惑而撰写的。在美国，安装于同一台站，相距不过数百米的2～3台分量式钻孔应变仪，不能记录到相同的区域应力应变场活动，而且几个试验台网的结果均如此，问题究竟出在哪个环节呢？是耦合材料的差异，还是采用的钻井工艺不合适？需要做更深入细致的研究才能找到答案。有人看了这篇文章说："欧阳怎么自揭其短呢？"须知，科学的问题是绕不过去的，我们无法回避。当然，所有我们曾经做出的成绩都不是徒劳，只是地震预测预报的课题是如此的艰深，未被认识，未及探索的领域广大而深远，我们要有勇气面对各种挑战。基于此我曾两次向主管部门反映，在多震区建设试验场，做长期深入的观测与研究是更为科学的抉择。

如果说 1985 年"RZB-1 型"系统获得国际先进时，我们对于地震科研的困难尚缺乏清醒认识，经历了更多失败和挫折后，2009 年"RZB-3 型"再一次跨入国际先进行列时，我们深知所有的成绩都只不过是在地震预报长途跋涉中一个环节有限的突破，系统本身还将面对复杂现场环境的检验，随时可能出现新的问题，因此，我们对现阶段的成功和荣誉持谨慎的态度，而将更多的关注投向尚需完善和亟待解决的新的问题。

地震预报，这个不知需要多少代人接力的任务，是我们一生不渝的使命，我们或者是开路先锋，或者是铺路的石子，那都是我们的梦想之旅。我们赞扬蜡烛精神，它以燃尽自己做彻底的奉献。但在科学研究中，我们更推崇传递火炬，当一代人将燃烧得光明灿烂的火炬交给下一代时，才算是研究工作最完美的传承。在"RZB-3 型"深井项目研究团队中，从 2003 年到 2005 年，陈征、李涛、吴立恒相继从学校直接来到项目组，他们朝气蓬勃、虚心好学，为以退休 4 人为主的团队注入了活力。全组老同志更是乐于倾其一生的积累扶持他们，通过数年悉心引导，终于使他们成为站在学科前沿的团队中的一员。

在科学研究中我们常常提倡的坚持和坚守，说到底是对实事求是的坚持和坚守，是对客观事实的尊重和服从。科学研究切忌急功近利和浮躁心态，是因为由此导致的浅尝辄止不能实现传承，照猫画虎也绝不是创新。我们殷切期望年轻一代能执着于梦想，坚持开拓创新的精神，将我们共同的事业不断推向前进。

科技部项目验收后，我对业内一部分人认为深井项目科研工作已经结束，项目组可转入批量生产的认识持不同看法，坚持在没有立项的条件下将钻孔垂向应变单元研制完成，并在福建漳州中学台一举成功安装，在我国首次取得垂向应变固体潮实测资料，终于初步实现了在钻孔中进行地壳应力应变三维观测的目标。2010 年底我离开团队之时，因为系统尚缺一些必要组成部分而心存忧虑。2011 年，我仅凭一己之力，初步研制完成第三代 RZB 系统进入地震监测网的缺项——"传感器现场标定系统"。同时对于"RZB-3 型"在倾斜分量、应变地震波分量诸方面尚需改进和提升的问题均有深入思考，对更新一代 RZB 型观测系统的功能指标以及增加深井重力测量的设计也有一定构想。我曾将相关的成果和发表的文章向研究所有关领导做了通报，也是希望有人能关注这些亟待认识和急需解决的新问题。

在中华民族伟大复兴的中国梦中，如果每代地震人都成就了自己的梦想，都能将光明灿烂的火炬交给下一代人，并因此激励一代代人的梦想和为梦想奉献的热情，则梦想的延续和升华必将引领我们去接近地震预报这个伟大的目标，那就是我们对实现中国梦的贡献。

后 记

回望40余载走过的路，我一生的事业均以地壳为对象，以防灾减灾为目的。贯穿一生的地壳应力应变观测与研究，它的理论和方法也指导了我在大庆油田和三峡库区的研究工作。我们在国民经济建设及防灾减灾领域做出的贡献中，处处有地震科研相关成果的应用，而油田和三峡的工作和成果，也总是在恰当的时候回馈并支持了我们在地震预报研究主战场的工作。在上述两条战线平行开展的所有这些研究活动丰富了我一生的科研经历。

年轻时，尚不懂奋斗的艰辛，而立之年，我确立了今生这份事业。当我在挫折与突破的往复中度过一个又一个10年，人生似乎很长，但每天又觉得24小时过得太快，好多工作都来不及去做好。只因一直尽心竭力，脚踏实地一步步走来，在人生古稀之际，我顺其自然地退了下来，得到了安闲中的宁静与自在。每天读书、写字之余，有时会忆及过往岁月中那些温暖的片段。童年的日子总是那么阳光灿烂，小学时每天朝会后，班主任文老师清朗地阅读"把一切献给党"的情景恍若眼前；中学宽敞明亮的阅览室里，《知识就是力量》那本杂志中所有的神秘和奥妙，在我心中点燃起一盏盏兴趣之灯，我从此认定长大后要做一个探索这些未知世界的人；1981年在剑桥大学时，趁去爱丁堡开会的机会我到亚伯丁大学看望琼斯教授，他年届67岁，正在实验室里整理

1982年在剑桥大学地球科学系接待曾融生与许绍燮院士
（左起：许绍燮、怀特博士、杰克逊博士、曾融生、作者）

离职的行装。高兴又惆怅，不禁感叹，匆匆地来，又匆匆地去，恰似10年前与李部长的相见和别离，多想他们再给我一个转身，再多给一些指教。

我生逢其时，有幸被国家选派到剑桥大学进修。当时我曾发誓在那里一定要做一个有尊严、刻苦钻研、有成就的中国人。1982年我获得剑桥科学发明二等奖时，得到剑桥同事们真诚的祝贺，他们说："中国科学家很棒！"。我的幸运还在于，退休之后，国家让我主持"三峡工程万州库区地质灾害监测预警"和"地壳变形深井综合观测系统"两个重大项目，我的科研生涯因此延续近10年。2012年初，"三峡"项目被地震局从众多成果中遴选出来，推荐申报国家科技进步奖；2013年初，科技部"地壳变形深井宽频带综合观测"项目入选中国地震局"十一五以来最具应用前景十项科技成果"，对于退休多年后，我领导的涉及纵向和横向的两项成果，均得到中国地震局系统和局科技委的肯定和鼓励，我深感欣慰。

把所有的机会看作幸运，将所有的磨难当作洗礼，逐梦地壳应力应变观测与研究40余载，我曾将这样的人生经历和体验写进我的古稀感言：

绝处逢生赖坚守，从来实干铸辉煌。

应信寂寞真功夫，蟾宫折桂谱新章。

退休后学习书法与绘画

科学是神圣的也是公平的，在其探索的道路上只要方向正确，上帝如果给予你超乎常人的磨难，定会回报你超乎寻常的快乐。地震科研和地震预报是一项艰难的超长接力，在人生节目中必然的交棒仪式如期而至时我了无遗憾，因为秉承了儿时的理想用了一生的努力去追逐梦想，我幸运地感受到了探索创新所给予的那种直抵心灵的欣喜。人生如此，也可谓不改初心，方得始终。

欧阳祖熙 简历

　　欧阳祖熙，男，汉族，湖北云梦人，1944 年 3 月生，研究员。1966 年毕业于四川大学无线电物理专业。从事地壳应力应变观测与研究工作 40 余载，曾任中国地震局钻孔应变学科学术带头人，主持完成由中国地震局和国家科技部下达的"RZB 系列高精度钻孔应变仪"1～3 型（地壳变形深井综合观测）等重大项目，2010 年年底在福建漳州中学台安装的地壳变形深井综合观测系统，在含原有水平应变、钻孔倾斜等观测单元的基础上，加入钻孔垂向应变测量单元，在国内首次初步实现在钻孔中对地壳变形的三维测量。从 20 世纪 80 年代后期起先后将有关研究成果推广应用到大庆油田（油水井成片套损防治研究）和三峡库区（地质灾害监测预警）。在国内外刊物和学术会议上发表论文 50 余篇。获省部级科技进步二等奖、三等奖多项。在剑桥大学进修期间主持研制的"Trace-1 便携式磁带记录地震仪"获 1982 年度剑桥科学发明二等奖。享受政府特殊津贴。2004 年 4 月退休。因于同年底承担科技部项目，坚持工作至 2010 年。

皇陵前的地震前哨站

王 勇

　　春光明媚，和风熙熙，我开车从昌平西关环岛下高速，往北沿110国道，行车2.5千米，就来到我工作了20多年的昌平地震台。昌平台坐落在十三陵特区内大宫门村西北，十三陵神路风景区西侧约500米处。在路边一停车就看到漆黑色的花格大门里边是古建三合院，院子中间一座高2.6米的金色地动仪格外醒目，8条金龙活灵活现，8个金蟾张着大嘴，对龙仰天而坐，基座上黄下黑，庄重威严，基座正面书写着"中国地震局地壳应力研究所昌平地震台"。

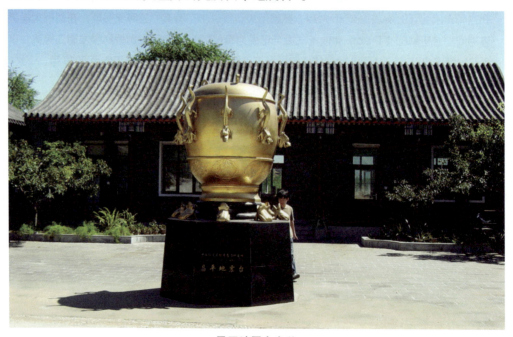

昌平地震台台貌

昌平地震台院内一角

在地动仪的东面、北面、南面分别是三排红柱长廊，在筒瓦、滴水之下那大红色的横立木、瓦档木、横档木、横木、廊大柱、坐凳和绿色的花杨木、小角木等交相映辉，给人古扑的气息；紧连着的是三排青砖筒瓦的古建房屋和院内4个花池中的羊角槐、松树、山楂树、冬青等相互映衬，显得那样的和谐优美。真是古香古色，自然怡人！看着这金光灿烂的地动仪和一砖一瓦一草一木的美景使我浮想联翩，往事历历在目，仿佛青年时代的我又回到了台上。

基础建设百年大计、质量第一

1966年邢台7.2级地震后，我国进入地震频发的高潮，李四光教授从地质力学的研究中发现测量地应力的相对变化，有可能是解决地震预报的有效途径之一。地质部地震地质大队（后更名为"地壳应力研究所"）在河北隆尧等华北地区建起了几个地应力观测站。昌平地应力观测站就是其中之一，该站1970年选点建设，1971年正式投入观测，当时只有电感法一种手段（分大口径探头、小口径探头等）和几间简易平房，其观测环境难以控制，生活条件也很差，台站周围没有村庄、没有单位，最近的村庄也有1千米多，去趟城镇买东西要走4千米，工作环境是艰苦的。张仲宽、王继哲、张学政三任负责人带领大家艰苦奋斗，兢兢业业的工作，给国家提供了大量的观测数据，这些数据为确定1976年唐山7.8级地震的震前异常起到了重要作用。

20世纪80年代初，国家地震局要求八大监测手段都要建立自己的标准台。地震地质大队认真贯彻了这一指示精神，大队科技二处领导侯振国、陈永德等人经多处选址对比，最后因昌平地应力观测站地处北东向和北西向构造的交会部位是地应力的敏

昌平地震台旧貌

感区，而决定在此基础上建设我国的地应力标准台，并决定在国内物色台长。1984年我从兰州地震研究所调入地震地质大队，担任昌平台台长。走进昌平台我首先看到一片坡地和几间平房，条件虽然艰苦，但大家还挺乐观。他们说，我们台在皇陵前神路西侧，东有龙山西有虎山，有青龙白虎保佑肯定会有好运的！因地处十三陵特区内，不由自主地对皇陵产生了好奇心。

十三陵山区属太行余脉，西通居庸，北通黄花镇，南向昌平州，不仅是陵寝之屏障，实乃京师之北屏。太行山起泽州，蜿蜒绵亘北走千百里山脉不断，至居庸关，万峰矗立回翔盘曲而东，拔地而起为天寿山。山崇高正大，雄伟宽弘，主势强力。明末清初著名学者顾炎武曾写诗描述这里的优胜形势："群山自南来，势若蛟龙翔；东趾踞卢龙，西脊驰太行；后尻坐黄花（指黄花镇），前面临神京；中有万年宅，名曰康家庄；可容百万人，豁然开明堂。"这一优美的自然景观被明成祖朱棣视为风水宝地。据说，朱棣为了找到合适的陵墓地址，费了好大的劲儿，但还是没有找到合适的地方。这天，他来到了一个叫作屠家营的地方，发现这里风水很好。但很快他就发觉自己姓"朱"，"猪"进了屠宰场，那还能吉利吗？于是放弃了这个地方。后来，朱棣又将目光锁定在昌平西南的羊山脚下，那里地形地貌都非常好，并且山势如龙，非常适合建造皇家墓陵。可很快他发现，那里有一个地方被称为狼儿峪，"猪"（朱）哪里是狼的对手，犯了地讳，所以这个地方也被他放弃了……就这样，东找西找，花去了两年时间，可都没有遇到合适的。后来，有一个来自江西的术士廖均卿向朱棣推荐了一个叫作黄土山的地方，说那里是一块"吉地"，景色雄伟壮观，背后

明十三陵墓群格局图

山峦起伏，两侧山势东西回括，就像围墙一样形成一个天然大庭院，陵区就可建在庭院里面。庭院前面 6 千米处有两座小山，东为"龙山"，西为"虎山"，符合东青龙、西白虎的四灵方位格局。朱棣听说后，就亲自去了那里，看到山前有个叫作康家坟的村子，西边有个橡子岭山，东面的河套叫作干水河，心想："'猪'到了这里，有糠（康）、橡子吃，还有泔（干）水喝，这可不就是朱家万世发展的吉地嘛！"他对这个地方非常满意，当即决定把这里作为自己的陵地，奠万世之基。于是马上下旨封黄土山为他的"万年吉壤"，恰逢这一年是朱棣五十大寿之年，遂封其山为"天寿山"。天寿山就是长陵后面的那座山。并且，他下旨，以后每建一座坟墓，都各自选一座山峰为背景。从成祖到崇祯明朝前后共 13 位皇帝长眠于此，故称明十三陵。

昌平台坐落在十三陵碑楼西侧卧虎山下，希望这里的风水宝地能成就我们的"为祖国站岗为人民放哨"的大业。大队长王树华找我谈话："我们调你来担任昌平台台长，希望你把它建设成'地震地质大队的白家疃台'，我知道，在地震地质大队，做台站工作是最难的！你有什么解决不了的困难可以直接来找我。"我理解这是他代表领导班子给了我可以越级找领导解决困难的权力，这给我做好昌平台工作增加了动力。跟我一起搭班子的是韩允兴同志（北京大学毕业，曾任地震地质大队预报组组长），他比我大两岁，高个子，大眼睛，平时开着三轮摩托车东奔西跑，给人以机灵的感觉。

地震地质大队队部在海淀区西三旗，西三旗到昌平台有 25 千米的路程，坐公共汽车要换两次车还要再走 1 千米路才可以到达，交通很不方便，三轮摩托车便成了我们的交通工具，坐摩托车感到比坐公共汽车省时省力多了。对于要建设"地震地质大队的白家疃台"这个目标，我们俩都感到压力大，因为有很多问题我们心里没有底，如白家疃台最大的长处是什么，国内其他先进地震台的特点是什么，观测环境怎样严格控制，科研工作怎么开展，和地震监测相适应的建筑风格是什么样，人员素质怎样提高，观测资料的质量怎样保障，地应力标准台的标准应当是什么等等这一系列的问题都难以回答。于是，我们俩先到白家疃台去学习。接待我们的是大名鼎鼎的席云藻台长，他曾担任国家地震局地球物理研究所科研处处长，所学术委员会秘书长，为了加强白家疃台的工作，调来担任台长。他给我们介绍了他的治台理念，归纳起来有两条：①把白家疃台建设成手段最齐全、最先进的地震台（当时的八大手段都要上）；②开展实验研究和相应的科学研究。我和黄远筑同志（地震地质大队基建办公室工作人员）又参观了南京、邕宁等台的建筑风格，了解了他们的业务长处。通过学习，我们开阔了思路，结合地震地质大队的实际情况我和韩允兴、张学政、韩玉娥、刘万琪、李秀环、杨淑琴、王训碧、宋富英等同志共同商量，在 1984 年制定了昌平地震台的整体规划。其要点为：

该台建成后，应在观测资料、观测条件、实验研究、预测预报及台站管理方面在全国地应力台站中起示范和促进作用。

最高目标：最终实现观测、预报、科研三结合的设想。在地应力测量方面保持领先地位；应对外开放，与国内外同类台站交换资料；跨入世界同类台站的先进行列。

最低目标：实现全台各手段资料的自动化记录和处理，资料质量要在国内跨入先进行列。

在观测手段方面，除现有的电感法继续观测外，逐步增添萨克斯应变仪、TJ-1型体积式应变仪、RZB-1 型多路电容位移自动记录仪、ZX-79 型弦频应力仪、YRY-2 型压容式钻孔应变仪和新型电感测试系统等 7 种测量方法。这些手段都要严格控制观测环境，实现自记、自标与数据处理的自动化。同时配备地温、气象、水文等辅助手段。

采用科学管理的方法利用微机把台站的各种实验数据、结果、过程、条件及各种仪器的基本参数、维修情况、使用情况等记录并存储起来。把台上的各方面工作尽量用微机管理并记录下来。通过微机的充分使用实现各手段的自动化记录和资料处理的现代化。

在科研方面要进行各种例行排除干扰实验；承担队上下达的临时实验，如人工力源实验等；进行应用仪器的研究，主要指观测仪器的技术革新和标定等；对台站近区应力场的研究；结合观测中发现的问题申请科研课题；进行地震预报的探索研究；对现有人员进行业务培训提高他们的业务素质。

这一整体规划得到了地震地质大队各级领导和群众的认可。落实规划的第一步是昌平台的基础建设。原先的几间破旧平房肯定与整体规划的要求相差甚远。

1984 年 11 月 5 日，国家地震局基建处批复：同意建设 450 平方米科研楼，50 平方米锅炉房，征地，建围墙等总投资 41.9 万元。大队长王树华，副书记、副大队长韩子文，副大队长赵国光等领导一致决定昌平台的基本建设由昌平台负责完成。该任务的第一关是北京市规划局批复建筑指标，规划局远郊组组长和昌平县规划局负责同志多次协商批准了 500 平方米建筑指标。第二关是建成什么样的房子。昌平地震台地处十三陵特区内，不准建楼房，只能建设与特区风格相适应的平房。我和韩允兴同志开着摩托车转了不少地方，总是感觉普通平房档次低，高档房又建不起，最后转到万寿寺里，有一个小院子据介绍是御膳堂，既属于古建范畴，又简洁好建，经费也能允许，其风格适合十三陵特区环境，其功能也达到了台站的要求。已经 50 多岁的韩子文副大队长也跟我们一起坐摩托车观看了万寿寺后，同意我们的意见，决定建成外观古建式样，内部西式设计的房子。我们聘请了北京市古建园林设计室的专家，就昌平台地形的实际情况进行三排古建房屋的设计，三易其稿，定稿后得到了领导和基建办公室的肯定。1985 年 4 月 6 日取得了昌平建筑施工许可；1986 年 3 月 15 日开工，10 月 20 日工程竣工。建成后的昌平地震台青砖筒瓦，红柱走廊，在绿树的映衬下，这座古建院落显得格外肃穆大方，和十三陵特区风格和谐，融为一体，给人以大气的感觉。

昌平地震台东区台貌

昌平地震台观测区台貌

观测室建在干扰小的山洼里采用了特殊工艺建筑，以适应各种观测手段的环境要求。在国家地震局基建处组织的验收会上，各级领导和专家给予了高度评价。当时有多批地震系统内和外界不同层面的同志慕名来台参观，甚至有不相识的外宾在门口叫门要看房屋的设计。一天上午10点左右听到敲门声，发现一个蓝眼碧发的中年男士和一个女士站在门外，一问才知道他们要建一所院子，转了很多地方都不太满意，看了这座院子，心中充满了惊喜，认为这可能是十三陵特区建设新的陵区工程，希望让看一下。对于外宾的赞美，同志们很高兴，给他们介绍说这是国家地震局地震地质大队昌平地震台后，外宾一边照照片一边大声地说"地震台的建筑太好了"。他们前前后后看了一遍才高高兴兴地离开了。此后有人戏称这是十三陵特区里的"十四陵"。观测和办公用房建设的成功提高了台站工作人员的信心。我们体会到在工作中只要高标准严要求，我们建设好标准台的目标就能实现。

取得连续可靠的观测资料是台站工作的根本

通过昌平台国家地震局高精度钻孔应变仪对比观测项目的开展，当时国内最先进的5种高精度钻孔应变仪在昌平台安装成功，它们分别是TJ-1型体应变仪、RZB-1型多路电容位移自动记录仪、ZX-79型弦频应力仪、YRY-2型压容式钻孔应变仪和AHY832型压阻应变仪。同时配备了水位、水温、气压、室温等辅助观测手段，这些观测项目都严格控制了观测环境，都实现了自记、自标。这些

昌平地震台观测井分布图

手段的观测环境和操作规范都达到了当时国内地震台同手段的最高水平。

1989年10月，国家地震局科技监测司组织京内外的专家对该项目进行了验收，认为："这几种仪器各有其特点，但灵敏度都比较高，稳定性较好，多数都能记录出应变固体潮，特别是在1989年10月18日大同—阳高地震前后反映较好，取得了一批有研究价值的资料……"至此各手段的对比观测工作取得了圆满成功。

钻孔应变手段已经上齐了，观测工作也按部就班地开展了，我们就此止步还是再前进一步？经过台内同志们的讨论，一致认为，应当尽可能地提高台站的工作水平，确定在四个方面下功夫：①提高现有台站工作人员的业务水平；②提高地应

变信息的质和量；③地应变信息快速而准确的传递；④从地应变信息中提取地震前兆。要在这四个方面进行科技投入，争取实现最大限度减少干扰因素的影响和最大限度发挥前兆信息的效益。为了对上述环节进行科技投入，我和韩允兴、张学政、杨选辉、刘福生、张国红等同志一起申请并完成了 8 项科研课题，其研究成果直接应用到台站上，使台站工作上升了一个大的台阶。1993 年通过昌平台申请的"133"专项课题的完成，在国内前兆台站上第一次实现了一分钟一次数字化的综合采集和有线传输。地壳应力研究所黄锡定、付子忠研究员研制的综合数据采集器漂亮的完成了各手段的分钟值采集任务，并通过调制解调器和电话线把采集到的分钟值数据及时传输到研究所里。国家地震局科技司组织的专家现场会认为：这就是我国有人职守和数据传输相结合的新型台站的雏形，把数字化的分钟值传输到研究所里，一举实现异地观测。领导和专家的认可极大地鼓舞了大家的工作热情，台站人员分为两部分，一部分职守台站确保仪器工作正常，一部分在所里接收、分析、处理、研究数据，结果观测资料的数量、质量和利用效率有了大幅提高。资料有了异常十几个小时后就可以发现，可以及时组织专家会商研究。这种工作模式 2000 年以后开始在全国普及，7 年间昌平台向中国地震局提供了一生可借鉴的有益经验。

现在摆在大家面前的问题是怎样减少观测资料的干扰因素，怎样使数据连续可靠。讨论的结果是在各观测手段的电源、主机、采集器、传输器、通信设备等环节采取了 UPS 供电、仪器备份、接地电阻改进、仪器两端连结线分布电容参数的固定等措施，使观测资料的噪声有了一定程度的降低，资料的连续性有了一定程度的提高。为了防止雷电的影响，采用了容性综合避雷网络，确保了观测仪器的安全。每月初将上月所有资料进行软盘、光盘等电子文档备份，确保资料不丢失和研究者使用方便。每年初将上一年所有资料装订成册，交档案室正规存档。在值班人员的观测、巡视、充电、仪修、月报、年报、检查干扰等 7 个方面制定了操作规范，确保观测员有章可循。这样做使在各手段运行的各个环节，差错明显减少。观测资料的质量明显提高，在全国观测资料评比中，从 1992—2001 年 10 年中有 8 次获前三名，观测资料的数量较国内同行增加了 60 倍。地应力标准台的目标也一步一步地实现了。

日本（坂田正治、安芸周一、国生刚治、藤绳幸雄、厨川道雄），美国（佐巴克），俄罗斯（莫洛左娃），英国（麦肯齐），德国（鲁梅尔），古巴（地震局长），伊朗（默罕默德），博茨瓦纳（矿产部长）等国外来宾 11 次来台参观，他们均给予了较高评价。

科学研究是地震监测工作的灵魂

我是在山东临清一贫困村庄里长大的，小时在农田里拔草喂羊，牵着羊和同伴游耍是我至今也难以忘怀的情景，考进临清市第一中学后，看到了建设中的卫河大桥，那雄壮的桥墩，宽阔的桥面，配上两条高大的水泥拱桥，看上去十分壮观，我在那儿站着一直看，简直看傻了，暗自下决心，我长大了也要当工程师，也要设计桥梁，考大学时选了工程专业。1970 年大学毕业时因工作需要我被分配到甘肃武都地震台工作，这虽然不是我的理想，但这是国家的需要，作为共产党员的我应当服从分配，这样就在地震台上扎根了。在地震台上工作，若想过日子很容易，把观测数据报上去就完了。如果这样做，就所学知识面而言，有中专学历再培训一下就足够了。我真是这样过日子的话，那大学不就白读了吗？我小时候的梦想是永远实现不了的。李四光、李善邦等老一辈科学家他们都是从最基层做起。李善邦在地震台工作时就是边观测边研究，在那样艰苦的条件下照样研究出国内该领域最高水平的成果。国家把我从一个农村孩子培养成大学生，我应当报答国家，应当向老一辈科学家学习，虽然在地震台工作的现实改变不了，但怎样工作那就看自己了。我不能浪费自己的青春年华，跟着我在台站工作的同志也不能无所作为。我们应当在搞好观测的同时进行科学研究，在所从事的业务领域内有所贡献。要把观测和研究结合起来，从实际观测中寻找研究课题，用取得的成果再指导我们的观测工作，提高台站的工作水平。这种想法在我脑子里已经有了较深的烙印，1984 年调到昌平台后实现这种想法的环境更好了，这样我和台内其他同志结合监测工作中遇到的实际问题，在不同的方向上各自申请并完成了多项局三结合科研课题和国家地震局的专项科技课题。这些课题的完成对提高观测资料的质量和可靠程度有很大的帮助。

地应力相对测量是在李四光教授的关怀指导下，从 1966 年邢台 7.2 级地震后开始进行的。廖春庭、李方全等在河北隆尧山坡的岩石上钻孔，安装瑞典哈斯特先生发明的电感应力传感器，进行水平地应力相对变化观测，1966 年 3 月下旬该应力曲线出现异常，其他网点也出现异常，经李四光教授等领导报周恩来总理同意，首次在隆尧老震区进行过发布地震预报的尝试，并且在预报的时间内确实发生了强余震，这是我国最早进行的地震预报尝试。此后电感地应力相对测量法在国内进行了大范围的推广。随着时间的推移，该方法的灵敏度低，干扰因素多等不足的问题表露出来，应力是矢量，地应力测量也应当讲清楚地应力的三要素：大小、方向、作用点。当时的地应力测量法明显完成不了上述任务。为了解决上述不足，欧阳祖熙、苏恺之、池顺良、王启民、唐定轮等先后用不同的电学量，研制出了第二代地应力测量仪（从严格的理论意义上讲叫高精度钻孔应变测量仪）。这些仪器的技术参数有了长足的进步，其应变灵敏度优于 10^{-9}，可进行现场标定，以及采用水泥固结方法，在较深的井下安装等特性，代表着当今国际该学科领域发展的方向，其观测资料是可贵的。国内判断这些资料可靠性的主要依据，是通过应变固体潮分析确定潮汐因子的大小中，误差的数值越小资料的内精度就越高，这在以日为时间单位的研究中是可行的，但若研究几十天、几百天，甚至上千天的趋势性变化，仅固体潮分析就难以确定其稳定性和可靠性。因为钻孔应变资料是地应变、潮汐力、气压、水位、湿度、室温、仪器稳定性等综合因素的函数。在地震预报的研究中，地震前的长、中期异常主要表现为趋势性异常。怎样确定这种趋势性变化的可靠性就成为人们关心的重要问题。在理论上，在钻孔中夹角为 45° 的 4 个应变传感器其两组相对应的两个传感器测值之和应相等，并且应等于 1.5 倍体应变测值，两个传感器测值之差等于差应变测值。昌平台这三种测试方法都有，但实现不了上述理论值。解决这一问题的关键应是首先实现 1#+3#=2#+4#。当时的 RZB-1 型多路电容应变仪，传感器的设计先进，性能优良，但地面仪器经常出现某个环节的接触不良，相位难以调节等不足，致使资料连续性和可靠性不太理想。我们可否改进地面仪器的不足使其产出更可靠的资料。为了解决这个问题，我向国家局申请了 1 万元经费请李秉元做这项工作。李秉元，大个子，为人忠厚，是仪器研制方面的专家。他对 RZB 钻孔应变测量系统了如指掌，我们多次讨论改进方案，他制定的方案巧妙地克服了相位调节、各环节的接触、放大器的稳定等 RDJ-1 型仪器的不足，生产出来 RDJ-3 型多路位移记录仪，连接到原 RZB 型传感器上。从 2003 年 1 月 1 日开始记录，效果良好，观测结果接近于理论值要求。这充分说明这三套仪器都同时测到了同一个应力变化。这些仪器所提供的应变信息是可靠的！用它计算出的地应力的大小、方向、作用点都是可信的！我们欣喜若狂，奔走相告，因为这是我国地应力测量方面第一次实现了 1#+3#=2#+4#。1#+3#= 体应变，1#-3#= 差应变。至今一直没有发现国外有实现这套参数的相关报道。当我们确定观测资料是可靠的后，再寻找它的异常变化和地震之间的关系，其意义就不言自明了！

杨选辉，重庆大学毕业，来地壳所之后一直从事编程工作，1994 年调入昌平台，当时他已是小有名气的程序编制员了。刘福生，计算机本科毕业，在编程方面也有一定的实力。张国红，计算机专科毕业，在研究课题中担任助手是很棒的。我们台既有数字化的分钟值数据，又有计算机硬件，还有编程人员，我们应当申请这方面的课题，编制观测资料处理程序，提高观测、研究工作效率。结合昌平台各手段数字化观测和传输的实际情况，我们商量了编制方案并申请了国家地震局三结合科研课题。我们确定了数据处理的方案，由他们具体编制了昌平台数据处理专用软件包，建立了各手段观测资料数据的数据库。该软件包实现了绘制昌平台各手段分钟值数据的对比观测图，提高了鉴别是异常还是干扰的能力。通过数据处理可打印各手段的月报表、年报表，可对各手段观测的数据进行基本的研究处理，如固体潮调和分析，相关分析，信息合成等。其中月报表、年报表程序被钻孔应变管理组推荐全国钻孔应变台统一使用。通过这个软件包的使用，昌平台的业务工作通过计算机的管理而串联在一起，大幅提高了工作效率，减轻了人工劳动。

由于科研水平的提高，昌平台获省部级科技进步二等奖一项，基层科技进步奖多项。在国内核心期刊等刊物上发表多篇论文。

预测预报地震是台站工作的进步与升华

20 世纪 70 年代国家地震局的领导就要求地震台的工作人员要进行地震预报的研究工作。当时实行起来难度很大，主要因为台站人员掌握资料少，天天面对的是一条观测曲线，这条曲线的变化跟地震有无确切的对应关系，无法明确回答。另一方面，人员少，信息少，很难掌握该学科的最新预报研究动态，同时地震预报研究方面的经费也没有。因此在台站进行地震预报的研究工作是件头痛的事。1989 年国家地震局对昌平台 5 种高精度钻孔应变仪对比观测工作验收时发现，同年 10 月 18 日大同—阳高 6.1 级地震前，几种高精度仪器都有明显的、有别于平时变化的波动现象。与会京内外专家认为有可能是地震前兆。这一现象的发现鼓舞了我们的士气，提高了我们的信心，初步体会到在台站工作是可以尝试进行地震预报研究工作的。杜振民所长专门找我谈过一次话，他说："现在地震预报还没有真正的权威，你们应当在地震预报研究方面多下功夫。"我们都非常相信杜所长的能力和眼光，因为他用高超的领导艺术带领我们研究所走出了困境。我们系统地整理了各手段从仪器安装以来的资料，采用了力所能及的处理方法对资料进行处理，再寻找其和周围地震之间的对应关系，并把这些对应关系用到以后的研究中，指导本台的地震预报工作。采取的主要处理方法有：①用别尔采夫滤波法消除趋势、用周期图方法消除周期后，提取应变数据的地震短期前兆；②用维涅第科夫调合分析对应变数据进行固体潮调合分析，寻找应变资料 M_2 波潮汐因子数值的变化和地震之间的关系；③对应变资料进行水位、气压等因素的相关分析，排除干扰因素后再寻找残差值和地震之间的关系；④通过异常时间长短和地震震级之间的关系寻找对应的数学关系式；⑤用各种应变信息和地震之间的关系分别取权后，进行信息合成求其和地震之间的关系；⑥用震前抖动、潮汐畸变等分析方法确定短临地震前兆；⑦用分量应变计算出的主应变方向指向震中的方法，大概确定震中位置。

综合分析的基本思路：用各手段原始日均值图和去倾斜后的相关分系图，确定中期异常；用周期图法、信息合成法处理各手段资料，确定中短期异常；用应变固体潮分析法确定短期异常；用观测到的曲线抖动、低频波动、潮汐异常等现象确定临震异常；用主应变方向确定大概的震中位置；用中期异常的时间确定震级的大小。用这套分析方法曾较好地预报过 1990 年 7 月 22 日延庆 4.6 级地震和 1998 年 4 月 13 日唐山 4.7 级地震，在首都圈有的中等地震前曾提出异常意见。

2006 年 7 月 4 日河北文安 5.1 级地震前的异常情况，至今让人记忆犹新。2005 年 5 月开始，分量应变大幅上升，至 11 月底到了顶点，曲线开始恢复，并存在一个明显的拐点，呈现趋势性下降，至 2006 年 6 月，曲线出现平稳变化，略有回升的趋势。2006 年 6 月 20 日昌平台地热缓慢上升，幅度达 3.5‰，属于异常变化。6 月 27 日在昌平区地震局路士龙副局长、殷德倚科长的组织下，我们会同十三陵乡政府、圣泽园等单位落实了该异常不是圣泽园抽水干扰所致。6 月 30 日中国地震局《震情简报》肯定了该项异常的存在，并提出"预示着首都圈地区有发生中等地震的可能"。7 月 4 日河北文安发生了 5.1 级地震，这是近几十年来离北京最近的 5 级以上的地震。北京、天津、济南、太原等地均有不同程度的震感。昌平台上报的地热异常是北京地区唯一上报异常，这又一次证明了地震是有前兆的，只要我们努力探索地震前兆，地震预报就可以前进一步。为此，昌平区地震局金秀清局长，路士龙副局长，杨威科长等负责同志专门到地壳应力研究所给昌平台献花以示祝贺。这次地震异常的发现，大大鼓舞了同志们的信心。5.1 级地震后，地震形势怎样发展，成了我们当时思考的重点。现在我摘录了一些当时在昌平区地震局发表的会商意见：①分量应变的异常还在恢复中，没有最后完成。②用分量应变异常时间计算的地震震级应是 5.8 级，发生的地震震级不够。③文安地震发生在北东向构造带上且震感面积大，这是否是信号震？④安丘、顺义等台站异常转折时间和昌平台应变转折时间一致，说明异常范围大，发生的文安 5.1 级地震小，从能量释放的角度思考可能还有较大的地震发生。⑤冀中北东向地裂缝，经做地质工作初步认为是与北东向构造活动有关，这是否预示着地震活跃期的到来？后来分量应变异常由恢复状态再次逐渐转为积累状态，直到 2008 年汶川 8.0 级特大地震后，昌平台分量应变异常才恢复到正常状态，这时我们才恍然大悟，昌平台钻孔分量应变长时间的大幅度异常变化是与汶川 8.0 级特大地震的孕育过程密切相关的！我们从资料的可靠性、四条曲线变化特征、异常时间和地震震级之间的关系、主应力的大小、主应力的方向、同台资料的互相验证、其他台站资料的验证等多方面进行了研究，确定该资料的异常变化与 8.0 级大震是相关的。在研究四条曲线变化特征和该资料与多台资料的变化关系时，发现了有趣的现象值得介绍一下。在四条曲线中，SN、NW、EW 三方向受张应力作用曲线上升，而 NE 方向曲线按一个方向走，看不出有异常的显示，令人费解。不同层面的多个专家都关心这种现象。我们进行了理论分析发现它符合在钻孔中当最大主应力值大于 3 倍的最小主应力值时，在最小主应力方向上，有两个小于 60° 互为对顶角的角域内的力学性质与角域外反向的规律。域内外的过渡区在 NE 方向上，正是两个相反的力量相互抵消的结果，使其曲线按一个方向前进，这就从另一个侧面证实了四条曲线的变化特征符合弹性理论。在对外台资料的研究中发现以汶川为中心向北东（到沈阳）和西南（到下关、昆明）方向延伸的多种手段，2005 年底左右有趋势性的转折，这和昌平台分量应变的异常转折时间一致，汶川地震就发生在汶川的北东向构造带上，这就说明了昌平台分量应变资料异常变化和汶川 8.0 级地震是同一力源作用的结果！

地震预报是当今世界还没有解决的科研难题，但是从我们国家的预报实践中，在多次强震前发现了某些方面的前兆端倪，这说明我们的预报工作正在一步一步的前进！我们深深体会到做好预报工作最关键的是要从抓基础资料做起，做好地震台的工作，产出可靠的观测资料！这些资料除本台研究外要快速而准确的传递到各级分析研究部门，在各个层面上共同研究，取长补短，这样实现地震预报是有希望的！

王 勇 简历

王 勇，男，汉族，山东临清人，1946 年 10 月生，中共党员，研究员。曾任国家科技进步奖评委、台长、监测预报室副主任（正处），毕生从事地震监测与研究工作。负责建设成功我国地应力标准台。国内第一次实现了分量应变的自检、分量应变和体应变及差应变的互检，用弹性理论证实了钻孔应变资料的可靠性。获省部级科技进步二等奖一次、基层科技进步奖多次。著作一部，核心期刊发表论文多篇。2006 年退休。

我的探槽之旅

江娃利

近 30 多年探槽开挖在揭示断层断错现象、获取断错地层的年代、分析断层晚第四纪时期古地震事件方面取得一系列重要进展，已成为活动断裂野外调查的重要内容。

在 1999—2014 年的 16 年期间，在我承担和参加的 12 个课题活断层调查中的13 条断裂带上共开挖了 44 个大型探槽。在这 44 个大型探槽中，2002 年以前采用人工开挖的探槽有 11 个，2005 年人工开挖探槽 1 个，其余探槽均用挖掘机开挖。

这些探槽主要分布在中国中部和东部。其中，在东北地区有 2 个探槽，在华北地区有 34 个探槽，包括山西断陷系 26 个探槽，北京地区 3 个探槽，河北及天津地区 5 个探槽。此外，在海南琼北地区开挖了 7 个大探槽，在中国西部地区四川开挖了 1 个探槽。

在山西断陷系开挖的 26 个大探槽，由 3 个项目完成。其中，"十五"地震基金重点课题开挖了 10 个探槽，"十五"城市活断层试验探测开挖了 5 个探槽，"十一五"山西交城断裂带活断层填图开挖了 11 个探槽。

除个别探槽外，这些大探槽的规模为长 29 ~ 114 米、深 4 ~ 11 米，地面探槽宽度 4 ~ 8 米。

以下介绍开挖探槽过程中的一些经历。

塌方的惊险

在探槽开挖中，最大的危险就是探槽出现塌方。

1999 年我们执行"九五"重点项目子题——首都圈平原区隐伏活动断裂定量研究，研究对象之一是夏垫断裂。夏垫断裂是发生 1679 年三河—平谷 8 级地震的发震断裂。前人在该断裂带地表陡坎的中段和西段开挖过探槽。我们的目的是揭示断裂带的全新世活动期次，准备在夏垫断裂东段开挖探槽。同年 3 月我和同事侯治华住在夏垫镇东 3 千米公路边的一个小旅店里。旅店临街的一面是一个小饭店，后面的小四合院可住宿。我们租了两辆自行车，作为每天往返调查地点的交通工具。最后选定在齐心庄南面一处地表 1.6 米高陡坎处开挖探槽，雇佣当地老乡人工开挖。先是跨陡坎挖了一个 20 米长的探槽，揭示出的地层呈现连续分布，而后又向南挖了 14 米，揭示出断面。探槽开挖显示在 1679 年三河—平谷 8 级地震发生距今的 320 年期间，地震时出现的地表陡坎已后退了 23 米。探槽开挖后的挂网绘图期间，突然发现探槽的西壁出现下滑迹象。这时帮我们干活儿的荣家堡老乡非常机智，紧急从家中用三轮车运来一堆木棍和木板，用锯子将这些木棍和木板锯断后，将木板顶住探槽两壁，木棍用锤子砸在木板之间，将槽子两壁支撑住，避免了探槽的滑塌。因为这时是 3 月底，正是地面解冻翻浆的季节，而且槽子下部是淤泥地层，临空时承载力有限。该探槽开挖后，为了与探槽地层进行对比，我们在探槽四周 400 米范围内挖了 4 个探坑。这是我们经历的第一次探槽垮塌。

　　2002 年 7 月在承担"十五"地震基金重点项目时，我和谢新生在山西晋中盆地调查太谷断裂晚第四纪活动性，住在祁县的古县镇政府土地办的办公室。这间办公室有 2 张铺着席子的光板床，我们买了 2 个薄毯，解决了住宿问题，租了两辆自行车每天往返。在祁县下闫灿台地前缘的一系列陡坎中，我们选定在果园中的一处玉米地的陡坎处开挖下闫灿 1 号探槽。雇佣了数名当地老乡挖了数天，探槽开挖长度约 29 米，探槽开口宽约 3 米，深度 4.5 米，探槽的西壁留出一个台阶，用于支撑壁面和人工倒土。在确认这个探槽没有挖到断层后，我们又在该探槽西侧的水渠开挖探坑。一天晌午，干活儿的老乡回家吃饭时，我还在探槽里观察底部的砂层，想画完图后再吃饭，这时谢新生已从探坑处返回。为了不耽误他的时间，我俩走出探槽，坐在离探槽约 50 米远的一片树荫下开始吃午饭。正在吃饭时，突然听到一声轰隆隆的巨响，我俩都纳闷儿，烈日

山西祁县下闫灿探槽垮塌景象

当头，骄阳似火，哪儿来的雷声。吃过饭后，我们又向探槽走去准备继续工作，不想一到槽子边，我俩都吓了一大跳，整个槽子的东壁十几米长的地段全部垮塌了。至此我们才知道刚才轰隆隆的响声不是雷声，而是探槽垮塌的声音。探槽垮塌的时间距离我们离开不到20分钟。如果我们仍在探槽中，就要被垮塌的几十吨土压住。这时正是夏日的晌午时分，整个果园静悄悄，没有一个人可以求救。这次探槽垮塌给我们的教训是，即使探槽没有出水，探槽的两侧也必须放出台阶，台阶能起到护壁的作用。

而后在下闫灿探槽西侧水渠中开挖的10个探坑揭示了地层出现的差异。这条干渠2米多宽。我们在干渠中将3个探坑贯通成为一个探槽，称之为下闫灿2号探槽。这个探槽见到漂亮的断错现象。正当我们为见到断面高兴之时，紧跟着又出现两件火烧眉毛的事。一件事是下闫灿1号探槽所在地挖断了果园内的一条小路，致使机动车无法通行，影响了村民给果树打药。当天有几个老乡找到我们，要我们或是立即回填该探槽，或是索赔果树长虫的损失。另一件紧急的事情是，这时正是夏日浇麦子的季节。后天水渠就要放水，各村已发放浇地通知。如果我们没有结束下闫灿2号探槽的工作，这个槽子将被水淹掉。当天下午，我们马上给祁县地震局赵怀柱局长打电话，请他们明天上午来看下闫灿2号探槽。因为我们一到祁县地区工作时，就答应祁县地震局，一旦我们在探槽中挖到断层就请他们来看。为了解决上述两个问题，当晚我们住在下闫灿村老乡家。吃过晚饭之后，我、谢新生、老乡和他的儿子，一人拿了一把铁锹，来到下闫灿1号探槽进行回填。这是一个即将月圆的夜晚，皎洁的月光洒在探槽周边的大地。我们几人一声不吭，各人站在一堆土前，加紧向探槽内扔土。到了夜晚11点的时候，整个村庄及周边都十分寂静，突然远处传来悠扬的笛声，吹的是《大海航行靠舵手》等歌曲，我感觉从没听过这么美妙的笛声，和我们一起干活儿的老乡说这笛声来自看瓜的窝棚。这时明月旁边飘着几缕白云，夜晚一扫白日的酷热，凉爽的微风习习，月光下几个干活儿的人影在晃动，此情、此景、此时悠扬的笛声，时常浮现在脑海中。

大约到夜里12点多钟，我们回到村里。这天晚上谢新生闹肚子，回到老乡家后他就赶紧找药吃。凌晨5点天刚蒙蒙亮，我们起床来到下闫灿2号探槽，进行挂网、画图、取样工作，我们要抢时间赶在明天水渠放水前把探槽开挖后的后续工作做完。在上午11点左右，祁县地震局赵局长带着祁县副县长和祁县电视台的摄影记者一行人来到探槽现场参观录像。赵局长说，虽然我们不懂地质，但也能看到同一地层突然出现1米多的不连续。由于要赶时间，中午我们在地头吃了几块烧饼。那一天的工作像打仗一样在抢时间，终于在天黑之前结束了探槽的全部工作。

2005 年 12 月初，在"十五"试验探测项目子题研究山西晋中盆地交城断裂南端的延伸时，我们选择汾阳台地前缘窑头村开挖探槽。几经周折，在和土地主人商谈好赔偿事宜后，我们租赁了大型挖掘机实施探槽开挖。这里全是土质松散的黄土。第一个探槽开挖长度 53 米，探槽两边放台阶，探槽最大深度达到 9 米。探槽开挖之后，结束了清壁和西壁挂网时，我一个人坐在一个小马扎上背靠探槽南段东壁，腿上放着画板，按着米格网画对面探槽西壁地层分布。其他人在探槽北段继续挂网。这时我觉得对面地层的分界线没看清楚，就站起来，走到探槽对面观看地层。我离开刚才坐着的地方没几分钟，突然听到后面轰隆一声巨响，回头一看，吓得我像被雷击了一样不由自主地张开大嘴，刚才坐着的地方腾起一片灰尘，探槽东壁约 5 米长的段落发生塌方，垮塌下来几吨土将刚才坐的马扎掩埋。这时正在挂网的同事谢新生、孙昌斌和学生闫成国也被探槽垮塌的声响吓了一跳，一齐回头向这边张望，都惊叹刚才的危险。仅仅是偶然的站起来、走过去，就躲过刚才的一劫，仅仅相差几分钟，就人间地狱阴阳两隔，由此可见探槽垮塌的危险。这种毗邻死亡边缘的经历，也提醒让我重新思考人生中什么是身外之物。这次探槽垮塌的直接原因，是因为挖掘机操作手将挖出的土堆放的太靠槽边缘，压塌槽壁所致。此事过去好多年，当时被震惊的情景仍留在脑海中。

2006 年 4 月在海南岛承担海口市活断层探测初勘任务时，位于马袅—铺前断裂开挖的第一个探槽是位于澄迈县老城镇道辅探槽。该探槽的选点依据是航片解译，地表有 1.2 米高陡坎。该探槽开挖长度 33 米，探槽开口宽度 5 米。在挖开探槽上面 4 米之后，挖掘机开进探槽，再向下挖 4 米之时，槽底开始出水，靠近断面附近出现探槽垮塌。此时，即使是探槽垮塌了，探槽开挖还可继续进行。一是还可观察探槽中地层的分布，二是探槽开挖完之后，可在垮塌的部位用人工靠着探槽一壁挖一个槽中槽。这种方法在以后多次使用。道辅探槽挖好以后，海口市王副市长在海南省地震局牟局长的陪同下，带领海口市地震局、建设局、规划局等多个部门的负责人在道辅探槽召开现场会，强调活断层研究对海口市城市建设的重要性。当时，海南省地震局李战勇副局长因车祸伤病尚未痊愈，但当天他柱双拐也来到探槽现场。

2007 年在海口市活断层探测的详勘阶段，还需要沿马袅—铺前断裂再次开挖探槽。1605 年琼北地区曾发生琼山 7.5 级地震，马袅—铺前断裂是这次地震的发震断裂。但鉴于琼北地区地下水浅，以及自己经历过几次探槽垮塌的危险，对于在琼北地区开挖探槽真是心有余悸。于是，我坚持不再接受开挖探槽的任务，由此开始了和海南省地震局李战勇副局长艰难的谈判。最后几经商谈，双方达成协议，在钻孔联合剖面已揭示断层存在的琼北桂林洋地区开挖长丰探槽时，在探槽开挖前实施探槽四周的钻孔降水，即在探槽四周打 20 个 8 ~ 9 米深的钻孔，在探槽开挖前实施 24 小时抽水。桂林洋探槽开挖时，地下 4 米深的探槽形态完整，断错现象出露不明显。再向下开挖 4 米时，出现断错现象，揭示出 1 米多宽淤泥状大楔子，该楔子中有直径 38 厘米的树干顺断层方向掉入其中。在该 8 米深的探槽还未挖完时，又出现探槽局部垮塌。此时，探槽四周的钻孔仍在排水，槽子中形成一个地下水的漏斗，槽子中的水并不多，但被抽走水的沙子空隙很大，仍不具备支撑能力。尽管该探槽出现垮塌，仍达到揭示断面的目的。该探槽实施钻孔降水的费用是开挖探槽费用的 5 倍之多，可见海南省地震局在揭示活断层方面下的气力。

在我们开挖的 44 个大型探槽中，有 19 个探槽出现垮塌，其中，位于辽宁铁岭和开原市开挖的 2 个探槽均出现局部垮塌，也都形成槽中槽景象。这两个探槽是"十五"城市活断层试验探测的子题开挖。2005 年 10 月底我们在辽宁铁岭市地运所村开挖探槽。该探槽开挖的依据，先是航片解译，而后是野外调查对地表陡坎的确认。该探槽长 45 米，地表探槽宽 6.4 米，探槽深 7 米。探槽开挖完成之后夜幕已经降临。这时因为槽底已经出水，我、谢新生和硕士研究生闫成国当即决定，先进行槽底断面地层的 ^{14}C 样品取样，以免夜里探槽出现坍塌。第二天一早来到现场，果不其然，探槽的一壁出现坍塌。而后我们就雇工开挖了槽中槽，即大探槽的底部有水，在探槽一壁开挖小槽的底部在水面的高度以上，这时小槽中没有水，依然可看到壁面的现象。辽宁省开原县的莲花探槽也是这种类型。类似的现象也发生在 2008 年汶川 8.0 级地震后在四川龙门山山前断裂开挖的绵竹县汉旺探槽。这一带地下水很浅，探槽挖到 5 ~ 6 米深就出水。在探槽出现垮塌现象时，我坐在挖掘机的大爪子里下到探槽下部，站在爪子里在探槽壁上取样。在探槽的垮塌稳定后，再用人工清理、挖掘断面附近的现象。

2005 年 5 月底位于山西太原市尖草坪区开挖的西张探槽是我们见到的断错现象最好的探槽之一。该探槽由地壳应力研究所和山西省地震局合作开挖，地壳应力研究所承担探槽开挖、挂网、画图、取样测年、事件分析，山西省地震局承担用地谈判及各项经费支出。该探槽位于 2.3 米高的地表陡坎前缘，探槽开挖长度 108 米，深度为 10 米，仅在探槽的东端出现局部垮塌，总体而言该探槽下部土质坚硬。由于槽子深度大，为安全起见，在下部探槽用木板和木棍实施了对槽壁的支撑。在该探槽完成之后，我们又在该探槽槽底分别位于断面的两侧向下实施了 2.5 米深的洛阳

作者头戴钢盔在山西交城断裂带西张探槽下部画图

铲探测，获得了下部地层位错。

在 2010 年 9 月下旬实施交城断裂带填图时，开挖山西交城断裂带瓦窑探槽。经过一天探槽挖掘，结束时已接近天黑。该探槽的开挖长度 50 米，探槽深度 10 米，探槽两侧放了台阶。这时，我和硕士研究生郭慧要下到探槽看看断层出露的基本情况，我告诉郭慧要小心，要站在槽子的两头观察探槽的出露情况，这个槽子的一头是基岩，不会垮塌，另一头是挖掘机走出槽子时挖的斜坡，站在斜坡上便于在探槽垮塌时跑出槽子。第二天一早我们再次来到槽子跟前，看到槽子西壁的中部出现大面积垮塌。但废掉这个槽子实在可惜，反复斟酌之后，我们请挖掘机的主人到现场查看之后，又再次雇佣挖掘机进入探槽里面，在垮塌体东壁又开挖了一个小槽，挽救了这个探槽。这是唯一一次探槽垮塌后再次动用挖掘机进入探槽开挖。需要这样操作的主要原因是探槽垮塌面积太大，能这样操作也与课题经费的支持力度可以承受有关。

2010 年 11 月位于山西交城断裂带开挖东于探槽时，造成履带挖掘机自身沉陷在探槽中，这也是匪夷所思之事。东于探槽长 50 米，地表开口 7.5 米，在挖完地面之下 5 米之后，挖掘机开进探槽底部，不久探槽内的软泥致使履带挖掘机行走困难，挖掘机自身有 20 多吨的重量，它越挣扎就陷得越深。这时天色已黑，挖掘机只能在槽中等待救援。夜里另一台挖掘机被调过来之后，救援

作者拍照山西交城断裂带瓦窑探槽垮塌场景

的挖掘机在地面，长臂伸向探槽内的挖掘机，两台挖掘机的长臂"手拉手"，才将被陷在淤泥中的挖掘机拉出探槽。

这里还值得一提的是唐山孙家楼村探槽，这属于 2008 年地壳应力研究所所长基金的子题。为了揭示 1976 年唐山 7.8 级地震发震构造，我们在唐山地震时出现地表破裂的孙家楼西北开挖探槽。为保险起见，探槽开挖之前，在该探槽两侧 124 米范围内实施了 8 个钻孔，最小孔距近 6 米，揭示了地表以下 40 米多层地层的断错。孙家楼探槽长 35 米，在向下挖完 4 米之后，挖掘机开到探槽底部，再向下挖 4 米时，穿过地下水位顶面，探槽底部全是粉砂，挖出的槽壁立即出现垮塌。正当我们考虑是否还要继续挖时，郭慧提议，赶紧向探槽内扔土，阻止探槽的垮塌。挖掘机照此操作后，虽然该探槽多数地段的深度只有 6 米，但阻止了探槽的垮塌。该探槽揭示了两次强震事件的位移。一次是

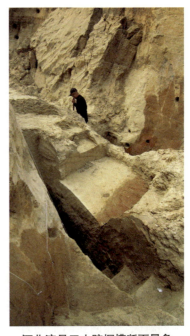

河北滦县三山院探槽断面景象

1976 年唐山地震 0.8 米的垂直位移，另一次是唐山地震之前探槽底部显示的 1.6 米垂直位移。

2014 年我们开挖 1976 年滦县 7.1 级地震三山院探槽，属于郭慧承担的青年自然基金课题。这些年我们对开挖探槽虽然有了一些经验，但在开挖该探槽时由于过于考虑断面出露的连续性，想在断面附近去掉支撑槽壁的台阶，造成探槽局部垮塌，再次受到违反自然规律的惩罚。幸亏探槽垮塌部分未影响主要断面的出露，此后在断面继续开挖小槽后，揭示出断面下降盘下部存在的两个崩积楔。该探槽的开挖分为三部曲，先是开挖大探槽，而后在探槽两壁的断面处开挖了小槽，最后又将探槽底部挖开，展示出探槽断面的三维特征。因为三山院探槽揭示的断错现象漂亮，先后有百余名京津冀地区的地震和地质同行来到探槽现场参观指导。为了能让更多的人看到这些现象，我们在该探槽首次试验了探槽壁面的黏揭剖面。几经周折，基本获得成功。至今该探槽东北壁的揭片及探槽底部的平面揭片展示在地壳应力研究所的办公楼门厅中。

探槽临时用地的困难

探槽开挖由五项步骤组成，分别为确定探槽地点、联系探槽临时用地、联系挖掘和回填的机械事项、探槽开挖，以及探槽开挖后的事项，包括清壁、挂网、画图和取样。其中第一和第五项是技术环节，第二项联系探槽用地是其中最令人头疼、也最费时间的环节。

从工作程序来说，我们先到县地震局，而后到乡政府打招呼，告知我们的工作目的和内容，再找村委会和土地承包人商谈用地赔偿标准。一般来说，村委会和当地老乡对我们的工作都理解，给予配合。总体来说，2003年以前这方面的商谈工作比较好做，但以后工作难度增大了。有时即使是同一个地区，难易程度也有差异。

在北京昌平地区有两个不同的实例。2007年我们在承担北京市活断层探测项目期间，在昌平区七间房村开挖探槽，探槽方向为南北，而探槽所在地块各家土地的分布是东西方向上百米长，南北方向的长度仅几米，在114米长的探槽范围内涉及到20多户人家的地。为此我们找了村委会，村委会通过广播把涉及到的各户召集起来，我们介绍了临时用地赔偿标准后，各位村民逐一在协议上签字，棘手的事情顺利解决。而同在昌平的另一个村，探槽选在一处昔日的大鱼塘开挖，这块地村里已经租给某沥青厂倒垃圾。该厂领导对我们的探槽工作给予支持，但当村委会得知我们要在大渔塘开挖探槽时，非要我们交纳一笔不菲的、但说不出明目的经费，否则不让车辆通过。在几经沟通未果，找乡政府协调也未得到支持，时间又不允许此事拖延下去的情形下，我们虽觉得村委会要求不合理，也只能照办。

2008年以前，在琼北地区开挖探槽时，临时用地问题上与村民沟通不困难，但到了2010年情况大为不同。2010年春节前，国务院宣布推进海南国际旅游岛的建设，当地房价暴涨，一些村民对自己土地临时使用价值的期盼也迅速高涨起来。2010年春节过后，因为承担琼州海峡跨海工程南端陆域场址的活断层研究项目，我们选择澄迈县桥头镇儒良村开挖探槽。在探槽通过地点有一小块辣椒地，地的主人漫天要价，几次协商未果，我们只好找当地镇政府。在镇政府的干涉下，这户农民才做出让步。

2010年在山西交城断裂开挖东于探槽时，和东于村村委会的沟通十分顺利，但和土地租赁人的沟通颇费周折，最后终于签订协议，确定第二天开挖。但第二天一早，当我们来到探槽地点，发现已被塑料绳圈起来的拟开挖的地里，在一夜之间长出一棵大桃树。显然这是老乡想让我们多赔钱，昨晚从别处移来的。这种事的发生让我们又好气又好笑。

有时老乡看到我们工作十分节俭，也就打消了想多要钱的念头。在 2002 年开挖山西交城断裂带新民探槽时，在和村民商谈完工作后，我和同事王瑞需要打车回到交城住地，老乡帮我们找的车，其车费比来时贵了几块钱，我们就没坐。后来老乡对我们说，看你们这么节约，在商讨人工挖槽工钱时也没向你们多要。此外，还记得在 2005 年开挖海南道辅探槽时，因为槽子挖得深，怕小孩和牲畜掉进去，我们就在探槽工地四周插了木桩，围了几圈塑料绳，挂上标示牌。探槽工作结束后，我们将这些塑料绳收起的时候，正好赶上一些老乡收工，他们问，这是什么单位，还回收这些用过的绳子。

在探槽开挖过程中，因为用地纠纷出现最困难的局面是 2005 年 4 月底在山西交城断裂带开挖冶峪探槽。当时我们住在晋祠地震台，在开挖该探槽之前，我们找过乡政府，在村里也找过村主任和村支书，见不到人，通过电话联系找到一位村支委，带他到要开挖的地里去过，并请他向地的主人转告，得到可以挖掘的允许。第二天挖掘机一早开到现场，挖到下午 4 点多，探槽长度将近 40 米时，根据探槽出露的现象我们还想再向南挖一段距离。这时这位村支委突然说不能挖了，前面有坟地。此时我们注意到探槽距离坟地还有十几米，并且坟地不在探槽经过之地，就决定再挖几米。这时突然从沟口跑过来一位壮汉，拿起石头就向挖掘机驾驶室砸去，而后向站在槽子边上的谢新生扑去，一记重拳打在谢新生的胸前。见到此景，我急忙从探槽的另一端跑过来，制止此人的疯狂举动。此时这个人仍不依不饶，还要打人，要砸挖掘机，说打死人他偿命，砸坏挖掘机他赔偿。在我们的一再劝说下，来人平静了下来，说这是他家的地，在这挖槽破坏了他家的风水。此时跟我们挖槽的村支委已不见踪影。我们双方陷入各执一词的争论之中。他不听我们的解释，只强调他家的风水，他家的祖坟由外地迁至此处，他认为这座山脊是龙脉。他坚持要找我们的领导，要我们赔偿几万元。我们则认为这个探槽距离他家的坟地还有一段距离，对坟地毫无损害。至于断了龙脉的说法是迷信，不能成为赔偿的依据。这时天色已晚。我们给乡政府一位见过面的副乡长打电话，请他前来调解此事，他拒绝前来，我们双方一直处于僵持之中。这时已到晚上 9 点钟，为打破僵局，我们打电话给平时工作经常来往的山西省地震局工程院安卫平院长，请他前来帮助协调。安院长和李自红副院长及太原市地震局的一位干部一同来到现场，花了一个多小时劝说当事人。在劝说赔偿金额下降的情形下，他们也劝说我们赔偿一部分经费，花钱保平安。此时，对村民提出的赔偿数额，谢新生仍不同意。山西的同行提醒我们，有些道理和当地老乡是讲不通的，举例说城里修路遇到钉子户，路只能绕行，市长都没办法；并说他们愿意帮我们出一部分钱。此时我们感到山西同行的协调还没有降到我们的赔付预期值。我们劝说他们先走，我们继续和老乡谈判，但他们说不能扔下我们不管，大家又陷入僵局之中。这时已经接近夜里11点了，我想我们拖累山西同行一直待在这里也不是办法，我就劝说谢新生接受山西局的调解方案。谢新生是这个课题的负责人，对于接受已下调的赔偿方案仍十分不情愿。在付钱之后，又协调挖掘机的损坏及耽误的工时赔偿。一切结束时已过了午夜12点。我们返回晋祠地震台时，院内的大门已上锁。为了不打搅地震台同行休息，我和谢新生就从大门上面爬了进去。第二天一大早，我们来到冶峪探槽，开展刮壁、挂网、画图和取样工作。在工作结束后，地的主人负责回填。此后的几天里，我们一直为此事心情不愉快。此后没隔几天，一天我们在山边野外调查时，在上固驿村出山口的河道一侧一个超大取土坑发现洪积扇地层向山里倾斜的反常现象。我们雇工将取土坑南北两壁的地层挖开之后，在近百米长的剖面内揭示出8条断错松散地层的断面，既有地堑，也有地垒，地层的断错现象像教科书一样，并且两壁的现象相互呼应。此时我们的心情又好了起来，说这是老天爷看我们受到委屈恩赐给我们的一个大剖面。

可以说，在开挖探槽方面，联系探槽用地这一环节，费力最多，说话最多。但这是无法回避的一个环节，是不可掉以轻心和必须做好沟通的环节。我们多年的工作经验是，一是一定要取得乡政府和村委会的支持，二是一定要在开挖探槽前和地的主人签好协议。如果地的主人没有在协议上签字，断然不可进行探槽开挖。2014年4月在开挖河北滦县三山院探槽时，最先确定的探槽地点有7～8户都同意开挖，签了字，只有一户，无论如何劝说也不同意，村委会做工作不行，他的朋友做工作也不行，最后我们还是改换了探槽的挖掘地点。

苦与乐并存

在1999年至今的16年间，我们野外吃的苦和享受到业务收获的快乐，都和探槽开挖有关。

在2006年以前，课题经费很少，为了省出经费能开挖探槽，为了能多做测年样品，我们就辛苦一些，不租车，不住大酒店，尽量住到探槽开挖地点附近的乡下，尽可能减少交通和住宿的支出。

1999年，在"九五"课题开挖北京昌平南口镇旧县探槽时，开始我和侯治华住在昌平区城西一家小旅馆，每天骑自行车往返。旧县探槽的开挖从6月下旬收割小麦之后开始，一直持续到 9 月下旬中秋节之后又要播种小麦，探槽开挖及工作的时间长达 3 个月。那年夏天北京酷暑，气温最高达到 42℃，在烈日炎炎下骑车汗水将衣服湿透，腰部因聚积汗水长了痱子。在 7 月盛夏时分，晚上住在无空调的昌平小旅馆房间内，闷热难熬，电风扇彻夜在吹。白天我们在槽子里面工作感觉凉爽一些。该探槽 45 米长，完全由人工挖成，最大深度达到 8 米，有几个台阶可进行人工倒土。在探槽挖出后，我和侯治华从昌平区城里搬到旧县村，后又搬到离探槽更近的三间房村里老乡家住。

在此期间，侯治华去了山东，我就一人在槽子中刮壁、画图。一天晚上，吃过晚饭后，因和住家主人商讨前几天临时用工的经费发生分歧，我不同意因为住在他家就离谱地提高用工经费，这家房东突然提出让我另找住宿，这或许是气话，但表达了一种要挟。这时已是

1999 年 8 月 24 日南口—孙河断裂带
昌平旧县探槽现场会

晚上 8 点多钟，我硬着头皮抱着试试看的想法去敲另一老乡家的大门。这时这家房东老太太已经入睡，听到敲门后披着衣服来开门，得知我的请求后，立即将偏房腾出。这家房东多日来看到我们在探槽里工作，理解我们工作的不易。白天我在探槽里工作，到晌午时分，房东老太太就提着瓦罐和饭盒将饭菜送到探槽的地头。这些善良的人们给予的温暖和帮助，使我们顺利完成旧县探槽后期任务。同年 8 月 24 日中国地震局在该探槽召开了现场会，京区多名地震地质专家到达现场给予指导，丁国瑜院士、中国科学院地质所的袁宝印研究员及北京大学的杨景春教授也在现场会之前和之后来到探槽现场指导。

在 2005—2006 年开展"十五"城市活断层试验探测东北地区子题的研究时，首先在辽宁和吉林进行踏勘，这涉及到金州、抚顺、铁岭、开原、伊通、吉林、桦甸等多个调查地点。我和同事冯西英及谢新生不租车，乘坐长途公共汽车从一个调查点到下一个调查点。每次搬家时都背着、挎着、提着好多件行李。一次在吉林梅河口市开往四平市的长途公共汽车上，一上车我就将两台笔记本电脑放在我们座位上

方的行李架上了，开车后不久我们就开始打瞌睡，下车时一拿行李我们才发现一个电脑包已经空了，电脑包中的笔记本在车上被人偷走了。当我发现笔记本电脑丢失时，心中一惊，急忙询问坐在我们后面的人是否看见有人拿了，他们吞吞吐吐地说看见了，当时不敢吱声，说偷笔记本电脑的人早已下车了。幸亏丢失的笔记本电脑是台旧的，因有时出现故障，里面存入的东西不多，但我也甚是心疼。由此也给我们一个教训，坐长途公共汽车时笔记本电脑不能离身。

还有一次，我和谢新生跑山西太谷断裂住在村委会时，我们带着水桶和凉席，在村里的路上遇到一个流浪汉，问我们是否家乡受了灾，以为我们也是流浪者。

让我无法忘记的是，2005 年 5 月 25 日开挖山西交城断裂带西张探槽时，因工作调整不开，必须抢时间，我们白天在探槽工作到天黑后才收工，坐车回到太原市吃完晚饭已接近 9 点，回旅社后洗洗一身臭汗就 10 点多了。有时还要分析白天记录的探槽地层及图件，入睡时已到夜里 2 点。第二天一早 4 点起床，山西省地震局工程院安卫平院长专门开车送我们到探槽工地时，天才蒙蒙亮。在白天的画图过程中实在太困时，我顺势席地躺在探槽台阶的边角处，睡上十几分钟，既顾不得槽子的土层是否潮湿，也顾不上地面上的土。在这种工作状态下画这个 108 米长大探槽两壁的剖面图用了 3 天半时间。

在此还需提及的是，我们在唐山、乐亭和滦县对 1976 年唐山地震地表破裂实施探槽开挖时，得到当地村委会的支持和协助。2014 年 4 月我们在开挖滦县三山院探槽时，我们住在滦县，每天往返滦县和工地之间。三山院铁粉厂厂长看到我们每天蹲在槽子中太辛苦，主动提出每天免费用车接送我们往返，还执意要请我们吃饭。在我们挖探槽的雇工中，有一位村支委，曾是部队的营长，转业到地方当厂长后又退休回到村里，他用铁锹干活儿又快又好，在实施黏揭探槽剖面的过程中帮助我们出谋划策。我们开玩笑地说，这个探槽用工的规格够高的，老板免费开车，营长帮着挖槽。这种得到老乡和他人帮助的事情还有很多。

尽管我们开挖了几十个大探槽，但开挖探槽的经验告诉我们，对待每一个探槽的布设、开挖，都需十分谨慎。以往探槽开挖的成功，不代表下一个探槽仍会成功。对每一个探槽开挖都要有开挖后没见到断面的预案，即在挖掘机还在现场的时候，当即决定开挖的调整方案，是继续向前开挖还是掉头向后开挖。在和地的主人协商土地使用时，要考虑到预案的用地。开挖探槽前设计备用预案时，既依据断错地貌的理念，又考虑到地形变动的复杂。以往的经验表明，在探槽中没有见到断层时，要考虑是否是地形变动的问题。

　　至今我仍无法忘记每一次探槽开挖时情感经历的跌宕起伏。先是探槽开挖时忐忑不安的心情，怕没有挖到断层，怕一切努力白费，怕经费浪费，大多数的时候这种忐忑的心情煎熬持续到探槽中见到断面。而后是见到断面或初见断层迹象时的激动，或者是没见到断面时的沮丧。最后是详细观察发现好的断错现象时的快乐，以及在开挖时眼看着探槽垮塌时的惋惜、焦急和惊心动魄的经历。正是因为有最后的快乐，在野外工作中吃的苦、受的累、遇到的委屈、经历的风险，我们都能承受。就这样，作为地震队伍中从事活断层研究的地质人员，在工作苦与乐的人生旅途上，我们从青年走到老年，从黑发变为白发，进入了人生的晚晴时光。

江娃利　简历

　　江娃利，女，汉族，河北张家口人，1952年12月生，研究员。1975年毕业于北京大学地质地理系，1987年10月至1988年10月受教委公派在日本东京大学地震研究所师从松田時彦教授进修；1997年师从邓起东研究员获得博士学位；曾任硕士生导师；曾任中国地震学会地震地质专业委员会副主任；主要在华北平原、山西、海南等地从事活动断裂发震构造研究；曾承担地震基金、"九五"、"十五"及"十一五"科研课题，以第一作者发表科研论文40多篇。享受政府特殊津贴。2013年1月退休。

在唐山大地震的日子里

卞兆银

1976 年 7 月 28 日凌晨 3 点 42 分唐山发生了 7.8 级强烈地震，瞬间地啸如涛，路裂桥断，房倒屋塌，数十万人被压埋在废墟中。地震震中就在唐山市区，震源在地下 18 千米处。这次地震夺去 24 万多人的生命，16 万多人身负重伤，这是华北地区近 300 多年来震级最大、伤亡最重的一次大地震，也是世界上灾害最重的地震之一，震惊世界。

地震发生后，我最早投入抗震救灾的洪流中。唐山大地震虽已过去 40 年，但在灾区奔波的日日夜夜里的所见所闻，宛如昨日，震撼心灵，历历在目，难以忘怀。

搜寻震中

华北的盛夏是炎热的，尤其大雨来临之前的几天，闷热难忍。1976 年 7 月 28 日唐山大地震来临之前，天气更是闷热异常。是夜，山沟里的清凉，让我酣然入睡，当时国家地震局地震地质大队驻地就在河北省三河县灵山附近的山沟里。突然，强力的晃动和房梁在晃动中发出的"嘎吱嘎吱"声，将我从睡梦中惊醒。巨大的晃动幅度和"嘎吱"节奏，使我立即意识到门是出不去了，房屋随时可能落架。我立即翻身下床，匍匐床边，准备一有动静立即钻进床底下。我们住的是建在山坡上的砖山承重、木梁瓦顶的连排平房，最担心倒墙落架。晃动一停，迅速离开卧室，跑到屋外。

我们立即聚集到课题组长曾秋生旁边，站在一起议论这次地震，振幅这么大、周期这么长，是我们第一次遇到，估计这次地震很大，距离也不会太远。说话间，业务处边希武来找曾秋生和我，对我们说："这次地震很大，北京地震台网记录全部出格，确定不出震中在哪里，国家地震局指令我们大队派人搜寻震中。我们三人立即出发，向东往唐山方向寻找。"当时地震记录还没有实现数字化，地震的震级和震中位置靠机械模拟记录确定，受仪器放大倍数局限，记录出格就确定不出地震的震中位置和震级大小。

地震就是命令！我们匆匆回屋将野外记录簿、铅笔、罗盘、地质锤、空饭盒往地质背包里一放，挎上地质包，提着水壶，仅用 1～2 分钟的时间就准备完毕，赶到业务处门前。尹聚昌师傅将加足油的吉普车开来了，在边希武的带领下，我们上车，立即出发，大约凌晨五点钟的光景，搜寻小组的车开出了地震地质大队的大门，走上了艰辛而又光荣的搜寻唐山大地震震中之路。我们是第一搜寻小组首先出发，随后还派出第二、第三搜寻小组，分别由三河向北京、三河向平谷方向搜寻。后来知道，国家地震局同时还指令其他研究所向北京东南方向的香河、霸县等地派出数个搜寻小组，寻找这次地震的震中。

地震，牵动着地震地质大队每一个职工的神经，地质技术人员在做等待出发的准备，到地震震中地区调查地震灾害情况、考察地震现象和地质构造原因。台站观测人员守在记录仪前加密观测地应力动态，地震仪记录滚筒在不停地转动，记录笔在记录纸上左右不停地划着，领导们在旁边关切地注视着。预报室的领导和技术人员在重新审阅各台站报来的地应力观测资料、跨断层测量资料和流动测量资料，审阅最近给国家地震局报送的"地震预报意见"。资料室管理人员坐待技术人员借用图件，查阅资料，尤其提前准备京、津、唐的图件和资料。司机们在给车辆加油，等待随时出发。领导坐镇业务处，密切和国家地震局保持联系，同时布置准备工作。地震地质大队所有职工的心都被地震牵动着，整个山沟都沸腾起来，每个人就像战士听到号令一样，随时准备接受任务，投身抗震救灾。

吉普车飞快地来到了沿口村，我们在车上大致看了一下房屋受损情况，转弯向东继续急驶。到段甲岭停车，也粗略地看了一下受灾情况，主要是倒墙为主，据介绍受损房屋约占 30%，有十余人受伤，有两人被送往三河县医院，估计这里的破坏程度在 7 度左右。我们的车急匆匆地继续东行，来到蓟县白涧，这里受损房屋约占 80%，地震直接造成两人死亡，地震在这里造成的破坏比段甲岭重。来到蓟县的邦均镇，这里也大约有 80% 的房屋遭受破坏，有人员伤亡，正在抢救，已有百余名伤员被送往医院。我们在车上一边沿途察看路边村舍破坏情况，一边讨论，灾情从西往东在明显加重，判断这次地震震中还在前面。

汽车停在蓟县县政府门前，我们三人急匆匆地走进去，县里的一位领导接待了我们。边希武说明来意后，这位领导向我们介绍下面刚汇报上来的房屋破坏和人员伤亡情况，我们边听边做记录。正在这时，从院门外急匆匆地跑进三个人，身穿短裤和背心，脚穿矿山靴。为首的脚刚跨进门，便嚷道："快，快向中央报告，唐山全倒平了！"骤然间大家的注意力被他的声音吸引过去了，都全神贯注地看着他。边希武对他说："别着急，慢慢说，我们就是国家地震局派出来寻找地震震中的。"进来的人气喘嘘嘘地说："唐山一片废墟，除煤矿井架外，其余地面建筑全倒平了。地委、市委也全倒了。我们三人是从废墟里爬出来的。井下还有两千多阶级兄弟，目前多数没出来，唐山矿总局全塌了。市内路面开裂，还有着火的地方，目前80% ~ 90%的人被压。"他继续说道，"我叫李玉林，是唐山矿工会干部，到邮电局往北京打电话，向中央报告地震情况，邮电局塌了。我们就开着矿山救护车到丰润，电话还是打不通。开到宝坻，电话仍然打不通，这就开到蓟县向中央打电话。"国家地震局的电话接通了，边希武和曾秋生先后在电话里向国家地震局报告了李玉林说的地震情况，强调震中就在唐山，灾情非常严重，并说我们小组下一步直接去唐山。国家地震局接到我们小组从蓟县报告的情况后，刘英勇局长立即去中南海向中央报告。据国家地震局小车班的一位驾驶员后来对我说，他是在早上六点半前后送刘英勇局长去中南海汇报震情的。

大家一边往外走，我一边对边希武和曾秋生说："我们小组去唐山，他们继续到北京汇报。"边希武与李玉林交换了意见，大家都同意这个建议，决定他们派一个人带领我们小组直接去唐山，我们小组派我带领李玉林他们直接去北京。伊聚昌师傅请办公室的同志写了"地震"两个大字，贴在吉普车的挡风玻璃上，在一位唐山同志的带领下直奔唐山。我陪同李玉林、曹国成乘着矿山救护车直奔北京，驾驶员是矿山救护队司机崔志亮。

矿山救护车穿邦均，过段甲岭，很快就要到三河县城，我对李玉林说："我们单位就在三河路北三四千米的地方。"李玉林说："我们去那里一下吧。"我答道："我们时间很紧，不去了，到交通局时停一下，我写个字条请他们送到我们单位。"瞬间，我们的车过了三河大桥，很快停到交通局大门外公路旁，立即聚过来许多人。我撕下一页记录簿纸，用铅笔匆匆写了："震中在唐山，灾情很重，房屋基本倒平了。我们小组直接去唐山，我陪李玉林继续去北京汇报"。请交通局派人尽快送往地震地质大队，我们的救护车继续赶往北京。后来知道，交通局领导接过纸条，立即派了一位司机开着大卡车将纸条送到了地震地质大队。党委书记王剑一在院内小广场向职工们念了纸条，并进行了战斗动员。随后接连向唐山派出地震现场考察组和工作组，侯振国和崔作舟负责现场指挥，开展地震破坏情况调查、地震前宏观前兆异常调查和台站状况检查。职工们情绪激昂，投入地震现场工作和震情监测工作。

矿山救护车离开三河县城，经燕郊，过通县，在警笛呼啸声中，风驰电掣地向北京飞奔。红色车身，醒目地横书着"矿山救护车"五个大字，伴随着凄厉的警笛啸叫声，吸引着被地震吓得仍惊魂未定的人们的目光。车到八王坟，遇到从东进入北京市区的第一个红绿灯路口，驾驶员似乎有点儿紧张，警笛停了，车也减速了，我说："你要继续鸣警笛，警察会提前扳绿灯让你通行的。"在警笛声伴随下，一路绿灯，我们的车飞快地西行。

矿山救护车过了八王坟后，我对李玉林说："我们是直接去中央，还是去国家地震局？国家地震局是国务院下属的一个部委，直接管地震的。"李玉林略微思索一下，对我说："还是直接去中央吧！"我应道："好的。"李玉林又问："中央在哪儿？"我说："我也不知道，应该就在中南海里吧！新华门就是中南海南门，过了天安门就到了。"中南海南门是中南海的正门，在天安门西侧的长安街上，两侧围墙对称内凹，拱托着一座二层门楼，上面镶嵌着庄严的国徽，门前的旗杆上飘扬着五星红旗，气势雄伟。门内影壁上"为人民服务"五个大字庄严而醒目。

矿山救护车在新华门东侧的马路边慢慢停下，这时路边的一位巡警走到车前问："什么事？"我们这时都在车上，李玉林答道："我们是从唐山来的，要向中央报告地震情况。"那位同志抬手西指说："前面府右街转弯，到国务院事务局。"车到府右街路口，沿中南海围墙右转慢行，我们目不转睛地寻找"国务院事务局"。到中南海西门问警卫战士，他告诉我们到北口西转就是。

矿山救护车开进国务院事务局，一位负责同志接待我们，我们说明情况后，在一张表格上填了自己的姓名、单位，被领到休息室。在休息室里还有刚从唐山驾驶教练机来的刘忽然、张宏仁、于永发、朱文瑛四人。大约十点前后，接待我们的负责同志进来对我们说："每个单位去一个人。"然后按他的安排，带领我们出门上车。

我们跟随这位负责同志从中南海北门走进中南海，沿路警卫战士、工作人员热切地注视着我们。我们被领进一条长廊，长廊环抱着盛开着鲜花的花苑，长廊和花苑衬映着一座气势宏伟的殿堂，这是一座大会议厅。我们穿山而入，走进会议厅。正中会议桌围成长条形一圈，会议桌两边，数步后是几排长条桌。会议桌周围坐着中央领导，我们被领到会议桌边，对面坐着纪登奎、陈永贵、吴桂贤，横头坐着李先念，同侧坐着陈锡联、吴德。我们的到来，很受中央领导的关注。领导们似乎正要开会研究地震灾情，部署抗震救灾问题。领导招呼我们后，纪登奎问："钱正英来了没有？"一位同志答道："正在路上往这里赶呢！"钱正英时任水利部部长。

汇报开始，李玉林首先汇报说："地震延续了十二三分钟，市内房屋基本全塌，人寥寥无几。市委、地委的房屋也塌了。夜班工人上不来，水位上涨。唐山矿地面建筑一片平。我们一片 38 座楼，只有 5 ~ 6 座楼没倒。"张宏仁补充说："军部三楼倒塌了。法国、日本有两个代表团在唐山，法国代表团死亡一人。"一位领导问："井下有多少夜班工人？"李玉林答道："唐山矿井下有 2000 多工人"。领导们当场商定：从全国 10 个矿务局调矿山救护队，自带装备，立即赶往唐山下井救人。领导们数着京西、本溪、太原、大同、贾汪等矿务局的名字，纪登奎问道："马宁来了没有？"坐在中排长条桌前的一位军人应声道："到了。"领导要求这 10 个矿务局立即用车将矿山救护队员送到就近机场，空军用飞机送到唐山。陈锡联在座椅后踱着步，说着唐山附近的驻军情况，领导们决定立即调一个军赶往唐山救灾。吴德说了北京通县也有倒房的情况。汇报了灾情后，领导们继续开着会，工作人员领我们到小餐厅吃饭。虽然从昨晚到现在粒米未进，紧张的奔走让人没感觉到饥饿。饭后，警卫战士给我们送来了一些军服，我接受了一件上衣，当时我也仅穿着背心，全湿透了。我一直珍爱地保存着，后来给了我儿子。

离开中南海，李玉林他们被煤炭部的人接回部里，刘忽然他们的教练机要回唐山，我向他们提出随他们一起回唐山，我对他们说："我们的小组正在唐山，我要回组里工作。"他们欣然同意，并准备立即去南苑机场。我又提出："能不能先陪我去一趟国家地震局，向国家地震局领导汇报中央领导接见情况。"他们也欣然同意。中午时分，送我们去机场的面包车来到国家地震局大门前，我和部队的张宏仁一起上楼汇报，办公室组织了有关司局领导听了汇报。汇报后我立即随部队的同志赶往南苑机场。机场调度室紧急协调，最终给出了"直飞唐山"的航线。下午两点多钟飞机从南苑机场起飞，直飞唐山。教练机机舱里仅有两条长凳固定在舱壁上，空无他物。机舱密封也较差，显得比较冷。天空阴云团团，我两眼紧盯舷窗外，试图透过云隙能看到沿途的灾情，然而直到快降落时，才看到建筑物破坏情景。

唐山倒平了

7 月 28 日凌晨 3 点 42 分唐山市区地下的岩层发生强烈错动，巨大的能量以地震波的形式传播到地面，震中区的大地剧烈地颠簸着、摇晃着，如同波涛滚滚的海啸，汹涌澎湃。一切被抛起，被摔下，被毁坏。大地开裂，桥梁垮落，大楼倾塌，房屋倒毁，繁华的工业城市唐山瞬间成了废墟。

7 月 28 日下午 4 点前后，我搭乘的教练机降落在唐山机场。我来到设在唐山机场的抗震救灾指挥部，白色的帐篷下有几张办公桌和一些湿漉漉的座椅，帐篷内只留有河北省政府的一位领导和几位工作人员，通信战士坐在一旁手摇发电机与外面联络。我向她询问我们小组情况，她告诉我："他们被派往稻地方向，了解南面的灾情了。"当时指挥部最关心重灾范围有多大。我被留在指挥部临时做些杂活儿。一位赤着上身的人急匆匆地来到指挥部，对领导说："我是某某武装部的，房子全倒了，人也压在里面。我是来交枪的。"说话间双手托着一把手枪，交给领导。这时我才真正领会到"枪就是战士生命"这句话的深刻含义。一位受伤的人来到指挥部，我将他领到大操场，找见一位穿白大褂的女同志，我对她说："请你处理一下。"她着急地说："我刚随医疗队从辽宁来，药品和器械都还没到。"我也看到一个行为不轨的人被人们绑在树上。指挥部让我陪医疗队找几间临时手术室，我和他们正沿着一排平房的内走廊逐间察看房屋破坏情况，突然大地强烈震动起来，我们急忙往外跑。跑出走廊，已站立不稳了，我紧抱着一棵树，随着树强烈摇摆着。市区方向传来"哗啦……哗啦……"的大楼垮塌声，这是凌晨 7.8 级地震时垮剩的残楼继续垮塌的声音。我在震中区遭遇到 7.1 级强烈余震，地震发生的时间是 7 月 28 日 18 点 45 分。

傍晚，我们小组回到指挥部，我和小组其他成员又会合到一起，接下去的任务是连夜往东察看滦县、乐亭一带灾情。汽车停在草丛边，我们四人在近旁散坐着，大家已失去了对炎热的感觉，也对身上的汗腥味和泥渍不知不觉，最难受的是渴和饿，尤其是渴得"嗓子冒烟"，嘴唇都粘不到一起。边希武从指挥部领了点儿烙饼，每人手里拿着一小块儿，难以下咽，无奈之下也只好用手捧起小凹坑里的雨后积水润喉解渴，尽管在野外跑地质的人都明白"无源之水"是不能喝的，尤其在地震灾区有冒患传染病的危险。烙饼是没受灾地区的河北老乡赶着烙出来，集中装入面袋，空运到唐山救灾的。热天热饼捂了一天，吃在嘴里也就不是烙饼的味道了。那个年代既没有矿泉水、瓶装水，也没有方便面、八宝粥之类的方便食品。

经受 7.8 级和 7.1 级两次地震洗劫的唐山，一片惨景。房屋成片倒塌，马路都被倒塌物挤成不规则的窄道。大多数人仍被埋在废墟里，外面的人寥寥无几。路边、废墟旁用床单或衣服盖着的都是家里幸存的人从废墟中扒出来的遇难的亲人，他们在睡梦中被倒塌的房屋砸死、闷死，被雨淋湿后更是凄惨。活着的人似乎神情恍惚，木然无措，人们还处于震慑中没清醒过来。高楼仅剩残墙断壁，摇摇欲坠。

我们的车来到胜利桥，两座桥墩，其中一座倾斜，桥虽未落架，但桥头倾覆在河堤下。过了胜利桥，就出了唐山市区，我们沿着沥青公路向东前行。公路上地裂缝纵横交错，长短不齐，长的上百米，短的也有二三十米。宽窄不等，窄的二三十厘米，宽的上百厘米。路面被破坏得七高八低，坑坑洼洼，我们的车颠颠簸簸、摇摇晃晃地行进着。路上有稀稀拉拉、三五成群的人往东行走，他们在急匆匆地离开地震重灾区。

天黑了，我们来到沙河。河虽不宽，但河上的桥被震坏了，河东一长排军车正着急忙着组织过河，赶往唐山救灾。唯有我们这辆吉普车东行，也只能由这里过河，伊聚昌师傅说："只要水不没过排气管就行，"他指挥我们："车向河里冲下去后，大家一起给力推一把，就势能过去。"我们站在水里，当车冲下来换挡失速瞬间，大家一起用力猛推，终于顺利地过了沙河。

车到滦县已是半夜三更，在遍地瓦砾废墟丛中找到竖着县委、县革命委员会牌子的地方，一位值班的女同志向我们介绍情况说："滦县上午遭到强烈地震的严重破坏，下午的地震破坏更严重，房屋彻底倒平了，滦河大桥也断了，滦河河堤多处开裂。"并描述地震时的情景说："下午地震发生时，人们离开建筑物就往河堤上跑，可是地震时河堤开裂、坍塌，人们吓得又往回跑。人们惊慌失措，惊恐万分。"

我们摸黑继续向南往乐亭方向前进，路基越来越高出地面，道路破坏越发严重。行进到滦河下游乐亭大桥时天已大亮，这里堤高河阔，桥面垮落，大家望着断桥急得直转，无法过河。无奈之下我们又折返回滦县，打算由滦县东渡滦河，向东绕行。我们来到滦县滦河公路大桥桥头，近800米长的滦河大桥纷纷落架，叠瓦状跌落，输油管在不停地流着黑色原油。据这里的老乡说："这座桥上午的地震没坏，是下午的地震震坏的。"有人还说："地震时有一辆大卡车连车带人跌落河中，当时在桥上的人从输油管上爬出来。"

约莫29日上午7点光景，我们离开滦河公路大桥西行，寻找地震地质大队正在滦县榆山打钻测量地应力的同志们。我们的车在荒山野岭中盘旋一阵找到了他们，见到机长刘义和几位钻工，还有技术人员，他们住的是当地老乡家的两间旧房子。刘义说了昨天傍晚遭遇强烈地震袭击的情形："早上地震发生时房子没震坏。傍晚时分，我们吃好晚饭后还坐在屋里，突然地动房摇，我和大家急忙冲出屋外，差点儿被门头砸着。院子里激烈地摇晃着，人都站不住。"我们留在他们这里吃早饭，地震时玉米面中混进了沙土，做得玉米面饼子虽然很牙碜，但对饥肠辘辘的我们来说"好吃极了"。1976年4~6月李方全正带着地应力测量小组的人在隆尧用套芯解除法进行地应力测量，由于唐山—乐亭一带地应力观测台站观测到地应力异常（变化）现象，7月14日地震地质大队立即将他们紧急从邢台隆尧调到唐山进行地应力测量。他们正在滦县榆山钻孔，等待钻好孔后，在钻孔里进行地应力测量。7月28日唐山7.8级和滦县7.1级地震突然发生，遗憾的没能抢在地震前取得地应力测量结果。

李四光的地质力学认为，地壳里存在着应力，又称为"地应力"。地壳里的地应力是一种体力，构成"地应力场"，伴随地壳构造运动而不断变化，地震前在震源区有地应力集中的过程。地震地质大队的地应力研究者们始终坚持不懈地在地震区进行测量、研究，探索地震前后地应力变化过程。1975 年 2 月 5 日辽宁海城发生 7.3 级地震，同年 7 ～ 10 月安其美、祝武、施兆贤等人赶往地震区进行地应力测量，取得了海城地震震中及邻近地区地震后的地应力资料。1976 年 5 月 29 日云南龙陵、潞西相继发生 7.3 级和 7.4 级地震，同年 6 ～ 10 月丁旭初、李立球等人在潞西至下关一带进行地应力测量，取得了龙陵地震震中及邻近地区地震后的地应力资料。1976 年唐山大地震前，李方全等人虽然赶到唐山，但还是没能测到地震前的地应力，仅地震后在唐山、滦县等地进行多次地应力测量，取得地震后的地应力资料，以此研究该区震后地应力状况。多年来，地壳应力研究所的地震工作者们一直追踪大地震进行地应力测量，但总没测到大地震前地震区的地应力资料。2008 年 5 月 12 日汶川 8.0 级大地震发生之前的几天，郭启良等人在龙门山构造带的 4 个钻孔里进行地应力测量，测到汶川 8.0 级大地震之前发震构造龙门山断裂带上地应力资料。汶川大地震发生后立即进行重复测量，又获得汶川大震后极震区地应力资料，证实了地震前后地应力集中、释放的过程，从地壳应力角度深入研究地震孕育过程和地震发生机理。

我们离开榆山西行，途经开平时，我们的车左转右拐地找到开平中学，探望我单位职工王文昌的妻子和儿女在地震中的状况，他的妻子是这所中学的教师。地震前的教室和校舍是一排排整齐的平房，现在全部倒平了，坍塌成了一行行瓦砾堆，一片废墟。在别人的指引下，从匍匐在地上的房顶来到他们家，正商量准备救人。这时有人将他的儿女带来，从男孩嘴里得知他妈妈已被墙上倒下来的大石块砸死，他们兄妹掉进炕洞才侥幸活下来。旁边一户人家正从房子的缝隙里往外扒人，旁边放着一个较短的被卷，看样子裹着的是一个死了的孩子。接着扒出一个赤身露体的女尸，惨不忍睹，中年男子一边失声痛哭，一边用被子包裹女尸。悲惨绝伦，地震工作者肩负的社会责任感强烈地涌向心头。我们将王文昌的两个孩子带回唐山，然后随我们单位的车带到三河驻地，回到他们的父亲身边。本来王文昌妻子所在的学校已放暑假，27 日上午她发电报给王文昌，告诉他 28 日早上带着孩子乘长途汽车来地震地质大队休假，让他 28 日上午到三河长途汽车站接他们。27 日中午单位负责收发的杨先承从三河邮电局取回来电报，经我的手传递给王文昌。王文昌欣喜若狂，等待一家人幸福团聚，然而等来的却是唐山大地震的噩耗。唐山大地震残忍又无情，瞬间让无数像王文昌这样的骨肉亲人生死分离，伤心不止，悲痛欲绝。更悲惨的是他的女儿由于地震的强烈刺激，一直精神恍惚，数年后走失。这就是大地震灾难在人们心灵上留下的后遗症现象。

晚饭前，各单位震中搜寻小组汇报搜集到的地震灾情，河北省地震局副局长苗良田主持。我们汇报了从三河到唐山和唐山到滦县的情况，初步认为极震区大致在凤凰山、胜利路一带，极震区的烈度可达XI度。地质研究所、地球物理研究所、北京地震队等单位汇报了丰南、宁河、香河、宝坻、滦县等地的地震灾情。会后各单位留一人研究第二天的工作。

震后的第二天开始，各地救灾车辆满载着救灾物资涌向唐山，地震的破坏加上废墟的散落，道路拥挤不堪，尤其进出唐山的交叉路口，一时更是堵得水泄不通。我们的车也被堵在其中，路边一位年轻女子，手里抱着一个哇哇直哭的婴儿。这位女子走到我们车旁乞求道："这孩子出生才两个月，他妈妈地震时被砸死了，我是他姑姑，你们能给孩子一点儿水吗？"我的心被揪起来了，眼泪涌满眼眶，深感一个地震工作者身上的责任和人民的期盼。我们的水壶早已滴水不剩，我们满面愧意地向她说明情况。

我们单位参加现场工作的人员陆续赶来唐山，全面开展地震考察。我们小组接着又考察了胜利路一带地震断层情况，测量数据、记录、照相，见到胜利路被水平位错一米多。又考察了市中心受灾情况，凤凰山顶钢筋水泥浇筑的凉亭，柱脚、柱顶的水泥被震碎，拇指粗的钢筋被拧弯。开滦总医院六层楼叠摞在一起，惨不忍睹。我们的车出唐山沿沥青路去丰南考察，路两旁的一个个大方坑望不到头，掩埋着从市里运来的死难者的遗体，触目惊心。好端端一座繁华的百万人口工业城市，一夜之间变成了一片废墟，死一般寂静、悲伤、凄惨，天灾无道！

我们住在临时帐篷里，这里有一大片帐篷，分别住着各单位、各小组的人员，有烈度组、宏观组、震情监测组等，在地震指挥部的部署下，承担着考察、余震监测各项任务。晚饭前通常指挥部要召集汇报会，各小组汇报调查的情况，汇总、沟通信息，研究第二天的工作。流动地震仪不间断地记录着余震的发生，遇到情况立即进行会商、判断强余震发生的可能。领导、专家、科技人员、工人，每个人都在自己的岗位上认真而尽责地工作着。

飞机在低空飞行，消毒水随着飞机的轰鸣声喷洒向大地，喷洒向帐篷、树丛和我们脑袋，喷洒向每一个角落。身穿着白色大褂、戴着口罩的防疫人员，肩背药筒，手拿喷雾器，到处巡喷，不留死角。大灾极易引发传染病流行，这是不能忽视的地震次生灾害，防疫是抗震救灾工作中的大事。大蒜是我们每个人的重要"护身符"，每餐饭我得吃一头甚至更多的大蒜。有一位同事，因不吃蒜，得了"急性痢疾"，腹泻不止。灾情这么重，死人这么多，天气这么热，然而唐山没发生疫情，医护工作者在唐山抗震救灾中做出了重大贡献。真是灾害无情，人间有爱。

中央领导要看灾情

中央领导要看唐山地震灾情，中央新闻电影制片厂接到任务后，著名导演王映东负责编导，带领多名摄影师赶赴现场用进口的 16 毫米柯达彩色胶片抢拍。王导从国家地震局借了三个人，协助拍这部片子。工程力学研究所蔡之瑞是一位从事工程结构和工程抗震研究的老科技工作者，河北地震局王振山是上海同济大学地下工程专业的技术人员，我是地震地质大队从事地震地质工作的科技人员。我们的任务是陪同摄影师现场拍片，协助写解说词。

8 月 3 日，国家地震局刘一平同志带着八一电影制片厂的谢庆坤同志找到我，他在拍摄内部资料，让我陪他找几组镜头。我陪他拍了唐山钢厂厂房破坏情况，陡河水库大坝和溢洪道、排沙管水工建筑破坏情况，接着来到坝下的陡河电厂。电厂正在建设中，部分机组已经发电，建设者们是来自河北、陕西、北京三个地方的水电系统的工程队，真是"五湖四海"。大地震将 180 米高的烟囱拦腰折断，倒塌掉80 米，有一个机组的厂房落顶坍塌，四栋三层宿舍楼全部一塌到底，成了四堆瓦砾废墟。厂门内有一座"夜班楼"，专供夜班工人夜里换班睡觉，五层楼一部分被叠瓦式的塌到三层。我们目睹着救援现场，两位年轻人被吊车送上残楼最高处，将吊钩挂到楼板两端，楼板被一块一块地吊下来。接着将被楼板拍压坏的铁架床往下吊，被砸死的人仍躺在床上，一条腿还耷拉在床边。床被吊放到大卡车上，指挥的人大声喊道："有家里人没有？"没人应声，挥手喊道："拉走！"此情此景惨不忍睹。

我先后陪同新影厂小吉、小李等摄影师从唐山市内到滦县、滦南、卢龙、迁安、丰润，向东直到昌黎、秦皇岛、山海关拍摄灾情。边拍边洗印，边剪编边补拍，一直到 8 月 24 日。

唐山市区灾情最严重，是拍摄的重点。我们登上凤凰山顶拍摄唐山受灾全貌，环视四面，房屋倒塌殆尽，一片废墟。这里的民居为平房和3～5层楼房，平房是墙体承重，硬山搁檩，房顶是用灰渣夯实，有一尺来厚，外抹水泥，形成硬壳，地震时墙倒架落，人被沉重的房顶掩埋。楼房是砖墙承重，预制楼板搭在墙上，地震时墙塌层落，人被埋在其中，救援难度更大。平房基本倒平，估计楼房倒塌70%以上。废墟堆里孤零零地矗立着没倒的残楼，格外引人注目，它们基本上是框架结构或圈梁做得好的。凤凰山下的唐山宾馆也成了一片废墟，回想 1967 年河间 6.3 级地震后，我被临时借到"天津警备司令部防震办公室"工作，曾两次来唐山、秦皇岛一带考察，都是住在这个宾馆。

来到开滦煤矿唐山矿，钢结构的风井井架虽然还立着，但地震使井架倾斜变形，无法开动。其他建筑也都成废墟，烟囱倒塌半截。由于井下坑道的整体性较地面建筑好，地震时破坏倒相对轻些，大部分夜班工人沿"上山"爬出来了，"上山"是矿下通到地面的陡峻坑道，通行很困难。工人们爬出来后，摸黑奔跑回家，扒救自己的亲人。部分被垮塌的坑道堵困矿井下的工人，被矿山救护队员们救上来了。

站在小山铁路天桥四望，四围房屋倒塌殆尽，这里原来有一条展卖唐山瓷器和特产的街市，店面林立，热闹非常，是具有十足北方风情的商业街，1967 年、1968 年两次来唐山—秦皇岛一线进行地震地质考察，每次都在这条商业街上买瓷器，品尝唐山特产"麻糖"。现在屋塌人亡，一片废墟，一片死寂。桥下匆促堆起一座座新坟，坟前插着写有亡者姓名的小木条，让人凄然心酸。

火车站彻底垮塌，候车大厅房顶塌成了一堆杂乱的水泥块废墟，大大小小的水泥块被钢筋盘绕错结，夺去了众多即将离开唐山的候车人的生命。他们是不幸的，即将脱离地震魔掌的生命，戛然被地震夺走了，没能逃脱这场劫难。

在水泥设计院宿舍区，共有七栋四层楼房，预制板构件、砖墙承重的"砖混结构"，这种结构的建筑抗震能力很差，容易造成伤亡。虽然二层加有圈梁，也抵挡不住强烈地震波的冲击。四栋楼已经住人，其中两栋全塌到地，一栋还剩底层，一栋倒塌两头，死人近百。其余三栋仍在施工中，尚未住人。一位小伙子对我说，他就是从这堆废墟堆里爬出来的。

我们在吉祥路到岳各庄路一带拍摄地震裂缝，裂缝撕开地面 1～2 米，地面坑洼斜歪。长短不齐、大小不一的地裂缝组合成"地裂缝带"，北东向延伸，有明显的水平扭错现象。在吉祥路见马路被顺时针错断 1.5 米，岳各庄路见马路被顺时针错断 1 米。地震时，大地颠簸摇晃，如同跌入惊涛骇浪。大地突然开裂，遇屋塌屋，遇路裂路，遇树劈树，可以想见遇难者在这恐怖的惊涛声中死去的惨景。

我们小车从一个清理现场经过，解放军战士穿着全身都密封的防化服，双手将已腐烂的、骨肉模糊的死难者往大黑塑料袋里装，然后用铲车送上卡车运走，恶臭熏人。我们将几层口罩叠在一起，洒上酒精，紧紧地捂在鼻子上。

我们往滦县、滦南、乐亭一路拍摄灾情。滦县的滦河公路大桥全长 789 米，35

孔 34 座桥墩，叠瓦式连续向东倾倒，没倒的所剩无几。滦县境内的滦河大堤接近 15 千米，破坏严重的有 12 段，长达 5 千米。摄影师小李爬上树，然后将摄影机吊上去，倚在树上拍摄。在唐山热电厂，摄影师爬到晾水塔顶上拍摄，他们吃苦耐劳、敬业精神令人钦佩。

滦南县和乐亭县地处滦河下游，濒临渤海，河堤破坏，河道淤塞。地裂缝随处可见，纵向首尾斜列，长短不一，宽达 1 ~ 2 米，如群蛇游走。横向地裂缝与纵向地裂缝交错隔列，多见有北东和北西两组，曾见玉米垄和棉花垄被北东向裂缝水平反时针错开 40 厘米，路边的树行、水渠被北西向裂缝水平顺时针错开 60 ~ 80 厘米。在邓滩，乡亲们指着一台高约 1.6 ~ 1.7 米的中型脱粒机说着它的遭遇："地震后没有了，坠入地裂缝了。用铁条从地裂缝中探到，被埋到地面以下 1 米多，刚挖上来。"乡亲们描述地震时地裂缝活动的情景：地震时地面裂开，"呼哧、呼哧"不停地张开—合拢、合拢—张开，张开时有丈余，最后停下来仅剩 2 尺。大队书记薛利勤同志地震时掉进地裂缝，齐胸深。地裂缝不停地"呼哧呼哧"地张合着，下面水和沙往上推，自己使劲往上爬，终于爬出来了。

地震时，滦南、乐亭一带出现大量喷砂冒水现象，喷砂孔遍布四野，这是地震时埋在地下的、处于水饱和状态的粉细砂，被强烈的地震波的震动液化喷出地面的结果。地震后在田野里留下了一串串大大小小、行行列列的沙丘和喷砂孔，大的直径达 2 米以上，小的约 60 ~ 80 厘米。据当地乡亲描述当时情景：先是轰隆一声，接着哗哗地喷水，砂水柱高达 2 米多。到处同时喷砂冒水，如同万炮齐鸣。大地在不停地颠簸摇晃，地面突然开裂，裂缝在"呼哧呼哧"不停地张合着，到处在"轰隆哗啦"地喷砂冒水，瞬间房屋在摇晃中开裂、落架、倒塌，人们在惊恐中。在邓滩一位乡亲给我讲了一件离奇的事：他的表妹地震后自己抱着孩子坐在倒塌了的房顶上，是怎么出来的？自己也不知道。这就是高度惊恐引起的失忆现象。

地震破坏了大片耕地和农田水利设施，耕地里遍地裂缝纵横，沙丘堆堆，农田大面积下沉积水，庄稼被淹。仅王滩一地，当时初步统计，4 万多亩农田，被破坏 26780 亩，被毁坏的农田占全部耕地三分之二。河堤开裂，渠道被毁。乐亭境内滦河大堤长约 15 千米，破坏严重的有 3.5 千米，开裂丈余，深几丈。桥闸涵等水利设施毁坏严重。

我们又从滦县往迁安方向一路拍摄灾情。龙山山崩，崩塌体高约 70 米，宽约百余米，形成若大的倒石堆。石块大小混杂，从 1 ~ 2 米到 20 ~ 30 厘米都有。来到迁安滦河大桥，两跨桥面垮落河中，桥墩孤零零地立在水面上。

8月30日新影厂老郝向我们传达，27日晚部分中央政治局领导同志看了"唐山地震灾情汇报片"。时任总理的华国锋同志看后提出意见，大意是资料片要全些，解说词要具体些，要从地震波角度科学地解释地震破坏现象。

随后又去天津、宁河、秦皇岛等地拍了些镜头，又在北京拍了些镜头，继续协助王编导编《唐山地震灾情汇报片》之二，然后将其编入《唐山地震灾情汇报片》。

《唐山地震灾情汇报片》统编完成。1976年11月10日通过国家地震局审查，参加审查的领导有国家地震局刘英勇局长和几位副局长，丁国瑜、钱京梅等专家，新影厂钱筱璋厂长参加了审查会。

地震人心系唐山人

1966年3月邢台发生了7.2级强烈地震，地裂房塌，夺去近万人的生命，引起中央的高度重视，中国科学院、地质部、石油工业部、国家测绘总局、国家海洋局等部门调集力量，投向地震战线，开展地震预报和抗震防灾研究，打响了"地震预报"攻坚战，地震地质大队应运而生，这是地质部组建的全国第一个地震专业队伍。

地震地质大队从全国集中了地质、测量、地球物理、电子、无线电、数学、力学、计算机各类专业技术人才，以李四光的"地质力学"学术理论为基础，一边开展地震防灾，一边观测地应力地震前兆信息和测量断层现今活动，进行地震预报的探索研究和实践。这是一项从地震地质调查、地震前兆观测技术研究、地震前兆观测台站建设，直至观测资料分析，预测预报地震发生时间、地点、强度的系统工程。

我从云南地质局被紧急调往地震地质大队，和其他同志一起担负起"保四大"的任务（大城市、大水库、电力枢纽、铁路干线）。我们围绕密云水库进行地震地质调查，确认密云水库地质构造的稳定性，以保北京安全。

从1966年邢台地震到1976年唐山地震十年期间，全国强烈破坏地震不断，华北地区强烈地震接连发生。1966年邢台发生了6.8级和7.2级地震、1967年河间发生了6.3级地震、1969年渤海发生了7.4级地震、1975年海城发生了7.3级地震、1976年和林格尔发生了6.3级地震、1976年唐山发生了7.8级、7.1级两次地震。1972年地震地质大队归口国家地震局领导，地震系统万名战士奔波野外调查活动断层、研制地震前兆观测仪器、职守台站观测地震前兆信息、分析震情，并连手群测群防，同心协力地捕捉地震。

1967年3月河间发生6.3级地震后，周总理指示"要密切注视京津地区的地震动向"。地震系统各单位在全国布设了大量地震台和不同专业的地震前兆观测站，京津唐地区的台站密度尤其大。1967—1971 年之间地震地质大队在京津唐地区迅速建成 18 个地应力地震前兆观测站，其中 1967 年建起了滦县站，1970 年建起了唐山陡河站和昌黎站，从地应力角度密切注视着京津唐地区的地震态势。

1967 年地震地质大队组建测量队，承担京津唐地区 33 处跨断层流动观测场地的施测任务，其中 1968 年在唐山地区选建了马铺营、李各庄、桃园、擦崖子口、唐山、杏园 6 个场地。遗憾的是唐山地区的这 6 个场地于 1973 年停测了。

1967 年 5 月派出黄相宁、吕庆书等人组成的地震地质调查小组，调查 1945 年滦县 6.3 级地震与桃园断裂活动的关系。我和王文斌、吴明生被临时借到"天津警备司令部防震办公室"，同华北地质研究所、大港油田、天津海洋所、河北水文队等单位的同志一起进行京津唐断层活动性研究和天津城市防震减灾工作，大家都很关注沧东断裂带北延问题，1968 年还对唐山古冶水准测量异常现象进行过考察。回到地震地质大队后，在中近期地震预报研究组，研究华北主要活动断裂带地震应变能积累 – 释放规律，预测强震发生的可能性。

1975 年海城地震后，京津唐各地县纷纷开展地震宏观前兆观测，观测井水水位变化、注意动物活动的反常现象。1975 年初，地震地质大队成立了"保卫京津小分队"，与地方地震办公室联手观测地震前兆，在京津地区相继建有平谷、顺义、朝阳、通县、宝坻、蓟县、三河、香河、大厂、廊坊、固安等土层地应力观测点。

1976 年唐山大地震发生前，不同技术内容的地震前兆观测资料有的出现变化，个别变化甚至大得出奇，有的没出现变化，乱象纷纷，风声鹤唳。观测到的数据有变化了，是不是"地震前兆"？技术人员两眼紧瞪，落实着、分析着、判断着，分析预报人员困惑在识别"地震前兆"和"环境干扰"迷宫里。会不会发生地震？分析预报人员的心成天悬着。国家地震局地震地质大队、河北省地震局、北京市地震队的分析预报人员似乎感觉到了"地震前兆"，也引起国家地震局分析预报中心等单位分析预报人员警觉，密切注视着地震前兆现象。各种级别的会商会接二连三。

1976 年 3 ~ 4 月，观测数据出现变化的土层地应力观测点越来越多，下降幅度越来越大，甚至出现突跳现象。到 7 月初，变化更为明显突出。根据土层应力仪观测到的变化，结合其他宏观异常现象，预测京东南地区有发生 5 级地震的可能。

1976 年 7 月 14 日，地震地质大队依据地应力台站的观测资料，正式向国家地震局上报"地震监测报告"，预报 1976 年 7 月 20 日左右和 1976 年 8 月 5 日左右，集宁—繁峙—涿鹿—张家口一带或宝坻—乐亭及渤海地区（最可能在中南部海域），可能发生 5.0 级左右地震。

1976 年 7 月 12 ~ 20 日，国家地震局在唐山市召开"京津唐张地区群测群防经验交流会"，地震地质大队潘宝琪参加会议。散会前一天晚上，国家地震局分析预报中心来人召开座谈会，介绍了分析预报中心收集到的、可能是地震前兆的信息，进一步了解京东南一带宏观异常情况。60 多位代表出席了座谈会，地震地质大队潘宝琪在会上介绍了土应力观测资料的变化情况和对地震的预报意见。

大地震即将来临了。分析预报人员还没有掌握到确切的"地震前兆证据"，就在寻求证据和排除干扰的过程中"大地震"发生了。震后分析，有的"干扰"也可能是"地震前兆"，给不少分析预报人员带来莫大痛心和追悔。分析预报人员的心被公众对地震安全的急切企盼和地震预报的艰难性煎熬着。

大地震即将来临了。在地震预报水平还很低的情况下，有些地方领导面对震情，从领导责任出发，以"宁可信其有，不可信其无"理性地应对着。青龙县地震办公室王春青同志在座谈会上，听到地震地质大队的预报意见后，回县立即向县委做了汇报，县委非常重视，当即在全县农业学大寨经验交流会上进行了传达，让各公社回去一位同志布置防震工作，要求 7 月 27 日前传达到全体群众中去，发动群众做好防震准备，保护牲畜。由于全县人民有了准备，虽然地震时房屋倒塌很多，但人畜伤亡很少。

大地震即将来临了。参加"京津唐张地区群测群防经验交流会"的与会代表在地震来临前离开了唐山，他们不是"先知"，而是"幸运"。然而已感觉到"山雨欲来"情势的地震人，却在赶往唐山。地震地质大队紧急调到唐山进行地应力测量的钻机工人、技术人员，他们在滦县榆山打孔的过程中遭遇大地震袭击，8 ~ 9 个人竟安然无恙，实属万幸。尤其房梁正砸在李方全的床上，恰巧李方全回大队驻地，避过一难。河北省地震局贾云年、黄钟等六位地震工作者在大震前赶来唐山考察地震前兆现象，不幸全部遇难，献身于地震事业。国家地震局第一测量大队两位地震工作者光荣地牺牲在地震监测岗位上。

大地震前地震部门没有通过政府对公众发出"地震预报"，也没有向地方领导提出警示意见，大地震骤然发生，数以百万人在"不设防"中遭遇到大地震的洗劫。

1976 年 7 月 28 日凌晨 3 点 42 分唐山大地震一声巨响，大地开裂，房倒屋塌，家园毁坏，夺去了 24 万多人的生命。地震人的心碎了……

当我双目凝视"唐山抗震救灾十周年"纪念章，唐山人在黑色灾难的大地上双手托着"唐山地震纪念碑"，让人们永远铭记着唐山大地震灾难。1966—1976 年是我国地震频繁发生的年代，地震人奋勇奔走于其间。从邢台到唐山，十年抗震烽火已经烟消云散，然而地震不息，2008年8.0级地震再次残暴地袭击了汶川，又夺去了近9万人的生命，毁灭了数万美好家园，地震人任重又道远。我心里带着酸楚，回眸地震生涯，感慨无限：

回眸生涯四十年，追逐震魔万壑间。

唐山地啸卷万物，汶川山崩夺炊烟。

苍龙未缚人先老，大众翘首盼安全。

地震荒茫难寻觅，社会责任重于天。

卞兆银　简历

卞兆银，男，汉族，江苏建湖人，1940年3月生，高级工程师。1965年毕业于中国地质大学地质系（原北京地质学院）。1966—2010年在中国地震局地壳应力研究所（原地震地质大队）工作。曾参加"京津地区活动断层调查和研究"，"中近期地震预报"，"北京地震地质会战"专题研究，《中国地壳动力学图集》专业图编制，"华北地区10年地震大趋势研究"等一系列重大地震科研项目。组织、参加"港珠澳大桥"等一系列重大工程防震减灾工作。2000年退休。

忆北京地震地质会战

王 瑛

　　1976 年的唐山大地震，震撼了中华大地，唐山人民的生命和财产遭受了巨大的损失。这次地震也波及到了北京市和天津市，局部地区的房屋也遭受了破坏，人员亦有伤亡，当时地震形势十分紧张。北京作为我国的首都，又是一个特大型城市，面对这种地震形势，北京地区近期是否会发生破坏性地震，今后北京的地震趋势如何，抗震将采取什么对策，是摆在市政府和市领导面前的一个重大而严肃的问题。北京市原分工负责科教的副市长白介夫对此有清醒的认识，这是一个地学的科学问题，必须从基础做起，搞清北京地区的地质结构，分析北京及附近地区地震活动情况，进而分析了解北京地区发生破坏性地震的地质环境，为研究和掌握北京地区的地震发展趋势提供科学依据。为此，仅依靠人数不多的、力量有限的北京地震队，显然是完不成这项任务的，必须动员在京的中央和地方所有有关单位联合完成这一任务。于是北京市委、市政府于 1976 年 12 月，联合下达了关于开展北京地区地震地质会战的任务。组织包括国家地震局地震地质大队（后更名为"地壳应力研究所"）在内的数十家中央和地方的单位参与了北京地震地质会战。正如当时大家所说，凡吃北京口粮的有关单位都得参加。而且北京市的经费有限，主要经费都得靠参加单位自己提供。

　　整个项目由北京市副市长白介夫主管，成立了北京地震地质会战办公室。挂靠在北京市地质局，负责具体管理工作。我所刘光勋、林辉德参加了北京地震地质会战办公室的组织领导工作。

　　北京地震地质会战分为 8 个专题组：第一专题组是航空照片和卫星照片的判读，查明北京及其邻区的主要断裂构造骨架。第二专题组是编制北京地区构造体系图及活动构造体系图，查明北京地区发生地震的地质构造背景。第三专题组是北京地区深部构造的探测和研究。第四专题组是北京平原全新世构造活动调查，查明北京平原地区全新以来的构造活动。第五专题组是研究北京地区地形变的，查明北京地区现今构造活动的特点。第六专题组是研究北京地区地震活动特征，分析北京地区在时间上今后发生地震的可能性。第七专题组是北京及华北地区现今应力场的模拟分析，找出北京及华北地区地应力相对集中的地带和地段。第八专题组是研究北京平原的地震影响小区划，为北京市的工程建设和防震、抗震提供地震参数。地震地质大队主要参加了其中 6 个专题组的工作。

地震地质会战办公室指定地震地质大队和北京市地质研究所为第二专题组的牵头单位。由我单位郭志涛和北京市地质研究所邹甦兼任组长。参加单位有中国地质大学 (武汉地质学院)、国家地质总局 562 队、北京地质局水文队、石油部石油物探局、北京矿务局、北京师范大学、长春地质学院、北京大学、北京地质局 104 队、国家地质总局航测大队、首都钢铁公司、北京市建材局、国家地震局地质研究所等十余个单位。

北京地震地质会战第二专题组的主要任务是编制比例尺为 1∶10 万的《北京地区构造体系图》和《北京地区活动构造体系图》。《北京地区构造体系图》由北京市地质研究所曾问渠、米双庆主编，参加工作的人员有白淑兰、邓一岗、陈铭强、李毓光、胡如玉等。《北京地区活动构造体系图》由国家地震局地震地质大队 (地壳应力研究所) 王瑛、李咸业主编。参加工作的人员有许成林、谢振剑、王安德、李鼎容、樊文奎、周玉卿等，龚复华参加了图件的出版，还有中国地质大学的彭一民、赵其强、何科昭，北京市地质研究所的刘湛、张凤兰，国家地质总局 562 队的王津，北京矿务局的童有德，北京师范大学的刘清泗等也参加了活动构造体系图的编图工作。

编图范围：西起怀来、易县一线，东至蓟县、宝坻，北到赤城、汤河口一线，南至霸县、涞水附近，面积 35000 平方千米。在前人工作的基础上，要完成区内的地质构造、地貌第四纪地质、水文地质、工程地质、地热地质及物探、钻探、测量、卫星照片、航空照片等资料的收集、整理分析和研究。还要对新施工的数十个钻孔孔位进行选址、设计、钻孔岩芯的编录、采样和样品分析鉴定工作，同时开展一些物探工作。第二专题组是本次会战任务最重，难度最大的专题组，并要求 1979 年底完成任务。

地震地质大队参加其他几个专题的分别是：孟宪樑、张英礼、黄兴根参加了"北京平原全新世构造调查"项目；业成之、王宋贤参加了"北京地区地形变"研究；卜兆银、王进英、李建斌、王宝杰等人参加了"北京地震活动特征"的研究项目；安欧、李群芳、李淑恭、陈葛天、郭世凤、高德禄等人参加了"北京及华北地区现今应力场模拟分析"项目；第八专题组"北京平原地震影响小区划"项目，由北京勘察设计院陈志德任组长，地震地质大队杨承先任副组长。参加单位还有：国家地震局地质研究所、中国建筑科学院抗震研究所、北京师范大学地理系、北京市水文地质工程地质公司、北京市地震队、中国科学院天文台等。

地震地质大队李方全、黄相宁、肖振敏、孙世宗、李立球、殷翠兰、沈洁贞、黄诗斌、鹿霞霞、赵建荣、王天池等人，也参加了这次地震地质会战。

地震地质大队领导对这次会战特别重视。我单位是参加专题最多，投入的人力、物力最大的会战单位。

这次由北京市委、市政府倡导和组织的北京地震地质会战，从1977年年初开始，到1980年前后结束，历时4个年头。它是地震战线历时最长，参加单位最多，动员人力、物力最大的一次地震地质会战，是团结战斗、精诚协作的典范，是取得成果最全面，内容最丰富的一次地震地质会战。至今在我国城市中，地震地质工作投入实际勘测手段之多，工作量之大，研究工作之深入，除北京地震地质会战之外，几乎还没有。

在会战的岁月里

当我接到主编《北京地区活动构造体系图》的任务后，心里没底，感到压力非常大。活动构造体系是李四光先生提出来的，活动构造体系图是什么样，过去没有编过，也没有想过，更没有见过。我在学校学的是稀有分散及放射性元素的找矿勘探专业，对地质构造方面没有专长。我和李咸业都没有学过地质力学。多年来，虽然从同事那里学来一些知识，也只能算是一知半解。怎么办？不能辜负领导的信任和大家的期望。我们只有加强学习，学习李四光先生的《地质力学概论》及有关活动构造体系的讲话内容，深刻理解李四光先生提出的活动构造体系的内涵。开会讨论，征求意见，集思广益。当时认为，所谓活动构造，就是晚第三纪以来还在活动的构造。活动构造体系就是具有内在力学联系的不同方向、不同性质、不同序次的活动构造组成的构造系统。要研究活动构造体系和编制《北京地区活动构造体系图》，首先要查明活动构造在空间上的展布特征，又要查明断裂的活动时间、活动强度、频度和幅度、活动的性质以及它们之间的力学关系。

北京地区过去地质工作程度较高，北京地质局水文队、北京地质研究所、北京矿务局、石油部物探局、地质部物探大队积累了数十份的物探资料，数百至上千个钻井资料，以及大量的地质资料，各家也编制了相应的图件。但是，这些资料是以找矿、找水为目的，达不到我们的要求，所以我们要对这些资料进行仔细的分析和研究，以达到新的认识。地震地质大队在北京地区过去虽然做了大量的地震地质调查，但局限于西部和北部山区。对平原地区的断裂展布特征了解得不多，主要是从其他单位收集来的资料，而且表达也很不一致，对于断裂的活动情况知之甚少。于是我们把收集来的大量的原始资料逐个进行分析、研究，深入了解它们的来龙去脉，取其精华，去伪存真，成为我们自己想要的东西。

在山区没有新地层的对比，很难确定断裂的活动时间及活动强度、频度和幅度。在平原区，上部有厚厚的第四系土层覆盖，断面看不见也摸不着，更无法确定它们的活动情况。我们只有通过钻孔资料，根据断裂断错第四纪地层的情况及断裂两盘的第四纪地层厚度的变化，来确定断裂活动的时间及活动强度、频度和幅度。同时，也可以通过微地貌的变化，来确定断裂的活动性。例如：夏垫断裂，在夏垫村附近的地貌上形成一条呈北东走向的陡坎，落差在 1 米左右。孙河—南口断裂带在昌平的百善、旧县附近，在地貌上也形成了一条北西方向的陡坎。它们与断裂展布方向一致，这都是断裂活动的重要的证据。卫星照片解释也可以帮助分析断裂构造的活动性。当然，地形变测量，断层位移测量，是判定断层现今活动的直接依据。总之，我们想尽了一切办法来查明本区断裂构造的活动性。

断裂活动的性质是划分活动构造体系的关键所在，也是这次编图的核心内容，但是要确定活动断裂的活动性质，难度很大。以往在北京地区活动的断裂大多确定为正断层，一般认为是张性性质，或张扭性性质，而构造体系必然由不同性质的构造所组成。本区新生代以来发生过多期强烈的构造运动，肯定存在一个甚至多个活动构造体系。20 世纪 60 年代末，我们在怀来后郝窑村附近发现过一条第四系逆断层，呈北北东走向，当时认为可能是局部的现象。这次会战，北京矿务局在牛堡屯地区的人工地震勘探中，发现北北东走向的燕郊—礼贤断裂，晚第三纪以来的活动具有逆冲性质。在夏垫断裂的南段，人工地震剖面亦显示晚第三纪以来的逆冲活动。以上说明本区北北东向断裂，晚第三纪以来的活动具有压性或压扭性特征。北西走向的孙河—南口断裂带上，在所施工的顺 2 孔的第四系（晚更新统）岩芯上，发现断面上的大量水平及倾斜擦面，显示张性反扭特征。由于断裂的反扭，断裂上盘的西北段，形成马池口第四系凹陷，东南段形成了南法信凹陷。在凹陷内，沉积了数百米厚的第四系。至于东西走向的断裂活动均为正断层，张性特点十分明显。根据断裂构造的性质，就可以推断本区新第三纪以来的构造应力场。这个应力场，与现今绝对地应力测量的数据非常接近。

编制活动构造体系图，必须要反映与断裂活动相关的内容。由于要表示的内容太多，如第四系地层、第四系等厚线、历史地震的分布、重要的钻孔位置、断裂的展布、断裂活动的强度和幅度、断裂活动的性质、断裂现今活动的测量数据等，怎样标示到图上都是个问题。我们经过反复讨论和仔细的研究，采用了不同的符号和颜色，把问题一个一个地解决了。

会战初期，我们活动构造体系图编图组的办公室，安排在北京地质研究所的办公楼内，我们这十来个人，除了两间办公室，十几张办公桌，什么都没有，一切从零开始。首要任务就是收集资料，资料都分散在各个单位，需要全体成员出动。特别是北京地质局水文队，有大量钻孔资料需要抄录。因为这些钻孔的地层资料像一把尺子，对研究和判断本区构造活动的强度、频度、幅度具有十分重要的作用。还有断层位移测量及地形变测量资料，对研究构造活动也是不可缺少的，于是我们分成几个组，分头去各个单位收集有关资料。其中水文队的资料较多，工作量大，要抄录数百个钻孔地层的原始资料。由于当时没有任何复印设备，只有靠大家动手进行抄写。由于工作量大，中午都不能休息，我们虽然都非常辛苦，但是谁也没有怨言。

北京地质研究所的办公楼，当时位于黄寺大街24号，北与北京广播器材厂隔街相望，南与人定湖公园相邻，它原来是北京地质学校的办公楼。北京地质学校撤销后，北京地质研究所就搬了进去。楼内办公的人员不多，显得非常清静。所里有食堂，工作条件和环境较好。在工作中，我们分工合作，李咸业主管钻探施工、资料分析、钻孔孔位的选择、设计、定点、施工的管理、组织人员编录、取样等工作。许成林主要负责物探资料的收集和分析。谢振剑、王安德、樊文奎、李鼎容等负责钻孔资料的整理和第四系地层的划分，以及二专题施工钻井的岩芯编录、分层、取样及微体古生物鉴定。樊文奎负责历史地震资料收集和整理。周玉卿负责图件的清绘。

由首都钢铁公司、国家建材局地质勘探大队、北京地质局104队完工的40多个钻井，取来了上万米的岩芯，为了保存第一手的地质资料，这些岩芯大部分都拉到了北京地质研究所的岩芯库。一箱岩芯大约有100多斤重，数百箱岩芯都是我们这些科技人员从大卡车上抬上抬下，大家不辞劳苦，干得汗流浃背，心情十分舒畅。

我主要负责全部资料的分析和研究，编制各类图件，如活动构造体系图、第四系等厚线图、上第三系等厚线图下第三系等厚线图、地质构造剖面图，以及图件说明书的编写等。内容十分烦杂，工作量非常大。白天人多，人员来来往往，又要安排其他事情，工作效率不高。大量的研究和分析工作，只有靠晚上和节假日的休息时间。我在北京没有家，安排我住在办公楼最顶层的四楼，并有专门的办公室。这栋楼只住我一个人，夜深人静，非常寂寞，但对我分析资料和编制各类图件，提供了优越的条件。我每天都工作到深夜，渴了喝点儿白开水，饿了吃点儿饼干充饥。在那炎热的夏天，没有电风扇，没有空调，也没有地方洗澡，晚上只能用凉水擦擦身。节假日从来没有休息过，没有加班费，没有人来监督，也没有人来打扰。在那三年多的时间里，我就是这样艰难而富有成效地度过了这一段美好的时光。

会战期间的 1977 年我被评为国家地震局先进工作者。1978 年由胡克实带团，我和赵国光出席了第一届全国科学大会。我和国家地震局地质研究所的李志义、581厂的朱虎被评为国家科委先进工作者，与陈景润等有重大贡献的科学家们同台领奖，并受到党和国家领导人华国锋、叶剑英、邓小平、李先念、汪东兴的接见，感到万分荣幸，同时也感到在工作上、思想上还有一定的差距，给自己今后的工作增添了很大的压力。这是党和人民对我过去工作的肯定，也进一步激发了我的工作热情和克服困难的决心。

为出版活动构造体系图，在上海出差累计达半年之久。在炎热的夏天，气温达到摄氏三十八九度，旅馆住的人多，屋内也没有空调，有时十多个人挤在一个房间里，夜晚根本不能入睡，白天又要去工厂检查模版，感到非常疲倦。一次出差我住在一个 18 层高的楼里，这段时间正好赶上夜班，到晚上 12 点钟楼里的电梯门就关了，我只好每天深夜爬楼梯到我住宿的 16 层。

在这三年多的时间里，是党和地震灾区人民给了我无穷的力量。我们发扬了大公无私的奉献精神，遵循李四光先生的学术思路，辛勤耕耘，克服一个又一个困难，圆满地完成了党和人民交给的任务。

精诚协作，团结战斗

资料是各个单位的宝贵财富，是人们劳动和创造的结晶，具有保密性。过去就是同一个系统的资料，也很难收集到。如同属北京地质局水文队的钻孔原始资料，北京地质局地质研究所也很难拿到。这次北京地震地质会战，所有参加的单位为了一个共同的目的，无论是成果还是原始资料，都豪无保留地借给我们阅读和抄录。其他单位的资料，对我们也都是大开绿灯。

首都钢铁公司、国家建材局地质勘探大队、北京地质局 104 队，为我们会战第二专题组查明活动构造而施工的 45 个钻孔，总进尺在 20000 米以上。施工经费都是各单位自己开支，这种高度的奉献精神，多么难能可贵。在工作中，从选孔位到施工都积极配合，一切服从我们安排。

北京地质研究所虽然和我们是一个专题组，但承担的是不同的任务。在这三年多的时间里，给我们提供了很多方便，办公、吃住，有什么问题都能马上得到解决，无论是领导，还是一般群众，对我们都非常热情，真是亲如一家。为保存上万米的钻孔岩芯，还专门修建了岩芯库，为我们对钻孔岩芯的分层、取样和有关人员的参观，提供了方便。

为了查明良乡地区断裂构造的展布及其活动性，准确地设计钻孔的孔位，需要进行电法勘探。于是我们第二专题组的成员，不分单位和男女老少，都跟着许成林去做电法勘探。由于勘探深度较大，一个测点的电极，两侧要跑 500 米、1000 米、1500 米，来来回回，一天不知道要跑多少路，我们每天都干得汗流满面，非常劳累。十多个人挤住在农村的两间小平房里，无条件洗澡，身上发出一股难闻的汗臭味，连续工作了十多天。每天都休息不好，吃的也比较差，生活相当艰苦，但大家都没有丝毫怨言。

我的搭档李咸业，参加工作的时间比我早，组织工作能力比我强，他积极配合我的工作，出主意想办法，解决工作中的许多难题。他为选孔、确定钻孔孔位和钻井深度的设计，翻阅了大量的资料。40 多个钻孔，由三个单位施工，施工的地点又相距很远，今天跑顺义，明天到良乡，后天可能到夏垫，来来回回，不知一年要跑多少次，非常辛苦。而且还要随时掌握钻孔的钻进深度和目的层位，组织人员对钻孔岩芯的编录、取样。他与施工单位，以及施工单位的工人关系很好，工作开展得非常顺利。

许成林是学物探的，可以说是物探方面的专家。北京平原有大量的物探资料，需要我们进行重新解释。从收集物探资料到解释都离不开他，在工作中我经常向他取经，学到了不少物探方面的知识，顺利完成了北京平原地区大量的、多种物探资料的解释和研究。在他的操作下，经过我们的共同努力，专题组顺利地完成了良乡地区的电法勘探任务。

彭一民是中国地质大学的教授，也是我们专题组唯一的教授。那时他已经 50 多岁了，是一个非常精干的瘦老头，和蔼可亲，没有一点儿架子。一天从早到晚地忙来忙去，工作认真、负责，经常提出一些问题和工作上的建议。

童有德是一个身高一米八以上的瘦高个儿，50 岁左右，共产党员，年轻时是篮球运动员，是北京矿务局的元老。对矿务局的工作情况和资料非常熟悉，所以矿务局的有关资料收集得很齐全。他非常关心集体，善于协调各单位之间的关系，使我们大家相处得非常融洽，真不愧是我们的老大哥。

李鼎容是 1978 年从云南省地震局调到地震地质大队的，到我们编图组工作的时间较晚。她善于交际，工作能力和活动能力都很强，是个女强人。工作认真负责，在第四系研究和划分上有独到之处。对我们专题组的一些钻孔的岩芯，进行了微体古生物取样、鉴定。在顺 5 孔第四系底部层位中发现了海相有孔虫化石，确定了北京第四纪时期的海浸，对北京地区第四系底部层位的确定及划分，提出了自己的意见和看法。

白淑兰是北京地质局地质研究所的，《北京地区构造体系图》编图组成员，活动能力和工作能力较强。对我们这些外单位成员非常关心和热情，是单位与单位之间，人与人之间勾通的桥梁。她多次出差到上海中华印刷厂，对《北京地区构造体系图》和《北京地区活动构造体系图》的印刷、出版，忙前忙后，立下了汗马功劳。

陈方吉是第四专题组成员，来自北京地质局水文队，四川人，为人开朗、热情。她毫无保留地向我们提供了第四专题组在延庆、昌平、顺义及通县等地施工的钻孔资料，为我们的编图工作提供了方便。她掌握了北京地区大量的第四系资料，对北京地区第四系划分有独到的见解，她较早地利用气候变化，利用冰期、间冰期的沉积物来进行第四系分层对比，确定北京地区第四系的底部层位，定位于 300 万年左右。这个观点，对我们影响很大，我们当时所提交的北京地区第四系等厚线图，就是按这个观点划分出来的。

北京地震地质会战至今已过去 30 多年了，有些事情记忆犹新，历历在目，仿佛就在眼前。但必竟经历的事情太多，时间久远，这里只能是举几个例子，要写的许多事已经忘却了，深感遗憾。

丰硕成果

这次北京地震地质会战，8 个专题的研究包含了地震战线的方方面面。会战结束后，各专题组都出版了专辑，汇集了北京地区大量有关断裂活动和地震活动的数据，为北京地区的工程建设和防震抗震工作提供了可靠的资料。同时也为北京地区的第四纪地质、水文地质、工程地质和矿产地质等方面的深入研究奠定了牢固的基础。

由于本人是负责第二专题组活动构造体系图的编图工作，对本组的情况比较熟习，所以下面重点介绍这个专题组的一些主要成果。

我们第二专题组名义上是一个构造体系图的编图组，实际上它更像是一个构造体系及活动构造的研究组。《北京地区构造体系图》和说明书的编写与出版，对北京地区地质构造的基本格架有一个清楚的认识,它阐明了本区构造运动的发展历史及其构造应力场的演化。对本区的矿产地质、工程地质、水文地质、地震地质提供了第一手的基础资料。

《北京地区活动构造体系图》和说明书的编写,对北京地区构造的展布特征,各条断裂的规模,断裂活动的强度和幅度,断裂活动的性质及断裂之间的复合关系有了一个比较清楚的认识。提出了活动构造体系划分的原则和依据,阐明了北京地区新生代以来的构造运动及构造应力场的变化。对强震活动区进行了初步探讨。该图和说明书的出版,为地震预测、预报,城市规划建设、设计等部门提供了可靠的基础性资料及防震、抗震等方面的重要依据。

第二专题活动构造体系图编图组还编制了北京地区第四系等厚线图,上第三系等厚线图,下第三系等厚线图,查明了北京地区新生代以来的地质发展历史和构造应力场的演变。早第三纪时期(1000万年前)的北京坳陷,东位处南苑以西,西至云岗附近,北起西霸河一线,南至良乡的一个狭长地段,实际上是受断裂控制的一个拉张性盆地,跟现在的延庆盆地差不多。又如北京、三河、唐山以北地区缺失下第三系,以南地区有大面积下第三系沉积。说明该时期燕山地区总体呈东西向隆起,相当一个复背斜构造。华北平原下沉,相当一个复向斜构造。由此可以推测该时期的应力场是一个近南北向的挤压应力场。晚第三纪(1000万年)以来,因为应力场的改变,北京坳陷停止下沉。虽然堆积了一定厚度的上第三系,但那是过去地形地貌原因造成的。第四纪时期已经开始隆起,所以第四纪地层很薄,并且出现一系列北北东走向的压扭性断裂,说明这个时期是一个近东西向的挤压构造应力场。因此,早第三纪时期和晚第三纪时期以来,处于两个不同的构造应力场。

我们研究了北京及其邻区地震的活动规律,提出本区地震活动的周期性、重复性和迁移规律。自1057年以来将本区地震划分为三个活动期和两个平静期。阐明了活动构造体系与地震活动的关系,对北京及其邻区强震活动的地段、地点进行了探讨。

由我们选定、设计的,由首都钢铁公司勘探队、国家建材局北京地质勘探大队和北京地质局104队施工,共同完成了45个钻孔,总进尺20000多米。这些钻孔对查明北京地区断裂的活动强度、活动性质起了很大作用,而且对研究北京地区的第四纪地层的划分,取得了突破性的进展。

关于北京地区第四纪地层的划分历来争论较大,过去大多数地质学者对北京地区第四系底部地层的划分,是以冰期的沉积物来确定的,我们当时就采用了这个标准。1979年以北京地震地质会战二专题组施工的30多个钻孔资料为基础，由李鼎容、谢振钊、王安德、彭一民（中国地质大学）、刘清泗（北京师范大学）、童有德（北京矿务局）等人依据钻孔岩性、微体古生物、岩相特征、古地磁等，对本区第四系下更新统及第三系上新统进行了综合研究。通过对北京顺5孔岩芯的取样和古生物鉴定，在第四系下更新统中，发现了海相有孔虫的化石，该化石为第四系底部层位的标准化石，为解决北京地区的第四系下限提供了依据。发表了《北京平原及华北地区上新统、更新统的划分》一文。刊登于1979年《地质科学》第4期。北京地震地质会战以后，北京地区的第四系底部层位的确定，基本上统一了划分标准。采用了以海相有孔虫化石的层位作为第四系的底部层位，在时间上定位于243万年，与古地磁测定和国际上的划分标准接轨。

1979年，王安德、刘清泗（北京师范大学）、谢振钊、李鼎容等人，在北京地震地质会战二专题组的顺1井钻孔中，发现了双翅目的食虫虻科、鞘翅目的步行虫科、粉蠹虫科、金龟子科等昆虫化石，为我国下更新统中的首次发现，并发现一些直径小于1毫米的玻璃质物质，经热发光测定其年代为下至中更新统的显微熔融石，是陨石或彗星冲击地球的产物，大致平均每6万~8万年发生一次。该研究内容的论文《北京下更新统昆虫化石显微熔融石的发现及其古地理意义》刊登在1980年《地震地质》第4期。

北京矿务局开展了对牛堡屯地区的人工地震勘探，查明了燕郊、采育断裂展布及活动特征，首次发现了北京平原地区晚第三纪以来活动的逆冲断层。

根据测井资料，夏1孔600米深处的地下水温已达到42℃。因此，夏垫地区是一个地热异常区，为有关部门提供了地热开发的依据。

第二专题组全体成员完成了良乡地区的电法勘探，探明了良乡地区断裂的展布，为选定钻井的孔位提供了依据。

地震的发生是受多种因素制约的，断裂的活动也要从各个方面来加以佐证，北京地震地质会战是多学科、多兵种的联合作战。地震地大队在其他5个专题研究中也取得了丰富的成果。

孟宪樑、张英礼、黄兴根等人接到北京平原全新世构造活动的调查研究任务后，他们战酷暑斗严寒，开展了大量的野外地质工作，通过对第四纪全新世(1万年)地层展布特点、地面形变，以及考古等方法，探索北京地区断裂带的活动。孟宪樑等人发现了从田村关帝庙至倒影庙之间坡降梯度大，由定慧寺往西坡降为每千米1米，往东坡降每千米为0.4米，反映了高丽营断裂的活动，提交了专题报告。张英礼、黄兴根、赵希涛（中科院地质所）、孙秀萍（北师大地理系）等人研究了北京平原3万年以来的古地理环境及其演变，提交了研究报告。

地壳形变以及断层位移测量，是反映现今构造运动和断裂活动的直接表现。在北京地区已进行了数十年的地形变测量，有较多的地形变测量资料。地震地质大队自建队以来对北京地区一些活动断裂进行了断层位移测量，对断层活动方式、活动的频度和强度，积累了一定的数据。叶成之、王宋贤、殷翠兰、沈洁贞协同地质部562队侯宗仁、张慧兰、李俊芹等人，通过对上述资料的分析研究，完成了"北京地区主要构造现今活动特征"和"北京地区断层活动阶段性特征"的专题报告。

我国对破坏性地震的记载，已有两千多年的历史，记录较全，这是一笔宝贵的财富。现代地震的微观监测和宏观考察，也积累了丰富的资料，对研究地震的发震规律有着十分重要的意义。北京地震地质会战第六专题组负责北京地区地震活动特征的研究，卞兆银、王进英、李建斌、王宝杰等人，根据华北地区震源机制成果，结合地震宏观资料和区域地质成果，分析了本区的发震构造及其力学特征。

地震地质大队构造应力场模拟实验室是根据李四光先生的地质力学理论建立起来的，主要有光弹和泥巴等实验手段，安欧任研究室主任。接到北京地震地质会战任务后，他们投入了所有力量，采用了多种手段和实验模式，找出北京及华北地区应力易于集中的地点或地段。他们克服了各种困难，完成了北京及华北地区现今应力场的模拟分析。安欧、李群芳、沈洁贞等人提交了"华北地区现代受力方式与地球自转角速度变化趋势"的专题研究报告。安欧提交了"华北地区大震的构造应力场背景"的研究报告。李淑恭、陈葛天、郭世凤、高德禄等人提交了"华北地区大震后局部应力场调整的光弹模拟实验"的专题研究报告。

众所周知，一次破坏性地震的破坏程度与地震的震级大小和地震震中的距离远近密切相关。但是，在许多情况下，同一地区地震的破坏程度并不完全相同，因为它的破坏程度还与当地的地质条件密切相关。例如：地下土层的厚薄，土层的含砂量含水量，地下砂层及地下水位的埋藏深度，活动断裂带的通过部位等，都可以产生烈度异常。地下土层薄，含砂含水量少，地下水位低的地方，往往产生低烈度异常区，地面建筑不易遭受破坏。反之，土层厚，含砂含水量多，地下水位高，特别是地下砂层埋藏浅的地方，地震时往往产生砂土液化，成为高烈度异常区，地面建筑容易遭受破坏。在某些活动断带的附近，地震时有可能产生共振，而产生高烈度异常，地面建筑容易遭受破坏。因此，北京平原进行地震影响小区划，对北京地区的工程建设及防震抗震具有十分重要的意义。北京平原区地震影响小区划专题，他们最早运用概率法进行北京地区地震动小区划。由姚炳华、董津城（北京勘察设计院）和杨承先完成了专题总结报告。杨承先提交了"北京地区地震烈度区划"的报告。林辉德提交了"城市烈度小区划原则、方法的探讨"和"唐山地震对减轻城市地震灾害的主要教训"的专题研究报告。唐山地震时，在唐山的玉田地区和北京的大兴地区产生了低烈度异常。张国庆、朱秀岗等人对以上两个异常区进行了野外考察，提交了"玉田地区低烈度异常区原因的初步地质分析"和"造成北京大兴轻震害区的有关地质条件初探"的报告。

地震地质大队广大职工充满了对地震工作的热爱和对灾区人民的深厚感情，许多同志自发地为北京地震地质会战主动承担一些研究项目。唐山地震前有许多观测手段出现了微观异常，他们曾向有关部门做出过短临的地震预报。为了总结经验，为北京地震地质会战出力，黄诗斌根据唐山地震前的土应力测量异常资料分析，提交了"从土层应变探讨唐山7.8级地震前北京地区构造活动"的分析报告。黄相宁根据唐山地震前后的多个地应力台站的观测资料分析，提交了"唐山地震前北京地区地应力短期临震异常与发震断裂预滑"和"北京地区地应力趋势异常"专题报告。在唐山地震前后，地震地质大队绝对应力测量小组，对唐山和北京的多个地点进行了绝对应力测量。李方全、孙世忠、李立球等人根据这些测量资料总结了唐山地震前后绝对应力变化，提交了"京津地区地应力测量结果及区域构造应力场分析"的报告。此外，刘光勋、肖振敏、林辉德等人也提交了相应研究成果。

北京地震地质会战后，北京市授予了国家地震局地震地质大队科技成果二等奖。这些成果的取得，表明单位领导对地震工作的重视，也凝聚了我单位广大科技人员的辛勤劳动和对地震事业的奉献。

北京地震地质会战开展得轰轰烈烈，扎扎实实，成果累累。我们虽然取得了很多成果，但是，对地震事业来说，只是万里长征的一大步。目前，我们对地壳运动的认识还不太统一，还存在着许多不同的观点和分歧。我想，在今天这个高科技时代，只要我们有一个正确的思路和不断深入地研究，人们对地壳运动的认识一定会达到一个新的高度。

地震是可以预测的

地震的发生是一种自然现象，影响因素较多，有地质方面的因素，有地球物理方面的因素，也有气象因素，还可能与天体方面的因素有关。地震发生在地球上，事实上它与地质构造活动的关系更为密切。

实现地震预测、预报，是人民的需要，也是国家建设的需要。第一个五年计划期间，中央就明确规定，重要工程建设都要提供当地的地震烈度数据，作为抗震设防的依据，实际上它就是地震的中、长期预测。在过去是依据地震的重复性，按照历史地震的地震烈度来预测今后的地震烈度，作为重大工程建设的设计烈度。经研究表明，只有 6 级左右或 6 级以下的地震，短期内才有原地重复的可能。而 7 级以上的大地震，短期内很难在原地重复。总之，震级越大，重复周期越长。所以完全根据历史地震的烈度，来确定今后工程建设地区的设防烈度的预测方法，有很大的不确定性。

李四光先生认为，地震主要发生在活动构造带内，与断裂构造的活动密切相关。那些压性、压扭性活动断裂带易积累大量的地震能量，是强震发生的地带和地段。特别是那些活动断裂带的交会、复合部位，是地应力易于集中的部位，是强震发生的有利部位。这个观点，已被许多地震现象所证实，现在已被大多数学者所接受。我们不但要研究地震的成带性、重复性和迁移性，还要研究新的地震的发震规律，鉴别出今后地震的发震地点和地段，来进行中、长期的地震预测。

北京地震地质会战，就是要找出北京及其附近地区与地震相关的活动构造带，找出那些可能易发生破坏性地震的地段和地点，为北京市城市规划和建设提供地震参数，为中、短期的地震预测、预报的发震地点提供依据。我们所编制的《北京地区活动构造体系图》，就是要查明北京地区的活动构造带，查明活动构造带与地震活动的关系，为预测未来地震发生的地点和地段提供科学依据，从而达到防震抗震的目的。

北京附近地区主要有两条活动断裂带，与强震的发生密切相关。一条活动断裂带位于北京东部的平谷、三河至廊坊一线，往南经河间、深县、邢台到磁县，它也是一条强震发生的地震带。1057 年固安地区发生 $6^3/_4$ 级地震，1532 年夏垫附近发生 $5^1/_2$ 地震，1536 年漷县附近发生 6 级地震，1679 年在大厂夏垫（三河、平谷）发生 8 级大地震，这些强震都发生在这一活动断裂带内。另一条活动断裂带位于北京西部的怀来地区，1337 年怀来发生 $6^1/_2$ 级地震，1720 年沙城发生 $6^3/_4$ 级地震，1484 年居庸关 $6^3/_4$ 级地震可能也发生在这一活动断裂带内。

自有历史地震记录以来，在北京市区仅发生两次较强破坏性地震，一次是 1665 年通县的 $6^1/_2$ 级地震，另一次是 1730 年海淀区东北旺附近的 $6^1/_2$ 级地震。1484 年河北居庸关地震的记录地点可能是不可靠的，因为此地没有发生大震构造背景。北京地区遭受地震的破坏，主要来自邻区地震的影响。在北京市区的南口、孙河、通县、漷县这组北西向活动断裂带和北北东走向的燕郊、礼贤活动断裂带及高丽营断裂带是值得注意的发震断裂带。

关于地震预报，目前还没有过关，对地震发生的机制和规律正在探索中，并成了当今世界科学难题之一。在地震预报没有过关的情况下，对较易发生地震的地震区、地震带内的群众，应加强防震、抗震的宣传和引导工作，提高人们的防震、抗震意识，以减轻地震灾区人民的损失。我们作为一个地震工作者，只有不断地努力，脚踏实地，总结经验教训，攻克难关，为地震事业献身，才能达到目的。作为一个地震部门的单位，更不能放弃对地震的预测和预报的探索。地震是一种自然现象，也是一门科学，总是有规律可寻的，只要坚持和不懈地努力，较准确地地震预测、预报一定会实现，对此我是持乐观态度的。

王　瑛　简历

　　王　瑛，男，汉族，湖南祁阳人，1938 年 7 月生，高级工程师，中共党员。1964 年毕业于长春地质学院。1966 年 7 月由湖南省地质局调入地壳应力研究所（原地震地质大队）工作。长期担任课题组组长，完成多项科研任务。为数十项国家重点工程的建设提供了地震基本烈度的鉴定、复核意见书。发表了华北地区的第四纪逆冲断层及构造运动和构造应力场的演变等论文。先后被评为国家地震局、国家科委先进工作者，中国地震局离退休先进个人。1996 年退休。

齐心协力　艰苦创业
——地壳应力研究所电算站创业纪实

续春荣

　　1976年是我国历史上极不平凡的一年，这一年，周恩来、朱德、毛泽东三位党和国家主要领导人相继逝世。这一年，国家遭遇了唐山大地震惨痛的灾难，我国工业发展的重要城市唐山顷刻间夷为平地，24万多人丧失了生命，16万余人遭遇了重伤。也是在这一年，党中央粉碎了"四人帮"，全国人民意气风发，积极投入到了国民经济建设中。特别是1978年3月，党中央召开的全国科学大会，向全社会发出了"树雄心，立大志，向科学技术现代化进军"的伟大号召。大会提出的"科学技术是生产力"、"四个现代化，关键是科学技术现代化"、"知识分子是工人阶级的一部分"，极大地鼓舞了蓄势待发的科技工作者。

　　作为地震战线的科技工作者们更是踌躇满志，科学春天激励着我们，唐山大地震的惨痛教训深深地刺痛着我们，"一万年太久，只争朝夕"，我们需要在攀登地震科学难题的历程中锲而不舍，不畏艰辛，勇于探索，防震减灾是我们对国家、对人民的责任。地震地质大队为了改变当时科学研究的现状，决定避开河北三河灵山驻地周围开山放炮的严重干扰，将科研机构陆续转移到北京的几个工作区域。

　　为了开展地震科学研究新技术、新方法、新手段的应用，为了适应地震预报和地震科学的进一步发展，在国家地震局的大力支持下，大队引进了上海无线电十三厂自行设计制造的TQ-16中型通用数字集成电路计算机。电子计算机的引进极大地调动了科研人员的积极性。当时单位学计算机专业的人员很少，大队从各个研究室抽调无线电、物探、数学等专业人员组建了电算站。大队主管领导陆友勋亲自组织电算站人员到上海无线电十三厂进行考察和培训。大家从各个研究室聚拢到一起，肩负着队领导的希望和科研人员的寄托，学习热情很高。在科技事业蓬勃发展的岁月里，在地震事业的拓展进程中大家齐心协力、艰苦创业、努力工作、默默奉献。

艰苦创业　自建机房

地震地质大队的科研实验部门陆续转移到北京西三旗，当时西三旗的工作和生活条件非常差，仅有的几排办公平房已经拥挤不堪，而且院子里还驻扎着原驻地的居民。队行政机构几个部门挤在一个办公室里，用沥青油毡搭建的活动板房就是职工的家。在如此困难的条件下，好不容易争取到的 TQ-16 计算机却需要百余平方米的房间才能满足设备运行的条件，而且还要具备空调等恒温恒湿环境。为此，队领导班子发动大家找房子，一把手王剑一亲自出马，从朱辛庄的电影学院找到西三旗农村的生产大队，从北沙滩的农机学院找到林业学院，他动用自己一切可以利用的关系，最终在 1977 年上半年与北京林学院后卫队签署了借房协议。根据北京林学院的条件，地震地质大队决定 TQ-16 计算机机房暂时设在北京林学院专业楼一层的东侧，部分研究室也搬到了林学院专业楼二层以上。记得当时单位领导说，咱们无论如何也不能让计算机这个庞然大物受委屈，它可是当时大队最值钱的一套设备！

当时的北京林业学院，大部分教师和管理人员还没有从外地迁返北京，十年"文化大革命"动乱使得昔日的知识殿堂变得满目疮痍，我们借来的专业楼几乎没有一间完好的教室，残缺的门窗钉着歪歪斜斜的木条，干枯的上下水池积满了厚厚干瘪的垃圾和虫子，斑驳的墙壁还散发着霉味和臭气。

当年由于经费有限，维修专业楼并改建计算机机房如果找专业单位承包是不可能的。就拿改建计算机机房来说，一是当时专搞机房工程的京海公司和建筑设计院签约的工程已应接不暇。二是我们能拿出的经费使人家也无能力承接。为了使计算机尽快运行，电算站的一帮"愣头青"提出："干脆我们自己改建机房吧！"这一想法得到了队领导和相关部门的支持，并派来了办公室母小亨主任督阵，负责整个林学院专业楼的翻修改造工作。

改建计算机机房的工程开始了，大伙立即行动起来。我们首先到科学院计算中心、气象局计算站等多家计算机机房参观，学习改建机房的关键技术和了解必须注意的环节。母小亨主任找来了泥瓦工和木工师傅，从三河驻地调来了电工师傅李秀田，协助我们完成计算机机房的改造工作。同时，我们积极配合具有设计能力的老工程师彭鼎煌，确定了主机房的位置，并充分利用剩余空间，将空调机、中频发电机和计算机辅助设备都设计了独立空间。在设计中最费事的是空调管道的设计，年过半百的彭鼎煌同志每天不辞辛苦地转乘公共汽车穿梭于西三旗与双清路之间，早

　　来晚归，集思广益，采纳大家的建议，反复测量，反复设计。我们一帮没有学过装潢设计、没有改建过计算机机房的人，楞是协助彭鼎煌同志绘制出计算机机房改建的蓝图，并且此蓝图还得到了北京市建筑设计院计算机机房设计部门的认可。

　　在改建机房的工作中，电算站仅有的十二三人全部出动了，有的负责备料，有的负责借工具设备，八仙过海各显其能。昔日的读书人一下子转行搞建筑装潢了，大家分头去买水泥、买沙子、买白灰、买壁纸。为了省钱，买材料时大家总是货比数家，而且尽量去厂家直接购买，厂家因量少不卖，我们就和人家磨嘴皮子说好话。那时，这些功夫倒还能行的通，为了改建机房大家可没少动脑、没少费力。

　　那个年代国家的物资还比较匮乏。计算机机房打隔断需要轻体加气混凝土砖，与厂家订货需要排队，且三个月后才能拿到砖。大家正在为此事一筹莫展时，张称夫主动让在加气混凝土厂工作的妻子出面与厂里联系，给人家讲了许多地震工作的重要性和紧迫性，获得厂领导的特批，刚出炉的热气腾腾的砖当天就让我们装车拉走了。记得那天我们别提有多高兴了。大家坐在装满热乎乎砖的卡车上，迎着微风，驶过颠覆泥泞的小路，有说有笑，还哼着《打靶归来》的小调，就像是一次别具一格的郊游。那个年代在人们的心目中，国家的事、单位的事再小也是大事，家里的事、个人的事再大也是小事。为了机房能在较短的时间完成改建，为了计算机能够尽快运行，大家都在默默无闻地努力着。

　　党支部书记席世宽同志从几十千米外的部队借到了改建机房要用的大钻头，为了省钱他舍不得雇车，楞是背着十几公斤重的钻头倒好几趟公共汽车来到单位。大家看到钻头借到了很高兴，可也很心疼这位在部队腰部受过伤、做过手术的书记。去油漆商店里买油漆的杨秀钧和晏晓玲两位女同志，虽然身单力薄也同样是拎着沉甸甸的油漆桶，换乘好几趟公共汽车把油漆及时送到施工场地。

　　在改建计算机机房的工程中最脏的活是清理场地、打扫卫生。别看大家平时都文绉绉、干干净净的，可干起脏活儿、累活儿却一点儿也不含糊。清理废墟、清除垃圾、刮墙皮，不用分工，最难干的活儿每天都被先来的同志干起来了。男同志们主动承担了和泥的任务，我和女同事们承担了刮墙皮的活儿，从没干过这些活儿的刘其向、杨秀钧、晏晓玲、胡荣等女同志个个不甘示弱。刚开始刮墙皮时，我们觉得非常容易，拿着刮刀上了高高的梯子，可真是站在梯子上时却两腿无力了，更别说合理使用手腕的力，但大家没有退缩，没有气馁，相互鼓励、相互交流，几天干下来，人人都成了刮墙皮的行家里手。每天刮墙皮时，尽管我们都头裹围巾，嘴戴口罩，可是浑身上下还是沾满了灰尘。有人还风趣地说，我们可以建议演白毛女的来这里化装，效果一定非常逼真。

章名川同志的腰背曾受过伤，在改建机房中大家让他干些轻活儿，可他却风趣地说："你们别小瞧我，我可是下过煤矿的。"他和孟明、张称夫、许寿椿等同志一样拿着筐，装满垃圾一趟一趟地往外运。

接电源、引入上下水工程有专门的工人师傅干还算顺利。可和泥的活儿对于我们没干过的人来讲还真不太容易。泥瓦工师傅告诉我们，和沙子、白灰或和水泥都有个配比，不仅配比要对，泥要和匀，而且还要用脚踩出泥性来，才能在墙上粘的牢靠。当时天气虽然已回暖，但流出的自来水还有些刺骨的凉意，为了把泥和好，男同事们索性卷起裤腿脱掉鞋袜，尝试着用脚和泥的滋味。小时候在农村干过活儿的陈景松踩着泥调侃地说："这才找到了小时候淘气的感觉。"上身还穿着棉背心的涂允松也把脚插进了泥里踩起来，他曾患过气管炎病，同事怕他犯病拽他出来，他风趣地说："这里能去火、治病。"就这样大家边和泥边调侃，有时还引吭高歌几句。负责全面工作的母小亨主任也常常抽空来工地当和泥、送泥的小工。和泥的、运送泥的、抹墙的井井有序，忙碌愉快的劳动景象，使大家忘记了脚下的冰冷，忘记了力气活儿的劳累。

墙壁抹好晾干后，该贴壁纸了。那时贴壁纸的方式还很原始，这个活儿看似简单，其实很讲究，为了不浪费壁纸，我和女同事们还先拿废包装纸练习了好几天呢！贴壁纸前，首先要在大桌子上把壁纸裁好，然后均匀地涂上壁纸胶，拿着与墙等高的涂了胶水的壁纸快速贴在涂了胶的墙壁上，横平竖直对好壁纸间的接缝，再用橡胶辊子从上到下把壁纸与墙壁间的气泡挤出去，把壁纸压平整。时间久了，我和杨秀钧、刘其向、晏晓玲、胡荣等女同胞们手上、胳膊上都出现了胶水过敏的疹子，为了赶工期，大家抹了些药膏又接着贴，谁也不叫苦，谁也没因此而退缩。当时有人为此还自编了这样一首打油诗："我是一个裱糊匠，闻着胶水对着墙，一个星期干下来，墙壁变了样；我是一个裱糊匠，每天快乐又繁忙，为了有个好机房，大家一起忙。"大家用了一个星期时间就把机房所有墙壁的壁纸贴完了，使室内的面貌焕然一新。

具有钣金加工经验的孙文瀚师傅负责空调管道的加工及安装。虽然有图纸，可以按图下料，但他却精打细算，一块铁皮左画右画，把用料和管道尺寸比画了又比画，计算了又计算，使块块铁皮的边脚料所剩无几。做好的管道不仅节节要吻合，还要和建筑物贴切，他精益求精地反复测量、加工。在屋顶和墙上打钻是最费力气的活儿，陈景松、许寿椿、涂允松等主动和电工李秀田轮番打孔，这样既保障了所打孔的准确，又保证了工程的进度。为了计算机设备运行控制好温度，孙文瀚还多次去兄弟单位请教，最终将送风与回风口开在了机房的最佳位置。

众人拾柴火焰高，我们的第一个计算机机房终于顺利改建完成。机房内设有主机房、候机室、穿孔间、中频发电间、空调间、办公室。主机房有活动地板，整体保持恒温恒湿，计算机的电源系统用的是400Hz的电源，由市电提供给一台400Hz的中频发电机，再由中频发电供给计算机。这台中频发电机转速高，虽然在楼梯间把它封闭起来了，但噪声还是很大，可在当时我们计算机机房的工作条件还是比较先进的。林业学院、半导体所等单位还来我们这里学习取经呢！为了保证机房的改建质量，我们还请北京市建筑设计院专搞计算机机房改建的师傅进行了验收。他们看到我们自己改建的计算机机房赞不绝口。

恪尽职守　钻研业务

TQ-16电子计算机，属于第三代计算机，它采用了TTL高速集成电路，字长48位，浮点运算速度每秒12万次，内存采用了磁芯存储器，外存储器采用磁鼓、磁带，输入输出设备主要采用穿孔机、电传机、光电机，还配有宽行打印机等外围设备。20世纪70年代末单位有电子计算机是比较稀罕的，我们把这个宝贝计算机看得格外珍贵。根据计算机运行的特点，硬件设备的故障概率较高，因此，我们加强了计算机硬件的投入和管理，我们将硬件各个部分分工维护和修理。计算站的同事们恪尽职守、齐心协力，开动脑筋、钻研业务，分管各个设备的同志都总结摸索出了提高设备稳定运行的许多经验。

为了使计算机尽早投入运行，在计算机还没拆包装前，大家就已经把在上海无线电十三厂的培训教材翻来覆去看了许多遍。设备拆包后很顺利地逐一按照要求固定就位，立即投入了各个设备的安装和自测，分类测试符合要求后，顺利进入了联调测试阶段。

计算机联调测试及运行需要各个部分合作才能完成，它要求各个设备及运行环节不能有一点问题，只要某一个环节有问题它就给你"罢工"，不往下运行。当时的计算机硬件各设备集成度比较低，故障率又比较高，因此必须对各个设备及系统的维护和管理非常严格。我们一边工作一边学习，扎实掌握计算机的工作原理。除集中上课学习外，还结合各自碰到的技术问题，有针对性地展开研讨式学习。碰到故障时大家又查阅计算机书籍又看产品说明书，人人都争取在最短的时间内解决问题。在电算站，毕业于北大无线电电子学系的章名川同志当之无愧地成为大家学习计算机专业随叫随到的老师。他义不容辞地对各个设备的原理、电路图、工作性能通盘进行了认真地了解与掌握。在自觉学习、努力工作的氛围中，大家的业务水平提高很快。后来，章名川同志准备出国深造了，从北京大学调来的高喜奎同志接替了章名川的角色，并担任了硬件组的负责人。

TQ-16计算机是以运算器、控制器为中心的单通道机，控制台上布满了各种开关、扳键、指示灯以及一台用于人机对话的电传打字机，控制器部分是计算机整体联调的窗口和判读中心。我和新调来的赵小平同志分管运算器和控制器及电传打字机，TQ-16计算机没有显示器，控制台的显示设备由电传打字机来担任。电传打字机是人机交互的重要渠道，它最大的问题就是费打印纸，打错一个字符就浪费一行。当时，经费有限，因此，打印纸的使用非常节省，机房值班人员一般不轻易让非专业人员或生手使用电传打字机，只是在运算过程中，在程序的监控点输入计算机指令才用。计算机的运行状态主要由我们分管运算器和控制器的同志记录控制台的指示氖灯来做出判断。运算器和控制器部分是计算机的指挥中心，我们不仅需要学习掌握计算机知识及计算机总线接入各个设备的工作原理，而且要不断总结摸索TQ-16计算机运行的规律，寻找出现故障的薄弱环节，为了能够熟练快捷地判读控制台显示的信息，我们在全面掌握TQ-16计算机运行流程，了解TQ-16接入的各个设备的工作原理的基础上，还需要不断提高计算机故障的判读能力。当时，我们将TQ-16的计算机指令背得滚瓜烂熟，一旦计算机中断指令发出，我们就可以立刻指出指令揭示的信息，并指出故障的要点，从而为计算机的良好运行提供可靠保障。

负责内存的涂允松同志所学专业是物探，改行搞磁芯存储器的维护。他把自己的专业和计算机知识有机地结合，在实际工作中融会贯通，不断积累经验，只要控制器显示出错地址，他立刻就可判断出是哪颗磁芯出了毛病。计算机的内存使用了近10万颗磁芯，调试时每一颗磁芯都要进行测试，运行中一旦出现内存的地址错误就要更换磁芯，每颗磁芯只有芝麻那么大，要按一定规则在磁芯中穿三根线，不能漏穿，不能穿错，工作的细致程度和工作量可想而知。

负责外存储器磁鼓的张称夫同志也是学物探的，他将严谨的工作作风带到对磁鼓的调试和维护中，磁鼓重150公斤，存储容量只有32KB，采用近200个固定磁头，是一种高速运转的圆筒鼓形，表面涂有磁性材料，磁传感器和磁鼓记录材料之间通常留有几十微米的间隙，根据每一点的磁化方向来确定该点的信息。鼓筒旋转速度很高，因此磁鼓在使用、维护中要做到不能有灰尘，不能触摸磁鼓表面。调试和维修是一个非常精细的工作，为了使磁头与鼓面达到最佳距离，他非常耐心地用检测工具对每个磁头都要做细致的检查，直到达到最佳调试值为止。尤其是到了冬天昼夜温差较大，为了避免热胀冷缩影响间隙，张称夫还给磁鼓专门做了棉套子，给它保温，以保证磁鼓的正常运行。

TQ-16 计算机的磁带机是一个大柜子，它是以磁带为记录介质的数字磁性记录装置。孟明同志负责磁带机的维护和保养，由于当时设备使用的电子器件都是一个一个的二极管、三极管和电阻、电容，需要将磁带机主动轮和带盘驱动机构、磁带导向和缓冲机构、磁头、读写和驱动控制电路等每个环节都吃透。为了熟练掌握磁带机的工作原理与流程，他将示波器测的正常波形记录下来，一旦有卡带或错误报警，他就能很快地能判断出是电路问题还是磁头清洁问题。磁带机的有效应用，大大方便了计算机用户程序的修改，计算结果的备份，数据的重复使用。

TQ-16 计算机的宽行打印机是一个输出设备，当时宽行打印机每秒 10 行（132个字符 / 行），打印机只能处理西文字符（ASCII 代码）。噪声达 90dB 以上，打印头和色带盒均装在打印托架上，托架马达牵引钢丝盘拖动托架在导轨上做水平移动。其移动的方向、速度和位置决定打印字迹的正确性和清晰度。陈景松分管打印机的维护和管理，为了提高打印的清晰度，他不仅注重打印头的清洗和色带盒的合理更换，而且还摸索出了打印头与色带的最佳距离。特别是在打印机自测试时，为了发现问题，需要将运行罩拿下来，原有 90dB 的噪声又提高了许多，每次调试完成后，耳朵都会受到高噪声的冲击，为此，科学院计算机中心还为从事计算机工作的人员发放了噪声补贴。由于当时单位的家底还很薄，我们没有提及任何困难，都在各自的岗位上默默奉献着。

穿孔纸带是早期计算机的输入设备，穿孔纸带是利用打孔技术在纸带上打上一系列有规律的孔点，以适应光电机的读取和操作，是早期向计算机输入信息的载体。负责穿孔的杨秀钧同志平时看她大大咧咧，都担心她完成的穿孔纸带问题很多。为了克服粗心的毛病，她不仅熟练掌握操作穿孔机的技巧，还去外单位向老穿孔员取经，并反复在穿孔机上实践，使穿孔的误差大大降低，获得了许多编程人员的好评。

光电纸带输入机是一个输入穿孔纸带的设备，它根据纸带的透光来识别输入计算机的信息，它只要有问题进入计算机的第一道门槛就堵死了。为了把光电机调试、维护好，刘其向把设备的整本说明书看了又看，只要故障代码一显示，她马上就能判定是哪个部位或哪个光电管的问题。为了减少光电机的故障率，她不断总结经验，不仅注重光电管的清洁，而且还摸索出了让光电纸带输入机散热好、勤保养的许多办法。

TQ-16 计算机的运行状态与计算机机房的温度和湿度的关系也是非常紧密的，要求机房温度保持在 20 ± 2℃，相对湿度在 45% ~ 65% 的范围内。空调设备当时也很落后，它是由集中空气处理设备对空气进行制冷处理，处理后通过送风管道和回风管道将冷空气在机房循环达到制冷效果。空调系统及计算机电源系统由新来的王树林同志负责，虽然这部分相对计算机硬件设备来说要稳定些，但一旦不正常，计算机的故障率就会升高，为了保证计算机运行环境的正常，他坚持每天对中央空调的运行状态进行记录，并随时监测温度湿度值，做到了及时加氟利昂和及时除尘清洁，以高度的责任心认真完成了本职工作。

大家通过认真学习计算机技术，刻苦钻研业务知识，不断摸索设备运行规律，TQ-16 计算机设备运行水平在同类计算机中处于优秀行列。1978 年度我们电算站还被评为全国 TQ-16 计算机用户协会的优秀单位。TQ-16 计算机的正常运行保证了各类上机用户的需求，同时也促进了计算机技术的推广及在地震科学研究方面的应用。

开动脑筋　服务用户

在没有电子计算机之前，地震科学研究和预报数据的处理手段是比较落伍的，地震地质大队的研究人员面对大量的数据处理全靠手摇计算机来完成。手摇计算机一般只能做四则运算，平方数、立方数、开平方、开立方，如果需要输入三角函数和对数，都需要查表。如果计算中有括号，就需要正摇几圈，反摇几圈，还要用纸笔记录。科研人员使用手摇计算机不仅要一丝不苟，还要有极大的耐心和耐力，为了尽快得出计算结果只好日夜轮班奋战。TQ-16 计算机的应用助推了队上科技人员科学研究和数据处理的能力和水平。为了使地震地质大队的科研人员对计算机使用更加普及，软件组的同志除了做好日常计算机软件管理外，大家开动脑筋面向计算机用户，积极开展了推广计算技术及其应用的工作。管理部门也非常重视计算机软件的应用和开发，还从有关科研机构为软件组调入了王继存、范雪玲等计算机及其应用方面的人才，为电算站软件组工作的提升创造了更好的条件。

范雪玲同志是从中国科技大学力学专业毕业的，在钻探队从事力学计算，为了计算机语言更广泛地应用，她主动开办了 ALGOL60 算法语言培训班。ALGOL60 算法语言是计算机发展史上首批产生的高级程式语言，由于 ALGOL60 的语句和普通英语语言的表达式接近，适合推广，更适于数值计算，为了提高大家学习 ALGOL60 算法语言的积极性，她除了结合钻探队的计算课题进行讲解外，她还和从北京大学计算机专业毕业的朱正同志合作，应用 ALGOL60 算法语言编写了《蓝色的多瑙河》演奏程序。当学员们听到 TQ-16 计算机奏出了《蓝色的多瑙河》后，激发了大家学习计算机语言的兴趣。尝试用计算机解决地震科研和预报工作的人多了起来。后来《蓝色的多瑙河》曲目成了队上 TQ-16 计算机进行科普展示的一个环节。

许寿椿同志结合队上科研人员地震科学研究的需求，开办了 BCY 编译程序语言培训班。BCY 语言与 ALGOL60 算法语言相类似，它避免了 ALGOL60 语言中的漏洞，增加了为描述计算过程用的其他语言成分，可以描述磁鼓、磁带、输入、输出设备的使用，以及描述在编译前对源程序所做的修改。为了把 BCY 语言的使用推广做得更有成效，他把数值分析解决地震预报及地震研究的分析统计与计算机语言结合起来讲解，拓宽了科技人员在地震科学研究中的思路，使许多科技人员从手摇计算机中解放出来，开始使用计算机语言解决地震研究中的问题，使地震分析和地震研究的采样数在原有条件的限定下有所增加。许寿椿带头主持的"大面积沉陷可能是震源区相变动证据——琼州大地震成因探讨"和"带宽极小化程序计算简介"，还获得了地震地质大队科技成果奖，为地震科学研究创造了良好的基础。

王继存同志负责应用有限元分析方法开展了地震研究。有限元分析方法是利用数学近似的方法对真实的物理系统进行模拟，利用简单而又相互作用的元素，也就是用有限数量的单元，去逼近无限未知量的真实系统。有限元分析方法是针对结构力学分析迅速发展起来的一种现代计算方法。它首先在力学领域、飞机结构静、动态特性分析中应用，随后广泛地应用于求解热传导、电磁场、流体力学等问题。引入有限元分析软件，学习应用有限元分析软件，成为电算站在这方面工作的开端。为了开展有限元计算工作，他把以前工作中处理过的拱坝应力分析的有限元程序移植到了 TQ-16 计算机上，开展了有限单元法在研究构造应力场上的应用。通过这方面工作的开展，并对有限元计算需求的人员进行咨询与辅导。他主持开展的"用有限单元法开展构造应力场数学模拟，进行地震科学研究"项目，获地震地质大队科技成果奖。这项工作的开展为后来单位引进北京大学改编的 SAP85 有限元分析软件为地震科学研究应用有限元分析方法及人才的培养，奠定了良好的基础。

朱正同志是从北京大学毕业后分配到电算站软件组的。报到后因单位暂时没有宿舍，他只好在机房的仓库搭了一张床铺。他不仅任劳任怨，而且能虚心向老同志学习，很快计算机的相关业务就熟悉了，日积月累，他总结出了不少计算进程中问题的解决办法。因此，来机房算题的人也愿意找他解决问题，于是他就成了 24 小时待在计算机房的义务值班员。他热心于计算服务，积极帮助算题人员分析程序，解读监控中断状态，检查验证计算结果，受到计算机用户的广泛好评。

电算站的同事们除了完成为本单位科研人员服务外，还积极面向科学院有关研究所和附近大专院校的师生提供计算服务。为了提高来机房算题人员的水平，软件组的同志们对许多来上机的人员采取了一对一的辅导，使许多来这里算题的人员感到，TQ-16 计算机系统具有简单、易学、编译速度快、使用方便的优点。由于我们的优质服务，哥德巴赫猜想第一人陈景润的研究生也成为到我们机房算题的主要人员。应北京林学院开辟计算机课程的需求，我和范雪玲还积极协助北京林学院开展了计算机教学工作，我们结合实际工作生动的讲解，博得了校方和学生的好评。

后　记

随着社会进步及科学技术的迅速发展，20 世纪 90 年代初，运行了 10 余年的 TQ-16 计算机系统光荣地退出了历史舞台。所里引进了美国 DEC 公司的 VAX-11/750 电子计算机。21 世纪初，随着网络技术的发展，地震网络科学环境建设及网络新技术在所里展开。

忆往昔，我始终不会忘记电算站的同事们在非常艰苦的环境下，齐心协力创业，任劳任怨工作，孜孜不倦钻研，为地震科学事业的不断发展，努力奉献的点点滴滴。电算站的科技人员团结拼搏，悉心钻研，艰苦创业，为研究所计算机的发展及其应用奠定了良好的基础。在计算机数值模拟、数值分析、数据处理等方面助推了地震科学研究和地震预报工作的发展。在为社会服务中也受到了广泛赞誉，产生了积极的社会影响。那个年代艰苦创业的工作作风始终鞭策我们在后来的科研和技术服务中前行。

看今朝，地壳应力研究所已发展成为具有一定规模的科研单位，今非昔比，所内的计算机及网络系统建成了面向政府与公众便捷的数据共享和地震信息服务体系，并在防震减灾工作中发挥了很好的作用。相信未来的地震科学研究经过一代又一代人锲而不舍的努力，一定会取得更加辉煌的成果。

续春荣　简历

续春荣，女，汉族，山西灵石人，1949 年 12 月生，高级工程师。时任电子计算机站负责人，退休前任地壳应力研究所网络中心主任，第二研究室党支部书记。曾主持和参加多项科研课题，发表论文 20 余篇，获科技成果奖 8 项。爱好读书、旅游、摄影。2005 年 2 月退休。

走进阿尔金山

——阿尔金山活动断裂野外调查散记

刘光勋

楔 子

毛泽东的《念奴娇·昆仑》一词中，有如下句："而今我谓昆仑：不要这高，不要这多雪。安得倚天抽宝剑，把汝裁为三截？一截遗欧，一截赠美，一截还东国。太平世界，环球同此凉热。"这充分体现出诗人的浪漫主义的雄奇想象力。这里的"三截"是指垂线上裁为三截，如此达到"环球同此凉热"的"太平世界"。实际的昆仑山确实在水平走向上被裁为两截：东昆仑和西昆仑。打开地图就可看到：东昆仑北界，也即与柴达木盆地的交界，向西延伸被北东走向的阿尔金山所截；而西昆仑北界，即与塔里木盆地交界，其东端起始在于田以南。东昆仑北界西端与西昆仑北界东端二者相隔近 700 千米。截断昆仑山系的这把宝剑正是阿尔金断裂带，它也是构成阿尔金山的主体构造。

阿尔金活动断裂是该主体构造近期活动的一条断裂带，也是亚洲大陆内部一条令人瞩目的大型断裂带。它自青藏高原西北部斜切昆仑山系，向东北分隔塔里木和柴达木两盆地，并斜截祁连山脉，成为青藏高原的一条自然边界。断裂带南起新疆的郭扎错，经新疆、青海交界一带，进入甘肃，至玉门关以北的宽滩山，总长 1600

向南远眺阿尔金山主峰（海拔 5798 米）

千米。

1983 年国家地震局在武汉召开中国活动断裂科研工作会议，决定开展对阿尔金活动断裂的调查研究。为了使整条断裂的工作深入统一，成立了国家地震局阿尔金活动断裂课题组，由几个单位分工合作完成。新疆维吾尔自治区地震局负责索尔库里以南的西南段调查研究，国家地震局地壳应力研究所与青海省地震局共同承担乌尊硝至当金山口之间的中段考察任务，甘肃省地震局负责安南坝以北的东北段调查工作。

阿尔金山是我国的四大无人区之一，另外三个地区是罗布泊、可可西里、羌塘。我们的工作地区相当于阿尔金中部，即新疆、青海、甘肃三省区交界地带。这里平均海拔 3000 ~ 4000 米，靠西南茫崖以北的阿卡腾能山，海拔 4642 米，最高点在靠当金山口以西的阿尔金山峰，海拔 5798 米。该地区气候干燥，植被贫乏，常年无水流，形成一派枯山沟壑、戈壁荒漠似月球表面的荒凉但豪迈的景观，成为青海高原被人遗忘的一片净土。尤其从西南端的乌尊硝，经索尔库里狭长的谷地，至安南坝以南，这 350 多千米地段无村庄、无人烟、无通行的道路，正如唐朝诗人杜甫诗句所描绘的"今君度沙碛，累月断人烟"。只有东部甘肃境内的阿克塞哈萨克族自治县所辖地带有少数哈萨克族、蒙古族的牧民居住点。在这 300 多千米无人地带却是野生动物最后生存栖息的乐土，后来这一带连同山以北的地区划为国家野生骆驼自然保护区。

这两年的野外调查工作确实艰苦，但非常非常有趣，特别是这一地区的地质现象没有任何植被覆盖，直接暴露于地表山地，给我们的调查工作带来极大的方便，能清楚地观察到各种在其他地区所看不到的精彩地质现象，这是地质工作者最大的工作乐趣，也是特有的享受。在我的野外工作簿上，记录的当然主要是我观察到的有关阿尔金活动断裂的业务内容，但也记录了我们工作或生活中的轶事趣闻以及沿途见到的各种地理景观和风土人情。翻看着 20 多年前的记录，往事历历在目，恍如眼前。现择其有点儿意思的所见所闻作为这次阿尔金活动断裂野外调查散记，我想还是有一些历史意义的。

翻越日月山

1986 年 5 月 28 日，我们从西宁出发，奔赴阿尔金山野外调查场地。有关这一工作项目的资料、物资和车辆的准备工作，在这之前都已完成。第一站先到格尔木市，因那里有一支曾在阿尔金山工作过的地质队，我们到那里了解一下野外工作场地的自然地理条件，收集一些地质资料。由于调查场地位于偏僻的无人区，所以各方面的资料较匮乏。20世纪50年代前，基本是地质工作空白区，50年代后期才有石油和地质部门进行了少量局部的路线调查工作。直到20世纪70年代才开始在个别地段开展1：20万比例尺地质测量及矿产普查工作。

从西宁往西至湟源县城，公路分为两条：一条往西北走青海湖北，至柴达木盆地北。另一条即我们往南翻越日月山，经青海湖南，至柴达木盆地南的格尔木市。这后一条路线我曾于10年前去西藏时走过，这已是第二次了。湟源县城向南不久即至日月山东麓，这里已经进入藏民生活区。给我们的外观印象，这里的藏民比西藏地区的藏民在服饰穿戴上特别讲究，尤其藏族妇女穿的藏袍及系在腰间垂下的围裙（藏称邦单），色彩特别鲜艳。从头到脚全身佩戴的各种大小饰物数不胜数。印象最深的就是身后背上的两条飘带，上挂着两排黄色金属疙瘩，与古城门上的门钉相似，至今不知正式名称为何。历史上，唐朝与吐蕃国王即以日月山为界。日月山西北—东南延伸，平均海拔4000米，北部最高峰恰和日峰海拔4617米，我们公路经过的山垭口海拔3520米。日月山是重要的地理分界线，它是水系外流和内流的分界，是季风与非季风的分界，是黄土高原与青藏高原的分界，是农业区与牧业区的分界。我们过山垭口下车稍事停留，马上感到凉意袭人，给人以阴冷的感觉。见两侧山顶部由第三纪紫色砂岩组成，故当地称为"赤岭"。山顶有日月亭，未去攀登。路旁竖一石碑，上有日月山及当年文成公主进藏的简要介绍。当年文成公主进藏，行至日月山垭口，回首眺望东方，思念之情油然而生，在此将所持日月镜扔地摔碎，以断思乡之念。日月山由此而得名，流传至今。20多年后的今天，大概日月山会大变样，成为著名的旅游区。

翻过日月山过倒淌河镇不远，就见到青海湖，它像一颗蓝色宝石，镶嵌在大通山、日月山和青海南山之间，我们就在湖的南岸行进。当地称"青海湖有二宝，一是湟鱼，二是鸟"，鸟岛因赶路未去，不过在此午餐时品尝了青海湖特产湟鱼。湟鱼属高原冷水鱼，无鳞，背褐色，腹近白色，肉质细嫩。凡属青藏高原上生长的鱼类，为保温鱼身表面都有一层油脂，这油脂腥味浓，初食尚可，长期多食当不习惯。据说为保护鱼类资源，现在已禁止捕捞湟鱼。

过青海湖后，为赶路未再停车观察地质和景观，不过，地质工作者具有特殊的本事，不仅随时随地都有地质现象供观察，而且乘车也可观察公路两侧的宏观地质现象。古代有"跑马观碑"之说，骑马奔跑经过石碑，可将碑文一一记下，此说可能夸大，但我们乘汽车观地质却是经常之事。在这一路上，我的野外记录簿上，有如下记载：

沿倒淌河北岸见地形陡坎，高约 3～4 米，长有 2～3 千米，可能是断层陡坎。

大水桥北 1 千米处，有一较大的洪积扇，前缘发育断层陡坎，走向北西西，高约 5～7 米，长约 2 千米。

茶卡与沙流河之间（哈利哈德山西）见断层陡坎。

香日德以西过山垭口前，见火山喷出岩（玄武岩？），柱状节理发育。

夜宿一里平

1986 年 5 月 30 日从格尔木向北进发，格尔木至大柴旦近 200 千米，横穿柴达木盆地。离格尔木不远，就进入察尔汗盐湖区，无论公路还是铁路都建在饱和盐湖的盐碱地上，俗称"万丈盐桥"。坐在车内感觉与一般柏油公路无异，只有下车仔细观察，才会发现路面浮土之下为蓝黑色结晶盐类物。

中午在大柴旦休息用餐。大柴旦是属海西蒙古族藏族自治州的直辖镇，镇的范围不大，饭店、旅店、商店都集中在这一段公路的两侧，这也就成为镇上的主要干道。中午这里很热闹，因为这里是甘肃与西藏之间的必经之路，路过的汽车都在这里用餐，甚至过夜。各色行人进进出出，饭店内喝酒、聊天、划拳的，人声嘈杂，烟气弥漫，颇像描写美国西部电影中的乡镇，只不过这里没有挎枪的牛仔而已。

大柴旦北约 40 千米至鱼卡，此地为三岔路口，向北去甘肃，向西经南八仙、一里平至茫崖，我们由此向西。从大柴旦至鱼卡多为砂石路，路面坎坷不平。过鱼卡往西进入柴达木盆地北部，路面为黄褐色盐土路，路面平整，不仅优于砂石路，甚至与柏油路不相上下。其原因在于路面皆为含盐碱的砂黏土，用此铺路碾平，再喷洒一遍盐水，干燥结晶后，路面不仅平整而且富柔性，不像柏油路、水泥路那么生硬。再有就是道班多为年轻人，有男有女，护路工作认真负责。在路上见他们分工明确，前面铺土压实，后面水箱

柴达木盆地北部第三纪地层微倾斜被风蚀成
千姿百态残丘（雅丹地貌）

车喷水，干活儿有说有笑。与他们交谈，得知他们大多来自大柴旦，少数家住德令哈。多为小学或初中毕业，每月可轮换回家休假。20多年过去了，现在这条路至少已修成柏油路了，道班的年轻人现在也50岁左右了，光阴催人老啊！

柴达木盆地南部沉降，北部抬升。因此，当从鱼卡往西进入柴达木盆地北部地区，地表被风沙覆盖，似沙漠起伏，实际其下皆为第三纪半胶结湖相地层被侵蚀而成的丘陵低山。地层呈红黄色，多由含盐碱的砂层、黏土组成，发育平行的微细层理。岩层多为水平或缓倾斜，经侵蚀风蚀形成千姿百态的残丘，似人、似动物、似城堡、似宫殿、似千军万马，鬼斧神工，景物苍茫壮丽。这里不少地名就是以这特殊地形而命名的，如南八仙、野鸭子墩等。意想不到在这里能见到如此典型的雅丹地貌，这名称最早是据罗布泊的楼兰地区的特殊地貌形态而命名的。柴达木北部这一带地区的雅丹地貌似乎尚未被人关注，因为这里人烟稀少，交通不便，否则早成为热门旅游胜地了。

在整理这段文字时，想起不久前读过的一本名为《走向有水的罗布泊》一书。作者陈雅丹，版画家，清华大学美术教授，我国地球物理学开拓者之一，地磁学奠基人陈宗器的女儿。陈宗器于1929年至1935年，参加中国与瑞典合作的中国西北科学考察团，两次进入罗布泊考察，为了纪念这次有意义的考察，为他的女儿取了这样美丽动人的名字——"雅丹"。她根据父亲留下的日

一里平处的雅丹地貌

记、书信和文献资料以及她两次亲赴罗布泊实地考察，详细而生动地描述了她父亲两次进入罗布泊的考察经历、工作和生活。

当晚住宿一里平，距鱼卡150千米，这一里平既不是镇也不是村，而是夫妇二人在公路边开的一家食宿站，仅若干间平房。住下时已经晚上八时多，夕阳仍西悬天陲，远处见新月型残丘的雅丹地貌，在残阳斜照下，半红半暗，反差强烈，似层层波浪，一浪推一浪，极为壮观。阵阵微风掠过，一天路途的疲劳尽皆吹散。

生命之泉

在气候干燥的无人区生活和工作，首先必须考虑的是饮水问题，这不仅是工作能否顺利开展的问题，而且是关系人员生命安全问题。有些探险人员或勘测人员因缺水而困死在戈壁荒漠地区已屡见报道。我们在做准备工作时已考虑到这一问题，必须找有水的地点作为驻地。经仔细研究工作区的有关资料，发现工作区西端有茫崖石棉矿区，东端有蒙古族、哈萨克族牧民生活地点，无疑这两处有水可作为驻地。在这两端之间近300多千米的无人地带，地形图上有2~3处泉水标注，尽管之间距离较远，也只能将这有泉水处作为我们的工作驻地。首站我们选在距离目的地索尔库里15千米的红沟子，这个地点不仅地形图上有标注，而且青海省地图都有泉水标注。

1986年5月31日，从一里平西行约200千米，中午到花土沟镇，这里是茫崖地区的行政委员会所在地，也是青海油田勘探基地，成为这一地区行政、经济及商业中心，也是我们野外工作的生活物资供应地。午饭后又向北颠簸了55千米，到红沟子驻地，自然与其他大多数地点一样，只有地名而无任何人类活动的痕迹，唯一的是确有泉水。我们几顶帐篷就搭在泉水附近。

泉水处为一不大的水洼，周围长有类似芦苇绿色枝叶，水量还够我们用的。可一尝才知是苦水，味咸且苦涩难以下咽，当晚用此水煮方便面条，其味道可想而知。第二天一早稍事调查，才知此泉位于盐湖盆地边缘。本来还打算在此驻地坚持工作一两天，但可怕的是第二天大家普遍拉肚子，问题严重，必须立刻离开此地。可是下一处驻地的泉水就一定能饮用吗？如果仍不能饮用，又怎么办呢？这时我们才想到路过花土沟镇时，曾有人告诫我们，进山工作必须有专门水箱拉水，完全靠泉水是靠不住的。当地石油部门和地质队都备有水罐车，我们哪有这种设备呢！只好自己想办法制作一个水箱，这项任务就交由青海局叶建青完成。其他人先去茫崖石棉矿招待所驻地，开展工作区西端的调查。

叶建青根据花土沟具有的条件，先用钢板条焊接一个一米见方的框架，再用白铁皮焊成一个相应大小的方箱，装在框架内，并与框架焊接好。几天后，叶建青与陈师傅开卡车去花土沟取水箱，当灌满水拉回新的驻地时，我们都傻眼了，水箱早已破裂的不成样子了，仅一角还存一些水，其他水早已漏光。我们忽略了这白铁皮根本承受不了这一吨多水体在55千米路上上下颠簸的冲击力。

利用这水箱剩下的水和新驻地水量不大的泉水，在索尔库里一带工作两三天，赶紧搬到以东100多千米的拉配泉。尽管拉配泉驻地距离过远，工作很不方便，但那里的泉水丰富且水质好，是个理想的驻地，我们不具备水罐车，只能依靠这上天赐予我们的两处生命之泉，来完成索尔库里谷地的调查工作。

索尔库里谷地

这相距 100 多千米的两处有泉水的驻地，正位于索尔库里谷地两端。索尔库里是新疆地图上标注的一个乡镇级的地点，而且是两条县乡级公路的汇聚点。东至拉配泉向北出山，向东进入甘肃省，经阿克塞哈萨克族自治县去敦煌。西经红柳沟至南疆若羌县。南不到 10 千米即进入青海，可至花土沟镇。但到标注索尔库里的实地，找不到任何有人活动的遗迹，甚至连具体位置都难以确定，只勉强辨认出公路的交会点。这里的公路都荒废了，经索尔库里东近 300 千米长公路完全在谷地戈壁中延伸，要穿越无数的分支冲沟，每经一条冲沟都不断受洪水破坏，公路无法维修，也无人维修。只有像我们这样的野外考察车辆偶尔经过此公路，此外长年再无车辆行驶。从青海到甘肃的车辆都走以东的当金山口，从青海到新疆的经茫崖到若羌县，这都是国道和省道。只有从索尔库里向南至花土沟镇的这段公路时有车辆往来，因这里是青海石油局的石油生产和勘探基地。这段公路完全在山区，要翻越高低不一的山梁，我们也经此进谷地，车上下颠簸，前面已讲过，我们制作的水箱就是在这段公路上颠散了架。

索尔库里谷地从以西不远的戈壁岭，一直向东北偏东方向延伸，长约 130 千米，谷地最宽可达 5 千米，一般 1～3 千米。谷地内除有个别规模不大的山丘，多为戈壁荒漠。地表布满清一色被染成棕色戈壁漆的碎石，下面是厚层疏松的极细风成土。从地表看，似乎是平整的碎石地面，可人一踏上或车辆驶入，马上陷下 20～30 厘米，人走极为吃力，普通汽车原地打转，我们只能用前后四轮驱动的越野车进行调查工作。这 130 千米谷地及以东 60 千米，以西 100 千米，总计东西近 300 千米无人烟。谷地以北是千米的金雁山及再北的无边无际的库木塔格沙漠无人区。距有人烟最近之地唯有以南的花土沟镇，但谷地距此也有百千米。所以在野外工作期间，时时刻刻要关注的除饮用水外，就是汽油，必须保证我们的卡车至花土沟加油站的用油量，对此不能有丝毫马虎，否则我们就有被困在野外的危险，当时我们没有任何对外通信的手段。

这里气候环境独特，属于少有的高海拔戈壁区，温差极大的高寒干燥地带。在我们调查之后的 20 世纪 90 年代，这一地区甚至被美国宇航局的有关科学家所重视，认为地球上没有哪个地方的自然环境比索尔库里谷地更能够模拟火星上的恶劣环

索尔库里谷地中，野驴与我们的越野汽车赛跑

境。尽管环境如此恶劣，依然有野生动物在此生活，在我们野外工作时，就多次碰到野驴，甚至与我们的汽车赛跑。一天我们在驻地休整，一头幼驴竟跑到我们帐篷近旁，好奇地注视着闯进它们领地的不速之客。

我们调查的对象阿尔金活动断裂，就顺索尔库里谷地延伸。由于这条断裂活动时代晚，所以它活动时断错了地层、地形、地貌等地质现象，都清晰地保存在地表，我们会看到沿断裂一线，一系列水系、冲沟、山梁被错移，这时我们会切实感受到地球内部运动的威力。同时发现多处像唐山、汶川大震所形成的那样线性地表破裂带，说明近代历史时期发生过多次大震，由于这里长期处于无人类活动的荒漠戈壁，所以没有地震的任何文字历史记录。索尔库里谷地的野外调查只在两个驻地进行的，先在索尔库里以西的泉水驻地，调查谷地西段；后搬到谷地东端拉配泉驻地，调查谷地东段，不过在拉配泉驻地的时间较长。

大漠孤烟直

拉配泉除泉水外，还有两间破平房，不知何人何时留下的，我们就住进这平房，不用再搭帐篷了，由于以西有100多千米的调查任务，所以在这里驻扎时间较长。

拉配泉的地理位置非常重要，它是柴达木盆地与阿尔金以北的库木塔格沙漠唯一的通道。拉配泉以南有一宽谷，直通柴达木盆地，此地称"柴达木大门口"，多形象的地名啊！由此往北顺一冲沟不远即进入库木塔格沙漠，罗布泊

拉配泉来了三峰骆驼在我们驻地过夜，第二天又西去了

就在沙漠中心。当年张骞出使西域，守罗布泊的四个山口，其中南部两个山口就是拉配泉和当金山口，可见拉配泉古时就是重要的隘口，但随着历史进程越来越荒漠了。拉配泉以北山前一带现在划为国家野生骆驼自然保护区。在拉配泉驻地期间，曾有三峰骆驼光顾我们驻地，原来以为是野生骆驼，但这三峰骆驼很温顺，不可能是野生骆驼，如果是野骆驼，一两千米外就会闻到我们的味道，早就跑了。它们是为泉水而来，而后又吃了我们给它们的剩饭菜，吃饱喝足，当晚就在我们平房外边过夜，第二天一早又往西而去。我们估计它们是以东 60 千米外安南坝的牧民养的骆驼。当我们往东调查时，遇到蒙古族牧民骑马来寻找骆驼，根据我们指点，他奔拉配泉追骆驼去了。

安南坝是拉配泉以东的另一谷地，阿尔金活动断裂沿索尔库里谷地，往东过山垭口，进入这一长约 60 千米谷地。安南坝属甘肃省阿克塞哈萨克族自治县的一个镇，据哈萨克语意，"安南坝"为"有母亲的地方"，为哈萨克族、蒙古族牧民生活区，并有石棉等矿产多处。

主要断裂从安南坝谷地向东延伸到当金山口以北，中间隔有海拔 5798 米的阿尔金山主峰，要到那里调查断裂必须绕道先北出山口，沿库木塔格沙漠边缘的戈壁荒漠东行，再向南至当金山口北。

我们在安南坝工作几天后，就要搬到当金山口以北的阿克塞哈萨克族自治县城，直线距离 100 千米，绕道而行 150 千米，中间 100 千米在库木塔格沙漠南缘的阿尔金山北麓行走，横穿一系列冲

在热风吹起的戈壁风沙中行进

沟。汽车在路上似波浪中行驶的舟船，上下颠簸，左右摇晃。远望湛蓝的天空，万里无云，无际的棕褐色荒漠戈壁，确有鸟飞绝人踪灭的荒凉。火球似的太阳高挂天空，炽热的光线射在裸露的戈壁上，反射的热风就像锅炉边上的热浪迎面打来。汽车内录音机反复播放一首抒情歌曲，在这炙热而又寂静的空间里，内心更增添了凄凉之感。后来我只要听到这首歌曲，条件反射地马上眼前重现当年那戈壁荒漠的炙热与凄凉。

下午 2 点以后，是阳光照射最热最毒时，只见戈壁荒漠之上有旋风卷起灰沙，形如铅直细筒状，越旋越快，越旋越高，直插上空，最后呈喇叭口似地在空中散开。随气温上升，这种旋风越来越多，大小不一，远近不同，起起伏伏，甚是壮丽好看，给这死寂的戈壁滩添加一点儿生气。这正是唐代诗人王维诗词所描绘的"大漠孤烟直"的景象，一些文人往往将诗句解释为古代施放信号的狼烟，实际是由于地面对阳光反射程度不同，而引起空气的局部对流。看来只有亲临大漠之士才能写出如此形象的诗句。

这 150 千米的路程几乎走了一天，下午 5 点才到阿克塞哈萨克族自治县县城。县城在当金山口以北不远的博罗转井镇，仅有一条东西长 1 千米多的街道，行人极少，颇显冷清，一眼望去，整条街道上不会超过 10 人。全县人口约 9000 人，有哈萨克族、蒙古族、藏族、回族、汉族等 11 个民族，其中哈萨克族 4000 人。据县里工作人员介绍，不久县城将向北迁移至红柳湾镇（注：1995 年已完成搬迁）。哈萨克族大多生活在新疆北部，怎么在甘肃境内孤零零地生活着这一小部分哈萨克族？对此甚为好奇。据了解，这部分哈萨克族确实原居新疆，1936 年后，受反动军阀盛世才迫害才流落到甘肃，在此落户，1955 年建立阿克塞哈萨克族自治县。我们在此工作至 6 月下旬，结束了当年的野外调查工作。

高处不胜寒

1987 年野外工作的重点在于调查古地震，具体工作内容包括两方面：一方面是在主干断裂特殊部分开挖探槽，根据古地震标志确定古地震发生的期次和时间；另一方面是调查过去地震发生时在地表遗存的地震破裂带。

阿尔金山地区地震记录的历史很短，除东部外，大部分地区直到 20 世纪 20 年代才有记录，主要是国外地震台网的记录。自有记录以来，至今最大的地震仅发生有 1924 年民丰县两次 $7\frac{1}{4}$ 级地震。我们工作区内，仅在茫崖及所辖的油沙山、小梁山先后于 1977 年、1987 年、1990 年发生过 6 级多地震。1920 年以前无任何地震历史记录。阿尔金山属无人区，两

俯视戈壁岭线状地震破裂带

侧相邻地区人烟也极为稀少，因此既无人类活动遗迹，也缺少文字历史记录。在此情况下，只能通过地质方法和途径来研究阿尔金活动断裂上发生的古地震。

到达戈壁岭安营扎寨，与郭师傅和汽车告别

我们工作地区的阿尔金活动断裂中段，就发现多条地震破裂带。最大的一条沿着索尔库里谷地发育，长130千米，当然，这不是一次大震所形成的，每次大震一般都大于7级。在这破裂带西端的戈壁岭山中就可看到晚期地震破裂带切错早期地震破裂带。晚期地震破裂带发育相当完整，虽经过风化剥蚀但不严重，说明形成破裂带的大震发生时间不会太早。当然，发生在1920年以前，如果发生在以后，地震台网会监测到的。

戈壁岭地震破裂带与当今发生的大震所形成的破裂带一模一样，由不同方向、不同性质的地裂缝、鼓包、断错水系、断塞塘、陡坎有规律地组合成线状破裂带。这样典型的地震破裂带必须实地测绘成平面图，作为资料研究保存，而且要开挖槽，采集样品，确定时代及期次。我们驻地拉配泉距戈壁岭近130千米，而且路面崎岖不平，行路困难。到戈壁岭山下还要经狭窄坡陡的冲沟，由海拔3200米爬到3800米。住在拉配泉每天往返工作显然不可能，要完成任务，必须住在当地两三天。于是我们五人组成一小组，带简易小帐篷、汽油炉、高压锅和饮水、简易方便面等物品，由郭师傅开"巡洋舰"直到3800米处，我们再爬几十米，找了一小块平地安营扎寨。郭师傅开车回拉配泉驻地，第三天来接我们。实际这一安排有一定的冒险性，如果我们遭遇到自然灾害袭击或人员出现伤病，完全处于孤立无援的困境，只能等第三天郭师傅来接我们，因当时我们没有任何对外通信手段。我们只有祈望天气正常自己小心不出人身事故。

我们这里近海拔4000米，往北远眺，见阿尔金山以北的无边无际的库木塔格沙漠，与天际混为一体，一片蓝灰色，如遥远的瀚海，又如月球的表面，平沙莽莽绝人烟。尽管已7月初夏，但这里如秋末冬初，山高处的阴坡仍见有残雪。夕阳缓慢又迅速地躲至山后，只有微弱的晚霞闪在山尖之上。不久霞光散去，夜幕降临，一股寒气慢慢袭来。

晚饭后站在帐篷外，仰望蓝墨色天幕，群星闪烁，一轮皓月浑圆皎洁，宛如一面银镜，高悬顶空，撒下的月光似给山地铺上一层薄雾纱。四周万籁俱寂，安静的让人感到惶惑。除我们几位调查人员，方圆至少100千米范围内没有任何其他人烟。除非有个别地质测绘人员，预计今后几十年甚至更久都不会有人迹至此。甚至这时我仿佛远离家乡站在月球上，好像夜空高悬的月亮才是我们的家乡——地球。

半夜稀稀落落下起小雨，外面被雾气笼罩，我们心情不免紧张起来，如果第二天下大雨，不仅工作开展不了，还有发生地质灾害的可能。清晨云雾在冲沟中像湖水涌上涌下，恰似黄山北海景象，最后退出山谷。出帐篷后感到湿气颇重，倍觉阴冷，分工测绘地震破裂带时，都冻手冻脸。我们小心翼翼地坚持完成了预定任务，按计划顺利地于第三天由郭师傅开车接我们回到拉配泉。

煞　尾

1987年野外调查工作结束后，阿尔金活动断裂课题组转入室内研究工作。为了保证课题研究任务最终能很好地完成，野外现场工作完成的如何是至关重要的，因此国家地震局震害防御司于1988年8月组成专家组，对阿尔金活动断裂课题组的野外工作及调查成果进行野外现场考察验收和评议。组长由中国科学院院士丁国瑜担任，专家组成员有张裕明、汪一鹏、侯珍清、叶洪、高维明、朱世龙等。

8月5～8日在青石峡、芦草湾考察阿尔金断裂带东北段。8月9～12日考察阿尔金断裂带中段，先住阿克塞哈萨克族自治县县城去小鄂博图考察北缘断裂，再至索尔库里谷地，考察南缘断裂，最后仍由青海局郭师傅开"巡洋舰"将专家组送至戈壁岭海拔3800米处，考察了最新的地震破裂带。西南段的两个考察点位于新疆维吾尔自治区若羌县的清水泉和黄土泉，距离我们结束中段的集合点青海省茫崖镇以西300千米。一路无人烟，皆为广阔的荒漠戈壁，仅在92千米处公路旁有4～5间平房的食宿站，孤零零突兀戈壁中，很是显眼。专家组及随行工作人员必须先到这食宿站住宿，第二天再从此驻地西行去清水泉、黄土泉两个考察点，回来还要住食宿站。为保险起见，新疆局戈澍漠提早在茫崖午餐先去探路，其他人员午餐后随到。这一路的路况极差，汽车上下颠簸，坐后排座的同志只能将自己捆在座椅上，否则自身无法控制而碰头。在去食宿站的路上，还发生一段插曲。当我们车行至60余千米时，迎面开来一车，走近方知是戈澍漠探路的车，并边招手边说："往回走吧！食宿站拆了，没了！"我感到奇怪，去年我们去嘎斯煤矿路过时食宿站还在，怎么今年就没了呢？经仔细核查地形图，才知道还没到食宿站，离食宿站还有30多千米。戈澍漠还是半信半疑，随大队人马继续前行，直到食宿站。在没人烟的一马平川戈壁沙漠，没有任何地形标志，确定地理位置确实很难。

这座食宿站是由汉族夫妇二人开的，平时接住过往客人不多，仅有公路尽头一牧场和半途的嘎斯煤矿有车来往经过食宿站。这次一下来了二十来人，大概过去从没有过。吃饭问题还好解决，睡觉问题难办，旧木床不超过 10 张，所以晚上不少人只好睡在饭桌、旧课桌和拼起来的板凳上。

第二天，专家组及随行人员去清水泉和黄土泉考察，这是新疆局负责调查的断裂带西南段的两个考察点，也是这次野外验收最后的两个地点。考察验收完这两个点，回到食宿站又住一晚，按原路线返回茫崖，从茫崖往西夜宿新疆若羌县县城，再经库尔勒市至乌鲁木齐，在此召开验收评议会。

阿尔金活动断裂调查研究的成果，是在东北、中、西南三段负责单位的总结报告基础上，由新疆维吾尔自治区地震局、国家地震局地壳应力研究所、青海省地震局、甘肃省地震局、国家地震局地质研究所 5 个单位的有关人员共同撰写，最后由戈澍漠统稿完成。1991 年由国家地震局组织专家进行了鉴定，1992 年由地震出版社正式出版，书名为《阿尔金活动断裂带》。该成果 1995 年获国家科技进步三等奖。

像电视剧一样，最后要列出参加阿尔金活动断裂中段野外调查的人员名单，国家地震局地壳应力研究所有刘光勋、朱德瑜、舒赛兵、谢富仁、王焕贞、于振乾，青海省地震局有叶建青、张瑞斌、贾运宏、涂德龙、曾秋生、党光明、林彤、唐键，还有司机郭祥桥和陈、昝三位师傅。阿尔金活动断裂野外调查距今已二十七八年了，我当时刚五十一二岁，记得野外有一天唐键冲我说："刘老师！您都五十好几了，不在家里研究，跟我们年轻的一起野外受罪，何苦呢？"大家都笑了。现在以上野外参加人员至少也都五十好几了，其中一半也都退休了，正是俗语所说，光阴似箭，光阴似电，光阴永不回头。

刘光勋 简历

刘光勋，男，汉族，山东夏津人，1935 年 8 月生，中共党员，研究员。曾任地震地质大队副大队长。长期从事地震地质相关研究工作。获国家科技进步三等奖一项，省部级科技进步一等奖两项，二等奖三项，三等奖四项。享受政府特殊津贴。1997 年退休。

应力之路

丁建民

初进地震之门

1973年夏天，为了解决夫妻两地长期分居，我调入地震地质大队。离北京近些，周六回家方便，就算知足了吧。

初到三河队（地震地质大队初建在三河县，当时有人简称为三河队，后更名为地壳应力研究所），科研、生活都不适应。那时的地震地质大队，少有实验室，设备不多，更缺乏地震专业研究人员。由于缺少学科带头人，没有老专家把关，任务自然落空。办公室和宿舍也极为简陋，到了冬天，屋里得使用自制的"扫地风"炉子、煤气、烟味，熏得头晕；到了夏天，屋里得点蚊香，要不蚊子叮人。开会、听课，都得自带小板凳，或在地上铺张报纸就地坐下。就是在这种环境下，历经海城7.3级地震和唐山7.8级地震考验的地震地质大队的一帮汉子们，踏遍震区救人，走遍田间地头调查灾情，没有一个人叫过苦。

王文昌大哥就是这个时代的一条汉子。他是地震队伍中的一位科研人员，也是地震灾区的一位受害者，爱人不幸在地震中遇难，两个孩子也受了伤。然而他并没有被吓倒，他化悲痛为力量，安置好受伤的孩子后，重新走上地震前线，工作、站岗放哨、帮助别人。这位大哥的无私奉献精神得到普遍赞扬，至今还记忆犹新。

通过对海城地震和唐山地震的研究与分析，使广大地震工作者清醒地认识到，实现地震预报不是那么简单的事儿，不是想象的指日可待。地震是灾害，是自然现象，是世界难题，只有付出代价，不怕困难，不怕失败，像愚公移山那样坚持挖山不止的精神，总有一天会"感动上帝"的。到目前为止，可以说，谁也难以证明哪一种地震理论就是"真理"，哪一种观测手段就是"神仙"。但是，寻求攀登珠峰的"路子"是坚定不移的。有一首《勘探队之歌》：背起我们的行装……，去探险，去攀登，英特纳雄耐尔一定会实现。

李四光教授在邢台地震后，根据周恩来总理的指示，走群众路线，提出群测群防的地震方针。教会人们弄懂在地震中如何保护自己，如何识别地震前兆，地震知识教育普及全国。这是最大的抗震、防震力量源泉。李四光教授创建的地质力学理论和地应力测量方法，为探索地震预报指明了方向。

上小学时就崇拜李四光，所以进了地质学院。现在来到的三河队，这是李四光亲自指导、点名和创建的队伍，驻扎在北京的东大门，坚守着保卫京津唐地区的地震安全任务。在这里，学习地质力学理论和掌握地应力测量技术，应该说是必修课，是本分。自唐山地震以后，我有了明确的奋斗目标，坚持走李四光教授指引的方向，努力学习地应力，热爱地应力，掌握地应力和应用地应力。

翻译一本书

1982 年，由地震出版社出版了一本译文集《地应力测量与研究》。由我和高莉青、祁英男译，张崇寿校。全书 258 页，38 万余字。这本书是在一边学习英语和一边学习地应力的过程中翻译出版的，可以想象，该多难呐！

出书背景：1980 年，地震出版社根据国家出版局的要求，欢迎以单位或个人署名出书。那个时代，个人专著很少，一般都是所在单位落款。现在政策放宽了，调动了科研人员的积极性，以个人署名出书，又能拿到稿费，何乐而不为！据我所知，当时报名投稿的人比较多，有几个特点：一是组团，名人牵头；二是研究室出面，召集几个人合作；三是课题组形式，能人露面。最后，地震地质大队正式报送的稿件中，有《岩石力学文集》《第四纪地质与地震》《断层力学概论》《地应力测量与研究》，共计 4 本。幸运的是，地震出版社首先给我们发放了"录用通知书"。

边学边译：学习英语是"文化大革命"后开始的。从收音机里听广播英语，由字母开始。已经是 40 岁的人了，好不容易！为了学习，专门买了一个"砖头式"收录两用机，装在军制绿色背包里。每早七点从甘家口商场上班车，坐在车尾的角落，靠着座椅，闭上双眼，静静地听着陈琳教授的广播电视英语。一天又一天，一月又一月，连续两年，从第一册到第三册，坚持下来了。有了初步基础之后，学以致用，学用结合，借助于《英汉词典》能阅读专业文献。《英汉词典》就像老年人的一只拐棍，已经离不开身了。有一天，我把"初学"翻译稿，公公正正地抄写完毕，送给张崇寿教授修改指正。这位老同事、老朋友、老师是那么的理解我，在乎我。他打了个夜班，认真地修改了我的稿子。第二天，当他把修改稿送给我时，握着我的手，微笑着说："小老头，真棒！"他还在我的初学手稿中写道："处女作品，真美！"就是在张崇寿教授的指导和帮助下，有他老兄的保驾护航，我才有胆量、有信心地接受了地震出版社赋予的《地应力测量与研究》翻译任务。

翻译过程：出版社编辑部为什么会首先选择我们的题目？归纳起来有以下三点：

1. 与单位的科研方向和承担的任务密切相关；

2. 选择的文章新颖，分布范围广，专家名人多，有突出特色；

3. 应用范围广，除对地震专业外，诸如对石油勘探与开发、水电站建设、矿山挖掘、隧道贯通以及核废料处理等大型地下工程项目的设计、勘探与施工，都具有重要的科学意义和应用价值。

文集突出了新数据、新内容、新理论、新技术和新方法。把水压致裂、深钻孔应力解除和地震波速度各向异性等理论和方法作为重点，走遍北京各家图书馆，对世界各种著名的地学期刊、杂志和会议论文集，进行了一次普遍性的调查。

文集突出了名人作品。在文集中一定要有名人的文章。海姆森和佐巴克，从20世纪70年代以来，他们一直都是世界领军人物，可以说是明星。在文集里，可看出海姆森在美国兰吉利油田进行的"油井注水与诱发地震频率关系"的试验。这一研究成果，震动性很大，增强了人们对地震研究的信心，为深入展开地震预报研究，点燃了一把火。他还在抽水蓄能水电站建设、核废料处理工程中做出过卓越贡献。佐巴克在圣安德烈斯断裂带上，进行了一条垮断裂带的深部水压致裂应力测量剖面，获得了三向主应力随深度变化的数据，揭示出断裂带附近的应力场特征。这一成果，对于深入研究圣安德烈斯断裂带上的地震成因、地震机制和地震预测都具有重要的科学意义。他还担任着国际岩石圈计划科学深钻项目的主席。他继承并扩展了库伦准则和拜尔利定律，将孔隙压力介入破裂磨擦方程，对地壳应力理论研究具有重要的科学意义。

文集表现了广泛性、多元化和地区性。广泛性表现在资料的分布范围，除了美国的资料外，还有加拿大、澳大利亚、日本、苏联、德国、瑞典、奥地利、法国、印度和南非等十几个国家和地区的资料。多元化表现在技术和方法上，在美国，着重于水压致裂。在欧洲，着重于应力解除。而在苏联则着重于地震波速度各向异性。地区性特点表现在对测量资料的认识上，例如，在斯堪的纳维亚半岛和加拿大地盾所获得的应力梯度值很高，但是没有强震。在冰岛所获得的水平应力比垂直应力小，有现代火山而无强震，什么原因？……

文集要看出特色、新观点和新发现。文集第一篇是瑞典学者的文章，深钻孔三维应力解除法，测量深度可达 500 米，地下工程应用效果良好。我国长江科学院刘允芳教授引进了这种技术，并在广州抽水蓄能水电站的同一个钻孔中，与我所研制的轻便水压应力测量技术进行过对比试验，并取得了一致性的结果。再如，盖依（Gay）报道南非金矿井中的应力资料，其特点是深度达 2500 余米，是世界上最深矿井资料。也有新发现，在测得三向主应力随深度变化的方程式中，垂直主应力是最大主应力，这一测量结果与海姆森在冰岛测得的结果相类似。

光阴如流水，一转眼 33 年了，这本书都已经发放完了，幸运的是在网上还能看到电子版，那是年轻时代的追求啊！

到油田做水压致裂

1976 年，我在地震地质大队业务处当业务员，负责小报通讯和外事接待工作。在国家地震局的一次外事活动中，偶然的，也是幸运的认识了顾老（顾功叙教授）。顾老对我说："三河队有钻机，有工人，有条件做水压破裂。我从国外带回来一本书，是地应力，将来送给你们单位。"

回三河队后，我向党委书记王剑一做了汇报，王书记非常重视，并批示，指派相关专业人员，前去接受顾功叙教授的亲自教诲。回忆起来有苏恺之、李方全、欧阳祖熙、黄相宁和我，地点在三里河的地球所。顾老拿出一本英文版的黄皮书，书名《地球内部的应力》，是 1977 年出版的国际地球物理学年会论文专辑 (IUGG)。顾老介绍了这本书的内容，重点讲述了水压致裂。后来，这本书珍藏在我们单位的图书馆里。可以感慨地说一句话：顾老的教导，真是神医妙方，至此不久，地震地质大队的水压致裂就拉开了序幕……

回忆起顾老，脑海里立刻浮现出他的一次振奋人心的讲演。那是 1979 年的秋天，在大连棒锤岛中国地震学会成立的主席台上，顾老当选为第一届理事会理事长，在他的就职演讲词中，列出了地震预报的八大手段，当他宣读到"水压破裂"（顾老的习惯翻译）时，我情绪激昂，精神振奋，心底有一种说不出的喜悦、高兴，在这大千世界里，找到了正宗佛门。自那时起，水压致裂已牢牢地锁定在我心中。

1980 年，以李方全为课题组长的团队，在河北省易县玄武岩钻孔中，成功地进行了我国首次水压致裂应力测量的试验。我和梁国平同志，是另外一个课题组，用地面电位法测定钻孔岩石压裂的方位，以便与井下橡胶印模器和电视扫描的方位进行比较，试验也是成功的。

这次试验与大港油田合作。大港油田采油工艺研究所派出一支小分队，由李延美同志领队，驾驶一辆 500 型压裂车，车上装备着高压泵、流量计、压力传感器和自动记录仪。他们具有丰富的油井压裂经验，所以试验非常顺利。

在易县试验时，认识了大庆油田的李延美，弄清了油田水压致裂的应用范围。李延美同志对破裂方位，尤其是对破裂的延伸方位有兴趣。这样一来就有了合作的基础。不久，我和老梁就去天津大港油田。李延美等同志热情地接待我们，把工作范围，包括唐山、天津和沧州地区的所有油井压裂记录、曲线都展现出来了，供我们应用。所获取的资料，对研究华北地区构造应力场具有重要的科学意义，对油田勘探和油井合理布局也具有一定指导意义。

接着，我们去了胜利油田（东营），那里的压裂设备都是从美国进口的，主要由压裂车、砂罐车、混砂车、仪表车、管汇车及辅助设备组成，现场还配备足够的液罐及运输车辆。

油井压裂时场面很大。最难忘的一次是 1984 年夏天。油井工作现场像搭台子演戏，一切准备工作就绪后，采油工艺研究所依照"两次关泵"设计，进行压裂施工。刘泽凯总工程师一声令下，压裂车、混砂车、管汇车同时启动，马达声、汽笛声、流水声……真是气势浩大，震摇山河啊！我们携带着井口压力传感器和自动记录仪，在深达 4000 余米的油井压裂中，连续工作 6 小时，注入砂量近 100 吨，成功地获取了"两次关泵"的压力和流量记录。兴奋了一整天，不知饿，也不知累。晚上睡觉时，脖子痛，背痛，疼得不能入睡。开灯一看，手一摸，是皮，是泡，才意识到这是烈日爆晒的结果。

那时的合作方式比较简单，每到一个地方，将试验数据和解释结果一式两份，共同分享，就算执行了协议，完成了任务。这种合作方式很实惠，很受欢迎，所以一通百通，走遍全国。回忆起来，屈指可数：天津大港、胜利（东营）、渤海、华北（任丘）、中原（伏阳）、辽河、吉林扶余、大庆、苏北（扬州）、江汉（荆州）、庆阳、玉门、新疆克拉玛依、四川、东海（上海）、南海（广州），等等，我和梁国平、郭启良等同事，几乎走遍了全国各个油田。

1986 年，地震地质大队改称为地壳应力研究所，王树华同志是第一任所长。改制就像金蝉脱壳，与时俱进，发展迅速。科研经费增加了，工程项目也多了，科研人员的积极性提高了，科研成果和获奖项目也多起来了，这就是体制改革的力量。自那时起，科研人员的教育、素质和修养，也都得到了提高。1986 年，我们接受了与中原油田的合作项目，项目名称是"中原油田地应力测量及在勘探开发中的应用"。在执行这项任务时，头脑里就绷紧了一根弦，只能为研究所争光，不能给研究所丢脸。由此，历经两年的合作，顺利地完成了任务，并得到油田科技委对科研成果的认可和赞扬。1989年，获国家地震局科技进步三等奖，参加人员：丁建民、梁国平、郭启良、高建理和景朝辉（中原油田）。

回忆与中原油田的几年合作，值得一提的，有以下几点：

1. 裂缝变形力的发现

在油井压裂中，有一套程序，当裂缝张开并延伸时，通过泵压循环系统，把压裂液和充填剂（沙子或陶粒）混合在一起，送入裂缝里。送入的沙量愈多，表明裂缝张开的程度（规模）愈大，从而改善油井地层的导流能力，提高产量。我们通过"两次"关泵程序，获取两次裂缝闭合压力，即充沙前测定一次，充沙后再测定一次，它们差值称裂缝变形力。变形力实质上是沙子的支撑力。试验证明，变形力愈大，油井的产量愈高。

2. "应力拐点"的发现

在中原油田所获取的应力资料中，发现在2000米左右，出现十分明显的应力拐点，即三向主应力随深度变化都在此处发生了"突变"。2000米以上是一组方程，应力梯度值相对较小。而2000米以下是另一组方程，应力梯度值相对较大。这一结果，在后来的胜利油田、辽河油田以及四川油田等沉积盆地里，所获得的结果也基本相同。

3. 孔隙压力异常对应力值的影响

由于应力拐点的出现是个迷，需要去找原因？从地壳应力的定义中可以确认，是孔隙压力引起的。怎么证明？

我们在中原油田，根据斯仑贝谢测井公司的重复式地层孔隙压力仪的测量结果，恰恰在2000米深度上，出现了孔隙压力异常，并且与应力拐点重合在一起。2000米以上是符合静水压力方程，压力系数是1。而2000米之下则符合孔隙压力方程，压力系数则远远大于1。压力系数的变化，说明了孔隙压力异常对应力值的影响。在沉积盆地中，我们根据主应力和孔隙压力的测量结果，可计算出有效应力。

从1980—1988年，前前后后，断断续续，像马拉松长跑一样，在油田里滚打了8年。梁国平、郭启良、高建理、胡贞瑞、张彦山、毛吉震等，都到过油田，去过现场，喝不上水，迈不开腿……。马步山、梁世品、徐和平、冯云峰、曹永平、杜聚，等等，给我们开车，吃不上饭，住不上店……。野外环境很差，补助少，劳累，辛苦，可是跟我们在一起干活儿，从来没说过什么怪话，哥们儿仗义，痛快，够朋友！

在油田打游击那几年，交了不少朋友。第一个是陈家庚教授，他是我们国家第一个进入油田开展水压致裂的，是奠基人之一，发表过不少优秀论文，曾得到过顾功叙教授和高龙生教授的赞扬。想当年，曾与张景和、刘泽凯、李延美、景朝辉、李志明等，见过面，在一起吃过饭，讨论过地应力的事，他们都是石油部门的专家，为"石油应力"做出过贡献。叶洪教授、许忠淮教授和我都是一代人，在一块讨论过关于"地应力在油气田勘探与开发中的应用问题"，也可以说，出过一把力。欧阳祖熙是研究传感器方面的专家，对大庆油田套管断裂与地应力之间的关系进行过研究，布局过应变观测站，对油田安全生产起积极作用。在此期间，姜光（代表地震系统）、石宝恒（代表石油系统）是协调合作小组负责人，欧阳祖熙和我是项目组搭档，曾多次在油田学术交流会议上做经验介绍。安欧教授，一生从事科学实验和理论研究，在他的《构造应力场》和《石油动力学》著作中，把油田地应力的理论与实践，论述得透彻、精辟。从安欧教授的著作和电话交流中，学习了不少东西。

回头看看，在油田这块试验场地，出大力、流大汗，收获是什么？最大的收获，用一句话可以概括："把理论、方法送给油田，将数据、资料带回研究所"。这条路，是经验，应该继续走下去……

虽然近些年与油田没有联系，但是，这块试验场地是永远开放的。只要有新理论、新方法，同样能将新数据、新资料带回来。

提个设想：

（1）主动、积极申请（或参与）国家页岩气开发项目。页岩气开发的实质内容，是建造地下裂缝网络体系。需要采用水压致裂技术，建立应力场、形变场、渗透场以及它们之间的构建模型。引起注意是，水压致裂技术与地应力测量是核心。

（2）根据已有试验成果和国内外最新资料，并借助于"储层地质力学"的核心内容，编写适用于开发页岩气的《地应力测量指南》（或手册）。

（3）积极、主动与油气田合作，例如川西盆地（贴近龙门山地震断裂带），既能用于石油开发，又能用于研究龙门山断裂带的应力状态。要挤进油田，必须有新招。要立竿见影，看到效果。

总而言之，油田应力测量不能断，年轻人接着干，大胆干……

水压致裂"轻便化"的故事

初期的水压致裂，设备比较笨重，要把压裂车开进山区很吃力。因此，水压致裂轻便化是当务之急。

1987年春天，为了从理论上弄清水压致裂的破裂方位与地应力的关系，我和郭启良、梁国平到华北油田（任丘），借助于油田大型真三轴压力机，对"大型有机玻璃试件"进行压裂试验。试验之前，首先要弄清压力机系统的工作原理和操作程序。当我们认真检查高压泵与压裂试件之间的"连接管线"时，发现是一条抗高压的、透明的有机玻璃软管，可以在实验中透过有机玻璃观察到水的流动过程。有机玻璃软管的出现，使我眼前忽然一亮，有了灵感，似乎跟前的"高压泵"就是梦想中的那个"宝贝"。压力40MPa，流量4升/分，重量50公斤。压力、流量、体积、重量，样样都达标。如果我们把有机玻璃软管当作"转换器"或"变换工艺流程"，也就是说，把油泵的功能转化为水泵的作用，那么就可实现水压致裂的目的。于是提出了"油压水"的试验。

将两种流体（水和油），分别置于压裂试验的有机玻璃软管连接线内，一头是水，与压裂玻璃试件相接。另一头是油，与高压泵相接。由于两种流体的物理化学性质不同，主要是比重差异，在常温常压下，油浮在水的上面，因此，水和油之间，有一个明显的自然"界面"。然而，在高压下，譬如在40MPa压力下，这个界面是否存在或者扩散？如果界面仍然存在，试验将是有意义的，如果界面扩散了，不存在了，试验将失去意义。

有志者事竟成。试验真的成功了。"油压水"的试验成功，表明水压致裂轻便化有了希望。找到了合适的压力泵，就像抱到了一个金娃娃。金娃娃就是资本，是底牌，是灵魂。有了它，就有了钱；有了它，就有了胆量；有了它，就有了信心和勇气。

只争朝夕！1987年夏天，从设计、市场采购、工厂加工、仪器标定、系统整合，等等，在三个月之内，神速地组装了我国第一套轻便水压致裂应力测量系统，包括压力泵、封隔器、压力传感器、流量计、印模定向器、自动记录仪以及高压橡胶软管等设备。

1987年10月，在青海龙羊峡水电站，位于大坝附近和隧道内，采用这套设备，共进行4个钻孔的水压致裂应力测量，深度为100米，花岗岩。根据工程需求，每个钻孔设计5个以上测量点，即产生5组破裂面，可获得三向主应力的大小和方向，同时还可计算出三向主应力随深度变化的回归方程。龙羊峡水电站的水压致裂应力测试结果，对水电站稳定性评价具有重要意义。

轻便水压致裂应力测量系统在龙羊峡水电站的成功试验表明，该方法原理可靠、测量精度高、深度大、成本低，同时具有轻便、体积小、野外耐用等特点，能在高山、谷地和地下洞室等交通不便的地方工作。此外，配备适用于各种标准孔径（56毫米、76毫米、91毫米、110毫米、130毫米）的封隔器和井下测量仪器，可以利用各种勘探或废旧钻孔进行测量，设计测量深度为1000米。测量指标：三向主应力大小和方向，还有孔隙压力、岩石抗拉强度、弹性模量、泊松比以及任意压力条件下的压水试验参数（渗透率、扩散率等）。

参加龙羊峡水电站现场测量的人员有丁建民、梁国平、郭启良、郭杰、王海忠、刘启芬、高建理、胡贞瑞和张克良等。

轻便水压致裂应力测量新技术的诞生，尤其是在龙羊峡水电站的成功试验，迅速得到了学术界和工程部门的认可。这一新技术，后续列为"地震科学基金项目"，继续对推拉开关、封隔器系列化以及定向器的改进，加强研究。

推拉开关，也叫推拉阀、转换器，它的功能是控制两个压力系统。先打开封隔器，注液座封；再打开压裂段，注液施工。由第一步转向第二步时，通过地面钻机的升降操作，即可与井下的推拉开关同步运行，实现了两个压力系统的"转换"作用。它的用途是，能在钻孔中连续测量，提高速度。这项技术是以王海忠为主完成的。1990年4月在福建穆阳溪抽水蓄能水电站，1991年在河南洛阳小浪底水电站，都得到成功的应用。此外，封隔器的设计、改造、系列化等，也是以王海忠为主完成的。定向器的几次改造，都有进步，刘启芬、夏大荒、侯砚和发挥了主要作用。

从1987—1998年11年期间，年年有工程，越干越红火。课题组的人力、物力、财力都加强了，北大、清华毕业的大学生、研究生也都愿意进入我们的行列，还增加了地质、数学和力学方面的专业力量。继龙羊峡水电站工程之后，课题组调整为：丁建民、梁国平、郭启良、王海忠、李明、孙世宗、安其美、赵仕广、刘鹏、张彦山、高建理、卓越、侯砚和、孟宪美、夏大荒、韩文心等。这支队伍，爬过雪山，踏过戈壁，穿过秦岭，闯过关东。东、西、南、北、中，祖国的高山江河，哪里有水电站，哪里有交通隧道，哪里有地下工程，哪里就有水压致裂留下的痕迹。在资料室或期刊室随便翻一下，科技论文、工程报告、经验总结，水压致裂都是榜上有名。回忆起来，历经20多个工程项目，它们是：青海龙羊峡水电站、浙江天荒坪抽水蓄能水电站、广州丛化抽水蓄能水电站（一期、二期）、青海拉西瓦水电站、福建穆阳溪水电站、川藏公路二郎山隧道（一期、二期）、宁夏六盘山公路隧道、广西桂林天湖抽水蓄能水电站、北京十三陵抽水蓄能水电站、河南焦作煤矿竖井、河南洛阳小浪底水电站、湖南张家界水电站、河北径县抽水蓄能水电站、宁夏大柳树水电站、福建公路隧道、秦岭铁路隧道、秦岭公路隧道、甘肃公路隧道、辽宁丹东白石河抽水蓄能水电站，等等。

令人难忘的是二郎山公路隧道二期工程。那是 1994 年冬季，丁建民、梁国平、李明、张彦山、刘鹏、孙世宗、侯砚和、卓越等前往二郎山，执行水压致裂应力测量任务。隧道位于四川西部天全县与泸定县交界的二郎山主脉，设计隧道平均海拔高度 2150 米，隧道全长 4.5 千米。二郎山公路段是川藏公路的必经地段，由于山高路险，加之冰、雪、雾等恶劣自然条件的影响，所以交通经常受阻，事故频繁发生，长期以来人们的生命财产受到很大损失，因此，国家大量投资建设二郎山交通隧道是十分必要的、及时的，它对四川、西藏以及内地的经济建设起到更大的作用。

由于二郎山隧道是深埋藏、大型隧道，地壳应力状态在勘探设计阶段，自然成为非常重要的研究内容。设计三个深钻孔（480 米、750 米和 660 米），从地表钻探，采用水压致裂应力测量技术，经过两个多月的现场测量，已获得每一钻孔三向主应力随深度变化的回归方程，同时也测定了最大水平主应力方向。

要问二郎山隧道水压致裂应力测量有什么亮点？概括地说有三点：

1. 刷新深度纪录

在二郎山隧道应力测量设计中，最深钻孔为 750 米。这一深度，对我们来说将是刷新纪录。如果成功了，这就是一个亮点。

众所周知，随着测量深度的增加和钻杆接头数量的增多，使压裂循环中的流体损耗量也会增加。我们担心的是，由于流体损耗量过大，而导致高压泵工作范围超过极限。因此，我们准备了两台高压泵，必要时，通过总汇管，启动两台高压泵，等于流量增大一倍。

在实际工作中，由于严格执行操作程序，对压裂管线做到 100% 的漏水试验检查，因此在压裂循环系统中，结头密封得到保障，使流体损耗量减少到最小程度。在二郎山的深钻孔测量中，从未遇到任何障碍，顺利地获取了各项压裂应力参数。刷新了测量深度创造 750 米的纪录。

2. "应力边界"的发现及研究意义

在地形切割比较严重的地区，常常遇到地形对应力场的应影。通过二郎山隧道应力剖面，可以揭示这种自然规律。什么是山体应力，什么是构造应力，它们的边界在哪里？

根据二郎山公路隧道一期（1990）和二期（1994）工程，共计 7 个钻孔，恰好都分布在隧道的主轴线上。每个钻孔都是从山坡地面起始，垂直向下，穿过隧道主轴线 20 米左右。实测地应力剖面表明，大约在海拔高程为 2200 米的地方，是山体应力和构造应力的分界线。分界线以上，垂直主应力占主导地位，岩石破裂方位一致性较差。而分界线以下，则是水平主应力占主导地位，岩石破裂方位一致性较好。隧道主轴线的位置，处于应力边界线的下方，相距 50 米，已避开了因应力不均匀而带来的影响。

应力边界的发现、分析与研究，不但对隧道勘探设计、稳定性评价有重要意义，而且对发生在南北地震带上的地震成因、力学机制研究，也具有重要的科学意义。

3. 岩爆预防

二郎山地应力测量结果，提出警戒的是，防治岩爆。发现在隧道主轴线及其附近是高应力地区，最大水平主应力值可达 30 ~ 50MPa。岩爆是不可避免的，然而，隧道主轴线方位的选择，及隧道横截面几何形态的设计很重要，如果合理，可以使岩爆的破坏程度大大降低。

另外，需要注意的是，在隧道的主轴线上，对逆断层部位要加强监测，以避免因断层发生滑动而带来的地质灾害。

水压致裂设备的轻便化，促进了地壳应力新学科的发展。中国地质科学院地质力学研究所的王连捷教授、廖椿庭教授，以及长江科学院岩土所的刘允芳教授，在那个时代，都是引进我们的技术思路和关键设备发展起来的。后来，在煤炭、水电、冶金等部门也迅速发展起来。2013 年，我到国家图书馆查阅资料，发现有 15 个单位已掌握这门技术，并获取了科研和工程测量成果。

众所周知，水压致裂应力测量的理论基础，是建立在弹性力学之上的。由于深井孔隙压力不能忽视，才促使弹性力学快速地发展为孔隙介质弹性力学，随后，流—固耦合理论、最小主应力准则，也都陆续登台。可以看出，在油田和水电站已得到广泛应用，并取得良好效果。

水压致裂应力测量理论的发展，推进了技术发展。由于水压致裂技术可以直接测定主应力，同时也能测定孔隙压力，自然有效应力可以计算出来。也就是说，有效应力等于主应力与孔隙压力之差。因此，在水压致裂应力测量中，需要获得三个独立的基本力学参数，即主应力、孔隙压力和有效应力。在技术上，将一次性测量改造为连续性（或重复性）测量，从而扩大应用范围，尤其是对短临地震预报方面，将会发挥更重要的作用。建议实施"台站式"观测试验。突出的亮点是：

（1）能连续记录地壳应力信息，清楚地观测到地震在孕育中的应力积累过程和地震发生中的应力释放过程。

（2）把主应力分解成有效应力和孔隙压力两个独立的基本力学参数，具有非常重要的科学意义。由于它们的力学性质不同，其作用方式也不一样。对分析和判别地震成因、地震机制以及地震预报起着积极作用。

（3）抓住三个"基本力学参数"就可获得一系列"功能力学参数"，例如正应力、剪切应力以及断层（岩石）滑动磨擦系数，等等。

（4）是名副其实的"地应力台站"，物理概念清楚，理论可靠。

2013 年 5 月初，接受谢富仁所长的推荐，在所里举办的学术活动中，提出"水压致裂应力连续测量的理论与方法"。目前，正处在讨论和认识的过程中……

编制地壳应力图

从"翻译一本书"开始，就基本确立了奋斗目标，能干什么，该干什么，怎么去干？除了上述的水压致裂之外，就是盯住了应力编图。我觉得，应力图是理论，是实践，是规律，是指南。它的作用就像地质图一样，可以指导找矿、工程建设及地震抗灾，等等。编制地壳应力图需要累积大量的基础数据，需要有一个统一的、合作的方式来完成。可以肯定地说，地壳应力图将是地质学发展中的一个亮点。

早在 20 世纪 70 年代初，苏联学者葛佐夫斯基根据震源机制解和矿山地应力测量资料，首次编制出"全苏地壳应力图"。接着，80 年代初，美国学者马丽·佐巴克（M.L.Zoback）博士成功地编制了"美国大陆地壳应力图"，对研究北美板块运动及动力来源，有很大的促进作用，从而引起国际许多学者的广泛兴趣，并在世界范围内开展了"应力图"的研究工作。

国际岩石圈计划"世界应力图"项目，1986 年开始，1990 年结束。在此期间，国际上曾举行两次"世界应力图"专题讨论会：一次是 1987 年在加拿大温哥华（IUGG），另一次是 1989 年在华盛顿（国际地质大会）。1992 年《世界应力图》出版（整幅为 75 厘米 ×112 厘米彩色图），我和许忠淮教授是该项目组成员。

1989 年 6 月中旬，我以中国地质代表团成员的身份，参加了在美国华盛顿举行的第 28 届国际地质大会。在"世界应力图专题讨论会"上，宣讲了关于《中国大陆地壳应力状态》的论文。在讨论会上，也听取了来自美国、加拿大、德国、澳大利亚、印度、巴西等国家和地区的科学家们的演讲。大会，小会，展厅，充分交流资料、交流经验、交流合作感情。加拿大 S·贝尔教授在喝茶休息时，专门请我喝咖啡，非常热情，说话很随便。互相交谈中，也摸透了对方的底细，是同岁，是同行，是哥们儿。贝尔教授是孔壁崩落应力测量方面的专家，发表过许多著名文章。应当说，加拿大的高夫教授、贝尔教授，是老师。因为，孔壁崩落的理论、测量方法是从加拿大油气田发展起来的。

6600 人的盛会，号称"奥林匹克"地质大会。开幕式上那种隆重、庄严、气派、豪爽的场面，使人精神振奋，意气风发，心旷神怡。会期 15 天，通过各种学术报告、项目讨论、专题演讲、经验交流，以及会厅书展、表演、电视等形式，凡是与地质有关的，每个人都可以在这里亮相、演讲、露一手。在这个大舞台上，世界各地的地质科学家们，都可以真诚地、充分地、自由地表达你所需要"表达"的心情、感受和言论。大会还举办了文化漫游、万人野餐、华盛顿之夜……，可以展现出来自于五湖四海，不同民族的科学、文化、宗教、信仰和习惯。

地质考察和地质旅行，也是大会的一项重要内容。我选择西部路线，大峡谷，从华盛顿飞往拉斯维加斯。在拉斯维加斯宾馆，集齐来自中国、美国、日本、巴西、埃及、伊朗、印度等国的 10 名旅行者，驾驶两辆白色空调面包，沿着大峡谷，途经内华达、犹他、阿里萨那、科罗拉多和加利福尼亚 5 个州。尽观大峡谷里的化石，红岩，采石；大峡谷里的森林，花草，泉水；大峡谷里的麋鹿、飞鹰、燕子……。7天旅行，还历经了沙漠绿化带和丛立在沙漠里的豪华赌城。不看不知道，世界真奇妙。天生仙峪大峡谷，人造豪华沙赌城。

大峡谷之行，似乎玩玩而已。不，最心动的、最难忘的，却是在大峡谷旅行之中，幸运地遇上了胡佛（Hoover）大坝。胡佛大坝位于科罗拉多河之上，1932 年，尤利兰斯在这里首次进行了原地应力测量。它的意义在于，是人类历史上的"首次"，是揭开地应力测量序幕的地方。大坝处在砂岩地层，构造比较复杂，在建立水电站过程中碰到不少障碍，而地应力实测数据却有力的支持了工程设计，从而使大坝挺立起来。胡佛水电站近百年来的安全运行考验，已尝试到应力、应变观测的重要性。我们考察了地下厂房、大坝和大坝两端陡立的山坡。奇怪的是，大坝右肩的一个山头正在卸载，也就是说把山头铲平。据介绍，这一举动，是治理地下工程的一种措施。试图通过应变观测和应力测量，来限制和控制岩石、硐室及大坝的变形和破裂。通过挖掘卸载手段，来改变和控制应力场的再分布，以达到理想的工程稳定程度。胡佛大坝应力测量的思路、历程、措施和经验，至今都是值得借鉴和学习的。胡佛大坝是"课堂"，胡佛大坝的经验是"教课书"。

在美国期间，接受了哥伦比亚大学安德森教授、斯坦福大学马克、佐巴克教授和美国地质调查局玛丽·佐巴克博士的邀请，分别前往三个地方访问。多么好的学习机会啊！

在华盛顿时，15 天会议，中间经过一次周末，休息两天。借此机会，应安德森教授的邀约，乘火车来到纽约。安德森教授是研制深井四臂测井仪的专家。在他的实验室里，看到了各种各样的探头及井径测井曲线。孔壁崩落信息，就是从井径曲线上获取的。在学术交流中，我介绍了在中原油田采用四臂测井技术，确定孔壁崩落的范围和主轴方位，以此计算应力的大小和方向。重点指出的是，这一结果对开发油田具有重要意义。

结束 7 天的地质旅行之后，又在拉斯维加斯度过了难眠的一夜，第二天上午，坐飞机来到旧金山。美国地质调查局的马丽·佐巴克博士，站在接客的台阶上，微笑着向我招手。会后的再次重逢，口音、笑声、手势，一切都是那么熟悉。

马丽·佐巴克博士办公室比较简单，除书桌、书架外，别无他物。我在这儿，经常出出进进。在这里，讨论过世界应力图的构思过程、协作过程以及数据库建立过程。在这里，讨论过应力图所表达的基本内容，包括应力符号、应力种类以及质量标准。在这里，讨论过构造应力场基本特征与构造应力分区的基本原则。实际上，以上内容，马丽·佐巴克博士早就成文了，只不过是修改一下，提提建议，做好编图成员应当做的事情。在地质调查局，由马丽·佐巴克博士引见，参观了水压致裂实验室、岩石力学实验室以及院内形形色色的实验样品和实验模型。参与院内各种学术活动，包括午餐时的"饭厅讲话"、"饭厅幻灯"和"饭厅录像"，从而增强不同学科、不同领域、不同项目之间的相互了解，相互渗透。

周六，佐巴克夫妇请我到家里去做客。马丽·佐巴克女士亲自动手，主菜是炖羊肉，喝的是中国茶，真是肉香茶美……由于是家宴，很亲切，很随便，边吃边唠，想到那儿，说到那儿。在交谈中，马丽·佐巴克博士唱主角，马克敲边鼓，我是竖耳戏听。马丽·佐巴克博士回顾当年在北京访问的往事，一件件，一幕幕拉开了……

那是 1988 年的初夏，5 月 24 日至 6 月 6 日，马丽·佐巴克博士（现在已是美国科学院院士）来我所访问、讲学。讲学内容的重点是："美国大陆的应力图像"、"全球地壳应力状态图的编制"。博士的几次演讲，似乎给我们送来了"及时雨"。感觉到，"中国地壳应力图"的编制，应该着手了。博士住在回龙观宾馆，坚持每天在马路上跑步 3000 米。一天换三遍服装，早晨运动服，上班西式女装，下班休闲装，里里外外，衣帽端正。

马丽·佐巴克博士刚到北京，我就送给她两篇有关孔壁崩落的文章。她看了后，很兴奋，连声说："找的就是它！"刹时，我觉察到，她"心动"了。她来北京访问的目的，是落实孔壁崩落数据，为编制"世界应力图"的任务而来的。所以，她真正关心的是中国有多少数据？当时，她不好意思直接发问。恰好，我也不想把葫芦里的东西都倒出去。就这样，马丽·佐巴克博士和我，都卡住了，在心里打了个"结"。

根据马丽·佐巴克博士访问日程安排，其中有两天赴唐山地震遗址考察。我和高建理两人陪同，一块儿乘火车前往唐山。沿途谈地震，谈科研，谈家庭，谈孩子，一路谈笑风声，无话不说。谈着谈着，谈到了"世界应力图"将如何编制？进展程度？话题突出了，兴奋点也就热起来了。马丽·佐巴克博士抓住时机，直截了当地说："中国这一大块，由丁 Sir 负责，不知有多少数据？"我觉得，她已经表态，水到渠成，我何不顺风使舵，马到成功呢？

在火车上，我详细地介绍了与油田合作的 8 年历程。走遍全国十几个油田和煤田，通过四臂测井、超声成像测井，共获取孔壁崩落资料，已超过 400 条（钻孔）。马丽·佐巴克博士听到这个数字之后，如获至宝，兴奋万分，心里的那个"结"已经打开了。

说起来，有点儿神奇，这批数据，全部由我、梁国平、郭启良和高建理 4 人掌控。马丽·佐巴克博士来访，提高了对科研数据价值观的认识，有用数据就是财富。这批基础数据的标准符号，将要镶嵌在世界应力图上。数据就是黄金，黄金总要发光！马丽·佐巴克博士从旧金山来到北京，就是淘金的。这批应力符号，即将在世界应力图上，露出锋芒。

在马丽·佐巴克博士家里过周六，是福分，很开心。妇唱夫随，两个孩子，一男一女，日子过得很甜密，很幸福美满。

过了周六，该正式访问了。马克·佐巴克是斯坦福大学的教授（现在已是美国科学院院士）。我有时去地质局，有时去斯坦福，两个单位相距很近，两头跑。马克办公室，很小，简朴，一张书桌，四个书架，他和我坐在一起，小屋子就满员了。可是他的班底很大，博士生就占几间屋子，欧洲、亚洲、非洲、北美、南美和澳洲，几乎世界各地都有他的学生。刘澜波教授（现在是美国一所大学的终身教授），当时是他的在读博士生。

在斯坦福大学，佐巴克带我去参观校内天主教堂、胡佛塔和古老的地质系。参观拜尔利岩石力学实验室。那时的佐巴克教授，已是国际岩石圈计划深井科学钻探项目的主席，国际任务繁忙。他具有世界一流的水压致裂设备和井下超声成像仪器。

佐巴克教授一直从事水压致裂的理论、技术和方法研究。尤其在理论研究上，从弹性力学，发展为孔隙介质弹性力学，将孔隙压力介入库仑破裂方程，把主应力和有效应力区别开来。我认为，这就是突破和发现，应当冠名为"佐巴克准则"。近年他出版的一本新书《储层地质力学》，已把主应力、孔隙压力和有效应力之间的关系论述得十分清楚。

在斯坦福大学访问时，我们的轻便水压致裂应力测量系统，已经进行了4个水电站项目的试验，测量深度已达400米。在此期间，曾遇到各种困难：硬岩、孔斜、孔径变形，等等，因此，许多攻关项目都是逼出来的。油压水原理、回收油原理、单管与双管原理、推拉阀原理，等等，也都是那个时代产生的。佐巴克教授对"油压水试验"颇感兴趣，认为是个好主意，是实现轻便化的关键。

通过地质大会，名校访问，可以说，收获是一大筐。尤其是受世界应力图专题讨论会的启示，打通了思路，树立了信心，认为，编制中国地壳应力图的时机已经成熟。

1990年，国家自然基金资助项目得到批准，设立"中国地壳应力图"课题组，开展正常工作。

1993年1月，国际岩石圈委员会中国委员会在北京举行全体会议，与会的著名科学家马杏垣、程裕淇、丁国瑜、孙枢、肖序常等，对我国大陆地壳应力场研究及应力图编制工作非常重视，并表示支持。会上，我代表课题组，汇报了编制中国地壳应力图的进展情况。

中国地壳应力图的编制，历经4年（1991—1994），经专家评审并验收。主要内容：①中国地壳应力图，比例尺1：500万，幅长110厘米，宽81厘米，彩色计算机制图；②中国地壳应力数据库，储存各种应力方向数据1500条，应力值1510条；③中国地壳应力图说明书，主编：丁建民，参加者：梁国平、高建理、孙世宗、李明、孟宪美、张彦山、卓越和张景发。所有数据、图件及编图说明书，由验收及主管部门保存和管理。供参考的文章是：中国地壳应力图简述《地壳构造与地壳应力文集》1996年，第8期。

中国地壳应力图，由于各方面的因素，尚未正式印刷出版。但是它的基础数据、分布位置及应力分区都是具一定的应用价值。曾为《中国岩石圈动力学图》（马杏垣主编）、《中国海洋地球动力学图》（刘光鼎主编）、《中国现代构造应力场图》（谢富仁主编）以及《东亚地区现今构造应力图》（许忠淮主编）等著作，支持过一部分重要数据。

无论是世界应力图，还是中国地壳应力图，它的实质含义内容是应力方向，确切些说，是最大水平主应力方向。这项工作随着时间、资料的增加，编图的尺度还可以根据需要更加详细一些。

值得讨论的，是"地壳应力大小图"的表达方法，迄今为止，还没有一个像样的"样本"。据分析，仍然会套用地质学和地球物理学的常规编图原则，继续将编图工作进行下去。传说，有三种说法：第一种是平面等值线图；第二种是平面剖面图；第三种是立体透视图。无论是何种表达方法，科学、合理、简单、易懂为前提。

编制"地壳应力大小图"何时启动？我认为时机还未成熟，它只是一个"梦"。可以预测一下，如果将来有第二次编制世界应力图机会的话，这个题目将是最热门的。搞科研，就得先走一步。在我的心目中，已经有一个"意识轮廓图"，那就是编制"中国地壳应力大小综合图"（比例尺 1：500 万）。涵盖内容：

（1）建立主应力、有效应力和孔隙压力（值）数据库。

（2）组合钻孔主应力和孔隙压力随深度变化回归方程，及其"同力源"回归方程。

（3）绘制有效应力和孔隙压力剖面图和不同深度平面等值线图。

（4）标注（符号、色调）相关实测地质力学参数、系数和比值。

我们始终在感受大地的脉搏，为此，我们走了几个"里程"，过了几个"关口"。16 年了：忆往昔，心潮澎湃。看今朝，豪情满怀。望未来，童心还在。

再回首，想一想，值！

朝前看，望一望，走！

丁建民 简历

丁建民，男，回族，河南洛阳人，1939 年 6 月生，研究员。1973 年调入地震地质大队，早期从事地下水地球物理勘探工作。成功研制"轻便水压致裂应力测量系统"和完善"孔壁崩落应力测量方法"。1978—1998 年，建立中国地壳应力数据库，编制了"中国地壳应力图"。1989 年，出席第 28 届国际地质大学会（华盛顿），并发表论文《中国大陆地壳应力状态》。出版翻译著作 1 部，在国内外刊物发

表论文 30 余篇，"地应力测量及其在油气田勘探开发中的应用"研究成果，获 1989 年国家地震局科技进步三等奖。享受政府特殊津贴。1998 年退休。

昆仑山野外考察记

王焕贞

　　1986 年、1988 到 1990 年 4 年间，我参加了"东昆仑山北麓地震破裂形变带"课题的野外考察工作。每年 7 ~ 9 三个月的野外工作，既艰苦，又快乐，有收获，也有危险。但为了地震地质事业的发展，我们克服了许多意想不到的困难，经过艰苦努力的工作，高质量地完成了野外考察任务。

　　东昆仑山北麓地震形变带是一条非常活跃的地震断裂带，历史上曾多次发生 7 级以上的地震。我们考察的范围是西起青藏公路昆仑山口西面的库赛湖，经东西大滩、红水川、托索湖、花石峡、玛沁，一直到甘南地区的玛曲，全长 900 多千米。地震形变带是一条呈北西西—南东东走向的狭长谷地，与昆仑山脉的整体走向一致，许多条河流就发源于并流经该谷地，如格尔木河、托索河。就是黄河，在经过此地带时，也来了一个 180° 的大转弯，不能说它与断裂带没有关系。在这个形变带形成的谷地里，不仅有河流，而且还有大大小小的湖泊，如库赛湖、阿兰克湖、托索湖等。它们与形变带中的规模大小不等的凹坑、拉分盆地、裂缝形成机制是一样的，也可以说是规模大的拉分盆地。由于人烟稀少甚至无人烟，年降雨量不太多，且以降雪为主，所以对地表破坏较少，地震鼓包、凹坑、裂缝等地貌保存完好。我们跑过全国不少地震多发区，这里的地震形变带是保留最好的，也是最典型的，是研究、了解断层活动及探索地震发生机理的极好场所。但由于地处青藏高原，工作区域海拔都在 4000 米以上，空气稀薄，氧气含量只及内地平原地区的一半，工作条件极为艰苦，并且地形也很复杂，所以，研究程度较低。上高原的第一感觉就是气不够使，气喘、头痛、浑身乏力。

　　高原气候就像小孩的脸，说变就变，刚才还是蓝天白云，一会儿就浓云密布，雨夹着雪，铺天盖地下了起来，有时狂风大作，甚至会把我们的帐篷刮翻。中午骄阳似火，大气透明度特好，紫外线很强，晒得脸、手火辣辣的，帐篷里的温度能达到近30℃，我们趁机可以擦个澡。到了夜间，我们的湿毛巾在帐篷里也会变得硬棒棒的，说明温度已降至冰点以下。虽然环境很差，但为了调查研究地震形变带的发生发展，探寻历史地震的规律，为预测预报地震打下良好的基础，我们课题组全体人员，团结一致，克服了交通、气候、高山缺氧以及食宿方面的诸多困难，经过认真、艰苦、细致的野外工作，出色地完成了野外考察任务，并按时提交了高质量的考察研究报告。

本课题是由青海省地震局和地壳应力研究所共同承担的。负责人是地壳应力研究所的刘光勋研究员和青海省地震局的曾秋生局长。地壳应力研究所还有我和肖振敏、谢新生，青海省地震局有邬树学、涂德龙（野外考察组长）、张瑞斌、唐键以及司机、炊事员等共十几人参加，前期参加考察的还有叶建青、党光明等。由于我们的工作区几乎都是无人区，而且是山区，所以吃、住、行的全部所需，都必须自备。而且每隔10天或半个月，就得搬一次家。因此，课题组配备解放牌卡车一辆，吉普越野车两辆。卡车用于装载搬用帐篷、行军床、睡袋、汽油、炊具及生活用品（主要是米、挂面、罐头及少量能存放一段时间的蔬菜）。总之，野外生活的必需品基本都有。我们平时吃的是面条、米饭、咸菜、罐头，蔬菜几乎没有。不过，有时在搬家过程中，路过居民区时，我们会补充一些肉、菜之类的东西。有一次还买了一整只羊，用来包饺子、炖肉等，我们也打打牙祭、解解馋呀！课题组虽是由两个单位的人员组成，但我们之间互相关心，互相帮助，关系非常融洽，俨然一个和睦的大家庭，所以我们在工作中，尤其是在遇到困难时，大家心往一处想，劲往一处使，顺利完成了任务。十几个人的集体，每年三个月的一起工作、生活很是惬意。20多年过去了，回想当初，犹在眼前，心里感觉很美，值得回味。

1986年8月，课题组的野外考察工作正式启动。我们首先到玛多县花石峡地区工作。我们的第一站就设在花石峡村边一块空地上。大家七手八脚首先是搭建我们的生活基地，有钉楔子的，有支帐篷的，不一会儿工夫，三顶大帐篷就搭好了。一顶住业务人员，一顶住勤务、司机，一顶做厨房。野外工作，最不想遇到的就是坏天气。但是，高原的天气变化莫测。一天夜里，下起了小雨，一会儿就变成了鹅毛大雪。这种天气，对于住帐篷的我们来说很是闹心。因为先下雨，帐篷湿了，然后又下雪，雪很容易粘在帐篷上，时间长了，雪越积越多，就容易把帐篷压塌，迫使我们夜里得不断地起来抖落帐篷上的雪。而住在另一顶帐篷里的司机师傅就没那么勤快了，夜里我们还提醒过他们，起来抖掉帐篷上的雪，他们不相信雪能把帐篷压塌，犯懒，舍不得暖暖和和的热被窝。到了半夜，我们的预言显灵了，只听住这顶帐篷里的人高喊："帐篷塌了，把我们捂住了，动弹不得，快来救我们啊！"喊声把我们从睡梦中惊醒，不好了，他们真被压住了。我们几个穿好衣服，跑出来营救他们。一边救他们，一边还不忘打趣道："哈哈哈，不听老人言，吃亏在眼前吧！""怎么样，不错吧，里面挺舒服吧，别出来了，就在里边待着吧。""喂，哥儿几个，别拿我们寻开心了，快把我们弄出来吧！"我们嘴里开着玩笑，手在不停地干着。我们连拉带拽，或抖或扫，一会儿就把他们救出来了。看着他们的狼狈相，大家不由得笑作一团。紧接着，大家齐动手，帮他们把帐篷重新搭好。还一边干活儿一边开玩笑："很好玩吧，以后再碰到这种情况可就不管啦！""不会让你们再看笑话的，吃一堑长一智吗！"忙活完，大家又回到自己的被窝里，这一夜睡得很香甜。我们的野外生活艰苦吧？可谁又能说没有乐趣呢！第二天，天刚亮我们就起床了。见面的第一句话，仍不忘打趣道："救你们出来干什么呀，雪当被，地当床，在坍塌的帐篷里过一夜，那该多舒坦、多刺激啊，哈哈哈……"

雨过天晴。早饭后，带着愉快的心情开始了一天的工作，这也成为我们整个野外考察任务的序幕。

大幕拉开，更艰难的野外考察工作在等着我们。1988年的野外考察更为险象环生，惊险不断。那次的考察区域是昆仑山地震断裂带的中部偏西，即托索湖—红水川（阿兰克湖）—怀德水外一带。昆仑山地震断裂带横贯昆仑山腹地，雪山、冰川都处在断裂带南侧。工作区多在海拔4000米以上，日夜温差很大，天气变化无常。断裂谷地多发育河流、湖泊、湿地，给我们的野外考察增添了许多意想不到的困难。许多路，也许只有我们野外考察人员才走的路，过河流，穿湿地，汽车的颠簸、误车是常有的事。就说误车吧，汽车走着走着，突然被陷在沼泽地或河沟里，工作区没有人烟，出了事只能自己解决，自己救自己。我们在青海昆仑山实地考察期间，可以说实地考察了断裂带，收获很大，而由于变化莫测的特殊气候和地理环境也给我们的工作带来了一连串难以想象的困难，确确实实考验了我们的野外生存能力、应变能力以及在困难、危险面前不屈不挠的韧劲，尤其是在考察阿兰克湖以西的怀德水外地段期间所经历的艰险，已深深印在我的脑海里，难以忘怀。那次的考察，大本营设在三岔口（哈拉布鲁克）和阿兰克湖两站。怀德水外地段的工作，由于地理环境复杂，交通不便，大车出入困难，于是大家讨论决定采用"打游击"的方式，也就是派少数人到那个地区工作两三天再返回，而其他人员在阿兰克湖东西两侧工作，等待外出人员的返回，然后再到下一站。

9月10日，由野外组长涂德龙带队，随行有张瑞斌、我和司机一行四人，组成一个小组，开了一辆丰田吉普，去完成这次艰巨的任务。我们四人都信心满满，表示不管环境多艰苦，困难多大，都会尽自己的最大努力，想方设法去完成任务。车上装有"打游击"期间吃、住、用的东西，主要是双人帐篷、汽油、炊具以及挂面、罐头等，对了，还有炊事员郑师傅头一天为我们准备的油饼，计划三天返回。我们带的给养可够我们用一周的，俗话说"穷家富路，有备无患"，说明我们已经做足了最困难的准备，以防不测。在这里我要先介绍一下我们所带的这辆车——丰田吉普车，也就是俗称的陆地巡洋舰（TOYOTO），这在当时是一种越野性能最好的吉普车。车是我们出野外必备的工具，它性能的好坏，直接关系到我们的工作能否顺利完成。这款车功率大，有前后驱动，在沙漠里行走，车轮陷下去十几厘米，仍能开动，不仅如此，它的涉水性能也很好 。1986 年我们在下大武地区工作时，沿地震形变带向东追索，到达知亥代河边，河水快到人的大腿根了，大概也有六七十厘米深吧？当时我们考虑：大家自行过河不太可能，我们共有七个人（刘光勋、曾秋生、叶建青、党光明、张瑞斌、肖振敏和我），每个人的情况也不一样，刘光勋已年过半百，况且那天的气温很低，脱衣服过河很容易感冒。在氧气稀薄的高原地区，一旦感冒，不但不容易好，而且还容易引起其他并发症，像肺炎等。因此不敢贸然淌水，开车过去吧，又没十足把握。 我们在犹豫：如果不过河，就会缺失那地段的实地考察资料，而且这一段地处形变带的转折处即阿尼玛卿山北侧，很具有代表性，实际资料价值很高，缺失实在可惜。司机郭祥桥师傅四十来岁，多年开这辆车，对车的性能、脾气都很了解。郭师傅很理解和体谅我们跑野外的心情，知道我们舍不得放弃任何一个有价值的点。只要车能开得动，能走的就尽量多送我们一段路。只要有一点儿希望就决不会放弃。郭师傅在河边走来走去，左看右看，进行了认真观察分析后，做出了决定："开过去！"胆大心细的郭师傅对车做了简单保养，尤其是对化油器进行了清理。准备好后，我们上了车，郭师傅发动了车，向着河对岸冲！这时我们大家的心都提到嗓子眼儿了，一个个静声屏气，动都不敢动，想尽量保持车的平衡。车一进到河里，水一下就漫过了车的发动机盖，有时还冲上前挡风玻璃，郭师傅心不慌，手不乱，稳稳地把着方向盘，车就像是从水里钻过去似的，平安到达对岸，有惊无险。大家都松了一口气，不过，还是感到有些后怕。工作完成后返回时，我们还是小心为好，不敢再去冒险。于是，我们绕到了河床比较宽的地方过河，确保了安全。

由于车的性能好，司机还是 1986 年我们跑野外的郭祥桥师傅，他既有经验，又大胆、心细，因此，我们对完成任务就有了充足的把握。

前几天既没有下雨也没有下雪，天气晴好，这对我们来说实在是太好了。早饭后，我们出发了。天好，路面比较干，其实有的地方根本就没有路，沟沟坎坎，坑坑洼洼，很是难走。但天公作美，经过一路的颠簸，总算是顺利到达怀德水外。

在去往怀德水外的路上，我们遇到了许多黄羊、野驴等珍贵野生动物。野生动物的出现，给我们既枯燥乏味又颠簸难忍的路途，带来了些许谈资和乐趣，尤其是那几头野驴的出现令我们兴奋不已。它们见到我们一个四只轮子能跑的"怪物"是惊奇，还是高兴？反正它们在我们的车前跑，好像在给我们带路，一会儿又站在一旁静静地凝视着，像列队欢迎我们，一会儿又超过我们，从我们的车前横穿，像要拦下我们的车看个究竟，好像在说你们是干什么的？这是我们的地盘，怎么在我们的地盘上横冲直闯？多富有诗情画意的场景啊！由于我们时间紧迫，着急赶路，再加上胶卷宝贵，舍不得轻易乱用，没停下来给它们拍照留念，真是太遗憾了！如果是现在，绝对不会放过这么好的机会，一定会按动快门，留住这美好的一幕。野驴确实很好看哦，灰白的肚皮，棕灰色的脊背，尤其是它们的背部都有一片比其他部位颜色更深一些的毛，看上去像马鞍，漂亮极了。它们跑起来既快又稳且很富有弹性。但由于这一段路比较平坦，我们的车跑得也快一些了，野驴的四条腿还是跑不过汽车的四个轮子，被丢在了后面。它们也自甘不如，不再追了，站在那里喘着粗气，目送着远道而来的客人。我们也向它们挥了挥手：野驴，再见了！

到达怀德水外，已是下午四点来钟，我们在一个滩地上安营扎寨。地震形变带就在旁边穿过。收拾停当后，开始解决肚子问题，我们用汽油炉煮了点儿挂面，配上自带的油饼、罐头，虽然没有蔬菜，但也吃得津津有味，很香哦！吃完饭，天还不黑，我们就在附近转了一圈，熟悉一下周围的环境。高原的气候真的非常奇特，反复无常，说变就变。

怀德水外营地

早晨出来时晴空万里，现在却下起了雨，一会儿又变成了下雪。我们有过1986年帐篷被雪压塌的经历，不敢大意，夜里不断起来清除掉帐篷上的雪，这是必做的功课。雨雪交加，帐篷又漏水，再加上高原缺氧，这一晚休息的如何，可想而知。虽说"与天奋斗，其乐无穷"吧，但此时此刻的我们却想乐也乐不起来了。

怀德水外东地震形变带河沟断错

第二天，也就是 9 月 11 日，雨雪虽然停了，但云压得很低，天仍是阴沉沉的。早饭后，我们就去工作了。这一段的形变带还是很清楚的，河沟在通过形变带时明显拐了一个大湾，说明河沟被错断了，还有地震陡坎等现象。我们逐一进行了认真仔细的观察、记录、测量、画图和照相。虽然头一天晚上尽顾着"与天奋斗"了，没有休息好，但这天的工作完成的还算顺利，达到了预期的目的，我们非常知足，非常高兴，头一天晚上的苦没有白吃，圆满完成任务，才是我们的最大愿望。

第三天，我们的计划是上午继续在附近工作，了解更多的有关形变带的形状、走向、规模等资料，下午返回。我们多希望这天的天即便不能晴空万里，艳阳高照，但至少能像前一天一样，不下雨雪，"怀德水外"这块硬骨头，我们就能顺利拿下，圆满完成任务。谁知老天爷好像故意和我们作对，早上一起来就看到厚厚的云层压得更低，早饭还没吃完就下起雪来，而且越下越大。这雪究竟下多大、多久，我们心里没谱儿。野外组长涂德龙和我们几个商量怎么办，大家一致认为，如果雪下个不停，我们可能几天也走不出去。我们在这里困几天可能问题不大，因为我们带了够吃一个礼拜的给养，可基地的同事们会着急的，当时通信工具不发达，无法和他们取得联系。于是，我们只能做最无奈的打算——撤退，放弃上午的工作。尽管很不情愿，但别无选择。装好车，撤吧！这时，地上已下了厚厚的一层雪。望眼四周，山上白了，地上也白了，天地好像连成一片，白茫茫的。在这空旷的原野上，在这皑皑的白雪上面，行驶着唯一的一辆蓝色的吉普车，真是别有一番景致。由于下着大雪，能见度极差，方向感也差了很多。走着走着，感觉不对，挺宽的谷地怎么越走越窄、越走越高了？是不是走错了？下车观察，在纷飞的雪花中，隐隐约约看出是进了一个山沟，果然走错了。没办法，只好倒车重新返回来。上了一个小坡，我们就不知该怎么走了。来时的车印已全被雪覆盖上了，记不清我们应靠谷地的那边走，我们只好摸索着前行。没走多远，车就误住了。原来这里是一片沼泽地。在沼泽地上走，要走长草的地方，没有草的地方就是泥潭，可是现在除了雪什么也看不到，根本分辨不出哪儿是草地哪儿是泥潭。记得1976年我参加青藏铁路地震安全性评价时，也曾误过车。那次我们使用的是北京吉普越野车，也是前后驱动，一般的小坑是误不了车的。可我们是在湿地连片的高原上，尽管是越野车，也还是陷下去了。我们还记得红军过草地的时候，一个战士陷到沼泽里，越挣扎陷得越深，别人也拉不出来，最后牺牲了。所以在沼泽地里，车陷下去不能硬开，只能用千斤顶把车轮顶起来，下面垫东西，否则会越陷越深。我有以前救车的经验，心里比较有数。于是，我们就找来了石头、草皮，用千斤顶把车轮一点一点顶起来，再把石头、草皮一点一点填进去。就这样，我们喘着粗气，一点一点地顶，一点一点地填，费了九牛二虎之力，终于把车弄出来了。我们不敢大意，只好人在前面探路，车在后面跟着一点一点挪动。

走了大约两个小时，要过一条小河沟，河里的水哗哗地流着，由于被雪覆盖，来时的路早已看不到了，也记不清是在左边还是右边过的。车在河床上慢慢爬行着，边走边观察在什么地方过河。尽管我们一直小心翼翼，走着走着，车子还是突然又一次陷了下去。前进不得，倒也倒不出来，反而越陷越深。下车一看，这一次陷得比前一次还深，而且是右侧前后轮都陷进去了，根本动弹不得。河水不停地流淌着，雪也在无情地下着，高原上的风这时也来添乱，飕飕地刮了起来。时间已是下午六点，七八个小时只走了区区十几千米，啊？看来今天晚上又得"与天奋斗"了！

在这人迹罕至的地方，没有别的办法，还得"顶"，但"顶"必须用大点儿的石头垫在千斤顶下，否则千斤顶也会陷入泥潭。可是在这河滩地里，找块大一点儿的石头犹如大海捞针，很难。我们在周围溜了一大圈，也没找到一块石头，全是泥沙。算是天无绝人之路吧，抑或是我们的不放弃也根本不能放弃感动了上苍，正在我们无望时，突然眼前一亮，一块我们视如珍宝的石头，静静地躺在远处的河床上。太好了，这下我们有救了。我和涂德龙高高兴兴地把石头挖出来抬到车跟前。

石头找到了，还得用老办法——"顶"。我们就在车轮旁挖了一个坑，把石头放进去，然后把千斤顶放在石头上，顶在车轮的轴头处，用摇把摇啊摇，哗啦哗啦，任你怎么摇，千斤顶就是不工作，车轮仍在原地巍然不动，哎！真是祸不单行啊！千斤顶又坏了，它罢工了。上一次误车时，千斤顶就不好使，转一圈有半圈使上劲就不错了，好不容易才将车救出。这次千斤顶一点儿也不工作了，彻底坏了。这个千斤顶是随车带的。司机郭祥桥师傅说："这是日本造的，坏了我们可修不了。"车陷下去了，就我们四个人，抬又抬不动，拉又拉不出，怎么办呢？我们不能像内地车陷了，垫上木板，填上土，车一边动一边填。可在高原地区，车陷下去，下面没有硬底，车越动陷得会越深，填什么东西都不管用。虽然我有以前的经验，心里比较有数，但今天救车的关键设备——千斤顶坏了，又是日本货，我们修不了。我们所处的地方四周几十千米没人烟，要是夏天，可能还有牧民在附近放牧，9月份了，牧民们也已收摊回永久驻地了。虽然我们的营地有一辆解放卡车，但根本不可能过来，因为我们无法联系它，何况它也根本就过不来，解放卡车根本就走不了这种路，我们还是只能自己救自己。

我们回到车里，大家不约而同地把目光盯在那个日本产的千斤顶上，难道你这日本货，我们真的就修不了吗？我就不信这个邪。我坐在副驾驶位子上，拿着千斤顶，翻来覆去地仔细观察研究了一番。这个千斤顶不是液压的，而是机械传动的，我虽没学过机械，但我对机械东西的拆拆修修比较感兴趣，也经常帮朋友及同事修一些日常用具，像自行车、三轮车、门锁，等等。我终于下定决心，权将死马当活马医吧，修！只有修好了，我们才能有救。这是我们得救的唯一希望。我拿出扳手、螺丝刀等工具，一会儿就把底盖打开了，里面掉出了许多滚珠，经过观察我搞清楚了它的内部结构，原来它是由两个伞形齿轮组成的。对它进行了反复研究，终于找到了问题所在。原来，由于频繁使用，千斤顶的底盖在压力作用下发生了永久变形，向外鼓出，使两个齿轮不能有效啮合而空转。找到了原因，我用锤子将底盖砸平，重新组装好，一试，千斤顶又能用了。苍天有眼，我们又一次得救了！

下车，我们又忙活了起来。在高原上干活儿要比在平原上累得多，不知要多付出多少能量。拧几下千斤顶就喘不上气来，挥几下铁锹也得停下来大口大口的喘一会儿气。我们轮换着，有拧千斤顶的，有填沙土的。为了自救，也只有自救，我们努力着，坚持着。经过大家齐心协力地努力，车终于顶出来了。大家高兴得直呼"万岁"。高兴的同时，他们也不忘夸着我，说多亏了我手巧，否则后果不堪设想。其实，我这个"小炉匠"在我们单位是早已出了名的。

我们又踏上了"回家"的路，虽然已是晚上九点多了，但天还很亮，我们继续小心翼翼地往回赶。因为出来时约定三天，今晚应该到"家"了，如果是在平原，绝对没问题，因为这里离"家"只有十几千米了，可现在是在高原，在沼泽地，天气也千变万化。出来的时候地面是干的，我们沿着已有车印或在有草的地方走，都很安全。可现在地上盖了厚厚的一层雪，路根本就看不见，何况也没有真正的路。来时怎么走的，在哪儿过的，都被雪覆盖住了，根本辨别不出来。天渐渐暗下来，白天行车危险都这么接二连三出现，晚上我们哪还敢轻举妄动，再去冒险，于是决定停下来休息，待天亮再定夺。我们四人坐在车里，这时我们忽然感到肚子饿了，原来忙活的都一整天没吃东西了。赶紧拿出冷馒头，还有一点儿剩油饼，大家分着吃，好香啊！边吃边聊，原本想这一天救了两次车，很累了，吃完饭该好好休息，静静地睡一觉了。但是，不知是因为太累而睡不着，还是因为我们两次都救车成功而太兴奋，反正大家困意全无，睡不着。这时，雪停了，风也小了，我们就在车上东拉西扯地继续聊着。虽是闲聊，但主题还是落在救车上。回顾这一天的经历，大家真是感慨万千啊！我们的组长涂德龙说，当时他就有一个想法，如果车救不出来，他准备沿着小河沟徒步走出去，请人救援。我们说那也是没有办法的唯一办法啊！那时的科技没现在发达，现在出野外有 GPS、手机、卫星电话，多方便呀！

快夜里两点了，大家也困了，休息一会儿吧！由于天气太冷，开始空调还开着，现在要睡觉了，空调只能关掉。在车上过夜，只能坐着，一两个小时还可以，整整一个晚上，天气又冷，各种滋味只有亲历者知道。我想，如果把我们的经历讲给现在的年轻人听，他们一定会认为这是天方夜谭。

天亮了，大家下车舒展一下酸痛、麻木的身体，再深吸一口高原缺氧的清新空气，还是感到浑身舒服了不少。再回头看车、看地，全是雪，但我们还是感觉到车就在沼泽地，幸亏没再往前开，否则后果不堪设想。我们四处观察，调整路线，一直到中午，我们才安全回到驻地，这时，在家焦急等待的同事们也终于松了一口气。他们说今天天黑之前，你们要是再回不来，我们就要下山去搬救兵来营救你们了，谢天谢地，你们可回来了。

"游击区"海拔都在 4500 米以上，空气稀薄，高度缺氧，走路都喘气，何况救车呢！再加上心里着急，人的感觉可想而知了。"打游击"结束，今年三个月的野外考察工作也圆满结束。我们回到了西宁，在那里进行了总结，讨论了编写考察报告的提纲，直到 9 月 30 日晚 7 点，才回到自己的家中。啊，有家的感觉真好！

1989 年我们的工作区域在青藏公路第 61 号道班附近。这里是有名的东、西大滩，南面是高耸入云的昆仑山，山上终年积雪，山沟沟里伸出长长的"白舌"，那是冰川。薄薄的白云环绕在半山腰，上面是雪山，云下是草地、山坡，多美的山水画啊！昆仑山地震形变带就横穿东、西大滩。这条形变带清晰可见：鼓包、凹坑、地裂缝、陡坎保存完整。为了探测断层活动以及地震的活动规律，挖探槽是一项繁重且非做不可的工作。我们经过仔细的观察研究，选择了一处最有价值的地方开挖。

挖探槽是野外工作中最繁重的内容之一。由于我们工作的地区人烟稀少或根本是无人区，在当地雇人挖是不可能的，从山下带人来，吃、住都无法解决。所以，野外所有的工作都是我们自己来完成。

探槽设计长 25 米、宽 2 米。我们的业务人员、司机、后勤人员齐上阵。这里海拔 4200 米，走路都喘气，何况干重活儿呢？我们十来个人，有的拿镐刨，有的用铁锨铲，大家轮流干。在平原地区铲十几下没什么反应，而在这儿铲两三下就上气不接下气。所以我们只有勤干、勤换，每人干几下换另一个人，这样不停地交换着。这里的天气变化无常，经常是我们正冒着炎炎烈日，挥汗如雨时，突然一块黑云压来，我们还没来得及因凉快一些而高兴呢，就雨雪交加。这时我们就躲在车里，正好可以好好休息一会儿，养精蓄锐，等雨雪停了，再接着干。

槽子越挖越深，挖到 1.45 米处冻土层出现了，一镐刨下去就一个白点，根本挖不动。但为了搞清形变带的形成过程和发展过程，必须向下挖。我们的一个司机干过打眼、放炮的工作，在他的提议下，我们就找格尔木的有关部门，经过协商，买来炸药，打眼放炮。我对抡锤打钎还可以，但能量消耗无疑增加不少。经过几天的艰苦努力，3 米深的槽子挖成了。槽子挖成了，编录又成了问题。因为这里水位浅，槽子里隔天就出水了。编录前，首要任务就是淘水，淘完水，槽壁有的地方就塌了。经过几天不断地边淘水，边挖塌下来的泥土，边编录，最后一个完整的、内容丰富的探槽资料终于完成了。为研究形变带的活动机理、期次、规模终于拿到了第一手资料。

1990 年 9 月 12 日，历时 4 年，行程数万千米，我们的野外考察工作宣告胜利收官，途径兰州返回西宁。在西宁，大家对 4 年的野外工作进行了认真的总结，对资料又进行了系统的整理。至此，我们课题的野外考察工作圆满结束。

课题虽结束，我们之间形成的友谊却永存。4 年来，我们之间关系融洽，合作愉快，同事之间，建立了深厚的感情。2012 年 7 月，我借到西宁参加全国第十三届释光与电子自旋共振学术研讨会的机会，到青海省地震局拜见了我们当年的野外考察组长涂德龙同志以及其他一起工作过的同志。老朋友见面分外高兴，我们有说不完的话，聊不完的情。我们共同回忆 20 多年前的野外生活，回忆帐篷被雪压塌的狼狈景象，回忆车陷沼泽的惨状，回忆……。大家对这些情景仍历历在目，记忆犹新，似乎我们又回到了青藏高原，回到了昆仑山下。虽然我们都已是六七十岁的人了，但顿觉精神振奋，年轻了许多。

当年参加昆仑山北麓地震形变带考察的同事现在都已退休，刘光勋同志已年近80 岁，其他人也都已届古稀之年。愿我们的晚年生活丰富多彩，愿大家身体健康、幸福、快乐、长寿。夕阳无限好，为霞尚满天，尽情地享受生活吧！

野外的工作虽然艰苦，但苦中自有收获的快乐。这些经历，不是谁都可以拥有的，可遇而不可求。现在回想起来，我这一生，有这么一段经历，是我的运气，也是我的福分。为有这么一次经历，我感到骄傲，也感到自豪。可以不夸张地说，为了我国地震事业的发展，我尽了自己的最大努力，没有虚度此生，问心无愧！

王焕贞 简历

王焕贞，男，汉族，河北正定人，1944 年 7 月生，高级工程师。毕业于北京地质学院，1970 年参加工作。曾任中国地震局地壳应力研究所一室副主任，党支部书记。2004 年退休。

凌乱的足迹

勾 波

我在地震部门效力几十年，经历了逆境时的痛苦，经历了技术难点挡路的煎熬，经历了突破技术难题时的喜悦，经历了科技成果被肯定认可的欣慰。一路前行，步履蹒跚，尝遍酸甜苦辣各种滋味。《震苑晚晴》系列文化丛书征文，特撷取几个足迹，以为纪念。

见证《内参清样》的威力

1976年5月，我们课题组完成 DY-1 型断层活动测量仪样机，准备安装到穿越北京市区的八宝山断层上的大灰厂台站开展观测试验。由于车队办学习班集中政治学习，不能派车。等了两个月，7月27日下午终于放行。刘瑞民、张鸿旭、潘家初等携带仪器设备，乘车从三河出发，奔向位于北京市丰台区的大灰厂。到达目的地已经是傍晚时分。卸了车，吃罢饭，天气燥热，睡觉休息，打算明天安装仪器。酣睡中，突然大地震颤！大家被惊醒，意识到哪里发生地震了，立即起床架设仪器。7月28日10点20分，仪器安装调试完毕，开始运行。

仪器工作伊始，记录笔不安分地向一侧偏移。反复检验，确认仪器正常，表明那是客观的断层形变信息的变化轨迹。下午6点30分大地再一次震颤。从10点20分开始，DY-1型断层仪记录了唐山大地震后与滦县地震之间—滦县地震震时—震后调整过程的完整资料。这是我国首次记录到的非地震断层对震源区断层破裂过程响应的动态记录。

唐山大地震后，国务院组织中国科学院、国家地震局、国家各部委召开会议，研讨地震形势及应对办法。会上，新华社记者顾迈南了解到大灰厂台站的观测情况，写出新闻稿刊发在《内参清样》上。国家领导人依次批转，最后落实到国家计委负责具体部署安排，要求尽快推广这种仪器。

接到国家计委电话通知时正下着雨，单位领导苏民和业务处侯振国、郭林带领我立即去北京三里河国家计委。国家计委的同志先给大家看有国家领导人批示的《内参清样》。我第一次看到这种刊物，软棉纸对折成16开，4号半铅字单面印刷，眉首印有刊名期号日期。给我们看的是拆下来的一张单页。新闻稿不长，仅十几行，领导人的批示与签名用黑色和蓝色粗铅笔书写在空白处，有的批示文字和正文重叠。那个时候没有复印机，郭林将新闻稿和领导人批示匆匆抄录在笔记本上。国家计委负责人说，根据国家领导人批示意见，向你们下达紧急任务：在两个月内抓紧生产8台同种仪器在北京地区安装；所需物资在北京及华北调拨；每周一次到国家计委汇报工作进展情况。

国家计委同志要求我们当场给出材料设备清单，我凭记忆写出需要的电子元器件以及材料、设备的名称、型号、规格、数量。几天后，几卡车各种物资陆续运到三河。

全课题组人员立即行动起来。张鸿旭坚守在大灰厂台站，一边管理仪器，一边接待从许多部门来的参观人员。国务院秘书长周春，中国科学院副院长王光伟，国家地震局领导胡克实，光学专家王大珩等领导及专家都曾到台站参观视察。在三河，地震地质大队召开全体职工大会，王剑一书记做动员，要求各部门全力支持配合。课题组里，刘瑞民、吕越、李天初和我等分工搞元器件筛选处理，绕制变压器，焊接线路板，整机组装调试及考机实验等。方法队领导苏恺之和测量队潘加初负责整理图纸和联系组织机械加工。在线路板、机壳、电源变压器等外协加工和外购件采购等方面单位的有关部门密切配合。当时，整个单位和全国一样，正在搞批邓反击右倾翻案风运动，领导特许并要求我们集中精力促生产，务必按期完成加工生产仪器的政治任务。大家天天加班，工作井然有序。每个星期王剑一书记带领我去北京三里河向国家计委汇报。

经论证研究，确定在北京八宝山断层上建设八宝山台站、在唐山震区V号断层上建设赵各庄东Ⅲ台和西Ⅶ台三个断层形变台站。测量队范九善、柴本栋、刘执枢等负责八宝山台站征地、台站设计、基建等。赵各庄煤矿领导对建台站大力支持，责成煤矿地震测报组姜义仓等在煤矿内具体选址及清理现场等前期工作。

在北京八宝山台站建设涉及的征地、基建等方面，北京市及国家各有关部门一路开绿灯，给予大力支持。正在建设毛主席纪念堂的工程兵部队承担台站建设施工，施工人员和材料、施工设备等从毛主席纪念堂建设工地统一调配，不单独预算、决算。八宝山台站为钢筋混凝土地下洞室型结构，开挖揭露到基岩层，两次跨越八宝山断层，高、宽 2 米多，长 100 多米，地面覆盖 3 米以上。工程规模可观，工程进度快速，工程质量上乘。

10 月上旬，按时完成 8 台仪器的生产任务。截至 1977 年春节前，三个台站的仪器安装到位，正式投入工作。

这期间，请国家地震局出面，监测处于允生亲自联系首都钢铁公司帮助轧制仪器专用的超因瓦丝，首钢领导作为紧急任务下达给首钢冶金研究所。冶金所李汉卿等人连续奋战几个月，筛选配方，设计不同的热处理制度，很快研制出填补国内空白、完全符合仪器要求的含 Nb 超因瓦合金丝。

八宝山断层形变台站与玉泉路中学、西郊仓库、中科院高能物理所为邻，占地几十亩。在那里先后建设了地震地质大队测量队、国家地震局流动观测队、分析预报中心的办公楼和住宅楼。1997 年，测量队和整个院落以及八宝山台站一并划归北京市地震局。

DY-1 型断层活动测量仪是最早研制的观测断层形变的自动记录仪器，其技术性能并不完备。它刚巧在那个时候出生了，在唐山大地震当天投入工作并观测到珍贵资料，刚巧新华社顾迈南记者捕捉到这个信息写出新闻稿刊发在《内参清样》上，被国家领导人注意到并接力做出批示。

1976 年夏天，国内政治形势风起云涌，又有唐山大地震袭来，新任中共中央第一副主席、国务院总理华国锋日理万机，竟然从大量的文件中发见大灰厂观测情况的信息，又批示给李先念副总理阅办，可见其细心、敏锐。

在 800 米地底下

按照国家计委的安排，唐山大地震之后，在震中区赵各庄煤矿布置了两个断层形变监测台站。其中，东Ⅲ监测站位于地下 820 米，西Ⅶ监测站位于地下 530 米，两个监测站水平距离大约 5 千米。地下巷道不受日照影响，环境温度比较稳定，热形变干扰小。最大缺欠是巷道里终年滴水，高度潮湿，需要采取多重防护措施。

1977 年 1 月 25 开始，刘瑞民、张鸿旭、吕越和我以及赵各庄煤矿姜义仓、张西双等人进行东Ⅲ台的仪器安装工作，亲身体验了现代煤矿的地下工作滋味。和矿工一样，我们脚穿高腰橡胶皮靴，头戴装配嘎石矿灯的安全帽，身穿厚厚的工作服。穿戴完毕，大家互相打量，哈，像个矿工样，自豪感油然而生。和矿工们一道排队走到竖井口，钻进哗哗流水的铁罐笼，负责开关罐笼门的师傅用长长的铁钩子远距离操作，叮叮当当的钢铁撞击声不绝于耳。铁罐笼沿竖井急速下降，像飞机降落，感觉到耳膜鼓胀。似乎经过很长时间，罐笼终于降落到井底。走出铁罐笼子，光线暗淡，地面高低不平，隐约看到来往的人影和运送煤炭的小煤斗车。听从姜义仓的指挥和示范，跳上运行着的空车。虽然是空车，车壁上粘着厚厚的煤粉，底板积存着厚厚的煤与水，大家或蹲或坐在煤斗车里。吕越恐怕弄脏衣服，两手扶着车沿躬腰半蹲，姿势略高，安全帽和空中裸露的输电铜线哒哒碰触。忽然，她的帽子被撞掉了！摸起来重新戴上，过一会儿又撞掉，赶紧降低姿势坐下，顾不得衣服脏不脏了。到一个地方，跳下煤斗车。四周黑洞洞，只听见哗哗流水声，走几步硬地就在水里蹚了，过一会儿又走上斜坡。再次跳上煤斗车，过一会儿再跳下。几次搭车、步行，搞不清穿过多少条像迷宫一样的巷道，终于到达监测站点。张希双说，现在离井口水平距离大约 10 千米。

姜义仓说，曾经有人从罐笼掉下导致伤亡，经常发生被运煤斗车撞伤事故。平日略知煤矿多风险，现在身临其境，深深感受到矿工们的艰辛。

每天下井我们分工抱着、背着仪器、设备、工具、材料，持续十多天，仪器安装工作完成。此后的仪器日常管理由赵各庄煤矿地震测报小组承担，姜义仓、张希双等轮流下井查看仪器运行情况和收取记录数据，付出了艰苦劳动。1978 年 1 月 22 日，赵各庄煤矿巷道里发生煤层自燃，瓦斯含量达到 6%，他们几位冒着生命危险抢救出仪器和记录资料。姜义仓领导的赵各庄煤矿地震测报组精心管理，认真研究监测数据的变化规律和震前反应，成为唐山地区地震测报的骨干队伍。

出差东北见闻

在体积式应变仪研制的前期阶段，为落实某些关键部件和工艺技术，苏恺之和我们详细讨论调研提纲后，我和吕越、李天初于 1976 年 6 月去东北出差。行程路线包括：沈阳仪器仪表所落实电沉积波纹管、盘锦油田了解石油钻井射孔工艺技术流程、辽阳橡胶所落实非标氟橡胶密封套环、大连化学物理所了解低里施硅油配制及体积稳定性、鞍钢了解大尺度薄壁钢管壁厚均匀性等。

出差期间，印象最深的两点是：①每到一个单位说明来意，当得知我们来自地震部门，都非常热情，积极配合，大力支持。海城地震成功预报，我们也跟着沾光有面子，奉为上宾，所到之处有求必应。②每顿饭都吃粗粮，高粱米、玉米碴子、清水煮菜，我们的肠胃经受了严峻考验，理解了东北同胞从各地大包小包往回带菜带肉带细粮的苦衷。

沈阳仪器仪表研究所业务处处长是一位慈祥的老先生，他习惯走鹤步，每一步抬起腿悬半秒再缓缓落地，同时微微含胸再慢慢抬头，仙风道骨，别有风度，很是有趣。一位年长的后勤人员显得干净利索，讲话声音沙哑，就像传说的太监。后来知道，他就是伪满洲国时在宫里伺候溥仪的太监。有幸相见，一饱眼福。

仪器仪表所梁琴暖工程师在国内第一个做出了电沉积波纹管。见到梁工，她详细介绍了电沉积波纹管的制作工艺，给我们看不同结构、不同尺寸的电沉积波纹管。这种波纹管纵横向刚度比极小，纵向位移几乎不消耗能量，正符合体积式应变仪的技术要求。梁工自己摸索做电沉积波纹管，成品率并不高，往往做几次才能成功一个。梁琴暖本人表示，愿意配合制作地震工作需要的电沉积波纹管。可是，仪器仪表研究所已经安排她即将去五七干校劳动改造。于是，我们分别找负责科研生产的业务处，找研究所革命委员会，找研究所军代表商量，请求帮助解决地震工作急需，将梁工下五七干校的安排推迟一年。仪器仪表研究所很重视这件事情，各级领导及相关部门专门开会研究，又召开联席会议协商。那个时候，下五七干校是响应毛主席伟大号召的政治任务，任何理由都不能更改既定计划。几天后，仪器仪表所业务处处长告诉我们，所里决定支持地震工作，破例改变计划，让梁琴暖留在所里配合地震部门做电沉积波纹管，安排其他同志顶替梁工去五七干校。十分感谢，十二分感谢，万分感谢！我们激动得不知说什么好。

为了将几米长的体积式应变仪探头主体置放在井孔底部与岩石紧密耦合，以及将来做分量式仪器需要对钢筒方向精确定位，遂联想石油部门的油井射孔工艺技术可供借鉴，于是去盘锦辽河油田调研。

来到盘锦辽河油田指挥部，我们拿出介绍信说明来意，油田指挥部领导热情接待，非常爽快，即安排专车，指定一位管理人员带领我们到一个下属单位接头。盘锦辽河油田辽阔无垠，一望无际。每个单位都是看不出差别的平房群。分布在油田各处的磕头机不停地缓慢抬头低头，各种管道纵横交错，各单位部门相距较远。

到了搞油井射孔的那个部门，总工程师王洪桃亲自接待我们。王总说，正好有一孔油井完钻，明天先去现场参观。第二天，王总安排我们在距离钻井几十米的地方观战。只见远处一个钻井周围布置着不知名的设备，堆放着各种材料，人来车往，场面壮观。工人师傅们排着几个队列，每个队列似乎二三十人，每个人肩膀上都披着一大块布料，排到前面的人肩扛起像大米袋似的什么材料急忙向钻井奔跑，从钻井返回的人再排到队尾等候。王总负责现场指挥调度，嘴上叼着口哨不时吹响，两个手臂在空中舞动，还做着不同的手势，不停地跑来跑去。偶尔，王总向我们挥挥手。

第三天，王洪桄总工程师亲自给我们讲解石油钻井射孔的原理、方法及技术流程问题。我们三个听众，他就像面对众多学员，两个半小时，从头至尾声调高亢洪亮，抑扬顿挫，配合手势和板书图示，有声有色。面对如此认真的老师，我们聚精会神，丝毫不敢懈怠，像小学生一样不由自主地挺直腰板，小心翼翼，大气不敢出一口。几十年过去了，讲课内容已经模糊，王洪桄这个名字和他讲课时的严肃认真神态却深深扎根在记忆中。

在这次出差东北期间偶然撞上一件新奇事，令我们异常惊奇：在一片大棚里正在拍摄古装京戏。讲述皇帝后宫、将相王侯、才子佳人、牛鬼蛇神故事的京戏以及其他各个地方剧种，已经从舞台绝迹10年，他们却藏在这里悄悄亮相呢。据说，被专政、劳改的艺术家们从全国各地召集来，粉墨登场，拍摄完毕再回原地接着改造。几出戏同时拍摄，各类人员行色匆匆，气氛颇为紧张。

寻找观测试验场地

1979年，我们课题组研制出观测倾斜固体潮的ZQ型自记水管倾斜仪，因地制宜，利用朱辛庄电影学院宿舍楼和西三旗1号宿舍楼地下室开展了基础实验和初步的试验观测。在朱辛庄电影学院，观测到5楼楼板的周期性旋转，在西三旗观测到地基噪声的幅度特性和频谱成分信息。后者和上海市地震局戴邦文用双频激光干涉仪在近海的地基噪声观测资料遥相呼应，互相补充，成为国内最早的地基背景噪声实时观测数据。航天部计划建造一系列基础实验平台，向有关部门调查基础噪声数据资料。他们从国家地震局方蔚青那里得知消息后带介绍信找到西三旗，赵国光和我向三位访客详细介绍地基噪声观测情况，并赠送原始记录资料，他们如获至宝，再三感谢。为基础实验平台设计建设提供依据，也算发挥了一点作用。

在中国计量科学研究院对ZQ型自记水管倾斜仪静态特性检测时，沈家骞、莫振能设计了巧妙的检测方法，出具了检测证书。检测工作延续一个多月，吕越、孙启伟和我天天去位于和平里的计量院实验室上班。

1980年年初，国家地震局组织在上海市白公馆召开地震前兆监测技术公关会，我和吕越、孙启伟携带ZQ型自记水管倾斜仪参会，很多代表参观仪器和演示活动。这次会议第一次提出将观测到固体潮作为地形变前兆仪器的硬指标，我们的仪器列入攻关计划。

在合适的场地实际观测目标量倾斜固体潮，是检验、评价仪器综合性能的必要环节，可是，本单位没有地形变台站。于是，寻找观测试验场地成为首要的工作任务。没有料到，竟然为此费尽周折，形成我们独有的特色性工作。

在寻找观测试验场地过程中，本单位多位领导和职能部门付出了心血，几位同人热心提供线索，协助联系。

1980年年初，实验室马元春说，阳坊老虎口防化兵部队有战备山洞。分析预报室赵玉甫认识昌平县地震办徐主任，徐主任说，县武装部马政委和防化兵部队熟稔。3月31日，业务处长马荣坚带领我和孙启伟去昌平地办接上徐主任和马政委，一同去阳坊防化兵研究院和张团长接洽。经过协商，院方给予大力支持，同意我们借用战备山洞开展地震试验。此后，我和刘瑞民、吕越、孙启伟等针对现场情况和防化兵研究院提出的不破坏基础设施等要求，设想几种仪器安装方法。仪器安装后，很快就记录到清晰的地倾斜固体潮，大家激动不已。可是好景不长，十几天以后，记录曲线急速偏出记录范围。原来，防化兵研究院搞三产，利用战备山洞种植蘑菇。种蘑菇需要经常进洞，记录曲线就经常变得零乱，始终没能得到长期的连续记录。曾经请分析预报中心谢湘薇、章小白帮助分析观测数据，证实数据连续时段和理论值相当吻合。观测试验和种蘑菇势不两立。勉强坚持半年，只好撤出来。

于是，启动下一轮寻找试验观测场地工作。请国家地震局主管部门帮助协调，向云南、山东等地形变台发函协商，和京区各部队、北京军区以及总参三部联系，均未落实。科研业务处郭林带领我和孙启伟直接去河北省易县地形变台站考察联系，陈永德带领我和孙启伟去天津市蓟县地形变台站考察联系，我和孙启伟去山西太原地形变台站考察联系，吴淑敏带张鸿旭、孙启伟和我去石景山发电厂考察联系，舒赛兵帮忙去军事科学院联系，等等，均未能落实。

1982年2月，国家地震局在武昌对包括ZQ型自记水管倾斜仪的三家三种功能相同的倾斜仪进行技术鉴定。三种仪器通过鉴定的同时，分别留下不同的补充工作。ZQ型自记水管倾斜仪的补充工作是继续开展观测实验。

解兆元书记知道情况后，询问在北京军区炮兵司令部的表弟乔政委，回答说确实有战备山洞闲置。1982年4月21日，解书记带领我和孙启伟去香山红旗村见乔政委，又见李贵参谋，并一同查看香山公园蟾蜍峰下面的战备山洞，凭感觉认为条件不错，我们一眼看中。5月13日，解兆元书记再次带领我去北京军区见陈其满参谋。第二天，我和张鸿旭、孙启伟携带证明信再去北京军区接洽。经过多次协商，对我方工作人员勾波、张鸿旭、李根源、孙启伟进行政治审查，6月2日北京军区终于同意我们借用香山的战备山洞开展地震观测试验。

我们和负责战备山洞职守的炮兵司令部的战士们住在同一排平房，他们欢迎我们到来，腾出一个大房间供我们使用。清理山洞，整修布设电源，创造基本的工作条件，请测量队刘执枢勘测山洞全图，测量各段落地基高差和走向。接着布置安装仪器。其时，除了观测倾斜固体潮的 ZQ 型自记水管倾斜仪，还研制出了观测应变固体潮的 SS 型丝式伸缩仪，两种仪器安装在同一段山洞里。SS 型丝式伸缩仪一步成功，记录的应变固体潮幅度大，记录曲线光滑，连续一个月的整卷记录纸不会出格，表明长期稳定性好。请河南省地震局骆鸣津对 SS 型丝式伸缩仪的观测数据做调和分析，表明数据质量很好。我应约参加中国地震学会观测技术分会在云南昆明震庄召开的专业会议，介绍了 SS 型丝式伸缩仪的观测情况，仪器和观测资料受到称赞。我和张鸿旭带着应变固体潮观测资料向国家地震局主管领导汇报，当场给予充分肯定。应变固体潮的成功观测，吸引地质所、武汉所、581 厂等单位的同行到香山参观考察。而 ZQ 型自记水管倾斜仪的观测仍然存在问题，每当刮三四级以上的风，倾斜固体潮记录就失真，以致漂出记录范围。反复查找原因，不知所以。一种解释是：下雨时雨水常渗流到洞里，表明山洞外覆盖不均，另外洞口铁门封闭不严。气流变化作用到基岩产生的微量垂直变形超过倾斜固体潮的变幅。

我们在香山工作期间，有人对这块宝地馋涎欲滴，多次从窗户钻进山洞。上级主管领导居然来到香山要求我们交出山洞。真是莫名奇妙，不可思议，我们坚决抵制。1983 年 2 月，地震地质大队负责人张荣珍找我谈话，说国家地震局主管地震前兆监测的领导说，按单位分工，我们搞的两种固体潮观测仪器不拟推广应用。至此，观测试验已无意义，寻找固体潮仪器观测试验场地的活动终止。从开始研制两种观测固体潮的仪器起算，白白花费了 5 年时间，没有产生价值，犯了方向性错误，我深感对不住一起创业的同人。

再次出征

1983 年，新一代观测断层形变的自动记录仪器逐渐成熟。为了检验仪器性能和打开应用领域，再次开始寻找试验观测场地的征程。

经过调查，我们了解到山东省安丘常家庄台是全国唯一跨断层固定安装因瓦基线尺，应用显微镜人工观测断层活动的地形变台站。这是开展对比观测，检验断层形变仪器的难得场地。时任地震地质大队大队长的王树华原籍山东，面子大。于是和他商量，请其在百忙中拨冗走一趟山东，帮助我们促成合作意愿，王大队长欣然应允。1983 年 7 月，我和张鸿旭在王树华大队长的带领下，来到山东潍坊，稍作停留，又直奔济南山东省地震局。山东局汤副局长出面接待，双方领导寒暄过后，我们直奔主题说明来意。汤副局长和省局有关部门交换意见后，表示同意开展合作。我方无偿提供仪器设备，对方提供观测场地，负责仪器的日常管理，观测资料双方共享。

在常家庄台站实地考察得知，固定因瓦基线尺跨越郯庐断裂带的分支断层——莒县断层，已经观测多年。刚好，台站观测室里有空余地方可以安装两台自动记录仪器。台长王遂章和郑升德等同志密切配合，在各方面提供方便。此后双方多年亲密合作，对比观测试验获得圆满成功。

从 20 世纪 70 年代开始，西安市市区和郊区发现多条地裂缝，其活动性一度相当剧烈，地裂缝通过的建筑物、道路、操场、输水管线、电力管线都遭受了严重破坏。西安市的多家单位都开展了地裂缝调查和地裂缝活动规律研究。我们了解到这个情况，觉得地裂缝直观可见，观测地裂缝活动情况既可以检验仪器性能，又能为地裂缝研究提供动态活动监测数据。当得知赵国光有同学在西北大学，遂请其出马，再拉上科研处副处长卞兆银，1983 年 10 月，我们去西安洽商试验观测和合作事宜。通过赵国光的同学，联系到西安市地震办公室战主任和刘景明，再和陕西省第一水文地质工程地质队张家明见面。张家明领导的研究团队是开展地裂缝研究最早的，他们在查明地裂缝展布情况的基础上，应用人工方法对地裂缝定期观测，为分析研究地裂缝成因积累资料。张家明带领我们考察被地裂缝破坏的西北大学留学生楼等典型地裂缝灾害现场，再互相交流情况，双方一拍即合。确定从小寨开始，开展地裂缝活动动态观测试验。此后，双方逐渐扩展合作范围，发展到地裂缝三维活动动态观测，建设了韩森寨、电影城、技术学校等一批动态监测站。经数年连续监测，取得了新颖的地裂缝活动规律监测成果。同时，取得了对两种断层仪综合性能检验考察的观测证据。

1979 年春，国家地震局在西苑饭店召开会议。在会上我和四川省地震局雅安测量队队长胥泽忠相识。胥泽忠、刘本培等在四川西部地震多发，活动性强烈的鲜水河断裂带开展列线阵观测，应用大地测量手段开展跨断层定期观测，搞得有声有色。通过交谈，彼此都有兴趣在鲜水河开展动态观测试验。此后，刘光勋、赵国光、柴本栋、张鸿旭和我与四川省地震局多次协商、论证，并向国家地震局报告。从 1982 年开始，赵国光带领肖振敏、刘德权、刘国民、韦伟等连续几年沿 300 多千米的鲜水河断裂带全线进行系统的地震地质调查，勘选定点监测断层活动性的台站地址。在国家地震局经费不足的情况下，请陈章立局长写下欠据，我们垫付经费提供仪器。张鸿旭多次进现场，和四川局测量队一道，分期建台安装仪器。在双方共同努力下，历经数年，建成了我国规模最大的断层形变动态监测台网。

漫长的 100 米

东江水电站位于湖南省资兴市湘江水系的支流耒水上，坝高 157 米，是 20 世纪 80 年代中国大陆上最高的混凝土双曲重力薄拱坝。1986 年，东江水电站正在施工期，大坝进展到 100 米。应能源部中南勘测设计院约请，我和李根远去东江水电站商谈合作事宜。一天下午，我们正在招待所整理资料，中南院李谷峰急速敲门，说总工程师柯天河有请，立即去大坝工地。我和李根远听命，跟随李谷峰上车直奔东江大坝下游面。

施工期间，上下大坝没有路，就是靠粗钢筋做成的简易爬梯。将钢筋弯成两个直角，将一部分钢筋浇筑在大坝里。上下间距大约 40 厘米，横向长约 60 厘米。抬头望去，只见密密麻麻的钢筋，逐渐收窄成一个尖角指向天空。人站在坝下，显得非常渺小。我心脏砰砰跳，这么高哇，没有任何保护设施，能爬上去吗？！我自己知道，既无体力，又恐高。李谷峰说柯老总在坝顶上，我们爬上去啊！他第一个上爬梯，李根远跟随其后，我最后上梯。开始几阶还成，时间不长，就感到费劲了，腿肚子不自主地嘚嘚嘚颤抖。低头看看，像无底深渊。向上看看，两个李工已不见踪影，四周空无一人。爬梯与坝面的距离不到一尺，身体几乎贴近坝墙，眼睛只能看到很小的范围，满世界就是灰白坚硬的混凝土墙壁。我脑中不时闪出疑问，能爬到坝顶吗？转念又想，两位李工爬上去了，我不能认怂。坚持。当时的感受，就像站在漂浮在大海里的小船中，既不能求援，也不能退缩，举目无亲，孤独无助！听天由命了。一步一步爬呀，爬呀，感到手掌剧痛，一看，手指根部和手掌的结合处磨出硬茧。坚持，咬牙坚持。这时，似乎逐渐镇定一点儿，也逐渐摸索出一点儿窍门，用胳膊肘挎住钢筋停一小会儿，可以喘喘气，脚略略抬一抬，可以歇歇腿。就这样，歇一会儿，爬几步，再歇一会儿。不知道爬到哪里，不知道后续路程多长。

终于，爬到坝顶了。这时看见，沿外坝面建有大约 2 米高的围墙，像一个硕大的混凝土箱子，一些人在箱子底面活动着。此时，手摸到最后一根钢筋，身体还都在箱子外侧。怎样越过坝墙进入到箱子里面呢？要弓背弯腰继续爬两步吗？或者引体向上将腿抬上去？正在琢磨，两个人跑过来帮忙，抓住我的胳膊向上一拖，向下一跳，双脚落到大箱子的底面。

100 米的路程，倒转 90° 放平，悠闲的走完用不了一分钟。现在直立起来，百米绝壁，每上一步都需要消耗体能做功，走上来竟然感觉如此漫长，像是刚跑完两倍马拉松的距离，像是花费了无数个小时，从荒无人烟的沙漠或浩瀚的星空来到人间。我瘫软的坐在地上，大口喘气。

李谷峰、李根远早已来到大坝施工面。只见一些人散乱蹲在坝面上查看什么，柯天河总工招呼我过去。原来，他接到报告，发现新浇注的坝段出现小裂纹，他是让我们帮忙分析裂纹的生成机理。

在大坝施工面详细查看大约一小时，观察微小裂缝的分布规律，分析可能的产生原因。柯总似乎已经胸有成竹，只是需要一个旁证意见，碰巧想法契合。他当即写了返工通知单，要求将新浇注的坝段全部拆除重来。

水电人员个个练就了攀爬高坝的硬功，爬梯钻洞如履平地。柯天河总工疏忽了我们是没上过架的鸭子。从此，我和柯总成为亲密朋友。我感谢他，虽然一度犹豫踌躇，毕竟没有退缩。每次回想，引以为傲。

11 年的苦苦寻觅

自记水管倾斜仪立项时，设想通过换挡方式兼顾观测地倾斜固体潮观测和断层形变垂直分量观测。1982 年技术鉴定时，专家确认了仪器的双重功能。实际上，由于断层形变信息量大，仪器的量程指标不能满足观测需要。虽然可以接力扩展，一次量程过窄终究会影响信息还原，观测断层形变的功能名不副实。从 1977 年研制初期，就已经注意到这个问题。曾经采取增大钵体直径，将传感器和浮子偏心放置等改进措施，但效果很有限。关键问题是，单簧片的行程及非线性问题限制了仪器的量程指标，成为阻挡仪器实用性的拦路虎。

为解决片簧问题，常冥思苦想。查阅各种关于弹性材料的手册、书刊，期待得到点拨、启示。向力学专家求教。出差时，经常逛地摊，看五金店，盼望从各种形状的小商品启发灵感。然而，始终没有寻找到答案。

在寻觅适用簧片过程中，经常寝食难安，食不甘味。好多次做梦也是簧片。曾经几度灰心，以至对总体技术方案的可行性失去信心。

有一次看到一个单位独创的片簧，动态范围超大，那正是我们需要的。可是，体现人家仪器特色的智力成果，既不能抄袭仿造，又还得在结构上拉开距离以避嫌疑。

片簧问题困扰了 11 年，断层形变垂直分量仪器的研制工作也拖延了 11 年。

1988 年秋天，偶然看到一本书上的一幅小图，我茅塞顿开，如得天启。其实，类似的形象多次擦肩而过，当时却没能感悟。很快，脑子里形成了新型片簧的结构以及加工方法。让冯明编写出绘图程序，打印出簧片图样，让孙启伟联系厂家加工。一经试验，完全符合期望的技术指标要求。至此，终于解决了困扰11年的技术难题。

在应用过程中，同事张鸿旭等根据实践感受，又改进为双层结构。20多年来，此种复合簧片一直沿用，并推广应用到关联仪器。

上海失火

1993年4月，应合作单位约请，我和张鸿旭、罗光禄、陈浩、赵营海、孙启伟等去上海市国棉一厂实施地面沉降自动监测示范项目。监测场十几组分层标阵布置在一座二层楼的一层，以前应用水准仪人工施测。为了实现分层标和自动监测仪器耦合，开挖大约半米深、半米宽的地沟，挖出一段分层标组以安置监测仪器的结构件。为了减少地下水侵润影响，在铺设沥青防水层之后，有同事又购买液态的石油制品铺洒在部分地沟里。

分层标钢管最深的层位深入到400多米的深部地层，拟利用从钢管引接地线。已经五六天了，合作单位迟迟没有找到电焊工。我等得心急，便在国棉一厂附近街巷走访。这天下午，终于找到一家施工队有电焊工，并且可以立刻上工，太好了。电焊师傅用三轮车拉上电焊机，我坐在电焊机上引路。来到现场，电焊师傅说干就干，接上电源，打开电焊机。当电焊枪刚敲击钢管，小火星落地，噗地一声响，地沟里迅即烧起一条移动的火带。电焊师傅经验丰富，飞速跑去拉掉墙壁上的电闸。几秒钟时光，火带熄灭。房间里漂浮着一股股黑线头似的烟气。我和电焊师傅匆匆跑到室外，此刻才意识到地沟里铺洒的液态的石油制品是易燃品。送走电焊师傅，赶紧跑到招待所打电话向合作单位报告，再招呼同事下来查看放在那里的部分仪器部件。大家很快赶到现场，向普陀区公安局报告。公安局到现场了解情况，没有造成大的损失，情节轻微，给予象征性罚款了事。

我策划、实施了失火事件，担当全部责任。记录在此，铭记教训，警示后人。

三进小湾

在云南省西部澜沧江与其支流漾濞江（现改称黑惠江）汇合口下游，有一座大型水电工程——小湾水电站。

能源部昆明勘测设计院负责小湾水电站勘测、可行性研究和设计。由于工程规模巨大，难点问题复杂，曾联合科研单位和高等院校对涉及的重大技术问题做了大量的科研试验，邀请国内外知名专家到现场进行实地考察和咨询。其中，对优选坝

址区内的断层 F_7 的现今活动性问题，专家们持有不同意见。对断层 F_7 现今活动性的准确判断直接影响坝型设计和经费投入。能源部总工程师潘家铮提出，开展原位监测"说最后一句话"。从 1989 年开始，我们承担了小湾水电站断层 F_7 的原位监测及其活动性评价研究项目。为此我三进小湾，感受了巨型工程的超凡魅力，经历了惊心动魄和柳暗花明的实际体验。

1989 年 12 月，北京正值寒冬，北风呼啸，穿毛衣还要外加厚外套，再戴上围巾、棉帽子。12 月 1 日从北京出发直飞昆明，然后改乘两天长途公交车，走安宁、楚雄、南华、祥云、弥渡、大理、南涧、云县，到达凤庆。一路的气温急速变化，沿路野花盛开，万紫千红。在后半程，搞不清哪一段公路两侧大朵的木棉花挂在高大的木棉树冠上，地面散落着殷红的花瓣，铺成两条长长的花带，似乎绵延一

在小湾水电站断层 F_7 监测点和施工师傅共进午餐
（左起：张鸿旭、孙启伟、施工队长彝族张师傅，作者摄影）

两个小时。不时看到公路边上堆放着大堆甘蔗杆，有商家正榨制甘蔗汁售卖。

第一次进小湾，我和张鸿旭、孙启伟三人同行。昆明勘测设计院负责工程前期勘察的地勘二队的驻地座落在大坝下游十几千米处，他们已经持续工作十几年，完成了大量勘察工作。

断层 F_7 位于优选坝址下游几千米。监测点选在澜沧江两岸原有的勘察探洞内。从地勘二队驻地去 F_7 监测点，乘车可以到达探洞下面的江边，从江边到山上探洞没有正规道路，只能走弯弯折折的羊肠小道，一大段路径铺堆着带尖角的石头，走过时需要小心翼翼地选择落脚位置。两岸之间走摇晃的浮桥相通。

根据探洞条件和仪器布置要求，需要对探洞进行扩挖和支护。我们每天跟随施工人员在现场配合工作。走在山间小路上，常听到从澜沧江对岸远山传来尖细悠扬的山歌，同行的彝族朋友忍不住对唱应答。现在历时 20 多天，和师傅们混得很熟。曾经质疑探洞支护材料欠牢固的，彝族张师傅说"绝对没有问题"。在工地度过元

旦，1月5日我们完成仪器安装、调试、测试等全部工作程序。

第二天，计划到两个监测点现场查看仪器运行情况。吃完早饭，我们在院坝等待出车。刘义队长说，很抱歉今天车子都派出去了，需要等小车返回来再送我们。我们说，没关系，今天不急。于是在驻地附近悠闲的欣赏风景。

澜沧江河谷切割深急，两岸山势陡峭，几乎每天早晨沿江都大雾弥漫，氤氲朦胧，如梦幻仙境，一般到十点后才慢慢变淡消失。昨夜下雨，空气中散发着泥土香味，花瓣上凝聚着大粒水滴，显得更有生气、娇媚。在雾脊上方，轻淡的烟雾打着旋涡，缓慢地变换着图形，像一幅水墨长卷。澜沧江在脚下低沉吼叫着。沿山势修建的一排排职工宿舍门前种着芭蕉树，残留的芭蕉举手可及。远处的高山半腰上，据说有一个大的村镇，此时一伙一伙小人隐约在山路上缓缓移动，那是老乡们去镇里贩卖自家产品，或购买日常用品的。驻地人员大都分散到工地各处工作去了，不见人影。两位彝族大嫂肩背背篓，里面是自养的鸡和土特产，是打算卖给工地厨房的。我们已经在工地驻留不短时间，这还是第一次悠闲欣赏当地美景风情，美不胜收，感到心旷神怡。

返回院坝的司机师傅喊我们上车了。到江边下车，沿着羊肠小道向上走，到达熟悉的左岸监测点。我们关心的是仪器投入工作以后记录纸上的观测曲线变化情况。走进探洞，咦！这是怎么了？只见一半仪器被渣土碎石掩埋，原来是支护木桩折断，顶板塌方！最担心的事终于发生了。如果塌方发生在昨天，几吨重的渣土碎石砸落下来，几个人顷刻间就变成肉饼子！惊心动魄，毛发倒竖，心脏像突然停止跳动。大家愣怔一会儿，坐在地上抽支烟，逐渐冷静下来。从仪器的记录纸可以看到塌方前几个小时的急速变化过程和塌方时刻。

赶快回去向地勘二队领导报告吧。

加固支护需要时间，已经出来一个多月，家里一堆工作等着呢，决定赶紧返回北京。

在昆明，和昆明勘测设计院领导说明情况，立即订机票。吃过晚饭，三个人到街上走走，打算买点香蕉等土特产带回北京。正在大街上转着呢，孙启伟急不可耐地要上厕所。刚出来不一会儿又进去。不多时，我也感到内急。两个人同时发生同样状况，就不是个案了，可能受同源因素影响。噢，可能因为晚饭时吃了四季豆中毒了。赶紧找医院。大夫经过诊断，确认食物中毒，当即洗肠、输液。幸好张鸿旭没买这个菜，他轮番举着药瓶带我们上厕所，叫护士，一直守护在身边。折腾了几个小时，终于解除警报。又一场虚惊，有惊无险。

春节刚过，有人探亲，有人生病，几项工作同时展开，人手不够分派。去小湾处理塌方砸坏的仪器，就只能由比较熟悉现场和人事情况的我一个人出马了。1990年2月28日，随同地质所也去小湾工作的虢顺民、向宏发等一同前往，我二进小湾。

检查重新做过的支护，很坚固。昆明院安排了配合人员，我们一道更换仪器、重新测试，工作进展顺利。接下来，对仪器管理人员进一步培训，几次一道上山，他们已经能相当熟练地操作仪器。

完成任务后，地勘二队领导委托在工地办事的勘测总队刘会计师陪同我乘坐公交车回昆明。我和刘老分坐前、后排座位，行李箱放在左手座位旁。一路上，我们一边欣赏车外风景，一边聊天。有乘客带着一个会说话的鹦鹉在铁环上跳上跳下，频频向大家问好，为枯燥的旅途带来欢乐。下午天热，公交车摇摇晃晃，不知不觉进入梦乡。

一声汽笛长鸣，哦，已经华灯初上，进入昆明市区了。刘老说，今晚好好休息啊！好，好，谢谢一路关照。正说着，伸手一摸，歪头一看，咦，行李箱哪里去了？刘老赶忙询问乘务员，说好像有人提着棕黄色皮箱下车，大约在两个小时以前。坏了，就是说，皮箱已经无从查找。里面装着我的全部用品呢！

出门在外，忽然间一无所有，失落至极。刚才还悠哉游哉，转瞬身无分文，人生旅途真是难以预料。刘老送我到招待所，过一会儿送来毛巾、牙刷、剃须刀等日常用品，再带我在招待所食堂吃晚饭。我垂头丧气。辗转反侧，艰难地度过一个不眠之夜。

第二天一早，地勘总队副总队长朱雍权拿来钢笔和笔记本，内衣，外套，昆明院陆宏总工送来反包装香烟和零用钱。我被包围在诚挚的友情之中。中午，地勘总队总队长刘宗选设宴，几位朋友一道为我压惊洗尘。丢失皮箱的沮丧心情顿时缓解。

1991年3月初，根据对持续一年监测数据的分析研究，撰写出第一份断层F_7活动性评价报告。

3月21日，水电部水电规划设计总院潘成林通知，拟召开国家对小湾水电站可行性正式评审前的预审会。潘家铮总工点名要求我务必到会，他要亲自听断层F_7活动情况的专题报告。我28日到达昆明，昆明勘测设计院领导和有关人员已经去凤庆会场。院办公室主任江海洋等到我，一路陪同向凤庆进发。这是我三进小湾。

到凤庆的当天晚上，潘家铮总工从北京打电话到会务组，说李鹏总理把他扣住不准离开北京，以随时咨询三峡问题，不能来小湾了，特向我致歉。在会上，我报

告了断层 F_7 活动性的观测情况和对其活动性的初步评价意见。

会议期间，我有幸和黄操衡、刘克远两位国家级工程勘察大师住在一起。在晚上休息时间，房间里没有大桌子，把图纸铺在地板上，二位大师在图纸上跪着趴着，认真地审看图纸，核对报告。光线暗，我便负责举手电照明。二位边看边议，指指点点，不时在记录本上写写画画。二位大师根据典型位置的钻探柱状图恢复地层状态，然后看报告对照，而不是简单接受报告结论。躺在床上，仍然议论工程问题。几天里我目睹了他们严谨缜密的治学态度和工作精神。

会议间隙，组织参观凤庆街道和茶厂。原来，埋藏在连绵群山中的凤庆县城是滇西南文化重镇。设府置县已 600 多年，历史文化源远流长。早在明万历元年，即创建"聚书楼"，继而建学宫、设书院。清初，义学、私塾遍布城乡。深厚的文化底蕴，养育了民国时期讨袁护国名将、著名翻译家等一批优秀人才。县内名胜古迹众多，有滇西南保存最完整的文庙群，有建于明万历年间的文明坊，建于乾隆年间的石洞寺，建于光绪 14 年的红龟山文笔塔。县内居住着汉、彝、白、苗等 23 个民族。滇西红茶远近闻名，其中一种产量极少、极其珍贵的带白毛的大叶茶曾经作为国礼赠送英国女王。

在游览时，刘克远、黄操衡二位大师随时注意勘察远山近水和古城周围的地形地貌，分析区域构造。二位大师利用一切机会注意收集有用信息，敬业精神和职业习惯令我敬佩。

会后，昆明勘测设计院院长董怀三，副院长方大凤，新任副院长刘宗选，总工陆宏一同和我交谈。他们说，你们提供的报告是第一份对断层 F_7 的活动性有说服力、给出明确结论的正式文字报告。据此修改大坝坝型设计，将可减少投资 30 亿。

小湾断层 F_7 的观测一直延续，每年报送一份报告。可喜的是，后续的观测数据一直支持第一期报告给出的结论意见。7 年后的 1998 年，昆明勘测设计院提供一份证明材料，对这项工作给出产生了巨大的社会效益和经济效益的高度评价。

小湾水电站于 2002 年 1 月 20 日正式开工，2010 年 3 月 8 日大坝全线封顶。最大坝高 294.5 米，为当时世界最高拱坝。

受到国家领导人接见

1999 年 1 月 4 日，所办公室送来国家科技奖励办公室发来的传真文件《关于召开 1998 年度国家科技奖励获奖代表座谈会的通知》。通知称：1998 年度国家科技奖励评审全部结束，已经国务院批准。你单位完成的"断层形变系列化观测仪器及其推广应用"项目获国家科技进步奖二等奖。为鼓励获奖人员，促进全社会尊重知识、尊重人才风气的形成，定于 1999 年 1 月 8 日在友谊宾馆召开 1998 年度国家科技奖励获奖代表座谈会。

接到通知后，我向在所的副所长杨流平报告，电话向国家地震局成果处张大为报告，他们均表示祝贺。第二天，国家奖励办又电话告知，要求着装整齐，提前一天报到。

1 月 7 日 8 点，我准时到达友谊宾馆贵宾楼。先填写个人材料，然后编组。主持人说，这次活动只约请 120 位获奖代表。今天主要活动内容是收看国家科学技术奖励新闻发布会实况，接受电视台和报社记者采访，参观部分成果展览。

新闻发布会宣布，1998 年度国家科技奖励结果揭晓。由 800 余位各方面的专家、学者经过严格的评审程序，从全国各地推荐的 1500 个项目中共评选出国家技术发明奖、国家科技进步奖、国际科技合作奖共计 543 项，共有 3447 名获奖者。国家科技奖励今年重点奖励了自主创新、拥有自己知识产权的技术、高新技术及其产业项目、解决国民经济建设的热点与难点的关键技术和符合可持续发展的战略项目，以及在科技成果转化推广中取得巨大经济、社会和生态效益的优秀科技成果。

1 月 8 日下午，代表们从友谊宾馆贵宾楼乘坐大轿车，2 点 10 分到人民大会堂东门外，在工作人员的引导下来到福建厅。大家按编组排队，分五排站上阶梯台演练。在福建厅范围内自由活动一会儿。2 点 30 分，站到阶梯台上等候。

接见会由科技部部长朱丽兰主持。党和国家领导人向前排中间几位获奖代表颁发获奖证书、奖章和鲜花，握手祝贺。

科技部、教育部、国防科工委、农业部、中国科学院、国家林业局、北京市、解放军总参谋部、总装备部等部门负责人参加了接见活动，在国家领导人两侧就座。

接见活动大约半小时，然后转移到新疆厅开座谈会。座谈会仍由朱丽兰部长主持，李岚清副总理和代表们进行互动座谈。国家科技奖励办公室简要介绍获奖成果情况后，四位代表依次发言，最后李岚清讲话。

江泽民总书记接见获奖代表时的讲话和李岚清副总理在座谈会上的讲话新华社发了专稿。

离开人民大会堂，再返回友谊宾馆，科技部领导颁发获奖证书及奖章，短暂交谈。代表们继续相互交流，等待收看新闻联播节目。当天晚上，中央电视台新闻联播节目播出了党和国家领导人接见获得国家科技奖励代表的新闻。

勾 波 简历

　　勾　波，男，汉族，河北承德人，1939 年 10 月生，研究员，中国民主建国会会员。1966 年毕业于北京大学无线电电子学系无线电物理专业，先后在中国科学院地质研究所、中国地震局地壳应力研究所工作，主要从事断层形变观测方法与技术研究和大型工程区基础稳定性评价方法研究。参与创建地壳应力所断层力学研究室，曾任该研究室副主任、主任。享受政府特殊津贴。2000年退休。

青藏高原野外历险记

谢新生

川西北深山"剿匪"和偶遇野狼

  2002 年，我和研究所的江娃利、侯治华因承担国道 317 线川藏公路雀儿山隧道地震安全性评价近场区地震构造环境研究项目，来到川藏交界的川西德格县。

  国道 317 线川藏公路位于青藏高原的川西高原，一般在海拔 4000 米以上，公路沿途经过的雀儿山脉最高峰海拔 6168 米。国道 317 线是我国西南重要的国防公路，数十年来内地大量的军用、民用物资经过该公路进入西藏，为民族团结、国防建设做出过重要贡献。可是由于公路沿线山势陡峻，雀儿山公路垭口处的海拔 5050 米，沟底至垭口相对高差 1000 多米，可以想象得有多少盘旋的弯路才能翻过海拔 5050 米的垭口呀！由于山高路险，每年都有数起汽车坠落事件发生。尤其是冬天，道路结冰，或不得不封路，或单边轮流放行，造成人员和物质进出的困难。如果有一条公路隧道自海拔 4000 米的谷底穿过雀儿山脉，那该多好啊！这是当地百姓多年的期盼。

雀儿山冰川角峰

从成都向西北出发，经过康定、道孚，一路开车行走了三天，才到达德格县。德格县是佛教圣地之一，也是藏族格萨尔王的故乡。我们先到德格县当地政府部门打招呼，当晚，该县的副县长和交通局的领导设宴热情欢迎我们。从他们的介绍中，我们获知，德格县全县只有 5 万 ~ 6 万人，其中藏族人口占 97%。

作者在雀儿山 317 国道垭口

工作几天之后，我们一行四人于下午四点多驻扎在海拔 3998 米马尼干戈藏族大旅社。虽然才是 9 月天气，但这里已下过冬季的第一场大雪，沿途可见到山体被薄雪覆盖。在旅社门口吃晚饭时，几只比内地体型大得多的乌鸦围着我们讨饭吃，我感到很惊讶，在内地是不可能的事。这里人与自然很和谐，藏民信奉佛教，不杀生，除了吃自己养的牛羊以外，野生动物都不吃，包括野兔、野狼、野驴，以及各种天上的飞禽和水里众多的鱼类，因此，各种野生小动物不惧人类。傍晚，络绎不绝、着装多彩的藏民顶着烈日余晖还在做着各种生意。我们相互好奇，又十分友好，用"扎西德勒"相互打着招呼。

马尼干戈是交通要道，往西北直通玉树，往西通往德格县进入西藏。马尼干戈每天有集市，各类生活日用品都能买到，而且可以使用有线电话机和无线电话机。在一片荒芜人烟的雪上高原算是一个繁华的大地方了。

这里海拔 4000 米，氧气稀薄，晚上睡觉不踏实，还不时被野狗的嘶咬声和惨叫声惊醒。几天之后，才慢慢适应这里的高原环境。我们在马尼干戈这一带预选的四个穿山隧道口开展野外工作。记得一天早晨，在旅社吃过早饭后，和以往一样，我们带上饭店烙的大饼、牛肉和咸菜作为中午的午餐上路，工作区在位于风景名胜区——新路海的斜对面，进行断层陡坎的调查。我们将汽车停在公路边上，这里海拔 4100 多米，走平路十几分钟就大口喘气。在 4500 米以上见到野生的藏雪莲。在穿过一个大型洪积扇之后，我们到了要调查的断层陡崖，对其进行了测量、画图、拍照，并顺着陡崖进行追踪调查。

下午一点钟，当我们在公路上方一块平坦地刚吃完携带的午饭时，突然连续特别刺耳的警笛嘶鸣声划破长空，这时一辆警车在我们坡脚下戛然停下，四个荷枪实弹的警察从车里钻出朝我们举着枪大声喊道："你们是干什么的？"我们听到警笛声和警察的到来知道这里可能出事了，都站了起来，回答道："我们是在这里做隧道工程地质调查工作的。你们这里出什么事了？"这些警察开始见我们是四个人，因此很警惕，以为是劫匪。后来发现我们是内地人，还有女同志，他们就放心了。他们说："就在刚才，前面一点儿的新路海，四个土匪洗劫了一辆公交客车所有人的钱财，他们有枪，为保证你们的安全，你们赶紧离开这里！"说着他们响着警笛声朝马尼干戈方向驶去。一听到这儿，我们赶紧收拾东西下山。小刘司机行动最快，已上车将汽车发动，随后另几个人也上了车，因为我动作慢，还未下来，我着急了，大喊："等我一会儿！"。其实我们是一个集体，谁也不会被落下，只是我当时心情紧张。

这里是川藏交界，地处偏僻，属于两不管地区，两地政府鞭长莫及，因此这里偶有土匪出没。在我们还没来四川前，就听说多年前这里的一个地质队一行8人，在山上安营扎寨，带着帐篷、炊具、马匹，甚至还有防身的枪支弹药，半夜被一群土匪洗劫并全部杀害，十分惨烈。这次出发前我曾经与德格县交通局副局长降赤乃通电话："听说你们那里有土匪出没？"副局长说："那是以前发生的事，但如今经过大力整治，治安好多了，你们放心来吧！"

下午三点半，我们撤回到马尼干戈驻地，这里已经乱成一片，大家都在谈论土匪抢劫的事情，这时我们才知道在离我们工作地点不到半里地的新路海，一辆自甘孜州出发到德格县的大客车遭遇了抢劫，车上近30人的藏民旅客，携带不少的钱物、首饰和手机。在新路海上车的四个土匪突然用枪指着旅客说："把钱、首饰、手机通通交出来，否则不客气！"见到这架势，小孩吓得哭喊。这时"砰"地一声土匪朝车里放了一枪，对旅客进行恐吓，为的是起到震慑住人们将钱财全部交出来的效果。果然、大家脸色煞白，乖乖地交出来所有钱财，妇女们一直落泪心有不甘，孩子们惊吓得抱紧着妈妈不敢作声。土匪们将这辆车洗劫一空，带着20多万元的钱财下车往新路海的山沟的沟口急速飞奔。

新路海是一个不大的湖，四周有苍劲松柏、灌木和花岗岩环绕，许多块花岗岩上刻有我们不认识的藏经。湖水清澈见底，周围仅有两家放牧的帐篷和他们在这一带养着的几头牦牛和数十只绵羊，是风景优美的旅游区。这个地方距马尼干戈不过数十千米，仅一个小时的路程，可是这里手机没有信号，手机打不了，报不了警，这是土匪早就设计好的，从这儿抢劫得手后容易逃跑进入山区，再转到公路也不远。这辆被抢的客车司机在大家要求下倒转车头，返回马尼干戈，在这里向甘孜州公安局报了警，土匪在光天化日下进行明目张胆的抢劫，这还得了，甘孜州立即要求其德格县公安局派部队和特警协助破案，一定要抓获这伙穷凶极恶的土匪。

两个小时后，德格县一名副县长带了一个排全副武装的部队和特警共 30 来人，从德格县急速赶来。这时距土匪洗劫客车已经过了两个多时辰。他们马上进入新路海，沿着雪地上土匪留下的深深新鲜脚印往山沟里追击，当时已是傍晚，天渐渐黑了起来。土匪要亡命，因此比警察跑得更快，警察只能望着远去的脚步叹息，不得不撤队。晚上，在马尼干戈旅社我们又遇到德格县的副县长，坐在旅社饭店昏暗的灯光下，我们借给副县长一张地形图，便于他们根据地形图展示的沟口围堵土匪。特警们出警紧急，没来得及带地形图，也都围过来看图。"是呀，我们不能在土匪后头追，难道不能在土匪最有可能逃出的路口堵吗？"大家七嘴八舌地分析起来。

前面已经介绍了雀儿山脉为北西向，最高峰 6168 米，从海拔 4500 米高的地方开始往上。由于气候环境非常恶劣，寸草不生，到处都是现代冰川堆积和寒气逼人皑皑白雪，昼夜温差数十度，经过常年温差风化和冰川作用，岩石早已成大小悬殊的碎石状态。在海拔 5000 ~ 6000 米高的山上，山势陡坡达 40° 以上，而且都是呈不稳定状态的碎石流，人稍有不慎，整体滑动的碎石可能一下急速滑塌到数百米深处的沟底而粉身碎骨，因此，很难翻过雀儿山山脉。对于这些土匪来说它是一个天然屏障，追击土匪的队伍只要在各个路口守住，土匪插翅难逃。

317 国道在这一带是沿着甘孜—玉树断裂带的断层谷地分布，走向北西。土匪们要想逃脱警察追捕只能走这条国道。从山里出来上国道有三个出口，副县长迅速组织队伍，将 30 多个警察和特警进行了分工，白天、晚上都要守住这些山口，轮流换班，注意保暖，这里的夜间已是 -5℃。当天晚上大雪纷飞，狂风怒吼，这给土匪的逃亡增加了很大难度，减缓了逃亡的速度。第二天凌晨天刚蒙蒙亮，副县长亲自带领特警们踏着半米多厚的积雪出发了。90 分钟后特警赶到了第一个出口还没有站稳脚跟，"啪"地一声，走在最前面的一个警察差点儿中枪。土匪们亡命逃窜快到路口了，特警们立即隐蔽，眼看着四个土匪掉头往山里狼狈逃窜。警察们冲锋枪一阵狂射，将土匪逼回山沟，随后进行追击，这时山沟里的积雪已达 60 厘米厚，雪地上留下了土匪们深深的慌乱脚印。大家庆幸，如果再晚一点儿，这些土匪就已经上公路逃跑了。

到第三天，似惊弓之鸟又饥饿劳累之极的土匪们内部出现了矛盾，有人提出如果这样下去我们一个也跑不掉，应该分散各跑各的，这样目标小一点。第四天终于在一个山口活捉了一个举双手投降的藏族土匪。这土匪双手被反绑在背后，头被压得低低的，才 21 岁，被押着在马尼干戈游街示众，围观老百姓拍手称快，称赞警察为人们做了一件大好事，否则这一带以后老百姓不得安宁。随后当副县长还我们地形图时，向我们表示谢意，说这张地形图对围剿土匪起到了作用。

后来听说这四个土匪的下场是一个投降，一个被打死，一个摔断了腿而被活捉，还有一个暂时逃脱了追捕，不知去向，相信他最终也将落入法网。

在德格县的野外调查期间，我们曾在雪地里看到豹子的脚印，也曾骑马一天爬坡过溪，进入一条汽车进不去的冲沟——查尔寺沟，调查另一个隧道的预选点。经过20多天的野外调查，我们顺利完成了任务，而且还发现了一条前人地质图上没有标注的、目前不断有小震发生的北西走向的错坝活动断裂，这条断裂是著名的北西走向甘孜—玉树活动断裂带西侧的一条分支断裂。因为这条断裂距离这条隧道很近，所以，2006年甲方要求我们用甚低频和气氡测量方法对该断裂进行详细测量。这次调查很艰苦，因为我们在4500～5050米海拔间沿断层进行密集测量，在这么高的地方，我们还要上山、下坡，一步一喘，尤其在海拔5050米一带，真是筋疲力竭。

记得有一天，孙昌斌和杜义在距我1000米左右的山坡测量甚低频，我一个人对周围的地质环境进行调查，正当我从半山腰往下走时，突然看见山根下距我近100米左右处，一前一后上来两只大灰狼。当时我吓得一激灵赶紧站住，盯着这两只灰狼的动静，看它们往哪儿走，然后绕开它们。其实它们早就发现我了，由于害怕人类才返回大山的，我一停下，它们也停下看着我，我走它们也走。这时我想，现在看见的山边是两只狼，谁知道前头是否还有好些狼已经躲进山根小树林在等它们或是等着我呢？如果是一群狼我还敢往下走吗？狼三五成群不好对付啊！我心里打着鼓，很是着急，怎么办？当时我带了对讲机，打开与孙昌斌和杜义联系，结果他们一点儿反应都没有，他们的对讲机根本就没打开。还好，当时我手里带着一把长75厘米的冰镐，这冰镐是登山队员用来爬山的，此镐一头尖尖，一头是一把镢头，既可以用来防身，也是我们地质工作者用作取测年样品的工具。我看周边没有别的下山路可走，只能走这一条路，只好继续走下去，我这时看见狼也往山上走，没入小树林中。

半年前，我看了北京知青姜戎1967—1978年在内蒙古额仑草原插队时写的《狼图腾》，书上描述了怎样与狼群打交道，与狼怎样和平共处。从这本书上我知道狼很聪明，有组织、有纪律，有不顾一切、奋勇向前的战斗力，生性凶残，但是狼也有弱点，生来多疑，独狼害怕人类，害怕金属的敲击声。想到这儿，我立即从地上拾起一块坚硬的石块使劲地敲击冰镐，并且打开对讲机测量电量的开关，发出很大的沙沙声音，我还一大一小声随便说着话，好像是多人说话一样，就这样虚张声势又十分紧张地往山下快步走去。也许是我的故弄玄虚起了作用，在经过狼上山的小树林前土坡时，我飞快地爬上近2米高一块大石头上并举起冰镐，做好了与狼群拼杀的准备。大约过去了10分钟，狼没有出来，我知道这些狼已经被我吓得早就上山了。我这次真是有惊无险，总算平安了。

东昆仑断裂带野外调查小记

1986—1989 年青海省地震局与地壳应力研究所合作，共同对青藏高原上的东昆仑活动断裂带开展地震地质调查。我有幸参加此项工作，第一次深入到青藏高原腹地开展地质工作，当时十分兴奋，其中一些经历至今记忆犹新。

1986 年 7 月，某日清晨，我们一行四人，其中包括肖振敏、王焕贞，在刘光勋教授带领下，与青海省地震局曾秋生等 15 人，乘三辆车，浩浩荡荡由西宁市往青藏高原进发。

我们的第一站就是玛多县花石峡镇。汽车一路爬坡由海拔 2600 米直升到 4250 米。花石峡镇没有旅社，只有饭店，旅客都是过路客，原因是这里严重缺氧，旅客从不在这里住店，这里居住的氧气环境比周围海拔更高的地方还差。村民上午 10 点起床，商店 12 点开门，下午 2 点关门，顾客都是当地的藏民，当然开店的也是藏民。这个镇子很小，说是镇子，其实比内地的一个村子的规模还小得多。有一家邮局，只有一个人上班，听说这里的邮件一个月也到不了内地。我们一落脚，就有许多藏民围着我们，对我们十分好奇，一是从没见过这么多汉人，二是这么多汉人还竟敢破天荒地在这里搭帐篷住下。藏民对我们很友好，男的身材高大、魁梧，脸庞褐红色，妇女呈现暗红色高原红的脸蛋儿，他们一句"扎西德勒"的祝福，立刻拉近了我们不同民族之间的距离，亲切感油然而生。

由于事先知道这里没有旅社，因此我们携带了帐篷，帐篷是军用的，中间钢管顶梁柱高 3.5 米，四角用粗绳拉直再用钢筋牢牢地钉在地上，帐篷内长宽各 4 米，一室可放四张床住三人，中间一床放人行李箱等用具。到了晚上，我们用带来的柴油发电机发电，灯光黄黄的一闪一闪有些昏暗，明显电压不稳，看书也费劲，只好玩起了麻将牌。有人将西瓜切好了叫我们吃，喊了好几遍没人理，"呃，西瓜没人吃是吧。"其实，在内地当时正是炎热的夏天，可是在青藏高原已经穿上了羽绒服，西瓜都快要结冰了，有谁会在冰冷夜晚还吃冰凉的西瓜。有人建议："好，谁输了谁就吃西瓜，头上还要戴草帽，不许摘下。"大家异口同声："好，谁怕谁呀。"就这样在围看的人多，玩的人少，大家在热热闹闹的气氛中度过了愉快的第一个夜晚。

晚上睡觉时，我在钢丝床上垫了两层褥子，然后钻进了鸭绒被，压了一件皮大衣才躺下。不知为什么几个小时过去了，翻来覆去就是睡不着。当时总觉得鸭绒被子很重，压得我透不过气，于是我用两手的手指交叉架在胸上，将鸭绒被顶起来，但还是不管用。就这样似睡非睡、迷迷糊糊地过了一晚。第二天起来发现原来地上脸盆里的水竟然已结冰。起床找到一包茶叶，惊奇地发现在北京这扁扁的茶叶包竟然像吹起来的气球一般鼓胀起来。这时我真正理解了高原低气压的作用，听说高原米饭做不熟，觉睡不好原来都是低气压在作祟。

在之后的野外调查中，我慢慢地逐渐适应了低气压环境，没有什么不舒适。这里每天下午4点准时呼呼地刮着凉气刺骨的寒风，有时还雪花飘飘。白天烈日炎炎，冰雪融化，草地上生长着近10厘米高的黄绿色野草，蓝天飘着低低的似乎伸手能够得着的白云。很多不怕人类的旱獭、老鼠和大尾巴的小松鼠四处戏耍，众多百灵鸟引吭高歌，一派生机，满眼秋色。到了夜晚则 -10℃，昼夜温差竟然可达30℃，难怪有人说，青藏高原只有秋天和冬天，从9～10月开始一直到来年6月这里都是冰天雪地，白雪皑皑。

记得有一天，中午饭后我想在附近摘一些黄蘑菇晚上吃，走了好一会儿，只见到一种大家不大爱吃的高原特有的白色蘑菇。这种蘑菇直径有13厘米，高15厘米，一个就有一斤多重，它成熟时，会释放出灰黑色孢粉，据说这种孢粉可以做刀伤药。再寻找一会儿，终于在一斜坡上发现一个直径2.5米圆圈上长了一圈的黄蘑菇，我兴奋地大叫，将大草帽反过来，迫不及待地摘了起来，大约摘有4斤。我高兴地往回走，突然看见前头有一种特鲜艳的不知名的草花，我蹲下去想细细观看，刚一蹲下，听旁边发出窸窸窣窣的声音，我侧脸望过去，呀！旁边立着一只特别漂亮的小松鼠，雪白雪白的肚皮，棕红色油光发亮的头顶和后背，没有一丝杂色毛发，真是好看，它正睁着大大的眼睛怪怪地一动也不动地盯着我，好像在说："咦，我家门口怎么多了一个树桩？"我也静静地看着它，不敢有丝毫的动静，我眼睛往地上扫了一眼，真的，它的窝就在我的脚旁，难怪它不敢进窝。我们就这么僵持着大约有10分钟，我真想把它逮着甚至带回北京让大家观赏。我静静地像慢放的电影一样，将草帽里的蘑菇极慢地倒出来，不敢发去半点儿声响，又慢慢地将草帽举起来放在小松鼠的头顶，"啪"！我猛地将草帽朝松鼠扣下去，哪知道这个小东西早就知道我的歹意，在帽子落下的瞬间跑了，真是可惜，这只漂亮小松鼠连一张照片也没给我留下。

有一天我和王焕贞以及黄司机三人，到一个地方做地质调查，经过一条宽约80米的小河，河中间有一条与河平行的不大的河心滩，河心滩露出水面约30厘米高，上午8点半我们的丰田车逆水而上，顺利经河心滩过了河。中午我们吃的馒头咸菜，一天的野外调查工作进展顺利，我们心情挺舒畅又来到河边，这时见河心滩已经被水淹没于水下。因为白天烈日将山上的积雪融化，水流集中到河流，使河水到下午3～4点猛涨了50厘米。此时已是3点40分，再不过河，河水还会再涨，怎么办？别处水更深，只有强行过河了。这时黄师傅选好了一条过河路线后朝河中猛冲，一下就到了河心滩上，大家不觉松了一口气，车继续往前走，刚要下河心滩的坡，车灭火了，再也打不着了，这时黄师傅和我们都特别着急，眼看着河水还在涨，车若被水冲走我们也要落水，而且还有生命危险。此时河水冰凉而湍急，水深约3米。这里距离我们的驻地还有好几千米。1986年我们还没有手机，与驻地同事联系不上，怎么办？我们三人都坐上车后，使得车轱辘压在河心滩上不至于车被河水冲走。到了晚上7点左右，河水不涨了，山上的冰又冻住了，我们放下心来在车里等明天水位降下去后再做打算。

高原的夜空一片清明，没有一丝的云彩，抬头望天，满眼都是星星，特别清楚。这是银河系、这是北斗七星，可惜我们缺少天文知识，认不出几个星座。这时水位已不上涨，大家都放心了，但也不敢大意，肯定是不能睡觉，开始我们在车里聊天，我向来言语不多，比较内向，聊一会儿大家就沉默了。在寂寞中我吹起了口哨，从"文化大革命"前后的老歌和新曲，一直到1986年我能吹出来的歌都吹了好几遍。夜深了大约2点左右，我也累了，饿了，极度疲劳，有些昏昏沉沉，突然，我看见河的左岸上一溜儿黑影，排着长长的队伍自上游往下游静静地走去。我赶紧告诉王焕贞，他也看见了，黄师傅也看见了，我们都在猜，这么晚了会是什么东西静悄悄地从这里经过呢？是动物吗？是食肉动物吗？是鬼吗？开始我心里有些紧张，这世界本来就没鬼，鬼是人类造出来的，怕什么鬼！要是食肉动物呢？它们冲过来怎么办？一般食肉动物繁殖能力弱，哪有这么多，怎么会成群结队呢？这样分析后，我心里逐渐平静下来，不像刚才那样紧张了，我默默地数着1，2，3，4……大约有60头之多，默默地看着这些黑影全部走过去。

天渐渐亮了，我的心也放晴了，夜空繁星在阳光下渐渐失去精神，草原上的动植物又逐渐恢复了蓬勃生机。我们盼着驻地的伙伴们帮我们一把，大概早上8点钟，队友们找到我们，他们说昨晚发现我们三个人和一辆车没回来，大家都很着急，但又不敢出去找，因为这里人烟稀少没有路，没有灯光，还有野狼出没，怕派出去找的人也回不来，就这样队友们也不敢睡，在驻地等着我们。今天见到我们后，他们也放心了。面对如此困境，大家商量先把人从河里救出来。他们找来了粗粗的麻绳，计划将麻绳拿过来系在车上，然后我们几个人分别抓住粗绳往对岸游过去，计划是好的，可是，我们费了九牛二虎之力也没办法将粗绳系在车上，因为河水流速太快，粗绳在水中受到河水的拉力，而我们又受到浮力，脚在疏松的河沙里使不上劲，三人在冰凉的河水中浸泡了两个小时也没成功，只得另想办法。过了一小时后，同事找来了当地的蒙古族老人，他对当地环境十分熟悉。他骑着一匹高头大马，马会游泳，我们三人一个一个分别被接到对岸，我们终于脱险了，十分感谢这位蒙古族老人。人过河了，车怎么办？算我们幸运，就在附近有地矿部门的一辆沙漠大卡车在周边做物探工作。这辆车的轮胎很宽，适合沙漠行走，过河、穿沙洲如履平地一般。它下到河流中轻轻松松将我们的车拉到岸上。这次历险遭遇是"上帝"保佑了我们，使我们平安过来了。其实，哪有"上帝"，真正应该感谢的是我们的同事，是蒙古族老人，是地矿部门的友好支援。

祸不单行的是，有一天晚上大雪纷飞，我们安扎的结实的帐篷竟在早晨6点左右被大雪压塌了，我们被埋在了大雪里。本来当地的氧气就不足，这下我们更憋气了。那天是1986年的8月1日，内地烈日酷暑，我们却在青藏高原遇到此事。这时别的帐篷中的弟兄们把我们从雪中刨出来。只见一晚上下的雪竟有60厘米厚，帐篷承受不住雪的重量而歪倒了。整整两小时我们才重新安顿好，没有什么损失，也没影响我们的正常工作，接着开展野外调查。

记得有一天要去托索湖西口做地质调查，因为那里于1937年发生过 $7\frac{1}{2}$ 级地震，西口是那次地震的震中。由于人多我们留下了两个人在驻地看家，其余的人一起开赴托索湖西口，当时有两辆车，一辆调查用的丰田车，另一辆则是生活用的大卡车。到达西口后，我们照例搭帐篷，准备好生活的用品。

托索湖是高原湖泊，海拔4300米，高山雪水融化经该湖泊后，又由西口先向西再向北流经香日德而出山区，进入柴达木盆地。在这西口就有一个看守闸门的被判无期徒刑的劳改犯，这个地方近百里荒芜人烟，经常有狼群出没。据此人自己说，他曾经是在杭州一家派出所工作，还十分的荣光，是一个说一不二的人物，他说："当年年轻气盛，有一个年轻的地痞流氓买东西时欺负一个老太婆，我作为一个警察，应该维持社会治安和公平正义，不用说，上前就抓住这恶人的衣领，说：'你干嘛欺负一个老太太！'这人看警察帮这个穷老太太说话，心想你也不看看我是谁，竟然说：'我欺负她啦，就欺负她啦，怎么啦，别看你腰里有枪，有用吗？你敢开枪吗？'说着就冲那老太太鼻子一拳，将这可怜的老太婆打倒在地上。她鼻血顿时涌出，老太婆在地上指着我哭喊着：'你这个警察还真是没用，他当着你的面还敢打我，这世道还有理可讲吗。'这时我头顶热血上涌、怒不可遏，瞬间从腰中拔出手枪，朝这阔少就是一枪，看见这人倒在地上鲜血喷射，垂死挣扎，我吓得顿时清醒了，赶紧叫救护车送他去医院，后来知道他是受了重伤。就这样我就被押送到这里了，真是后悔啊！真是生不如死啊！"他向我们诉说着，满头的长发、深刻着皱纹的脸，更显凄苦。他在湖里打鱼，吃的是鱼，将鱼晒干后，冬季吃的还是鱼，烧的也是鱼干，有时也烧干牛粪。我们在托索湖西口住下，当天我们调查回驻地也开始捞鱼，改善伙食。原来西口有一条水泥筑的水渠，宽4米，深4米，水深2.5米，我们从这位犯人处借来直径1米的渔网，可以不用下水在岸上就能捞鱼。我们到渠边一看，只见2.5米深的水里密密麻麻都是鱼，这些鱼根本不怕人，天暖和了，这些鱼成群结队要去下游的河流中产卵，在浅水区水温较高，鱼子孵出后过一段时间才回到托索湖。据说，1960年国家困难时期，这里的湟鱼还救活了许多当地的老百姓。水渠里的湟鱼大的也就半斤重，一网上来就有7~8条鱼，不一会儿，就捞了10多斤鱼，晚饭够吃了。这次是我和张瑞斌处理这些鱼，他用剪刀剪开鱼的肚子，我负责掏鱼的内脏，最后几条"神鱼"在痛苦中挣扎的惨景吓着我了，此后，近30年我不敢杀鱼，不管见到什么鱼我都害怕，除非鱼死了。回想此事，是对我杀鱼作孽太多的惩罚。

这里太荒凉，显得格外阴森森。水渠上还有一个水闸，根据下游农田的需要，按季节要开启和关闭这闸门，这劳改犯就干这事。水闸是在一个小屋里，平常屋门还上锁，也是奇怪，这里人烟稀少还锁什么门。陈玉祥司机没事在周边散步、溜达，还没走到水闸小屋门口就听见屋里有人说话，但又听不清楚，想与他们聊天，他走到门口突见门上一把大锁，心里猛的一惊，大门已锁，屋里肯定没人，哪来的人在说话。不好，这屋里有鬼，他吓得回了帐篷。晚饭时，他心有余悸、十分紧张地诉说此事，我们说没那事，你听到的只不过是水闸门里的流水声而已，在大家的安慰下，他才渐渐平息下来。

那天我一个人在托索湖西口调查，湖的两岸受活断层控制，是数十丈高的悬崖断壁。托索湖湖水无风也起浪，第一次见识了断层成因湖泊的宏伟气势。沿湖调查了两个多小时，第二天我的嘴唇出现了放射状的裂口，既肿还疼，体验了高原湖水强紫外线反射的厉害。

我们在托索湖西口住了两天后又回到了老驻地。驻地有两个人留守，他们本来分住两顶帐篷，现在他们挤在一起。他们说："你们要是今天还不回来，我们明天就回西宁了。"问他们怎么了，他们说："你们走后这里天天晚上野兽围着我们帐篷转悠，不知什么野兽，个子挺大，它们冲进来怎么办？我们害怕极了。"当晚我们仗着人多势众，晚上也不在意，该睡照样睡。果然在午夜，帐篷外有野兽在追逐，还不时地吼叫，听声音分辨不出什么动物，但肯定不是老虎、狮子或狼，我们打开手电筒，打开帐篷的小窗户往外瞧，正照着一个东西，似猫非猫，个体比猫既高又大，双眼像两只灯泡一样看着我们，既然不是老虎、狮子也不是狼，我们还怕什么。其实，那是一些大猞猁在追逐一些野猫或野兔，它不会袭击人类。

经过 1986 年、1988 年、1989 年三年的野外地震地质调查，我们基本搞清楚了东昆仑活动断裂带的空间展布和 1937 年 $7\frac{1}{2}$ 级地震的地震断层，顺利完成了任务。在刘光勋老师的指导以及许多同事的帮助下，我学到不少的活断层知识，同时也经历了永远难忘的青藏高原的野外调查历险。

青藏高原十分神秘，高原的各族人民十分友好。由于工作关系我们幸运地多次踏进那片美丽的地方，我们的所见所闻留下了终生难忘的记忆，将此奉献给大家共享，借此感谢曾经帮助过我的刘光勋老师和同事，感谢救助过我们的蒙古族大叔，想念一起在青藏高原工作过的肖振敏、王焕贞、青海省地震局的曾秋生、涂德龙、张瑞斌、叶建青、唐建、唐立河、陈玉祥、段司机和吕向阳，以及那段不平凡且又很愉快的日子，怀念已故去的刘光勋教授和青海省地震局邬树学及黄司机。

谢新生 简历

　　谢新生，男，汉族，湖南株洲人，1953 年 12 月生，研究员。1975 年毕业于武汉地质学院地质力学系。1992 年被评为国家地震局首届地震科技新星，曾任中国地震学会构造物理专业委员会委员，中国地质学会地质力学专业委员会委员，硕士研究生导师。曾从事构造力学解析和活动构造研究。2013 年底退休。

为数字化奋斗的回顾

黄锡定

我国自 1966 年邢台大地震后，拉开了探索地震预报和开始地震前兆观测，研制地震前兆观测技术系统，建设地震前兆观测台站的序幕。起初，使用的仪器设备主要是用地球物理方法和其他学科领域原有的仪器设备，大多数是模拟记录或手动观测的仪器。40 多年来，我国地震前兆观测技术系统经历了从无到有，从借用其他领域的仪器设备装置到自行设计研制符合地震前兆观测要求的专用仪器设备，由模拟记录到数字化的发展阶段，现在正向网络化、立体观测方向发展。

我国地震前兆观测第一台综合数据采集器

20 世纪 70 年代末，面向系统的工业控制标准总线 STD BUS 应运而生，中国第一代 STD 总线工控机技术开创了低成本工业自动化技术的先河。这一技术深深吸引了我们，为了使我国地震前兆观测尽快地从人工手动、模拟观测向数字化发展，我们向国家地震局主管部门和有关专家建议研制"地震台站数据综合采集系统"，并得到支持和帮助。

国家地震局科技监测司于 1986 年 12 月 15 ～ 16 日在北京召开了"地震台站数据综合采集系统"研讨会，有 9 个单位的 14 位专家出席，会议由孙其政司长主持，张奕麟总工等知名地震观测专家出席，针对我国地震前兆观测现状，前兆观测数据的采集、通信传输、数据库等问题，以及研制数据综合采集系统的必要性、可行性进行了深入研究探讨。付子忠和我代表地壳应力研究所向会议提交了"地震前兆数据综合采集处理传输系统"技术要求和技术方案建议书两份报告，并在会上做了介绍，得到与会专家好评。根据会议的建议和主管部门决定，"地震台站数据综合采集系统"的研制任务由地壳应力研究所承担，并成立"地震台站数据综合采集系统"总体设计协调组。

经过细致的调研、多种方案对比论证、关键部件的反复试验等工作，编制了"地震台站数据综合采集系统技术方案"提交国家地震局科技监测司，于 1987 年 2 月 10～13 日在北京召开的"地震台站数据综合采集系统"总体设计协调组第一次工作会议审查，形成了"地震台站数据综合采集系统"设计任务书和技术方案分析报告。根据设计任务书的要求，我们迅速组织力量精心做好该系统的总体设计，完成了"地震台站数据综合采集系统"总体设计（前兆数据采集部分），地震前兆观测技术研究室（二室）铺开了该系统的研制工作，研制我国地震前兆观测第一台综合数据采集器——"DSC-1 型地震前兆综合数据采集器"。

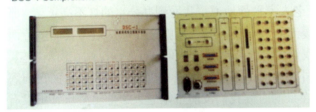

DSC-1 型地震前兆综合数据采集器

该仪器具有三大基本功能，地震前兆数据采集功能，现场处理功能以及通信功能。可以采集 32 路慢变模拟信号，4 路频率量，2 路 BCD 开关量，手工输入数据、子台汇集数据、微机化仪器数据各 20 个分量，另外还可接收 4 路突变事件信号。在现场处理方面，提供监控、报警、显示、打印、绘制曲线，磁带转录等功能。同时可与智能化仪表，数据通信器进行数据收集和传输。

为了高质量完成研制任务，项目组的同志绞尽脑汁，除在关键技术采取先进技术措施外，还在元器件的筛选、电热老化、焊接等工艺技术环节上下功夫，进行反复试验。当时，仅有一台电热干燥箱用于元器件和整机部件的电热老化，这台设备是电子管控温，20 世纪 60 年代的产品，设备比较大，又是 380V 交流供电，普通办公室放不下，只好放在二楼西边楼梯拐角处。由于地方狭窄，还要摆放测试设备，操作起来非常不方便，长时间弯着腰，有时甚至趴着工作掌控温度的变化，累得腰都直不起来。炎热的夏天，太阳西照加上电热箱的烘烤，汗流浃背让人闷得透不过气来，电热老化试验需要多个来回连续反复做，且时间很长不能中断，课题组同志为了保证仪器的质量，不辞辛苦，毫无怨言，默默地连续几天，夜以继日，一丝不苟地认真做试验。

数据采集器的一项关键技术指标是采集精度：模拟量测量精度为 0.02%±1 字（温度范围 -10℃～+50℃）。为了达到指标，费尽心机谋略电路和器件，当时的技术水平和经费很难以单一器件实现。我们采用对晶体恒温、选取较好的基准源，加上适当的补偿电路，通过数月的反复补偿实验，试验的记录本都用了好几本，最终选出既达到指标又满足温度特性和非线性要求的器件与电路。

　　地震前兆综合数据采集器研制项目几乎同时与其他几个项目先后开始交叉进行，面临时间紧、任务重的考验，团队的所有人无论是单身汉还是拉家带口的，都没有正常下班和正常就餐的概念，没有人让加班，但晚上办公室的灯光总是不约而同的亮着。那一年，我的岳母千里迢迢从南方来到我们身边，本该享受天伦之乐，但却让她老人家为我们操碎了心。当时，我们的办公室离宿舍楼仅百米远，能隔窗相望。因我们没有正常的上下班和就餐钟点，家里的饭菜总是凉了又加热，热了又变凉，直到有一天，回家进门看到的是已摆放好一桌丰盛飘香的饭菜而惊讶地说出："您怎么知道我们这时回家？"老人家平静地说："我看到办公室的灯不亮了。"（那时没电话，更没手机）噢，一股暖流涌上心头。老人家就这样默默地为我们辛劳而无怨无悔，这样日复一日支持着我们的工作。有多长时间，有多少次站在窗前凝望，我无从知晓。如今，每当我朝窗外观望时，眼前都浮现一位白发老人在对面窗前翘首凝视的情景，让人回味无穷。在京的时候我们没能带她老人家外出游玩，更没有能多陪她聊聊天。弹指一挥间，20多年过去了，回想起来内心的愧疚仍荡起心中阵阵的酸楚，因为，那已经成为永远无法弥补对老人的亏欠了。课题组其他同志又何尝不是如此呢？在那繁忙艰苦的岁月里，我们一起走过来了。项目的立项、调研、论证比对、反复试验、样机成形，前后经过两年多时间，课题组同志历尽艰辛，由于人员少、任务繁重、条件差，其间的酸甜苦辣只有他们自己知道并默默承受，大家心往一处想，劲往一处使，认真做好每一项工作，全面完成了研制任务。

　　该仪器于1991年7月通过专家验收鉴定，认为"仪器功能比较完善，它的研制成功，为进一步发展我国的地震前兆综合观测，地震监测预报的数据通信、处理分析，提供了一个有实用价值的数据采集设备。是我国地震系统第

DSC–1型地震前兆综合数据采集器鉴定会

一个研制成功的，具有模拟量、频率量、开关量等地震前兆综合数据采集器，在技术上达到国内先进水平"。曾获国家地震局科技进步三等奖、所一等奖（主要完成人：黄锡定、付子忠、梁焕贞、徐文凯、郭柏林、申金娥、于世亮、张志波）。

DSC-1 型地震前兆综合数据采集器在世界银行贷款华北地震重建项目中中标，并通过技术验收得以应用。对改变地震前兆观测的落后状况与不适应短临预报要求的被动局面，为及时取得可靠连续的前兆观测数据并逐步实现台网数字化、自动化开辟新的技术途径，进一步增强重点监测区的短临预报能力发挥重要作用。同时，为"八五"、"九五"我国地震前兆观测发展以及台网建设和技术改造打下基础，做了有益的技术储备。

数字地震前兆遥测试验系统的实现

地震前兆观测在探索实践中不断发展，围绕数字化技术对前兆观测仪器设备进行改造，并利用短波、超短波、程控直拨电话等通信手段建成数字化地震前兆遥测系统。其地震前兆综合数据采集的技术思路、结构模式、数据采集、通信传输、存储处理以及实践经验反映在地震前兆观测技术白皮书《中国地震前兆观测技术系统研究》中，为"数字前兆遥测试验系统"的实现奠定了基础。

"数字地震前兆遥测试验系统研制"是"八五"科技攻关课题（85-907-01）中的一个专题，该专题首次探索对我国地震前兆台网进行数字化改造的技术途径和技术方案，是我国地震前兆观测技术走向数字化和遥测化的良好开端，为我国地震前兆观测台网进行技术改造的前期准备提供了完整的技术铺垫。

"数字地震前兆遥测试验系统研制"（85-907-01-04）专题按总体设计、项目分解；硬件、软件研制及室内试验；联调与现场实施、试运行；系统完善、总结验收四个阶段进行。依总体设计要求分设 19 个子专题开展工作。

（一）

根据国家地震局主管部门的意见，本课题建设的前兆遥测试验台网拟在河北省地震局下属台站实施。1992 年 7 月 6 日，付子忠和我前往石家庄与河北省地震局局长蒋克训、副局长李梦銮、总工罗兰格等领导和相关部门的负责人就前兆遥测台网实施进行了认真的研究，并商议确定实施的步骤和时间安排。

根据建网要求，对河北省下属台站进一步考察后，选出 8 ~ 10 个台站入网。1992 年 7 月 20 日黄锡定、郭柏林、梁焕贞三同志与河北省地震局监测处有关同志对河北省下属台站进行调研。汽车一大早从北京出发直奔张家口中心台，那时交通不方便，路况较差，尽管坐的是越野车，也颠簸 6 个多小时才到达。大家不顾路途劳累，随即开会，听取台站介绍情况，并到观测室、山洞察看了一遍，接着草拟完成包括观测手段、通信线路、数据传输方式、供电、避雷、接地等环节的改造实施方案。

第二天，当我们的汽车离开张家口台向万全地震台行进时，走到一个河滩边，只见停了上 10 辆车，旁边好些人在指指点点，很着急的样子。原来是昨晚下了一场大雨，山洪暴发，水退后留下了厚厚一层稀泥夹杂着碎石，无法前行。为了安全起见，有同志建议返回张家口台休息，等路面干后再走。但是，调研工作才刚开始，时间紧，后续任务很重，时不我待。为难时，只见王师傅下车走到左前轮拧了一下，又绕到右前轮拧了一下，回到车上，叫大家坐好扶稳。随即发动车朝着稀泥滩一踩油门，经过前加力后的汽车往前猛冲过去的刹那间，五脏六腑也随之翻动起来。多险啊！事后却惊出一身冷汗。

这次调研时间紧、任务重，河北有许多名胜古迹都从我们的车窗一闪而过，无暇顾及。从赤城台到承德中心台 300 多千米，途径丰宁台，到达承德台已是下午 5 点了。盛夏时节白昼较长，趁天黑前察看了山洞、磁房，连夜商定改造实施方案。第二天一早就赶往唐山，随着车子的颠簸前行，我们又一个台站一个台站地去调研、落实、制定技术改造方案。在短短的 10 天调研时间里，顶烈日、冒风雨，马不停蹄、长途跋涉，几乎走遍大半个河北省。从 15 个台站遴选出张家口等 9 个台站。依据入网要求，对选出的台站的工作环境、设施改造进行规划和制定具体的实施方案，河北省地震局还专门成立了有关领导和部门参加的实施领导小组。

在完成调查、选点、规划实施内容和工作方案后，1994 年底，台网使用的设备，首先在张家口、怀来、赤城三个台站安装开始试验记录运行，通过中试，取得经验。全部设备于 1995 年 12 月安装到位，经试验和系统联调后，实现了数字化的前兆观测，数据直接进入计算机，通过短波数据传输通信网报送省地震局，观测数据直接入库，调通了所有的技术环节，全网开始试运行。

（二）

在国家科委的大力支持和关心下，在国家地震局和参加单位的领导和帮助下，经过三年多的时间攻关，我们完成了数字前兆遥测试验系统技术的研究和相应设备的研制：有线程控电话、超短波、短波三种数字化地震前兆遥测、遥控通信传输系统设计、试验和应用；小型化的 DSC-2 型地震前兆数据采集器和 DK-1 型、DK-2 型两种电源控制器的研制；6 种前兆仪器接口和水位标定实验仪器；超短波数据传输电台接口 V–24 型超短波调制解调器、RS–232C 长线驱动隔离器、多路串口卡以及无线控制器、地热测量传感器标定装置、机械记录和光记录转换装置；同时，研制了数据汇集、通信和控制以及数据服务软件，前兆遥测台网数据库及数据服务系统。

建成了以河北省石家庄市为中心、下属 9 个台站组成的数字前兆遥测试验台网和台网数据库系统。包括一个台网中心、两个中心站、6 个台站、两个子站，涉及 7 种前兆手段、8 种前兆仪器、三种通信信道，共自动采集 53 个分量的前兆数据。

数字前兆遥测试验系统由前兆仪器，前兆数据自动采集器组成的台站、中心站、子站，以及由台网中心至台站、中心站至子站的无线或有线数据通信网构成的二级星形网组成。实现的功能有：9 种地震前兆观测仪器通过与数据采集器接口实现数字化；台站实现了由微机集中记录处理全部数据，以原始数据文件方式存盘；通过地震前兆数据服务软件，可以将观测数据打印报表、曲线、屏幕绘图、数据验证、电子幻灯，形成报送文件并压缩、解压；通过短波数据传输通信网将存在微机中的前兆数据传输到省局台网中心通信站，也可通过拨号电话在省局台网中心将台站数据采集中的原始数据或微机中的数据调用；同时，省局台网中心可将收下来的各台站前兆数据自动分类并入 NOVELL 网服务器数据库；地震前兆数据分析处理软件可以对入库的前兆数据进行各种处理。

为了做好运行工作，保证系统工作正常，我们编写了"数字地震前兆遥测系统"培训教材，并于 1995 年 10 月 6 ~ 16 日举办了"数字化地震台网观测系统"培训班进行全员培训。

（三）

河北省地震前兆遥测试验台网已构成了一个未来中国地震前兆遥测台网的雏形。使用 85–907–01–04 技术成果，对我国地震前兆台网实施技术改造是我国地震前兆观测技术获得发展，地震前兆台网监测能力大大提高的一次良好的机会，也是我国地震前兆观测技术走向数字化和遥测，彻底改变我国地震前兆观测技术落后局面的良好开端。

在河北省的 9 个台站采用公用电话网进行前兆数据通信汇集，全部数

国家"八五"科技攻关重大科技成果获奖证书

据汇集到了石家庄。"地震前兆试验台网"形成了以电话网为通信平台、MODEM 为数据通信设备，以台站为单位的前兆台站集成的技术方案，并初步形成了地震前兆通信控制协议的雏形。

参加本专题技术系统研究、设备研制、运行试验的单位有地壳应力所、河北省地震局、武汉地震研究所、分析预报中心、云南省地震局、山东省地震局、四川省地震局等 7 家单位，先后近百人参加本项目工作。

85-907-01-04"数字地震前兆遥测试验系统研制"专题于 1997 年 4 月 21～24 日，在河北省张家口地震台由国家地震局预测预防司组织的专家组验收通过。该成果获国家计委、国家科委、财政部三部委颁发的国家"八五"科技攻关重大科技成果奖。

地震前兆数字化观测台网建设

20 世纪 90 年代，我国对地震前兆观测技术进行了一次比较深入的分析研究。"九五"期间，国家对地震前兆观测技术的研究、仪器设备的研制和数字化地震前兆台网建设给予了重大支持，由地壳应力研究所技术牵头的独立自主设计的"中国数字地震前兆台网"，结合中国防震减灾需求和分省管理的实际需要，将前兆台网设计成数字化、综合化，以省（市）为单位管理，全国联网共享数据的方式，从此我国地震前兆观测步入数字化、多种手段综合观测的数字化地震前兆台网时代。

财政部财文〔1996〕10 号文批复了国家地震局"九五"专项"地震监测系统技术改造"项目建议书，国家地震局成立了项目科学计划组和总体设计组，编制了设计任务书和完成了总体技术设计。

作为"地震前兆台站（网）技术改造"（95-01-02）课题技术后盾的国家科技攻关项目"强地震中短期（一年尺度）预测技术研究"（96-913）子专题——"中短期前兆观测仪器研制"（96-913-02，局编号为 95-04-02）先期启动做技术铺垫。

（一）

95-04-02"中短期地震前兆仪器研制"课题在现有技术的基础上通过使用现代传感技术完成包括形变信息监测、电磁信息监测、地下流体信息监测的多种前兆仪器研制，使用计算机技术、数据通信技术、测控技术等，将前兆台站多个前兆仪器（传感器）连接组成一个观测系统，在专控计算机管理下，完成数据自动采集，数据汇集、处理、报送服务等任务。力求准确、及时、完整、可靠地获取地震前兆信息，为强地震预测预报、防震减灾及科学研究积累资料。

课题下设 5 个专题和 23 个子课题，其中 18 个子课题属于前兆仪器研制部分，5

个子课题属于数字化地震前兆遥测台网和前兆信息处理技术研究部分（即公用部分）。

"数字化地震前兆遥测台网和地震前兆信息处理技术的研究"专题完成了数字化地震前兆遥测台网公用技术的研究和相应设备、软件的研制。建成了以山东省济南市为中心，下属 12 个台站组成的数字化地震前兆遥测台网。本专题研究的技术系统和研制的设备被"九五"重点项目 95–01–02"地震前兆台站（网）技术改造"采用。

经过四年多时间的攻关，取得主要技术成果：研制完成可满足我国现阶段不同类型台站条件的数据采集、组网遥测要求的三种地震前兆数据采集器，两种不同信道的通信传输系统，一套可靠、稳定、连续、实用的供电系统和避雷装置，以及实用化的地震前兆台站现场总线技术；可选配实现地震前兆台网二级星形组网的五种型号的数字化公用设备集成机柜和实现台网有序工作的数据汇集、通信控制、数据预处理、数据库等系统软件，以及地震前兆异常分析方法库、异常管理数据库、智

五种数字化公用设备集成机柜

能预报系统和应用多媒体图形图像的报表自动生成系统；建成山东数字化地震前兆遥测实验台网，包括一个中心、8 个台站、4 个子台，完成了各类前兆仪器与公用数字化设备的连接和台网正常运行。山东台网试验形成的一套实用可行的工程实施规范，可作为全国地震前兆台站（网）技术改造中参考使用。

专题的研究成果使我国地震前兆观测技术由模拟记录向数字记录转化，台网的投入运行使前兆信息监测能力有较大提高，并为我国前兆观测台网从有人值守向无人值守的遥测台网转化创造了条件。在地震前兆的信号采集、传输、联网、处理等方面，就其整体技术平与国外同类台网水平相当，在国内是第一次实现了前兆台网的数字化系统设计，也是影响我国地震前兆台网发展的一次重要技改项目。

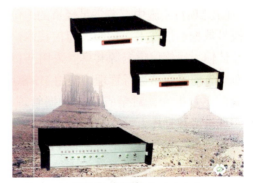
地震前兆台网数字化公用设备

专题组同志四年来认真工作，努力拼搏，积极进取，争创高质量、一流的工作成绩。不少同志不顾疲劳，不顾身体不适，推后到医院看病，放弃节假日休息，夜以继日地连续工作。当年的条件远不如今天，繁重的仪器设备生产组装和野外台站安装交叉进行，压得同志们都喘不过气来，辛苦程度是可想而知的，但没有一个人退缩。到台站安装仪器的机票买好了，王继哲同志是仪器安装的主力，这时却感觉身体不舒服，领导和同志们都劝他到医院看病去，他坚持不让退票说："无大碍，看完病后仍可出差。"不料，一贯忘我工作的他竟然不能如愿了，医院看病结果："住院手术！"如此惊动人心，又如此让人心碎。老天给人磨难，同样老天也眷顾忘我工作的人，手术很成功，身体康复不错。光阴似箭，日月如梭。那些年的往事如今仍历历在目，大家团结一心，不计得失，一同从那艰苦、繁忙的岁月走过的历程难以忘怀。

（二）

在国家地震局和"95-01-02"项目领导小组及工程指挥部统一部署安排下，整个地震前兆数字化台网建设工程采取"统一设计、统一标准、统一技术设备、统一实施、统一培训和验收"的原则，坚持先设计，后施工；先示范，后推广；统一规划，分期实施。整个工程建设几乎动用了地震系统绝大部分精兵强将，涉及面之广，参与人员之多，工程规模之大，在我国地震事业发展史上是前所未有的。

项目分三个阶段实施，即：山东示范台网建设；苏、沪、皖的扩大示范台网建设；其余各省前兆台网建设和全国前兆台网中心、学科中心及前兆仪器测试技术服务中心建设。最后由国家地震局或省地震局组织专家组按统一标准验收。

山东前兆台网建设是全国前兆台网建设的第一阶段，既是国家重点科技攻关项目的试验台网，又是我国地震前兆数字化台网建设工程项目的示范台网，在整个"九五"项目实施中有着举足轻重的地位。"山东数字化地震前兆遥测台网"采用电话拨号数据通信技术、超短波通信技术、两级星型网、现场总线等技术，实现数据自动传输，通信信道资源共享。采用 WINDOWS NT 网络技术构成省级前兆台网中心，对全省前兆台站进行管理，使用 MS SQL SERVER 6.5 数据库管理系统构成省级的地震前兆数据库，对全省前兆数据管理，通过 95-02-01 全国 INTERNET 网络平台，实现省级数据库互联，从而实现前兆数据的分布式共享。依据分析预报工作的实际需求，台站将预处理的资料以 FPT 方式传送到前兆台网中心，并实现与 EIS2000 地震前兆信息处理软件系统的无缝连接，分析预报人员每天可以通过局域网微机直接从 SQL Server 数据库中提取前兆数据。这一功能的实现使前兆观测系统从信息采集传送，到分析处理全面实现了数字化、网络化，将分析预报工作的自动化水平推进了一大步。

山东试验台网的验收表明，数字前兆观测系统技术上已逐步成熟，并从科研成果向实用化转化上迈出了重要的一步。通过在山东建成数字化地震前兆遥测试验台网，检验项目研制的数字化公用设备、台站避雷技术、供电技术、接地技术、通信技术、计算机数据处理技术、前兆台网中心计算机网络平台、数据库系统及分布式共享等技术的可行性、实用性、稳定性和可靠性。同时摸索新型数字化地震前兆遥测台网的建设经验、实施经验和管理经验，使山东的试验台网成为该省实用的前兆监测台网的同时，取得经验又为"95-01-02"项目在全国推广奠定基础。山东试验台网安装调试时正值酷暑，无论年过半百的专家，还是中青年科技骨干都顶着烈日，不顾中暑晕倒，奋战在现场，抢时间出色地完成了任务。得到领导和有关部门的好评，专题组所在单位已连续五年被评为所级先进单位和1999年度中国地震局优秀单位，并集体记一等功。

山东前兆台网建成后，为了更稳妥地推进全国前兆台网改造，项目领导小组于1999年8月及时调整了实施进度，将江苏、上海、安徽台网作为扩大示范台网（工程实施的第二阶段），进行更大范围的试点。苏、沪、皖三省（市）前兆台网的顺利建成，并通过验收，标志着"95-01-02"项目技术已经成熟，具备了向全国大面积推广的条件。

还在苏、沪、皖三省（市）前兆台网实施的过程中，中国地震局就开始了第三阶段的部署，启动全国范围的前兆台网改造。借鉴前两个阶段的实施经验，各省实施工作进展顺利，他们对环境改造、人员培训等前期工作早做准备，一旦设备到货，立即组织安装、调试，因而争取了时间。到2001年底，所有前兆台网都先后安装完毕，并通过试运行和验收。

与此同时，全国前兆台网中心、前兆学科中心和地震前兆仪器测试技术服务中心相继开始建设。全国地震前兆台网中心设在中国地震局防灾指挥中心大楼内，技术上与各省台网中心的拓扑结构大体相似，但硬件规模要适当大些，配备了专用服务器和专用软件。各学科中心建设内容包括：中心房屋环境建设、计算机网络布设、硬件设备配置和系统安装与调试；中心信息管理系统软件、数据处理软件、数据库建设；数字化前兆信息的汇集与使用。地震前兆仪器测试技术服务中心设在地壳应力研究所内，可提供常用电学量的标准测量，部分前兆传感器、数据采集器的标定校准等，为前兆仪器检测、校准、测试和研发服务。另外，为配合工程实施举办了

7次短期培训班和一次台网中心软硬件平台培训班。

2000年首都圈防震减灾示范工程项目参照"95-01-02总体技术设计"编写了"首都圈防震减灾示范工程项目前兆台网技术实施方案",并完成了北京市、天津市、河北省的地震前兆台站的数字化建设和改造,以及三个地震前兆台网中心的建设。

至此,经过5年的努力,我国首次地震前兆观测技术数字化改造全面完成,到2005年12月,对我国地震前兆台网中的重点台站采用数字化、自动化、智能化技术改造,用"九五"的技术设备建成包括首都圈在内的29个省市自治区的数字地震前兆台网中心和包括地市县地办在内的41个分中心以及250多个经数字化技术改造的台站在内的数字化地震前兆台网。台网运行率较高,普遍在95%以上,观测的数据经过专家对数字化资料与模拟资料的对比分析,观测精度普遍得到提高,观测数据在当天就能与分析预报人员见面,充分体现了数字化前兆台网观测的快速特点,改造后数字化前兆台网无论在规模上还是在技术上都处于先进水平。我国从此步入数字化、多种手段综合观测的数字化地震前兆观测台网时代。经过不断地探索、实践与创新,地震前兆观测技术走出了一条有中国特色的发展之路,形成现今的格局,为今后地震前兆观测的发展奠定了基础。

国家科技攻关项目"数字化地震前兆观测技术系统及前兆观测仪器的研制"被科技部、财政部、国家计委、国家经贸委四部委评为"九五"国家重点科技攻关计划优秀成果;"中国数字地震前兆观测技术系统的设计、研制和集成联调"获中国地震局防震减灾优秀成果一等奖(项目参与者:付子忠、黄锡定、周振安、余书明、梁焕贞、王子影、郭柏林、秦久刚、王继哲、王秀英、于世亮、赵刚、孙杰)。

"九五"国家重点科技攻关计划
优秀科技成果荣誉证书

后 记

这些年来,为我国实现地震前兆观测数字化而奋战的这支团队,在付子忠研究员的带领下,不畏艰难,勇于创新,以独到的视角,敏锐的思维,构想和实现我国地震前兆观测技术的数字化、遥测台网的自动化而倾注了大量心血。我作为副手,十多年来的默契配合保证了各项任务的顺利完成。课题组为适应承担的任务，一批年轻的大学生来到这个集体，他们在老同志的帮助带领下，认真学习，努力工作，任劳任怨，在硬件研发、软件编制、设备生产安装等工作做出了重要贡献，并得到了全面锻炼。如今，他们在技术研发、台网运行、科研管理等方面大展身手，也有从这里出去走上了领导岗位，在防震减灾领域发挥重要作用。

地震前兆数字化集成机柜出厂前烤机

科技部有关部门领导来所检查工作

中国地震局领导、专家来所检查工作

这些年来，我们完成了许许多多的工作，虽然是苦了些，累了些，但那些工作经历至今仍让人怀念，那是美好的时光。同事之间那样坦诚、团结、无私、关爱和对工作的兢兢业业，是一种出色完成工作的动力。想起所领导拨出 505～507 会议室用作地震前兆数字化集成机柜烤机的往事，那屋子里摆满了即将运往全国各地震台站的各种型号的机柜，夜晚，一排排整齐的机柜面板上交错闪烁着数不清的红、绿、黄光是那么的壮观，不由得让人涌起一丝欣慰和快乐之意，感到自豪。我和同人的这种欣喜，驱赶着疲惫和辛劳，汗水、付出和成功也是成正比的，集体的力量更是无穷的。我们所有的付出都是值得的。

我们的各项工作在中国地震局暨有关部门极大的支持下，顺利地按质按量完成了，各级领导、专家长期以来的关心、指导和帮助令人难以忘怀。

在此，我特别向共过患难的课题组同人们和曾经密切合作过的同事们以及关心、帮助、支持我们的领导和有关部门的同事致以问候！我们不会忘记同甘共苦、拼搏奋斗的岁月，不会遗忘相互帮助、体贴关心的日子。同样，也不会忘记本文在形成过程中付子忠、梁焕贞、吴荣辉给予的协助。共勉！

21世纪初随着通信网络技术的飞速发展，地震前兆观测台网在原有数字化、综合化、自动化的基础上，增设网口、赋予IP地址、建立网页，实现"网络化"目标。展望未来，中国将建立包括地面观测、空间观测、近海观测和深井观测的新一代多学科综合立体观测系统，将全面提升地震监测能力和预报水平。

多年来，地震前兆观测在地震科学研究中发挥重要作用，取得了一定的预报效能，获得了若干有减灾实效的较成功的预报。尽管地震前兆观测取得了长足进步，但对地震预报这一世界科学难题，仍将面临长期科学探索的艰难历程，尚需拓宽思路，创新地震前兆观测的理论、方法、技术、设备，以求在地震科学研究和地震预测预报中发挥更大的作用。时代在前进，事业在发展，技术日新月异，今天无论工作、生活环境都今非昔比，不能同日而语了。老的地震人也先后离开了自己衷心热爱的事业和岗位，但这代人为了追求和事业，总是锲而不舍的精神是值得点赞的。长江后浪推前浪，寄予年轻的一代，抓住机遇、大胆创新、勇于和善于迎接挑战。祝愿年轻的精英们，快乐从业、为地震事业的发展、腾飞再创辉煌！

黄锡定 简历

黄锡定，男，汉族，广东梅州人，1939年7月生，研究员。长期从事地震前兆观测理论、方法、技术研究工作。2008年被中国老科协授予"优秀老科学技术工作者"荣誉称号。享受政府特殊津贴。2000年1月退休。

我们一起走过

祁英男

20世纪60年代初我从北京地质学院（中国地质大学前身）地球物理勘探系毕业，在寻找油气田的战线奋战十年后调入地震地质大队（地壳应力研究所前身），从事地震预报基础性研究。20世纪80年代初进入一个崭新的领域，就是水压致裂应力测量科研工作，辗转大江南北。光阴荏苒，弹指一挥间，1998年步入退休行列。忆往昔，感悟最深刻的是从事水压致裂应力测量工作的那段历程。

谈到绝对应力测量，在80年代前，中国的绝对地壳应力测量方法主要是套芯应力解除法。这种方法一般是在矿井中进行，而且对岩石的完整性要求极高，因而限制了该方法的广范应用。为解决套芯应力解除法的不足，1980年李方全等人将美国海姆森（B.C.Haimson）研制的水压致裂地应力测量法引进国内，对其测量原理及适用性做了细致的调研，并且对测量方法、测试技术开展了实验研究。认为这方法操作简便而且无需知道岩石的弹性参量。为此，地震地质大队成立了水压致裂应力测量课题组，我于80年代初进入该课题组工作。

1980年在河北省易县100米深钻孔中，首次开展套芯应力解除法与水压致裂应力测量法两种应力测量方法的对比研究。结果表明，两种方法的应力值大小和主应力方向比较一致。该成果在国际岩石力学学会召开的第一次水压致裂应力测量专题讨论会上进行了交流。河北省易县百米钻孔水压

首次河北省易县水压致裂应力测量现场

致裂应力测量试验成功，掀开了中国地壳应力测量方法新的一页，具有开创性的意义，为地壳构造应力场研究、地震研究、工程设计和灾害预防应用奠定了良好基础。

从无到有　不断积累

河北省易县百米钻孔水压致裂应力测量试验成功后，课题组全体同志信心更足了，陆续在一些测量点做了不同深度的测量。在不断实践中发现压裂设备和测量技术有待改进，如井口及井下装置还是比较笨重的，为了今后在各种钻孔条件下能方便地进行测量，课题组在李方全带领下，首先针对橡胶封隔器的结构进行改进，使其能够实现井下多次连续测量。为此，与铁岭橡胶厂合作研制了适用于不同钻孔口径的封隔器和确定岩石破裂方向的印模器。经张钧和刘鹏等同志刻苦钻研，初步研制出双回路测量系统和井下照相式定向装置。最终于1986年完成"DSH—86型水压致裂应力测量系统"研制工作，实现了水压致裂应力测量系统的小型化和轻便化。这套测量系统在1993年荣获国家地震局科学技术进步三等奖。

有了好的设备，乘胜前进，课题组在祖国的多个重要地质构造部位先后进行了多次深钻孔应力测量。首先在北京密云邓家湾进行了水压致裂应力测量。1982年又在江苏省新沂红砂岩中进行测量。后来，在唐山东矿区350米钻孔中做了应力测量，根据测量结果对比研究唐山地震前后应力值和主应力方向随时间的变化。值得一提的，也是难忘的一次地下深部应力测量，是在唐山开滦煤矿赵各庄矿矿井下的应力测量，这次测量的目的与在东矿区基本相同。这次不同之处是在深矿井下进行测量。第一天工作时，我们几个人都穿上了矿工工作服，安全帽上戴着矿灯，首先乘电梯沿着竖井下到400米深的坑道，沿着坑道走了几十米，又乘电梯沿另一个竖井下到更深的煤矿坑道。这样，还没工作就连续下了几个竖井到达离地面近千米的坑道。这里就是水压致裂应力测量点的位置。我一生中头一次在离地面近千米深的坑道里工作，不免有点儿恐惧。时间不长，这种情绪就被紧张的准备工作掩盖了。接连几天测量工作进行的比较顺利。然而有一天上午在现场，突然听到从远处传来的巨大的爆炸声，对于我们这些初次下深矿井的人来说真是不知所措，甚至有点儿害怕，幸亏旁边一位矿工师傅说了一句："这是坑道正常爆破。"才使大家悬着的心放了下来，事隔20多年，此事仍然记忆犹新。

步入国际　开展合作

在不断的测量实践中，水压致裂应力测量课题组已经积累了不少资料，也取

中美合作水压致裂应力测量现场

得了一些经验，这时大家也逐渐意识到，要想进一步提高资料的解释水平和测量技术的水平，有必要开展和国外研究机构以及一些著名专家的交流与合作。于是，在李方全的牵头下，1982—1988年与美国地质调查局的佐巴克（M.D.Zoback）博士，美国威斯康星大学海姆森

（B.C.Haimson）教授合作，先后于云南滇西地震预报试验场、红河断裂北段的下关至剑川一线四个钻孔，深度分别达400～500米进行了水压致裂应力测量。本次是地震地质大队首次进行的国际合作，领导极为重视，为我们配备了专职翻译人员。课题组的同志也格外认真，在几个钻孔的测量过程中为掌握新仪器的操作细节付出了极大的心血。有一次，在操作压裂水泵时，水泵的阀门突然爆裂，飞出的零件从翟青山的耳边一扫而过，万幸没有出事。从此，大家操作仪器时更加注意了。本次测量中使用了一种井下超声波电视设备，它可以在钻孔内连续工作，将孔壁的岩石情况用一次成像的方式记录下来，为选择压裂孔段以及确定压裂后岩石破裂的方向，提供成像资料。这种技术必须要掌握，课题组指定翟青山、毛吉震专门向美国专家学习。他们夜以继日地守在仪器旁，连续工作，有时连饭都顾不上吃。功夫不负有心人。经过几个钻孔的井下测量，终于掌握了这门技术，为今后的广泛应用奠定了良好基础。

首次中美合作，为研究滇西试验场地区的地应力分布和特征以及为研究地震成因、地壳动力提供了基础资料。这次成功的合作使我们得到了锻炼，开阔了眼界，对国外地应力测量的现状有了进一步的了解，看到了与国外地应力测量技术的差距。

与美国专家现场研究应力资料

合作的成功得到国家地震局的好评。

　　第二次国际合作是与日本电力中央研究所于1991—1994年开展"水压致裂裂缝的产生与扩展"的合作研究，地点在北京房山完整花岗岩体内300米深钻孔中进行67次水压致裂试验，采用日本电力中央研究所金川忠于1978年提出的Kaiser效应测量地应力（即声发射法又称AE法）的方法，来接收300米深裂缝产生的声波，从而确定岩石破裂方位，并将AE法与水压致裂应力测量的结果进行比较。这些现场试验对水压致裂方法的改进及压裂参数的精确判读以及应力测量结果的精确，都取得了重要成果。

　　为了更好地开展合作，1990年1～3月我和王福江前往日本电力中央研究所学习该所金川忠先生创立的声发射法。这是我们首次在国外的研究所里工作。到东京后，是研究所的金川忠先生亲自来接我们的，然后乘专车去"我孙子市"（研究所驻地的城市名），到达后直接送我们去了事先准备好的住所。这是一栋白色的两层小楼，我们住在二层。一进房间门看到室内从炊具到卧具一应俱全，因为是冬季，连取暖的燃油电炉都准备了。面对此景十分感动，也体会到他们的热情与真诚。当天晚上我们就睡在从来没有睡过的榻榻米上，这是日本人最常用的卧具，别有一番情调。可是刚睡下不久就感觉到了小楼有轻微的晃动，第一感觉就是"地震了"，但是，楼外并没有什么动静，也没有听到地震时人们惯常的呼唤声，我俩才镇下来，不一会儿就安然入睡了。头一天到日本就让我们深刻体会到

中日合作水压致裂现场，与日本专家在一起计算

中日合作水压致裂现场

了什么叫作"多地震国家"。

第二天，金川忠夫人驾驶汽车送我们去研究所上班，当天上午研究所召开了欢迎会，我在会上做了简短的致辞表示了感谢。这次活动说明日方很重视本次合作。随后，在金川忠的研究室正式开始工作，主要是学习声发射法，从仪器的操作以及岩

在日本金川忠实验室

石试件的制作，一直到实验结果的分析研究。在工作中发现金川忠先生是一个科研作风十分严谨的人，无论是试件的制作还是实验结果的分析研究总是一丝不苟，精益求精。在工作上他是一个追求完美的人，在生活中也是一个热情的人，休息时经常到住所看望我们，询问还需要什么以便及时送来。有时也请我们俩到他家做客。金川忠的夫人也是一位非常热情好客的人，准备的家宴十分丰富，还特意安排一些当时在中国吃的较少的饭菜，如生鱼片、寿司等。在金川忠先生的关照下不但学习工作任务顺利完成，而且生活上过得也很愉快，这次日本之行充分表明了中日两国的人民是友好的。

从日本回国后，于1991年我们开展了和日本电力中央研究所合作进行声发射法与水压致裂应力测量法的对比研究。采用长江三峡800米钻孔中的岩石进行AE法实验，其结果与该钻孔的水压致裂应力测量结果有较好的一致性。与日本的合作拓宽了我们的科研思路，提高了水压致裂应力测量解释水平，同时也为今后的岩石试验研究奠定了基础。

立足国内　支援经济建设

水压致裂应力测量不但为地震科研领域提供了可靠的地应力资料，而且在国家经济建设，如水利工程、铁路隧道以及核电站的设计、核废料的处理等方面也可以提供不可或缺的基础设计数据。课题组多年来在不同的工程项目中，做过多次应力测量。印象最深的几个大的工程项目的应力测量，都保证了工程设计的顺利实施。

1987年，在设计中的长江三峡水库大坝的坝肩位置，做了深度800米的钻孔水压致裂应力测量。钻孔位于葛洲坝水电站的上游，秭归县的茅坪镇。这是一个不太

大的镇子，人口不多，我们的到来增加了镇子里的负担，但是镇领导还是想办法为我们提供了基本的吃住等生活条件，保证了测量工作的顺利进行。最终为三峡大坝的设计，取得了准确的地应力数据，为评价三峡水库蓄水后是否会发生水库诱发地震提出了我们的看法。如今三峡水库早已成功地蓄水发电，能为长江三峡水库的建设尽了我们的力量感到十分自豪。

1992—1994年受山西省万家寨引黄工程指挥部及水利部天津勘测设计院的委托，在万家寨引黄工程隧道经过的吕梁山地段虎头山地区的五个钻孔，进行水压致裂应力测量。万家寨引黄工程的目的，是为解决山西省常年严重缺水的局面，计划采取几级泵站的方式将黄河水引到地势较高的山西省，同时在万家寨修建水力发电站。

第一次去万家寨，首先从北京乘火车到大同，再转乘早已在那里等候我们的自己的大型运输车，人和仪器设备以及生活用具都在同一辆车上。这一天晴空万里，大家心情格外好，谈笑风生。一路经过的大都是开阔的平原，当经过一个叫作金沙滩的地方时大家都兴奋了起来，这里就是历史上有名的"金沙滩"古战场，是当年北宋时期著名的杨家将抗击外族侵略者的地方。过了金沙滩往西走到平鲁县城时已是傍晚，只好留宿一夜。第二天，再往西走地势逐渐增高，地形为起伏不平的丘陵地带，我们的车经过一个叫作"老营"地方时听老乡说，这里曾经是杨家将中"佘太君"带兵驻扎的兵营。这时正值午饭时间，吃过饭之后参观了据说是当年佘太君带兵的地方。乘车再往前走就到了离万家寨不远的偏关，这就是称为杨家将镇守偏关的历史名城。是一座保存较好的古城。过了偏关再往西北走不远就是我们的目的地，未来将要建造万家寨水利枢纽的地方。这一路的行程，使我深深感受到历史的变迁多么巨大，曾经是兵家拼杀的古战场，为抵御外敌而镇守的关口，如今，这里的人们丰衣足食，安居乐业，一派和平景象，而且不久的将来在这里就要建成一座造福人民的宏伟的水利枢纽了。

经过几年的钻孔应力测量工作，深感这里与三峡水库的应力测量相比较，其测量点的测量环境更加恶劣。记得有几次，由于钻井队未能

万家寨水压致裂应力测量现场

按时完工，只能将测量从春夏季推迟到冬季进行。众所周知，水压致裂应力测量靠的是将水高压到钻孔中致使岩石破裂，依此取得应力测量数据。但是，北方冬季气温过低，水会结冰，怎么进行应力测量呢？面对冰天雪地的恶劣环境，心急如焚。我们没有退缩，集思广益想对策，张钧想到是否可采用冬季汽车用的防冻液，经过实验果然可以代替水进行水压致裂应力测量，这真是柳岸花明。设备问题解决了，其他困难就都不在话下了，如手容易冻木，脚冻得发麻，我们采取人员轮流作业的方式渡过了难关。最终圆满完成了万家寨地区应力测量任务，即使在夏季，野外应力测量工作也会遇到意想不到的险境。一次在引黄入晋工程的一个靠近黄河边的支流河沟旁进行应力测量，那天，天空乌云密布，正在作业时突然狂风大作，钻塔的塔衣都被刮落了一部分，刹那间瓢泼大雨从天而降，夹杂着电闪雷鸣，顿时天空黑了下来，原本没有水的河沟倾刻间，由于山洪暴发，河床涨满了水，波涛汹涌的河水向黄河奔流而去。从来没有经历过这样惊心动魄的场面，大家都惊呆了，幸好测量工作未受到太大的影响，冒雨完成了任务，此情此景至今历历在目。

还有一次让我难忘的应力测量任务，那是受铁道部西北第一勘测设计院的委托，在秦岭地区长安县至柞水县一条 18 千米长的铁路隧道设计位置上进行深钻孔水压致裂应力测量。

秦岭山区是一个人烟稀少的地区，在这里进行应力测量其艰苦程度可想而知。首先，这里交通极为不便，吃住条件更是恶劣，只能住自己带来的帐篷，睡行军床，用电只能靠自己的发电机发电。回忆当时，由王清成同志负责伙食以及后勤供应，他认真负责，不辞辛劳，在

秦岭地区地应力测量现场

缺少食品的情况下，想了许多办法，有时还上山采一些蘑菇给大家做菜吃，保证了大家的日常的生活。单位的领导了解情况后，特派副所长徐明智来到驻地慰问，带来了食品及急需物资。看到家里来了人，顿时心中升起了一种雪中送炭的感觉，条件再艰苦，测量工作也要按部就班地进行，一点儿也不能马虎。有的钻孔岩石比较破碎，挑选完整的孔段非常困难，无形中增加了工作量。为了测量结果的准确可靠，

再苦再累也是值得的。如今，这条18千米的铁路隧道早已建成通车，人们出行，再不必盘绕山峰，既安全又节省了时间，想到这些心里十分欣慰。

随着我国能源建设的发展，核能发电作为一种既清洁又安全的能源，越来越受到国家的高度重视。继广东大亚湾核电站之后，又在浙江秦山、江苏连云港等地计划建设新的核电站。为确保核电站的安全，核工业集团公司二院委托我们分别在浙江秦山、江苏连云港进行水压致裂应力测量。这两个地区的应力测量结果为核电站主体厂房的设计提供了可靠的地应力数据，这是我们为国家经济建设做的又一件有意义的事情。

核工业的发展带来的新的问题之一是核废料如何处理才更安全。当时提出了一种认为是安全可靠的处理方法，就是将核废料在深钻孔中的水平裂缝内掩埋。这就给水压致裂应力测量提出了新的课题，在深钻孔中寻找水平裂缝，为此目的我们曾与核工业集团公司821厂合作进行了有效的水压致裂应力测量试验，结果找到了水平裂缝。水压致裂应力测量法又为核工业的核废料处理做了一次有效而又有意义的尝试。

艰苦奋斗 团结友爱

水压致裂应力测量课题组从无到有，逐渐发展完善起来，回忆这么多年走过的艰苦历程心潮澎湃，思绪万千，许多令人难忘的感人情景，时常会浮现在脑海之中。

水压致裂应力测量工作的性质决定我们要走南闯北。有时因路途遥远，测量用的设备以及生活用的行李用具、帐篷等，要装在汽车上一起用火车托运。铁路要求托运物品的单位要有专人负责押运，每当这时郑国友总是当仁不让的要求去押运，张志国也是主动协助老郑一同前往。大家都知道火车押运是一项十分艰苦的工作，一般在路上要走一个星期左右，睡觉只能睡在托运汽车的驾驶室内，吃饭也是不定时，饥一顿饱一顿，冬天冻得要命，夏天热得难忍。到达目的车站后还要把汽车开到测量现场，经常是山路崎岖路难行。尽管如此，老郑和小张每次都是按时圆满地完成任务，这也是水压致裂应力测量工作能够按时完成的最基本的保证。

也许有些人并不很清楚，水压致裂应力测量工作确实是一项十分艰苦的野外作业。日常住宿条件十分恶劣，没有房子时只能住在自带的帐篷里，睡的是行军床。有一次，在贵州省六盘水地区进行应力测量正值冬季，一个雪后晴空万里的夜晚，我们住的帐篷被突然刮起的一阵风吹的漏了天，大家在熟睡中被惊醒，睁开两眼望见了天上闪烁的星星。这时，不但没有人怨天怨地，反而互相开起了玩笑，显现了一种革命乐观主义精神。

2014 年 8 月 3 日下午在云南昭通鲁甸地区发生的 6.5 级地震，使我顿时想起了一次在云南高原的昭通地区做应力测量工作中发生的一件小事。那是受中国铁路总公司成都第二计院委托为内昆铁路的修建而进行的一次水压致裂应力测量。测量场地

在云南高原住在钻机旁

离村子较远，只能将帐篷搭在钻孔旁边，这次睡的是双人小帐篷，我和李方全住一顶帐篷。有一天半夜，老李突然从睡垫上坐了起来对我喊："我的心跳有点儿过速。"我马上给他把脉，每分钟达到了 90 多次，吓了我一跳，立刻找药给他吃。这时其他帐篷的人也都被惊醒了，知道情况非常着急，都认为是高原反应再加上白天的劳累而引起的，安慰他一定要注意休息。过了一会儿再摸老李的脉搏已经平稳多了。这时大家才放心回到自己的帐篷。这就是一个充满温暖友情遇到难处都会伸出援助之手的集体。

还有一件发生在我自己身上的事，记忆尤为深刻。那是在房山中日合作进行应力测量期间，有一次在井口作业时，一时不慎，我的手指被正在上下钻的钻杆砸伤，满手都是血，手指已麻木不知疼痛，面对此景，同志们立即将我送到房山人民医院，经医生紧急救治手指保住了，回来后手不能沾水，这时正值夏季天气十分炎热，正常人都要常擦洗，对我这样一个手指有伤的人就不方便了。这时毛吉震在工作之余一直守护在我身边，帮我打饭、洗衣服、擦背。每当想到此情此景，一股充满感激的暖流就会涌上我的心头。就这样在毛吉震的精心呵护下度过了一个多月，我的手好多了，可以做一些资料整理工作了。水压致裂应力测量课题组是一个充满兄弟情谊、互相关心的友好集体，至今难以忘怀。

水压致裂课题组人与人之间平时生活上具有的互相关心、互相帮助的精神，保证了在工作上遇到困难时能够团结一致，共同去克服。有一次在陕西省安康地区进行测量，当时由于我们的压裂设备与钻机不配套，只能用我们自己带来的油管，这种油管口径较大，重量也大，因此搬运油管是一件很苦的差事。面对这种情况，我们这些人没有退缩，在李方全的带领下，俩人一根抬了起来，这时正值炎热的夏

季，油管被太阳晒得很烫，尽管我们戴着垫肩，不一会儿肩膀还是被发烫的油管压得发红。坚持就是胜利，终于把几十根油管抬上卡车运到测量点。

课题组在野外作业时经常是夜以继日的工作，一般是一进到测量点首先就要观看钻机钻取的岩芯，根据岩芯的完整程度以及所在的深度选取可供压裂的孔段。一旦选好压裂孔段，立即向钻机师傅交代工作。由于我们的设备可以在钻孔内连续作业，因而，一般将设备放到钻孔中之后就不会中断作业，有时还会从白天一直工作到深夜，连饭都顾不上吃，甚至由于在压裂成功后还要为取得岩石破裂方向进行印模而工作到天亮。水压致裂课题组经常是以这种连续作战的工作方式完成每一次测量任务。

在测量现场，我们穿着工作服和钻机师傅一样生龙活虎地干活儿，外人看起来，分不清谁是钻机师傅，谁是科研人员。但是，当完成测量工作回到研究所以后，脱掉了工作服一个个就会呈现出一种很文静的模样，有的在伏案整理资料，有的针对测量过程中出现的设备问题，讨论如何改进，提出设计方案。经过这样一番没有钻机轰鸣声的室内战斗，提交出完整的成果报告，并且为下一次应力测量任务做好了充分准备。只有这一刻我们的心情才是最舒畅的。

祖国山河美

水压致裂应力测量课题组除了进行课题研究以及一些工程项目的应力测量外，还用了一定的时间参与了有关单位的实验研究。先后与大庆油田、鄯善油田进行过探讨套管在射孔后破损情况的研究。采用井下超声波电视对比油井套管在射孔前后的情况，其结果为油田采油提供了有用的资料。

在鄯善油田用井下电视探测套管破损

1987年我们参与了由国家地震局、福建省地震局联合组织的一次实验。目的是研究岩石产生破裂时周围地下水的变化，如地下水氡气的变化以及地下水水位的变化，实验地点是在福建省漳州市附近的叫作汤坑的地方。参加单位除我们之外还有福建省地震局、漳州市地震局、国家地震局分析预报中心。

汤坑，故名之意是这里地下热水极为丰富。我们进行水压致裂的钻孔内水温达到 40 ~ 50℃，钻杆在钻孔内时间长了会发烫，不戴手套触摸钻杆感觉烫手，压裂所用的封隔器、印模器上的橡胶长时间被热水浸泡而发软，这些都给水压致裂带来了困难。我们只能尽量缩短压裂时间，从而保证封隔器、印模器正常工作。经过各单位通力合作，实验结果达到了预期目的。

测量工作之外特别想说的是，汤坑这个地方除了有丰富的地下热水，与我们北方最大的不同之处是离这里不远处的农民大部分住在一种形状特殊的建筑物内。从远处望去外表像一个圆柱体，走近一看，才看清是一个圆形的从上到下都有窗户的土质建筑。大门处的上方一般都挂着该建筑物名称的匾牌。进入大门后映入你眼帘的是一个非常宽阔的圆形院子，站在院中央四周望去，你就会清楚地看出原来这是一座圆形多层楼房，每层都有护栏的走廊连接每个住户。院子中央有水井供居民使用，平坦的大院子是住户平日活动的场地。福建省地震局的同志跟我们说："这就是世界闻名的'土楼'建筑，已有几百年的历史了。"土楼具有较高的历史价值、科学价值，并呈现出极高的美学艺术价值。看到这别开生面的土楼，万分感慨，不由的为我们祖先的聪明智慧而折服。

和平年代　科研尖兵

水压致裂应力测量课题组，新时代的科研战线的尖兵，我们一起走过了 20 多年的发展历程，在完成课题任务的同时，为祖国的经济建设也做出了贡献。工作的性质虽然使我们要经常远离城市，但是也使我们能够有幸从东部沿海走到西北高原，从西南的云贵高原走到东南地带，饱览了祖国辽阔，美丽的锦绣山河，更加激发了我们的爱国热情。野外工作也使我们有机会亲自接触到了广大的农村，尤其是我国偏远山区。因而对我国的国情有了更深入的了解，清楚地认识到我国仍然是一个发展中的国家，东部与西部发展很不平衡。西部的农村发展较为落后，尤其是西部的偏远山区，那里的农民生活的各个方面还是比较艰苦的。亲眼所见，在秦岭地区的一个小山村里，孩子们只能到较远的县城去上学，而且要住校，一个星期只能回一次家。每次上学时要自带粮食，一般是一点儿米面、土豆和自家做的咸菜。面对此景感触极深，更加激励我们这些科技工作者一定要心系祖国，继续艰苦奋斗，在科研领域要秉承严谨、求实、不断探索创新的精神，在工程应力测量上要一丝不苟，精益求精。

　　多年的水压致裂应力测量科研工作使我们在各方面都得到了锻炼，无论是理论上还是测量技术方面都有了很大的提高。通过测量结果的深入分析对应力场的研究有了新的认识，多人在专业杂志上发表了自己的论文，提高了课题组的知名度。通过不懈的努力，中国的水压致裂应力测量不但在国内，而且在国外都产生了很大的影响。在国内先后有不同的工程建设部门多次邀请我们进行应力测量。在国际上先后在泰国、老挝、新加坡进行了应力测量，得到了一致好评。在国际学术界，中国水压致裂应力测量受到重视，李方全当选国际岩石力学学会水压致裂应力资料解释委员会委员，他同时也是国际岩石力学学会地应力尺寸效应工作组成员。中国的水压致裂应力测量在国际学术界有了一席之地，值得庆贺。

　　和平建设年代，尤其是全国人民正在为实现伟大祖国复兴强国梦而奋斗的今天，更需要千千万万个不畏艰苦，勇攀高峰的科技尖兵，战斗在科研及经济建设的各条战线上，为祖国做出更大的贡献。

祁英男　简历

　　祁英男，男，汉族，河北易县人，1938 年 6 月生，中共党员，副研究员。1961 年毕业于北京地质学院（中国地质大学前身），1961—1973 年于地质部第二物探大队从事地球物理勘探工作。1973 年以后调入国家地震局地震地质大队（中国地震局地壳应力研究所前身），主要从事地应力测量工作。1998 年退休。

生活在第二起跑线上

刘丽娟

引　言

我写的这篇文章，是以亲身经历和目睹的典型实例，从六个侧面体现了中国地震局地壳应力研究所离退休人员不甘寂寞、乐于奉献的晚年丰富多彩的生活。文章包括党支部工作、老年大学、健身活动、社区志愿者、通讯报道和摄影爱好等六个方面。对我而言，不是总结，不是赞许，而是发自内心的感悟。

要说退休是意味着人生工作岗位的终结，不如说退休是人生第二起跑线的开始。退休后如何安排好自己的晚年生活，使自己在享受天伦之乐的同时，追求人生的最高境界，不甘寂寞，发挥正能量，在有生之年为人们做点什么，那是最快乐不过的事了。我于2002年11月退休，2003年6月、2006年11月退休党支部换届选举，我被选为退休支部委员、支部书记，已经连任11年了，可以说是退而不休，乐在其中。

退休前我曾在研究所离退休办公室工作过，工作的服务对象是一个特殊的群体。这些人当中，有为革命做出贡献的老红军、老前辈，也有建国后参加社会主义建设付出辛勤劳动的老同志。这个群体是为社会主义现代化奠基铺路的一代，是促进两个文明建设、维护社会稳定的重要力量。没有他们几十年的艰苦奋斗，就没有今天改革开放的坚实基础。他们从岗位上退下来仍然是一支重要的，不可或缺的力量，应该受到社会的尊重。虽然我离开了工作岗位，但对老同志的服务与管理还是比较熟悉的，从心里对老干部有一种特殊的感情。我曾和老同志们在聊天时许诺退休后要融入老干部中去，和他们一块儿学习，一块儿活动，一块儿健身，一块儿娱乐，发挥作用继续为他们服务。

为退休党员服务

为了实现梦想，兑现诺言，2003 年 6 月我任支部委员以来，认真支持和协助支部书记搞好支部工作，出点子，献计献策，当好参谋，积极参与。特别是在 2005 年开展的共产党员先进性教育期间，我系统地学习了《保持共产党员先进性教育读本》，对自己的教育和启发非常深刻，边学边写笔记。《读本》的每一篇都有重点笔记，共写了 13000 多字的

给退休党员送书上门

笔记和学习心得。通过再次学习党章和有关党的理论知识，使自己的思想觉悟和理论水平有了很大的提高。为了让每一位党员都能参加到先进性教育活动中来，我和另一位支部委员随同支部书记先后两次前往河北三河、燕郊和家住城里及有病住院的党员住所，为他们送书上门，向他们传达开展先进性教育活动的重要意义、目的和要求，他们倍受感动。同时，我们还针对退休党员的实际情况，开展了一系列的先进性教育活动。如组织党员学习新党章、听党课、观看先进事迹报告会录像、参观反腐展览及红色景点等。尤其是组织党员到门头沟区斋堂镇马兰村参观当年八路军挺进司令部旧址，到中华世纪坛参观北京市反腐倡廉警示展览，使党员们受到了很大的启发和教育。大家一致认为，战争年代老前辈为了新中国的解放，浴血奋战不怕牺牲，献出了年轻的生命，这些可歌可泣的英雄事迹被后人所传颂。然而，在参观反腐败展览时，老党员们痛心地看到，在和平年代有些党的高级领导干部由于缺乏党性观念，贪图享受，经不起糖衣炮弹的侵蚀和金钱的诱惑，走上了不归路，成了人民的罪人。这种鲜明的对比给我们敲醒了警钟。也使我认识到作为一名党员时刻不能忘记党的宗旨，时刻不能忘记遵守党纪国法，抵制不正之风，要以一身正气教育和影响身边的人，永远保持共产党员的本色。先进性教育活动结束后，所里要求每个支部写一份先进性教育工作总结。支部书记因有事回老家探亲，我受委托很好地完成了任务。我想，作为支部委员协助支部书记做好支部工作，理所当然，责无旁贷，是我应尽的义务。

作者（左三）和新一届支部委员合影

2006年11月支部改选，我担任了退休党支部书记。虽然在上一届任支部委员期间，做过一些具体的事情，但是党支部书记未曾干过。退休前我是做行政和群众工作的，对党务工作不熟悉，很陌生，没经验。于是我就向前任支部书记韩文华请教，向党办领导请教，很有收获。作为支部书记如何带领支部一班人发挥党支部的战斗堡垒作用和党员的先锋模范作用，怎样开展支部活动，为老同志服务好，为创建和谐社会贡献力量，是摆在我们支部面前的一个重要课题。我想，首先从我做起。于是，我认真学习了有关党的基本理论知识，学习新党章，学习有关党务工作指南，以马克思列宁主义、毛泽东思想、邓小平理论、"三个代表"重要思想和科学发展观作为自己的行动指南。

新的支部一成立，我首先召开支委会讨论研究如何开展支部工作，大家畅所欲言，集思广益，提出了很好的意见和建议。首先对退休党员的基本情况，如党籍关系、家庭住址及联系方式等进行摸底落实，理顺关系。其次，支部委员进行了分工，各负其责，齐抓共管，团结合作。每年的支部活动，都做到了年初有计划，年终有总结，活动有信息。支部除了接受上级党委下达的任务外，还经常协助社区搞些活动。我体会到，对退休党员的活动要在"动"字上下功夫，通过组织开展有意义的活动，使党员在活动中受到现实的深刻的教育。所以，支部每年都要组织党员不少于两次外出参观学习活动，接受革命传统教育，开阔视野，感受改革开放的伟大成果。例如，2007年，为了迎接党的十七大的胜利召开，支部接受了参加清河地区文艺汇演的任务后，积极组织离退休人员落实参演节目，组织参演人员排练。演出结束后，又组织退休党员到革命圣地西柏坡参观学习，接受革命传统教育。首先参观了毛泽东、周恩来等老一辈革命家曾经居住过的旧址和革命教育展览馆，然后又观看了历史记录电影《西柏坡——新中国从这里走来》。该电影是在1947—1949年现场拍摄的中共中央在西柏坡真实的历史资料，再现了毛泽东等老一辈革命家为新中国奠基的伟大实践活动。观看影片后，有的老党员深有感触地说："老一辈打下的江山是他们用鲜血和生命换来的，我们这一代要牢记，世世代代都要牢记。"这些活动使党员既受到了革命传统教育，又饱览了祖国的大好河山。

　　党的十七大胜利召开后，支部又组织党员收听党的十七大辅导报告和观看电视节目，组织党员开展十七大和新党章知识答卷活动，认真学习领会党的十七大精神，坚定走有中国特色社会主义道路。2012年为了喜迎十八大，我们又组织党员参观了鱼子山抗日战争纪念馆，通过观看大量实物和图片，使党员们感受到了抗战的残酷和取得抗战胜利的艰辛历程，纷纷表示要牢记历史，不忘国耻。2014年5月支部组织党员和入党积极分子到京东盘山烈士陵园参观，在烈士陵园门前的党旗下合影留念。在纪念馆，大家聆听讲解员讲述了具有光荣革命斗争传统的盘山地区军民，转战长城内外，坚持游击战争，沉重打击日本侵略者的斗争事迹。随后，又参观了安葬有2800余名烈士的陵园，他们为了抗日救国，为了全中国人民的解放，为了社会主义革命和社会主义建设事业献出了自己的生命，长眠在这里。巍峨壮观的盘山烈士纪念碑庄严肃穆，很多老党员纷纷在纪念碑前照相留念，缅怀革命烈士。这次活动党员们又一次受到了爱国主义教育。总之，支部通过开展形式多样、丰富多彩的组织生活和学习参观活动，既丰富了广大党员的政治、文化娱乐的需求，又提高了党员的政治素养，开阔了眼界，得到广大老党员的赞同。

组织党员参观京东盘山烈士陵园

2008 年 5 月汶川特大地震和 2010 年 8 月甘肃舟曲特大泥石流灾害，给灾区人民的生命财产造成了严重的损失。支部根据上级的指示精神组织党员、群众开展为灾区人民献爱心活动。老同志们纷纷慷慨解囊，为灾区人民捐款献爱心。有的捐出一个月的工资，有的出差、住院或行动不便的老党员委托其家人或朋友代捐，老同志心系灾区人民的捐款场面，让人感动不已。特别提及的是"5·12"汶川特大地震期间，已经退休多年的副研究员、支部委员王瑛和另一位副研究员肖振敏，为了配合抗震救灾前线的救援考察工作，在江娃利研究员的带领下，参与了震前震后的卫星照片判读解译和对比工作。他们夜以继日，加班加点，忘我工作，提供了汶川地震断裂的具体位置、展布特点和活动方式，为抗震救灾工作提供了比较直观的信息。他们在地震战线干了一辈子，青春奉献了地震事业，退下来依然为地震事业做贡献，这种敬业精神永远是我学习的榜样。我所还有很多老科技工作者在不同的科研领域默默地奉献着，我为他们骄傲和自豪，为他们对地震事业的执着追求而感动。

所领导十分重视老干部工作，主管领导经常到老干部部门检查指导工作，并注重和老同志联络感情，互通情报。退休支部经常向有关部门和所领导反映群众的意见和建议，并做好耐心细致的思想工作。每年退休支部都利用开茶话会或联谊会的形式，请所领导通报全所科研任务情况以及大家关心的热点话题，征求意见，增进老同志与领导之间的了解与沟通。所领导和退休党支部心系困难党员，逢年过节都要到困难家庭和长期有病的老同志家中看望他们，把党组织的关怀送到他们的心坎上。当我们把慰问金送到他们手上的时候，老党员都激动不已，连声说："谢谢组织的关怀，你们辛苦了！"在所党委的领导下，支部带领退休党员开展了形式多样、丰富多彩的文化娱乐和参观教育活动，给老同志的晚年生活带来了生机。由于退休党支部的工作有声有色，成为退休党员和退休职工的主心骨，在退休党支部工作精神以及在党员先锋模范作用的感召下，可喜的是 2012—2013 年我所有三位退休职工先后向支部递交了入党申请书。在国际形势风云变幻，国

陪同所领导探望患病党员

内社会转型时期，他们对党坚信不移、充满希望，要求加入党组织，我们坚决支持。经支部讨论，一致通过把他们列入培养对象。在培养考察期间，他们都积极参加社会公益活动，并各自担任老年大学学习班的班长，其中有两位同志还分别协助搞好离退办和工会活动室的工作，热心为老同志们和在职职工服务，工作认真负责，任劳任怨，经常向组织汇报自己的工作、思想情况和学习体会，并以共产党员的标准严格要求自己。鉴于他们的表现，按照发展党员的有关规定，2013 年 6 月底，通过征求退休党员的意见，经支部讨论研究有两位同志被列为发展对象，已报所党委审批。

这些年来，用我们的真诚和对工作的执着，赢得了所领导、在职职工和老同志们的认可。2009 年 6 月我被评为 2006—2008 年度中国地震局直属机关优秀党务工作者，2010 年 9 月被评为 2006—2010 年度中国地震局离退休干部先进个人。2011 年 6 月退休党支部获研究所的"特别奖"，我和另一位支部委员王瑛荣获所优秀共产党员光荣称号。成绩的取得，不是我个人的功劳，而是我们党支部一班人没有辜负领导和退休老同志对我们的信任与希望，是在为老同志服务的过程中干出来的。发挥党支部的战斗堡垒作用，就是体现我们每一位共产党员所发挥的作用。我坚信，只要在荣誉面前不骄不躁，把荣誉当作动力，当作新的起点，就会在以后的工作中更上一层楼。作为一名共产党员，不要看他说了什么，而是看他做了什么。入党不是为了图其名谋私利，而是要勤勤恳恳地为社会，为人民做贡献。一个人选择了共产党，他的人生价值就是全心全意为人民服务，就要体现党员的先锋模范作用，堂堂正正做人，认认真真做事。

老年大学添乐趣

中国地震局老年大学西三旗分校在 2008 年下半年开办至今已有 8 个学年了。所领导十分重视和关心老年大学的建设与教育，为学员提供了较好的学习环境。各种学习班的开设，丰富了老同志的晚年生活。我除了积极参加学习班的学习，2012 年 6 月出国探亲前还参与了老年大学的日常管理与服务工作，虽然忙了点儿但我感到很充实。

刚开班的前两年，我参加了书画、声乐、编织、乐队、健身等各班的学习，尤其在声乐班学习时，由于老师耐心教学，使我初步掌握了乐理知识和发声技巧，收获很大。编织是我最大的兴趣爱好，编织活动既动手又动脑，对老年人来说也是一种锻炼。大家坐在一起，互相切磋交流和欣赏自己编织的各种物件，也是一种乐趣。

在老年大学学习编织

我编织的各种小物件和十字绣，除了自己留下一些，大部分的作品都送给了亲朋好友，让他们也分享快乐。后来学校根据大家的要求又陆续增添了电脑、电子琴、二胡班。这样一来，开课的内容多了，学员根据自己的兴趣爱好有了更多的选择。近期由于学校活动的地方有限，报名学习的人较多，学校为了让大家都能有来校学习的机会，按照学校的要求每人只限报 2 ～ 3 个班。因此，根据兴趣爱好，我选择了二胡、电子琴和电脑班。老师们对我们学员都很尊重，教课特别认真，我学起来也很感兴趣。在家休息的时间，每天弹上几首老师教过的和自己喜欢的小曲，自娱自乐，愉悦心情。

电脑在当今社会已被人们普遍应用，是不可或缺的办公用具，我们这一代人也应该与时俱进，跟上时代的步伐。在电脑班学习的日子里，我学会了上网、聊天、打字、图片处理和幻灯制作等，受益匪浅。尤其是我拍的照片，用学到的电影制作方法，编制了不少幻灯片，闲暇时间在电脑上欣赏观看一阵，真是自得其乐，心里还觉得有点儿成就感。

当我看到老同志们积极参加学习班学习时的那种认真、好学、积极向上的态度以及展示他们的作品时，他们那种自信、谦虚和有成就感的表情，让我为之感动与敬佩。这些老同志都热心参与和关注老年大学的管理与发展，积极给管理部门提建议、谈想法、出主意。老同志的积极性调动起来了，老年大学开办得井井有条、丰富多彩。

老年大学的开办，给离退休人员提供了一个老有所为、老有所教、老有所学、老有所乐的场所。他们可以利用这个平台充分展示自己的才华，互相学习，互相交流，互相沟通，增加感情，填补了在职期间因工作忙而未能发挥自己才能与梦想的机会。老年大学给老同志带来了温馨、和谐和欢乐，非常受老同志的欢迎。

所领导非常关心职工的身心健康和文化娱乐活动。2008 年，投资几十万元购买了健身器材和音响设备，丰富了职工的业余文化生活，满足了健身活动的需求。

当时所工会发出招聘管理人员的通知后，我想我们党支部如果承包下来，一方面可以利用活动室这个平台，进一步拉近在职职工和离退休人员的距离，增进感情交流。另一方面还有利于支部委员和老同志进行接触和思想沟通，联络感情，及时听取反映他们的意见和要求，让所领导了解退休人员的思想状况和生活需求，并能及时得到解决。支部经讨论研

和老年大学校友在一起

究，最终决定以承包的方式接管活动室的服务与管理，这个想法得到了所领导的支持。

2008年下半年，支部承接了职工活动室的管理工作，协助工会搞好职工和离退休人员的健身与文化娱乐活动。活动室开放前，从各项管理制度的建立、值班工作人员的认定、岗位责任、协议书以及开放时间的规定等，都有支部的参与。经过几个月的筹备工作，12月初试运行一个月后，于2009年1月活动室正式开放。活动室开放以来，工作人员认真负责，热心为大家服务，即便不是他们值班时间，只要所里有事找到他们，都随叫随到，毫无怨言。我作为支部书记也经常到活动室活动，了解情况，征求他们的意见和要求，出现问题及时向所工会反映。唱歌、跳舞、健身融为一体的活动室，给在职职工和离退休职工搭建了一个互相沟通、互相交流、拉近距离的平台，真是其乐融融。

其乐融融广场舞

每天，大院的操场上都有老年人和一些年轻人锻炼身体。清晨，有的练拳、扇、剑，有的打羽毛球，有的练投篮，有的踢毽子，还有的练保健操。最近这两个多月，练"回春医疗保健操"的老年人多了起来，每天早晨，人们随着保健操音乐和教练的口令，通过自我按摩身体的穴位和活动四肢来调节身心健康，很有益处。到了晚上，广场舞算是主打健身活动的了。广场舞是很多中老年朋友强身健体的活动项目之一。

我所有一对老夫妻值得称赞，他们是我所的退休职工王希文、韩德润，他们热

心公益事业，甘当志愿者。为了活跃社区居民的文化娱乐需求，延年益寿，让老年人健康快乐地度过晚年，他俩在网上学了不少的广场舞、健身操，然后义务教大家。网上的广场舞很多，要想找一些适合于老年人跳的舞蹈也不容易。他们在网上不厌其烦地一个一个地找，为了教会大家，找好后他俩不辞辛苦地反复学，反复练，反复切磋，有时一个动作得练十几遍。学会之后各有分工，王希文教，韩德润负责录制音乐，真是夫唱妇随，配合默契。老王从 2012 年 2 月开始教大家跳广场舞。刚开始学跳舞的只有四五个人，慢慢地人数与日俱增，到现在已经扩大到四五十人了，他们当中有我所离退休人

排练广场舞

员、社区居民和家属子女。每天晚饭后，大家都聚集在操场上，随着音乐的旋律翩翩起舞，其乐融融。到目前为止已教会大家 46 个广场舞了。在教练期间，老王付出了很多心血，但从不叫苦叫累，耐心教大家。有时我们在聊天时，我曾问过她辛苦不辛苦，累不累，她豪爽地说："只要大家高兴，达到增强身体健康、延年益寿、心态平和的目的，就是累点儿苦点儿也值得！"这番话让人听了为之感动与敬仰，我从心里佩服她的这种无私奉献的精神，这种精神也在感动着舞者们。广场舞不仅强身健体、愉悦心情，还给老同志们提供了一个互相交流、互相学习的场所。我所开展的自娱自乐健身活动给老年人的晚年生活带来了欢乐。

报道传播正能量

在搞好支部工作、老年大学学习和健身活动的同时，我对通讯报道还情有独钟。在 20 世纪 60 ~ 70 年代，我曾在县里当过电影放映员、播音员。那时除了定时播音外，有时还要到乡下采访一些真人真事，编写通讯报道等。在那个年代里，尤其是在从事电影放映期间，放映前的宣传非常重要，每场电影放映前都要以幻灯的形式向大家宣传当前的大好形势、先进人物以及好人好事等，组稿、书画、幻灯操作都由我们自己完成。这样一来，在写稿方面得到了锻炼。为了提高我们的写作水平，县里还举办了通讯报道学习班，我积极参加，认真听课，写作水平有所提高，

慢慢地我对写作产生了兴趣。虽然不是科班出身，但对书写各种题材的要求和方法略知一二。

1979年，我调到研究所以后，由于工作性质变了，虽然写作的机会少了，但从事行政管理与服务工作以来，根据工作的需要也写了不少的信息与报道。如：1998年在老干部部门工作期间，茶余饭后我经常和老同志们接触，和他们聊天，谈家常，虚心听取他们意见和要求，所以比较了解他们退休后的生活情况、思想状况和兴趣爱好。我除了在工作上全身心地为老同志服务，还细心观察老同志的身心健康和他们的健身需求。有一位特别值得我尊敬的老同志，1990年她退休后不甘寂寞，把退休作为人生的第二起跑线，奉献余热，老有所为。在活跃老年人文化生活、健身益寿等方面，默默地为大家奉献着。正如恩格斯所说："有所作为是生活的最高境界。"她就是通过自己勤奋好学、乐于奉献的精神给老年朋友带来了健康与欢乐，赢得了大家的尊敬。无论是年长者或是小字辈儿都热情地称呼她"吴老师"。吴老师与人为善，做人低调，做任何事情既认真又不张扬。平时她义务教大家各种舞蹈、健身操等，只要上级要求老同志有表演任务，我们都要请她辅导，从不叫苦叫累，不图报酬。看在眼里，记在心上，退休之前我写了一篇通讯报道，题目是《老有所为，无私奉献》，刊登在中国地震局离退休干部办公室编印的《叙情怀》一书上，表达了我对吴老师的崇敬之情，并以此鞭策自己和在职职工，也要像吴老师那样退休后不虚度光阴，老有所为。

退休后，时间充裕了，闲暇的时间可以坐下来写写了。我每天都要看看书，写写日记。2003年到支部工作以来，除了发挥余热干些力所能及的事，就是写写信息、年终总结、征文、通讯报道等，干自己喜欢的事情。2008年，离退休干部处处长王敏同志找我，就推荐我为通讯员一事征求我的意见。当时我有些犹豫，怕干不好耽误事。经过处长的再三劝导，我有信心了。作为通讯员一方面要及时报道身边的事，弘扬正气，宣传离退休人员积极向上的精神面貌，展示老同志的风采，另一方面也是锻炼写作的好机会，我欣然答应了。

由中国地震局离退休干部办公室主办的《震苑晚晴》刊物于2008年12月创刊发行了，它为地震系统广大离退休人员在精神文明建设，创建和谐社会，丰富老年人精神文化生活，鼓励老同志为防震减灾事业发挥余热等方面起到了积极作用。同时，也为地震战线老同志回忆过去，追述经历，展望未来搭建了一个"老有所学、老有所教、老有所为、老有所乐"的平台，成为离退休老同志学习交流、陶冶情操的一块文化阵地。作为一名通讯员要有责任感和使命感，应该多写身边的好人好事，细心观察和及时报道身边发生的事情，义无反顾地把他们宣传出去，以实际行动支持《震苑晚晴》。同时，我还利用单位或支部组织活动的机会动员老同志、老党员积极投稿，写出他们的心声，写出他们退休后的晚年生活，进行情感交流。通过报道和宣传，也有利于领导和有关部门及时了解老同志的生活状况、思想动态和精神面貌，从而更加关心和支持老干部工作。2011 年我有幸参加了中国地震局《震苑晚晴》通讯员培训班的学习与交流。在学习班上来自全国地震系统的通讯员和有关部门的领导相互交流学习体会、指导培训写作知识，使我受益匪浅。多年来，无论我所党办、离退办或退休党支部组织的各种会议、开展的各项活动，我都积极写稿分别发送到所里、局里和社区，宣传和报道发生在身边的真人真事，弘扬正气，传播正能量。

夕阳红乐队参加庆祝活动演出

老年大学西三旗分校开课以来，活跃了老同志的文化生活，给老年朋友带来了快乐和自信，我写了《老年大学有感》。多年的支部工作，我深有感触，尤其在新形势下，社会生活发生着深刻的变化，无时无刻不影响着我们的党员队伍，使党的基层组织建设遇到了新情况、新问题。如何针对新情况、新问题发挥我们离退休党支部的战斗堡垒作用和党员的先锋模范作用，是摆在我们面前的首要任务，于是我写了《浅谈退休党支部在构建和谐社会中如何发挥作用》等文章，分别刊登在我所、社区以及局机关党委编印的《震苑经纬》刊物上。在庆祝新中国建立 60 周年的时候，为了纪念我国实行计划生育 30 年取得的显著成效和亲身从事过计划生育工作的感悟，我写了征文《我和国策同成长》，刊登在地震系统老同志征文集《大地回声》刊物上。党的十一届三中全会吹响了改革开放的号角，在中国共产党的领导下，全国人民意气风发，为实现四个现代化、为让老百姓都过上富裕的日子，在改革的大潮中奋进着、拼搏着，取得了辉煌的胜利。在纪念改革开放 30 年的时候，我写了《老照片背后的故事》，刊登在中央国家机关老龄办编写的《我们共同走过》刊物上，同时也登在我局

《震苑晚晴》第4期的刊物上。我所夕阳红乐队10多年来一直坚持自娱自乐活动，多次参加各种庆祝活动，并多次和高检院联合演出，得到了上级有关领导和同志们的好评。于是我有感而发写了《说说我们的夕阳红乐队》，刊登在《震苑晚晴》第10期上。

参加庆祝活动文艺演出

为了庆祝建党90周年华诞，我写了3篇征文、1篇消息。3篇征文是在我所老同志们参加3次活动后，为了表达老同志们对党对祖国的热爱和崇敬的喜悦心情而写的。同时也是为了宣传老同志们的精神面貌。例如：在参加京区第四届老同志运动会之前，所领导和离退办的领导非常重视，从组织、选择表演项目和筹备工作到动员实施，我们都做了大量的工作，因为我也是参与者，对整个活动过程都历历在目。特别是老同志们在排练过程中，涌现出不少让人为之感动的事情，让我非常钦佩。演出结束后，得到了上级领导和兄弟单位的赞誉。我动容了，于是写了《排练中华响扇背后的故事》这篇文章，一方面表达我此时此刻的内心感受，另一方面赞扬和宣传老同志为所争光的精神风貌。这篇文章刊登在《震苑晚晴》第12期上。同时，我还根据这篇文章的题材，在陆鸣副所长及党办主任的指导和协助下，抓拍了几张照片，参加了京区地震系统摄影展览，并荣获二等奖。

运动会一结束，我们又马不停蹄地投入到迎"七一"红歌会的演出准备和排练工作。为了演出成功，老同志们付出了艰辛，克服一切困难，认真排练。我们准备的三个节目分别参加了中国地震局机关党委举办的文艺汇演，局京区老同志红歌会，中央国家机关六部委联合举办的文艺汇演和我所党委举办的庆祝建党90年大会。演出结束后，都得到了领导和同志们的赞扬。于是，我写了《喜庆建党90年》和《情系建党90年》两篇文章，表达我的心情。这些年来通过参与老同志的各项活动，及时发现和报道身边正能量的素材，把他们那种锲而不舍、热爱生活、老有所为、老有所乐的精神境界宣传出去，发扬光大，不但对创建和谐社会与防震减灾事业起到了积极的作用，还使自己的思想觉悟得到了提升。

热心奉献文明社区

我们在搞好本支部工作的同时，还积极支持、参与和服务于社区的工作，甘当志愿者。比如：重大节日的看门护院值班巡逻、整治院容院貌、清理卫生死角以及创建文明社区等活动，都少不了我们支部成员和退休党员的参与。尤其在整治院容院貌、清理卫生死角时，难度较大。我们不但要配合社区动手清理，还要协助他们做当事人的思想工作。虽然有的群众不理解，但通过整治清理，改变了院内原来乱堆乱放的现象，生活环境有所改善，95%的群众都拍手称快，我想就是挨点儿骂也值得。我有幸成为社区的志愿者，感到无比骄傲和自豪。所里或社区有事找我，只要我能干的，我都愿意帮忙，不图报酬，只要是为大家服务的事，我都愿意做。

记得2011年7月的一个下午，我正在社区值班巡逻，有些居民向我反映周边环境卫生问题。我们安宁北路小区与空军研究所附近的菜市场只隔一道墙，菜市场内摆满了食品、水果和生活日用品，夏天摆摊小贩遗留的垃圾长时间无人清理，不仅味道难闻，还招来许多苍蝇、蚊子，与小区最近的1号楼、5号楼的居民深

与社区志愿者在一起

受困扰。这个菜市场是典型的卫生死角，位于海淀区和昌平区的交界处，处于三不管地带。群众利益无小事。为了详细了解情况，我决定亲自走一趟，立即回家拿了相机，到菜市场拍下了路边的垃圾和不文明行为。然后拿着相机找到居委会和清河城管科反映情况，希望他们能够帮助居民解决脏乱差的问题。经过再三请求，城管科的工作人员来到了菜市场，清走了多日堆积的垃圾，规范了市场管理，小区居民拍手叫好。我认为作为社区的志愿者，能为社区建设出主意想办法，反映群众的呼声，不仅是责任和义务，也是回报居民信任的具体表现。于是我写了《我奉献我快乐》一篇文章表达我内心的感受。

摄影使我回味无穷

2012年6月，我和老伴儿到加拿大与女儿团聚。在异国他乡生活的一年里，初步了解了国外的风土人情和地域环境，虽然说不太适应那里的生活习惯，但总的来讲也还觉得颇有情趣。加拿大的空气很好，蓝天白云，给我爱好摄影带来了天机。每天我和老伴儿出去散步时，都要带上照相机拍上几张。

在加拿大探亲期间，我们去过不少地方，如尼亚加拉大瀑布、安大略湖、卡隆罗马古堡、海洋公园、博物馆、科技馆、跑马场、野生动物园、渥太华等，拍了近千张照片。首先让我留恋的是美丽壮观的尼亚加拉大瀑布。它位于加拿大安大略省和美国纽约州的尼亚加拉河上，是世界第一大跨国瀑布。我和家人兴致勃勃地来到大瀑布的脚下，仰视大瀑布倾泻的景色，看到了巨大的水流似银河倾倒之势冲下断崖，在明媚的阳光照射下，一道五彩斑斓的彩虹像一条玉带映入眼帘，震耳欲聋的声响及数里之外，场面气势磅礴，惊心动魄。这样的奇特美景让人流连忘返。我赶忙拿出相机拍摄这动人的场面。其次是拍大雁的几十张照片。每年4月份成千上万只大雁从美国南方飞回多伦多繁衍后代，尽管多伦多有数不尽的湖泊、池塘、洼地

在尼亚加拉大瀑布前留影

等，仍满足不了大雁栖息的祈求。因此，人行道旁的绿地，办公楼旁的花园乃至停车场附近的草坪都被大雁当成安乐窝。当我们漫步走在林荫小道欣赏美景时，远处隐约就能看见成群结队的大雁在草坪上玩耍追逐。当我们走近它们时，它们不但不会飞跑，反而会张开大嘴，伸展翅膀，压低长颈，做出攻击的姿势，对你的惊扰表示不满。大雁在过马路时的悠闲自得，更是让人觉得"霸道"不已。不论大雁走路多么缓慢，也不论司机多么着急，从未有人鸣笛驱赶，更没有人开车碾压，司机只好慢慢地等它们走后，才开车驶去。人们手里的面包，一定要分给它们，否则大雁就会环绕你左右，不肯离去，连市政清洁员也成为它们的"勤务员"，每天都要清扫大雁遍布在人行道上的粪便。大雁与人们和谐共处的情景，给我在拍照的一瞬间留下了美好的记忆。2013年6月回国后，我把这些照片给电脑班的学员、老师以及

很多老朋友观看了，让他们共同分享我拍照的快乐。

多伦多大雁悠闲自得过马路

我无论做支部工作、当通讯员还是做社区志愿者，都使我受益匪浅，很有感触。在工作中，当发生误解和不快时，我学会了宽容和忍让，我觉得心底无私天地宽。当工作遇到了困难和问题时，我学会了担当与坚强。当与老同志和睦相处健身娱乐时，我感到很温馨很快乐。我在有生之年能为大家干些自己愿意干的事情，是我最大的心愿。虽说辛苦点儿累点儿，但我感到很充实很快乐。夕阳红似火，晚霞多灿烂，我所的老同志们在各自的起跑线上奔波着，快乐着，追求着，享受着，只要生命不息，运动不止，第二起跑线就没有终点。

刘丽娟 简历

刘丽娟，女，汉族，天津人，1947年9月生，中共党员。1964年参加工作，退休前曾任综合委员会计生工作，家委会主任。退休后曾担任退休党支部委员、支部书记。2002年退休。

后记

近年来，中国地震局离退休干部办公室组织安排地震系统内离退休老同志创作《震苑晚晴》系列文化丛书，已刊出的《一路风华》《红土印迹》《求索之路》《筑梦陇原》受到广泛赞誉。根据局离退办安排，地壳应力研究所积极参加组织创编《震苑晚晴》系列丛书，组织地壳应力研究所老同志创编了本所专辑《应力之光》。

中国地震局党组对系列丛书的创编工作十分重视，修济刚副局长多次过问并作指导，局离退办王蕊主任及相关领导均多次对本书提出指导意见。地壳应力研究所领导班子高度重视，把此项工作列为重点工作，在经费、人员等各方面提供了有力保障。所长谢富仁多次听取汇报并做出指导，党委书记刘宗坚亲自指导创编工作，参与审查修改，并为本书撰写前言。中国地震局离退休干部办公室和地壳应力研究所的相关领导、同志和离退休老同志为此付出大量努力，编审组和各位老专家做了大量工作。

在征集到的 20 篇、20 余万字初稿中，以地壳应力研究所广大离退休老同志的亲身经历、真实工作生活为主要内容，生动还原了部分事业发展上的重大事件，展现了地壳应力研究所老同志的昂扬风貌，经我所审稿组三审及几番修改，本辑收录其中有代表性的 19 篇付印，这些文字真实地再现了地壳应力研究所在我国防震减灾发展进程中的历史轨迹和突出贡献，本专辑作为重要的地震工作文史资料加以整理保存，对增进年轻地震工作者对防震减灾事业发展历程、重大地震事件处置过程和老一辈地震工作者对地震相关工作的艰辛探索与心路历程的了解，对传承地震行业精神都具有重要意义。

最后，要特别感谢中国地震局和地壳应力研究所各位领导对创编工作的指导与支持，感谢参与创编工作的全体老同志和工作人员，向他们的辛勤工作致敬。

中国地震局地壳应力研究所
2017 年 1 月 6 日